I0761738

Heather del Rey

UN TEMPLO ENCANTADOR

Primera edición: abril de 2024

Travessera de Gràcia, 47-49. 08021 Barcelona
Imágenes de interior: iStock

Printed in Spain – Impreso en España

ISBN: 978-84-19746-79-5
Depósito legal: B-1.693-2024

Compuesto en Compaginem Llibres, S. L.
Impreso en Black Print CPI Ibérica, S. L.
Sant Andreu de la Barca (Barcelona)

GT 4 6 7 9 5

A quienes creen en la magia; la única, eterna
y verdadera: la que se encuentra en los libros

Tutorial de invocación

Guía oficial para invocar al demonio de sus pesadillas proporcionado por Encantoinfernal Corp. Convirtiendo los miedos en sus más encantadores deseos desde 2020. Entretenimiento místico asegurado.

Siga los pasos al pie de la letra para obtener ardientes resultados.

1. Escoja el sitio ideal para realizar el hechizo. Asegúrese de contar con la privacidad y el silencio necesarios.
   Recomendado: su cuarto, su rincón de lectura, la tienda de la esquina.
   Evitar: iglesias, cementerios, la casa abandonada de su vecino el brujito.
2. Dibuje un pentagrama en la superficie de trabajo. ¡Recuerde que no tiene que ser una obra de arte, lo importante es la intención! Y dar una excusa creíble si alguien lo descubre con las manos en el demonio.
3. Encienda una vela de su elección. Realice este paso con extremo cuidado.
4. Coloque la ouija frente a usted. Si no tiene una, lo sentimos, ya no puede seguir... ¡Ups! Es broma. En caso de no poseer un tablero, robe la tabla de picar de su madre o una hoja en blanco. Escriba la palabra «ouija» en ella.
5. Agregue un objeto valioso de su preferencia: un collar, un brazalete de la amistad, el último libro en papel que ha comprado...
6. Cierre los ojos. Concéntrese en visualizar a quien desea invocar.

Tip extra: puede poner su canción favorita para definir la personalidad que anhela para su compañero/a.

7. No abra los ojos. Es normal sentir una suave brisa, que la llama de su vela se apague e incluso puede que escuche pasos. Espere a que la canción termine o el ente lo salude. Recuerde que no viene con modales incluidos, lo debe educar usted.
8. ¡Listo! Si es una de las almas elegidas, tendrá un nuevo demonio personal a su disposición.

Advertencia. No nos hacemos cargo de invocaciones erróneas ni de incendios accidentales, no tenemos garantías, buzón de reclamaciones ni aceptamos devoluciones. Sus quejas por internet serán ignoradas. No respondemos por daños y perjuicios causados por su compañero infernal. Se recomienda realizar el tutorial después de finalizar la lectura.

Aproveche nuestra oferta 3 × 1 por tiempo limitado. ¡Haga un ritual y obtenga tres demonios al precio de uno! Vigencia en todo el planeta Tierra junto con la adquisición de *Un templo encantador.*

1

Invocamos al demonio a las 3 a. m. (Sale mal)

Entre la llama que enciende una vela y la que incinera una ciudad, la única diferencia es la intención.

Abrí los ojos despacio como indicaban las instrucciones y apagué cada una de las velas con las yemas de mis dedos humedecidas con saliva. Sin duda, la temperatura había aumentado en el salón del convento desde que yo había empezado a recitar, aunque lo atribuí al fuego encendido a ambos lados del tablero de ouija.

Elevé la mirada con la esperanza de ver algo moviéndose, al menos. Pero nada, no sucedió nada. Ni una sola actividad fuera de lo normal.

—Es la última vez que me creo estas tonterías —resoplé frustrada.

Guardé las cosas con mucho cuidado en mi bolso. A las tres de la mañana, todas las monjas estaban descansando, y yo no quería despertar a nadie. Me quedé mirando el tablero hipnotizada durante unos minutos más; juraría que había seguido los pasos al pie de la letra. ¿Qué había fallado?

Con la mesa limpia, di media vuelta para irme a dormir; ya había hecho mucho el ridículo por ese día.

«Los demonios ni siquiera existen, estos juegos son una farsa», pensé.

Lo primero que visualicé al girarme fueron un par de sombras que pasaron volando frente a mí junto con una chispa roja. Retrocedí unos pasos, confundida.

«Esto me pasa por no dormir, ya me estoy imaginando cosas».

Escudriñé la habitación en busca del objeto que podría haber creado aquel efecto visual y escuché pasos cerca. Llegados a ese punto, empezaba a dudar un poco de mi postura agnóstica.

Reprimí un grito al ver fuego en mi bolso; las velas habían vuelto a encenderse solas y habían quemado todo lo que tenía dentro. En cuestión de segundos la tela había quedado reducida a cenizas. Tomé lo que pude con rapidez.

Mis sentidos estaban alerta, me costaba respirar, y una melodía silenciosa fue creciendo hasta que me resultó imposible ignorarla.

Una especie de pentagrama de colores se dibujó en la pared y empezó a formarse bastante humo. Este se apoderó de la habitación; era tan asfixiante que comencé a toser. Mi mente solo pensaba en que, si alguna de las monjas se percataba de lo ocurrido, me mandaría al diablo.

Por fortuna, el humo se disipó tras un par de minutos y todo regresó a la normalidad.

—¿Puedes cerrar la puta boca de una vez? Estoy intentando grabar un *storytime*, Levi —se quejó una voz masculina.

Me quedé petrificada al instante, no tuve suficiente valor para mirar al lugar de donde procedían las voces. Se escuchaban cerca, demasiado cerca.

—La última vez que estuve aquí provoqué catástrofes, no subestimes lo que puede pasar si no dejas de joderme los nervios.

Aquello lo dijo una voz distinta.

—Chicos, estoy hambriento —intervino otro.

Mantenían su conversación completamente ajenos a mi presencia, no me habían visto. Sin embargo, no tenía dónde esconderme.

Me armé de coraje y los miré. Mi corazón se detuvo al encontrarme con tres jóvenes parados en la esquina de la habitación. Sus cuerpos atléticos irradiaban juventud, vestían ropa común; eran extraños, aunque no extravagantes. Mis ganas de gritar aumentaron cuando mi atención subió a sus ojos.

Uno los tenía por completo negros, tanto el iris como la pupila.

Los de otro eran de un gris muy claro, rozando el blanco.

El último tenía uno de cada color: azul y negro.

«Tienen cuernos, todos ellos».

Me llevé una mano al pecho, me ahogaba.

—¡Auxilio! —grité alterada, aunque no tuve tanto descaro como para añadir «por Dios».

Mi voz apenas se oyó, estaba temblando.

El pelirrojo de ojos dispares dejó de hablar con sus compañeros al notar mi horror y me dedicó una media sonrisa juguetona antes de venir hacia mí.

«Patitas, pa' qué las quiero».

Tiré mis pertenencias al suelo con la intención de correr hacia la puerta, aunque apenas logré moverme antes de que él apareciera frente a la salida.

—Primero que nada, buenos días, pecadora.

El nudo en mi garganta era tan grande que me provocó una arcada.

—¡Amon! ¡El principito tiene hambre! —gritó el sujeto de ojos negros, señalando a su otro amigo.

El pelirrojo asintió sonriente y puso su mano en mi hombro. Mi estómago se revolvió a causa del miedo. Mis extremidades paralizadas no ayudaron.

—Disculpa —murmuró a centímetros de mí—. ¿Nos podrías dar comida?

Escudriñó mi rostro con detenimiento y mantuvo mi cuerpo erguido por la fuerza al mismo tiempo que mis piernas comenzaban a fallar. Incluso pude sentir su aliento fresco rozando mi piel.

—¡Levi! ¿De qué color era? —Me agarró el mentón con la mano izquierda—. Yo la veo morada. —Giró la cabeza hacia el demonio de ojos negros otra vez.

—Esas cosas no se preguntan, no seas racista —lo regañó el tal Levi.

—¿Nos puedes dar algo dulce? —indagó el pelirrojo—. Mi amigo tiene mucha hambre.

Al notar que yo estaba al borde de la muerte, me liberó de su agarre. Respiré hondo.

No me atreví a hablar o mirar sus cuernos, me limité a caminar con el corazón a mil hasta lo que quedaba de mi bolso y busqué unas galletitas de chocolate. Las saqué con una mano temblorosa y estiré el brazo hacia el de ojos claros, el único que no había hablado desde que se habían materializado.

Me quedé inmóvil sin casi sentir las piernas, rezando en silencio por que aquello fuera una pesadilla. El gran salón del convento no ofrecía muchos sitios para esconderse más allá de las cajas de utilería de donde había sacado el tablero. No me había atrevido a realizar la invocación en mi cuarto.

El chico de las galletitas se acercó para tomarlas y luego empezó a dar saltitos mientras se las comía; se le veía muy cómodo.

—Qué suerte haberte encontrado —dijo con la boca llena—. Tienes todo lo que necesito.

De entre los tres, aquel tímido de ojos grises era el que más se asemejaba a un humano. Mi miedo se aplacó por un instante cuando establecimos contacto visual.

—De nada —musité.

«¿Estoy soñando? ¿Me intoxiqué con el humo? Sí, debe de ser eso».

—¡Qué descortesía, acabo de darme cuenta de que no me he presentado! —El pelirrojo hizo una reverencia—. Soy Amon, pero me puedes llamar por las noches, cuando quieras divertirte.

«Preferiría llamar a la policía».

—El idiota que se está comiendo tu comida es Mam. —Ladeó la cabeza hacia el de ojos grises—. Y el amargado de la esquina —señaló al de ojos negros— es Levi. Ambos son mis mascotas.

—Una mascota es en lo que voy a convertirte si sigues con tus bromas —amenazó Levi.

—¡Dejen de ser problemáticos! —se quejó Mam con una tranquilidad envidiable—. La van a espantar.

Levi flotó por la habitación hasta sentarse en la mesa de invocación. Hubo un largo lapso de tiempo durante el cual ninguno emitió palabra.

—¿Quiénes son ustedes? —pregunté nerviosa.

—Somos lo que quieras que seamos —respondieron al instante los tres.

Debía de ser una broma, estaba soñando, no era real. Tal vez podría manejar el sueño.

—Si esto es una broma, no me hace gracia. ¡Váyanse de aquí! —protesté después de recuperar mi confianza.

—No dijiste «por favor» —resaltó Levi en tono burlón, cruzando los brazos sobre el pecho—. Qué maleducada.

—¡Cállate, ojos negros! ¡No estoy de humor para bromear! —repuse.

—Lo llamó «ojos negros» —exclamó Mam—. La gente es malvada aquí.

Amon volvió a tomar mi rostro entre sus manos y sus pupilas se dilataron hasta que me vi reflejada en la oscuridad profunda de su mirada.

—Decirle eso a un ciego… —Negó con la cabeza fingiendo decepción—. Por estas cosas la gente va al infierno.

—¡Exacto! ¡Estoy muy ofendido! —gritó Levi, haciendo que mi mente rezara en siete idiomas para que las monjas no nos oyeran.

«Dios, soy yo de nuevo».

—Lo siento, lo siento —farfullé.

—Dime, ¿cómo te llamas, pequeña pecadora? —preguntó Amon.

—Soy Val.

Él me envolvió en un intento de abrazo que solo logró provocarme más pánico y posó su cabeza sobre mi hombro. El rubio, Mam, me guiñó un ojo. Aparté mi cuerpo del de Amon, alterada; mirara a la esquina que mirase, veía a uno de ellos, me acorralaban.

—Dales la bienvenida a tus nuevos demonios personales, Val. —Amon extendió una mano para estrechar la mía.

2

El día que el convento ardió en llamas

Descarté que fuera una alucinación. Eso me consternó aún más, porque, si esos chicos eran reales, aquello significaba tres cosas que me negaba a creer a la ligera:

«Uno, los demonios existen».

«Dos, las invocaciones funcionan».

«Tres, ¡por mi culpa están aquí y no sé cómo arreglarlo!».

Mis padres habían hecho bien en mandarme al convento tras rendirse en sus intentos de corregir «mi carácter». ¿Qué probabilidad había de que hiciera lo único catastrófico que estaba a mi alcance? Se suponía que vivir allí debía enmendarme. «Quitarme el demonio de la cabeza», según ellos.

Me separé de Amon. Podía salir corriendo, pero sería en vano. Si me descubrían, sería recordada como «la bruja del pueblo». La quema de brujas había cesado hacía mucho tiempo; no obstante, lo que dirían de mí en redes sociales sería casi peor.

—Disculpen —declaré—. ¿Pueden irse? Esto es un convento.

Levi soltó una sonora carcajada que me erizó la piel.

—¿Y a dónde irás tú, corazón? —cuestionó.

—Yo duermo aquí —expliqué—, en una de las habitaciones que hay fuera del salón.

—Pues dormiremos contigo —estableció Mam, aunque pareció arrepentirse de inmediato—. Bueno, si no te molesta, si quieres…

Mi garganta se secó, me costó contradecirlos por miedo a que se lo tomaran a mal. No podía dejar que se quedaran, dado que para las monjas era peor tener a tres chicos en tu cuarto que al mismísimo diablo.

—Imposible, si alguien los ve, me matarán —negué, dispuesta a defender mi postura.

—No nos verán —aseveró Amon.

—¿Cómo estás tan seguro?

Ni siquiera había terminado de decirlo cuando desaparecieron ante mis ojos; lo único que quedó de ellos fueron leves sombras oscuras danzando por el suelo. Apreté los puños a los costados. ¡No podía ser que esto me estuviera sucediendo!

Pero yo tenía algo que ellos no tenían: había pasado horas escuchando pódcast sobre crímenes, y estaba preparada para cualquier amenaza. Mientras no supiera qué eran con exactitud, para mí serían solo eso: una amenaza criminal.

«Esto es un sinsentido. Estoy hablando sola, solo tengo que dejar que pase y mañana despertaré de este sueño».

—Mañana buscan otro lugar donde quedarse —sentencié impaciente.

Abrí la puerta y avancé entre las instalaciones de Ylenol. Los pasillos del convento eran oscuros, solo alumbrados por la luz de los faroles encastrados en sus paredes de madera. Caminé de puntillas para hacer el menor ruido posible, y el aire fresco del exterior rozó mi piel.

Caí en la cuenta de que no llevaba más que mi camisón blanco de abuela. La tela era tan fina que el frío la traspasaba fácilmente. Me di la vuelta para ver si encontraba a los chicos ahí de nuevo, pero me topé con el reflejo de las luces nada más. Habían desaparecido.

Al llegar a la zona de los cuartos, el familiar olor a canela me tranquilizó. Saqué la llave de mi bolsillo y entré despacio a mi habitación para que la puerta no rechinase. Una oleada de paz invadió mi cuerpo, mis músculos se relajaron.

Una vez dentro, me tiré en la cama esperando que, por arte de magia, los tres demonios no volvieran; que hubiesen sido solo un producto de mi intoxicación.

—Se te desabrochó el botón —señaló una voz que identifiqué como Levi.

En un parpadeo, ya estaban sentados en fila sobre el lado derecho de mi cama.

Me ruboricé al pensar cuánto tiempo había llevado así el camisón. Maldije aquella prenda estúpida, mis ideas tontas y la ouija. Era sorprendente lo que uno podía llegar a hacer por aburrimiento; podría haber agarrado un libro, pero no, había decidido agarrar un tablero.

—Espera, ¿tú no eras ciego? —cuestioné.

Se rio en mi cara. Había sido una idiota por sentirme mal por él durante un momento.

—¡Eres un mentiroso! —grité—. ¡Me engañaste!

—¿Te cuento un secreto? —Se impulsó con ambos brazos hasta quedar cerca de mí para luego susurrarme al oído—: A eso nos dedicamos, ten cuidado, pecadora.

Me acurruqué sobre el lado contrario en un intento por mantener las distancias y usé todas mis neuronas para no colapsar o salir gritando al cuarto de la hermana superiora para pedirle que realizase un exorcismo.

«Exorcismo».

«¿Si realizo uno los podré devolver al infierno?».

Permanecí en silencio, intentando recordar dónde había dejado la botella de agua bendita.

Me preocupó lo bien que se veían en comparación con las historias que a menudo se contaban en la Tierra, en especial lo hipnotizantes que eran sus miradas. Si no los hubiera «conocido» en esas condiciones, las cosas serían diferentes. Ni siquiera me habría dado cuenta de que no eran humanos.

Levi miró el agua de rosas sobre mi mesilla de noche; su largo cabello negro le caía sobre la cara. Busqué algo de emoción en sus ojos oscuros, pero los encontré completamente vacíos.

Amon se distrajo con la llama de las velas que alumbraban el cuarto. En general, no estaba permitido usar las luces por la noche. A mí me había costado mucho que me dejaran mantenerlas encendidas, incluso después de explicar que le tenía miedo a la oscuridad.

«En parte entiendo a las monjas, apenas me han concedido un privilegio y ya tengo un problema infernal».

El pelirrojo se quedó un rato embelesado por el movimiento del fuego y luego desvió su atención a Mam, que aún estaba comiendo. Este le pasó la mano por la cabeza a su amigo como si fuera un perro.

Aproveché el silencio para pensar un plan. Mis nervios me arrastraron a creer que estaba formando parte de una película de terror en lugar de estar alucinando; el miedo guiaba mis acciones. Según lo que había aprendido en mis series y pódcast de misterio, debía encargarme de Levi primero, el resto sería pan comido. Él era claramente la mayor amenaza, y siempre había que incapacitar al eslabón más fuerte en primer lugar.

—¿Puedes dejar de pensar tonterías? Estoy intentando provocar una tragedia —se quejó Amon.

Mis latidos se aceleraron otra vez.

—¿Qué dices?

—Puedo saber lo que piensas, así que te lo repito: no pienses tonterías —insistió él.

«¿Qué? ¡No puedo creer que ahora me acompleje pensar! Ay, Dios… ¿De verdad sabe lo que estoy pensando?».

Amon asintió.

—Y, por cierto, es Diosa —corrigió.

«Auxilio…».

—Te dije que no hicieras eso, está prohibido —lo regañó Levi, y el pelirrojo respondió con un puchero.

—¡Déjate de reglas! Esto es terreno de nadie. —La sonrisa de Amon se extendió—. Podríamos quemarlo todo.

«¿La policía me ayudaría si les comento esto o solo me llevarían al psiquiátrico?», me pregunté.

—No te ayudaría —se burló él.

Qué hijo del demonio.

—No voy a repetirlo, Amon —advirtió Levi—, deja de buscarte líos.

—¡No me pidas eso! ¡Es como decirme que no respire! —contestó Amon.

—Tú no respiras, idiota.

Su conversación perturbadora solo iba escalando a medida que pasaban los segundos. Mam puso los ojos en blanco con fastidio.

—Ya tenemos suficientes enemistades allá abajo, no estropeen el equipo con sus peleas —advirtió. Sonaba diferente, más serio que antes.

Yo no lograba conciliar el sueño por culpa de sus discusiones.

—Lo siento, es un crío —se disculpó Levi.

—Te detesto. —Amon se cruzó de brazos—. El hecho de que tu novio te haya dejado de mala manera no significa que todos tengamos que sufrir. —Ese reclamo quedó volando en el aire. Supuse que Levi le respondería, pero interrumpieron su pelea de nuevo.

—A descansar —propuso Mam en un tono amable que disimuló la orden implícita en sus palabras—. Dulces sueños.

Al decir eso, me arrebató la cobija y se acostó a mi lado, de modo que me obligó a pegarme a la pared para evitar su contacto.

—Val, ¿te sientes bien? —me susurró al oído.

—Ya duérmete, Mam —bufó Amon.

«¿Cómo que "duérmete"? ¿Dónde?», pensé.

Al ver mi cara, ambos me hicieron una seña con la mano como para restarle importancia al asunto. Yo había leído suficientes libros como para saberme de memoria el cliché de «solo hay una cama». No pensaba dormir con seres del inframundo; había un límite para todo, y ese era el mío.

—No voy a dormir con ustedes —espeté.

—No te estaba invitando a la cama conmigo, te estaba echando —aclaró Amon.

Debía de ser una broma.

—Primero muerta.

Traté de acostarme en el espacio que quedaba, lo cual era tarea complicada, pues la cama apenas tenía espacio para dos. Lamenté no haberme interesado más en la clase de Psicología: tal vez así habría podido saber si todo aquello era producto de mi cerebro dañado.

Me eché la cobija por encima, pero uno de ellos me la quitó. Enfadada, me levanté otra vez. Mam pareció ser el único que se percató de ello. Estaba planteándome la posibilidad de echarme a dormir en algún baño o correr al invernadero en medio del bosque en busca de otra solución cuando él se levantó conmigo.

—Me han robado la cama —reclamé, al mismo tiempo que señalaba a Amon para indicar que se había apoderado hasta de mi almohada.

—Es lo más inofensivo que pueden hacer, te lo aseguro. —Mam me dio unas palmaditas en el hombro—. No te preocupes por eso.

Agitó las manos y creó otra cama idéntica a la mía justo enfrente. Supuse que para que la utilizaran Levi y Amon, dado que él se recostó de nuevo como si nada, como si yo no fuera su rehén.

No dormí nada. Cuando los cantos de los niños del coro llegaron a mis oídos, me debatí entre echarme a llorar o gritar. Me ardían los ojos a causa del cansancio.

Todos los días a las siete de la mañana se daba el desayuno en el comedor; lo peor era que me lo debía de estar perdiendo. Utilicé las últimas fuerzas que quedaban en mi cuerpo para levantarme. Los idiotas de los demonios seguían durmiendo.

Tomé mi ropa al dirigirme al baño; al menos el uniforme de ese día me encantaba. El color rosa era mi favorito. Me miré al espejo y me dije: «Vamos, no pierdas la cabeza el primer día».

De regreso al cuarto me encontré con Levi; se estaba ajustando un traje negro que había sacado de no sé dónde y se había recogido el cabello en una coleta. Sin el ambiente tétrico del día anterior, tuve que admitir que rezumaba elegancia.

—¿Bajamos? —propuso.

—Ellas no deben verte —murmuré, siendo «ellas» cualquier persona que trabajara en el convento.

—Tranquila, solo tú nos puedes ver —reiteró.

—Esto es complicado —admití cabizbaja—. Estoy luchando conmigo misma para no declararme loca e internarme. Yo no creo en... —Hice un gesto con la mano hacia él—. Estoy preocupada por mi salud mental, no debería hablar con mis propias alucinaciones.

—Sobrevivirás, ya tienes a tu favor el no haber escuchado las campañas en nuestra contra. Porque, si creyeras lo que dicen y supieras quiénes somos, no estarías viva.

Oh, sí. Eso sonaba reconfortante.

—¿Por qué han subido a la Tierra? ¿Pasará algo malo? ¿Llegó el fin del mundo?

—Necesitábamos irnos del infierno, no podemos volver hasta que... —Paró en seco al notar que le estaba prestando atención, como si estuviera acostumbrado a hablar solo—. Es un asunto privado. —Se limitó a encogerse de hombros—. Es obvio que pasarán cosas malas pronto, pero eso no es nuestra responsabilidad. Después de todo, ustedes dejaron el mundo en manos de seres peores que nosotros.

—Oye, no hables mal de mi especie. —Me crucé de brazos—. ¿Esto de invadir territorios es algo que hacen de manera habitual? ¿Hay más criaturas del infierno rondando por aquí?

—Totalmente, cientos de miles de demonios alrededor del mundo que pretenden ser humanos inútiles como tú.

—¿Cientos de miles? —pronuncié despacio, boquiabierta.

—El infierno está vacío, Val, todos los demonios están aquí. —Señaló la tierra que pisábamos al citar a Shakespeare.

—Ahora no podré confiar en nadie jamás —resoplé—. Gracias, ya ni la iglesia es segura.

La iglesia de la ciudad se encontraba en el mismo recinto que el convento; era un terreno amplio que no se había visto afectado por la modernidad. Suponía que mis padres lo habían escogido como mi cárcel por ser el único sitio que me acogería sin necesidad de hacer mucho papeleo. Además, había monjas controlándome las veinticuatro horas; la única vía de escape con la que contaba eran las clases del instituto, que quedaba más cerca del convento que mi casa.

De las pocas ventajas que tenía Ylenol era que podías perderte en su extensa arboleda, donde yo me escondí ahora para que nadie pensara que hablaba sola mientras nos dirigíamos a la parada de autobús de enfrente.

—No te crees miedos infundados —continuó Levi—, la mayoría de nosotros somos sobresalientes: no son tus vecinos de siempre, sino las grandes estrellas que ves en la televisión, los artistas internacionales con canciones que contienen mensajes ocultos, las celebridades con influencia.

—¿No son los famosos quienes venden su alma al diablo?

Levi empezó a reírse a carcajadas.

—En el infierno somos reyes, monarcas, príncipes, seres llenos de sabiduría, poder y valor. ¿Por qué querríamos un pedazo de alma? Los humanos son tan vanidosos…; están obsesionados con sus míseras existencias —comentó asqueado—. Por eso me caen mal.

Evité responderle, quise cambiar de tema para que no se enfadara porque me aterraba enemistarme con él.

—¿Es cierto lo que dijo Amon ayer sobre tu ex? —dije tratando de iniciar una «charla común».

—No —respondió sonriente—, mi ex y yo nos llevábamos bien, jugábamos todo el rato.

«Qué bonito».

—O, más bien, yo era el juego.

Vale, ese no era un buen tema de conversación.

—Lo siento, no quería hacerte sentir incó... —Me detuve porque sentí unas ganas de toser incontrolables.

—Eres una criatura de mucha luz, Val. ¿Mi consejo? No intentes mezclarte con un ser de oscuridad como yo —dijo con calma.

El olor a madera quemada llamó mi atención por encima de su advertencia. Ambos nos giramos en dirección a los cuartos de donde salía el humo; el mío quedaba justo al final de la hilera, a la derecha, así que, cuando aquella zona empezó a arder en un fuego más brillante de lo normal, no tuve que adivinar dónde había comenzado el incendio. Las cortinas de mi ventana estaban alimentando la llama.

Afortunadamente, los niños que habitaban la iglesia se habían marchado hacía rato, y las monjas estaban al otro extremo del terreno orando en una capilla.

En un abrir y cerrar de ojos, el fuego pareció venir hacia nosotros, aunque no se había extendido mucho más allá de los pocos metros que ocupaba mi cuarto.

El humo empezó a cambiar de color rápidamente, y, por un instante, podría haber jurado que la mirada de Levi reflejó pánico, aunque lo ocultó pronto.

—Oh, por amor a Satanás, dime que eres la única persona que vive allí.

3

El demonio me obligó

¿Cómo podía explicarle a la rectora que no había sido yo quien había incendiado mi habitación? Lo había hecho el demonio.

Bueno, uno de ellos.

No fue difícil para nadie adivinar quién era la culpable de la catástrofe: yo era la única que venía «con advertencia» para cada persona nueva que ingresaba a trabajar allí. Si no me escapaba de madrugada, destrozaba las instalaciones por la mañana.

Controlaron el fuego con uno de los extintores de emergencia de la zona de habitaciones y a mí me llevaron directa a la oficina principal del convento.

—Señorita Stamon. —El áspero tono de voz de la rectora era, en definitiva, lo último que quería oír.

—Buen día, Gladia, esos nuevos lentes le quedan genial —lancé un cumplido a lo primero que vi.

Lo que más me molestaba de la situación era que Amon se estaba muriendo de risa detrás de mí, y yo no podía decirle nada porque debía mantener «la compostura».

—Son las ocho de la mañana, Valentine. —La rectora me pasó el informe—. ¿Por qué quemó su cuarto?

Buena pregunta.

—Dile que amaneciste con ganas de calor —se burló Amon.

Aterrorizada, me fijé en la reacción de Gladia, pero el rostro de la mujer permaneció inmutable. Recordé lo que me habían dicho los chicos sobre que solo yo podría percibirlos. Me pilló por sorpresa que cumplieran con su palabra, así como lo difícil que me resultaba ignorarlos para continuar con mi cotidianidad.

—Déjala en paz. ¿Quién nos conseguirá dulces? —intentó defenderme Mam, aunque aquello sonaba más a burla que a salvación bienintencionada.

Era una verdadera tortura actuar como si no estuvieran hablando a gritos detrás de mí.

—La podemos extorsionar, no te preocupes —lo tranquilizó Amon.

—Los accidentes pasan todo el tiempo, invéntate algo coherente y pide otro cuarto —ordenó Levi.

—Considerando que la conociste mientras trataba de invocar al diablo con un tutorial de internet, dudo que haya mucha coherencia en ese cerebro —se mofó Amon.

Eché la cabeza hacia atrás; el circo que estaban montando empezaba a exasperarme.

—¡Basta! —vociferé—. ¿No ven que estoy en mitad de algo serio?

—¿A quién le está gritando? —La expresión de la rectora se llenó de preocupación—. ¿Se siente bien?

«Bingo».

—De hecho, me siento fatal, estoy mareada. —Puse una mano sobre mi pecho y aspiré una bocanada de aire—. Creo que fue por las velas que me dieron, ese aroma embriagante…

—Vaya a la enfermería —se limitó a demandar la rectora—. Ya veremos qué les pasa a las velas.

—Gracias —suspiré.

—Sin embargo, vamos a notificar el suceso a sus padres. Por seguridad.

Sentí que me invadía el alivio cuando me dejaron salir. En el primer día de clases, todo lo que me importaba era ver a mi mejor amiga y poder sentarme a su lado durante el resto del año.

—Qué mal mientes —se burló Levi.

—Tengo que irme antes de que me hagan más preguntas —le informé al salir. Con cautela, escudriñé los pasillos antes de seguir hablando—: Si me pillan discutiendo sola, seré yo la exorcizada.

—¿A dónde vas? —Frunció el ceño—. ¿No vives en este convento?

—Me han hecho pasar estos meses aquí, es una especie de castigo. —Me aclaré la garganta—. Este sitio queda cerca del instituto, allí es donde pasaré la mitad del día a partir de ahora.

—¡Vamos contigo! —exclamó Amon.

—Sobre mi cadáver.

«Y sobre el de mi mejor amiga. Ella me prometió que, si algún día me metía en problemas, me ayudaría a enterrar un cuerpo. No sé si su oferta será extensible a tres de ellos».

—¡Leviatán! —Amon llamó a su amigo y una sonrisa se dibujó en su rostro mientras me miraba fijamente—. ¿A cuántas personas tenemos permitido matar?

«O quizá el cuerpo que entierre será el mío».

—Muy gracioso —contesté.

—Miren, a la niñita no le gustan mis bromas. —Hizo un puchero; detrás de él, Mam negó con la cabeza.

—Cuando pueda deshacerme de alguien —caminé con paso firme hasta Amon—, tú serás el primero.

Él me sujetó de la cintura.

—Quiero ver cómo lo intentas —murmuró.

—No hemos venido a eso —le recordó Levi.

—Estás haciendo enemigos que no pueden defenderse frente a ti, Amon —advirtió Mam—. Eso va en contra de mis creencias. Tócala y lo lamentarás.

—Ay, por favor, Mam, no me das miedo.

—Es imposible —recalqué—. Ustedes no se pueden comportar como humanos, vamos a causar un desastre si andamos en manada. Además, ¿por qué les dejaría seguirme? Suficiente tengo con los demonios de mi cabeza.

—¿Tienes mininosotros en tu cabeza? —indagó Amon.

—Esto es serio, la humanidad no puede enterarse de que estamos aquí, y mucho menos los comandantes del infierno —repitió Levi por enésima vez—. Tenemos una misión.

Amon levantó la mano. Le habíamos enseñado a hacerlo hacía unos minutos; interrumpirnos era su nueva actividad favorita.

—No, tampoco puedes poseer a nadie, Ba'alzebú lo notará —prosiguió Levi.

—¡Los detesto, no saben nada de diversión! —Amon hizo otro puchero.

Habría parecido hasta tierno de no haber sido un hijo de…, del demonio.

—Necesitarán nombres creíbles. —Saqué mi teléfono—. Un segundo, iré a las páginas de nombres de bebés.

—Pero Leviatán no se cambió el nombre la primera vez —se quejó Amon.

Los miré con el rabillo del ojo; si las miradas mataran, Levi habría decapitado a su compañero.

—A mí me puedes llamar como quieras —agregó Mam con amabilidad.

Escoger nombres era complicado. Por fin entendía por qué mis padres me habían puesto el de su mayonesa favorita. Lo peor era que no me pegaba nada: yo había salido castaña y agria, y no me gustaba la mayonesa, lo cual ya me había acarreado suficientes problemas sociales.

—La humana ya se está envalentonando demasiado, propongo matarla —comentó Amon.

—¿Quién? —murmuró Mam.

—Val.

—No, que quién te preguntó.

—No voy a cambiarme el nombre solo porque a ti te incomoda. ¿Qué hay de malo en ser un demonio? ¿Es un pecado o qué? —insistió Amon.

Estuve cerca de gritarle por un segundo, pero finalmente opté por ignorarlo.

—Lo que sea —exclamé—. Ahora hablemos de las normas que tendréis que seguir para que yo acepte ayudaros con todo esto.

—¿Perdona? —Amon elevó las cejas; su pregunta era una burla, pero yo hablaba muy en serio.

—¿Creían que iba a aceptar que hagan lo que quieran y que se entrometan en mi vida sin más? Qué egocéntricos.

Saqué una de las hojas de mi cuaderno y se la pasé a Levi, que era en el que más confiaba en ese momento. Tampoco es que confiara demasiado en ninguno, pero él parecía ser el menor de los males. Perplejo, Levi la tomó sin quejarse.

—Quiero que redactes un contrato —aclaré.

—¿Qué insinúas? ¡Estás loca! —exclamó Amon.

—Cierra la boca —espeté—. Si vas a estar bajo mi techo, en mi instituto y cerca de mí, será con mis reglas.

Él frunció el ceño y su sonrisa se fue deformando hasta desaparecer, pero el claro aire de superioridad con el que me observó no me afectó. Yo conocía muy bien a los de su tipo, fueran mágicos o no.

—Amaneciste muy valiente —declaró.

—Siempre lo he sido. —Me encogí de hombros.

Mam no había emitido ni una sola palabra hasta ese momento, pero la aprobación con la que me observaba desde unos metros más atrás me incitó a mantenerme firme. Pese a que no me animaba a nombrarlo, él era quien acaparaba toda mi atención; mi curiosidad giraba a su alrededor.

—Esa es una característica atractiva —contribuyó al fin.

—Lo que sea, no les estaba preguntando su opinión. Mi vida, mis reglas —aseguré.

—No tengo todo el día —susurró Levi haciendo flotar su lápiz. Su tono jocoso revelaba que me veía como un gran chiste.

—¿Sabes redactar un contrato siquiera? —inquirió Amon.

—No. Pero tengo internet.

Dicté cada línea del contrato. Si algo me habían enseñado mis profesores era que debía realizar todos mis movimientos desde la legalidad. No tenía ni idea de cuán legal era todo este asunto, pero mujer precavida valía por tres.

Estuve investigando durante un largo rato en línea hasta que logré unir mis básicos conocimientos para algo útil; no me cabía duda de que, si algún notario leía aquello, le sangrarían los ojos.

CONTRATO INTERDIMENSIONAL
INFIERNO-TIERRA

Al objeto de garantizar la seguridad de la peticionaria, Valentine Stamon, se hace necesaria la firma de un acuerdo con los señores demonios (Amon, Leviatán, Mam) que garantice unos niveles de confianza entre ambas partes.

Los demonios citados se comprometen a cumplir con los requerimientos de Valentine Stamon a cambio de una residencia en su propiedad privada (un cuartito quemado del convento) y la posibilidad de convivir con ella.

HECHOS:

1. Los mencionados demonios tienen prohibido interferir en el transcurso normal de las actividades escolares y extracurriculares de la peticionaria.

2. En caso de ofensa, represalia o dificultad, no tienen autorización para involucrar a familiares o amistades cercanas. Al contrario, si por alguna razón uno de estos se viera afectado, los demonios deberían colaborar en mantenerlos a salvo.

3. Si su intención es usar a la señorita Stamon en sus planes, ella accede con la condición de que la informen previamente y de que ninguna de estas actividades tenga el poder de afectar a su vida en el futuro.

4. Cuando obtengan...

—¿Qué es lo que vinieron a buscar a la Tierra? —inquirí nerviosa.

—Tú nos invocaste —bromeó Mam—. ¿Para qué querías atraer al diablo?

—Fue un accidente —recalqué—. Eso no responde mi pregunta.

—¿No te han advertido que los que saben demasiado nunca llegan lejos? —me dijo Levi con un guiño.

Un escalofrío recorrió mi espalda y respiré hondo. Daba igual. Nunca me interesaría nada de lo que hicieran esas criaturas.

—¿Cuánto tiempo pueden necesitar estar en la Tierra? —Me crucé de brazos—. ¿Es una especie de viaje de vacaciones? ¿Han venido aquí a poseer gente?

—Si no logramos regresar pronto, yo mismo me cambio de especie —declaró Amon.

> 4. ~~Cuando obtengan...~~ Los demonios deben marcharse apenas concreten su «misión secreta», a ser posible antes de mis exámenes finales. A ser posible, me dejarán en paz YA.

Creía que, si negociaba con aquellos seres imaginarios, tal vez en algún momento despertaría de esa pesadilla.

—¿Y tú qué quieres? —No me percaté de que Mam se había movido hasta que estuvo detrás de mí, con el mentón encima de mi hombro.

—¿Eh?

—Nos estás dando alojamiento y tu tiempo —explicó en un susurro, asegurándose de que los otros dos no lo oyeran—. ¿No hay nada que quieras de nosotros?

—Que desaparezcan.

—Lo digo en serio, no dejes que se aprovechen de ti, debe de haber algo que quieras a cambio: ¿un objeto, dinero, fama? Todo el mundo alberga algo de avaricia en su interior.

¿Estaba siendo amable conmigo o era una trampa?

—Yo no. Lo único que quiero es terminar este maldito año en paz. —Me froté los ojos—. Y dinero, supongo que todos queremos dinero. —Me encogí de hombros—. ¿Tengo solo una oportunidad?

—Es lo más probable.

—¿Por qué debería confiar en ti?

—No deberías —me aseguró—. Pero no pierdes nada con un deseo.

—Lo guardaré, no quiero malgastarlo ahora —balbuceé—. No pienso con claridad cuando estoy bajo presión.

> 5. La señorita Stamon tiene derecho a un deseo personal antes de que se termine la visita de los demonios a la Tierra.

—Tengo una duda —agregué—. Ustedes son muy viejos. ¿Eso significa que saben mucho más que cualquiera en la Tierra?

—Sí, pero no por viejos —rio Mam—. En realidad, sí sabe el diablo más por ser él mismo que por viejo. ¿Qué es lo que quieres saber?

—Tengo dudas, dudas tontas, no como el resto del mundo. —Me aclaré la garganta—. Sobre chismes de historia o, por ejemplo, cómo se decidió que podrían comunicarse a través de una tabla.

—Prometo explicártelo luego —respondió enternecido, de la misma forma en la que uno le respondería preguntas existenciales a un niño—. Si son detalles así, claro.

Asentí, pero había algo más que necesitaba saber. Yo no tenía mucho que ofrecer, ni siquiera podían usar mi sangre para sus rituales, y había una pregunta que llevaba resonando en mi cabeza todo este tiempo. Hasta que por fin me atreví a formularla en voz alta:

—¿Por qué elegirme a mí? ¿Soy una especie de cómplice para ustedes? —cuestioné—. ¿Para qué quieren quedarse conmigo? ¿Qué necesitan de mí? Apenas sé seguir un tutorial.

—Eres como nuestra mascota —bromeó Levi—. Más fácil de manipular que un cómplice. Por ahora, necesitamos que te quedes callada.

Al parecer, en los institutos del infierno no enseñaban modales.

—¿No pueden andar por su cuenta? ¿Qué es lo que tengo yo de especial?

—Que eres tan insignificante que nadie nos buscaría donde estés tú —contestó Levi de mala gana—. Y ya basta. Nosotros no te preguntamos por qué invocas demonios en una iglesia; si sigues con tu interrogatorio, entraré en razón y optaré por deshacerme de ti. —Chasqueó la lengua—. Y entonces sí que estarás en apuros. ¿Tres contra uno? No tienes ninguna posibilidad.

Me quedé callada, aterrada por lo que implicaban sus palabras. Quizá sí debía actuar como si ellos necesitaran algo de mí; mi instinto me decía que, si no me creían imprescindible, al menos como su mascota, me eliminarían.

Los convencí de firmar uno por uno; entre las pautas que agregué después estaba que nadie podía saber que coexistían conmigo, que yo debía quedar fuera de cualquiera de sus maldiciones, que no provocarían desastres naturales en mi ciudad y que quería una cama inflable rosa para cuando fuera al infierno. También conexión a internet.

—Se supone que nosotros somos los que hacemos tratos —se quejó Amon.

—¿Ya acabaste de chillar? —dije imitando su forma de hablar.

—Pecadora, calladita te ves más bonita.

Miré el reloj y me quedé boquiabierta. Habíamos salido del despacho de la rectora por la mañana y, de alguna manera, llevábamos horas redactando aquel contrato. Hasta se me había olvidado comer. Pese a que no era demasiado tarde, yo solía irme a dormir entre las ocho y las nueve, dado que tenía que despertarme temprano a diario. No me podía creer que hubiese gastado la tarde entera en su compañía.

Ellos seguían empeñados en acudir conmigo a las clases. Su emoción por ir al instituto me resultó extraña: en esa época, yo habría dado lo que fuera por no tener que asistir.

Me dijeron que me despreocupara, que solucionarían los detalles por su cuenta, y preferí no saber si planeaban asesinar a dos niños inocentes para quedarse con su matrícula o colarse en la lista editando un Excel.

Por otro lado, mis padres recibieron una nota diciendo que la loca de su hija había quemado su habitación y yo falté al primer día, así que no tenía forma de saber con quién podría encontrarme en la clase al día siguiente. Por no mencionar a los encantadores sujetos que iba a llevar conmigo. Aun así, esa noche dormí como un bebé.

Hice un plan en mis sueños: tenía que hacerles creer que sería fácil aprovecharse de mí.

Me apostaba la vida a que todo lo que habían dicho era mentira, ya fuera en lo referente al contrato o todas esas promesas de las que sin duda pasarían.

El día siguiente pintaba caótico, justo igual que el anterior, idéntico a como había imaginado que sería el resto de mi vida desde que el concepto «demonios» se había unido al de «realidad».

—Voy a modificar cosas en… —Levi se mordió el labio inferior— algunas mentes para que nuestra visita pase desapercibida. Tengo recados que hacer, así que los dejaré en cuanto lleguemos al instituto. —Me miró—. Si tienes cualquier problema, me llamas.

—¿Cómo que llamarte? No siempre tengo elementos para invocar a mano.

—Por teléfono, tonta. —Me pasó un papel con su número—. Guárdalo.

Ahora los demonios tenían WhatsApp, sorpresas que te daba la vida.

El prefijo que acompañaba al número era «+666».

Me tragué parte de mi orgullo y bajé hasta la salida principal, donde el autobús amarillo nos esperaba para llevarnos al matadero. La mayoría de las chicas me miraron raro, así que asumí que ya podían ver a mis acompañantes. Al subir no vi rostros extraños, solo sentí muchas miradas; tantas que tuve que ir a los últimos cuatro asientos.

Mam se quedó anonadado observando a las demás niñas, sus pupilas siguieron los juegos de manos que estas realizaban con admiración; él solo buscaba divertirse y comer todo el rato. La verdad es que empezaba a caerme bien.

—Parece que llamas mucho la atención —murmuró Amon.

Sin duda era por mi cabello maltratado, sí. Seguro que la que llamaba la atención era yo, y no los tres extraños gigantes con aspecto amenazante que venían conmigo.

—Cállate.

Quise socializar con Levi, que parecía más concentrado de lo normal en su teléfono. Empecé a preguntarme cuál era el origen del desagrado que sentía por la humanidad, qué le había ocurrido para que, pese a estar en nuestro territorio, actuara como si no existiéramos.

—Violar la privacidad de los demás es pecado —masculló.

—No estaba mirando tu teléfono, quería hablarte —aclaré molesta.

—Como sea, no confundas las cosas. —Me sonrió mostrando sus dientes afilados—. No quiero ser tu amigo, ninguno de nosotros quiere serlo.

Comprendí que me había creado falsas expectativas al pensar que al menos uno de ellos podría ser agradable. Ni siquiera debería prestarles atención.

Nada más llegar al instituto, Levi desapareció, y yo revisé mi mochila para comprobar que tenía todo lo que necesitaba.

Mierda.

—Amon, trajeron mochilas, ¿no?

Me estremecí nada más decirlo. Entrar pronunciando su nombre en un instituto altamente religioso (donde lo más escandaloso que solía ocurrir eran las peleas de tercero) no me parecía la mejor idea para la primera semana. Además, seguía sin saber cómo habían arreglado lo de su inscripción.

—No. —Movió su mano derecha con delicadeza; de pronto una chispa roja se encendió—. Ya lo soluciono.

Mi corazón estuvo al borde del colapso. Miré a todos los lados posibles vigilando que nadie lo hubiera visto; por fortuna, todo el mundo estaba concentrado en una limusina rosa al lado del bus.

—Demente, alguien podría haberte pillado.

En una ocasión escuché que, antes de que un hecho catastrófico ocurriera, había pequeñas señales que lo delataban. Yo no creía que se pudiera predecir el futuro; sin embargo, había escenarios fáciles de interpretar o, mejor dicho, había cosas que simplemente no podían salir bien. Sospechaba que me encontraba en una de esas situaciones.

Los chicos me siguieron como hormigas. Yo tenía los nervios a flor de piel y, aunque logré distraerlos brevemente hasta que los pasillos estuvieron vacíos, no bajé la guardia.

Vi a mi mejor amiga entrando por la puerta principal, a unos ocho metros de donde yo me encontraba: fue como un halcón al visualizar su presa; fijó sus ojos en mí, sonriente, y empezó a correr. Me preparé para recibirla con un abrazo, pero entonces todo se paralizó. Unos cuantos papeles estaban flotando en el aire, el movimiento de mi cabello, los pasos de quienes nos rodeaban…; todo se detuvo.

Mam levantó la mano e hizo una señal de advertencia.

—Protégete, te va a atacar —me previno.

«¿Ha sido él? ¿Puede detener el tiempo?».

Eché un vistazo a mi alrededor. Todo se había quedado congelado, hasta los insectos alrededor de la luz permanecían inmóviles en el aire.

—Déjanos, no es nada malo —dije como pude sin moverme.

Oí un chasquido y el movimiento se reanudó, los papeles cayeron, las personas continuaron hablando como si no hubiera pasado nada, Dania siguió corriendo en mi dirección.

Abrí los brazos cuando llegó hasta mí y estuvimos a punto de caer al piso del impacto.

—¡Valeeen! —Sostuvo mi rostro entre sus manos—. ¡Por fin estás aquí! Te extrañé mucho, casi muero pensando que habías cambiado de instituto al ver que no llegabas ayer y que no respondías a mis mensajes.

—Yo también te extrañé, Dani. Perdón por no contestarte, estaba lidiando con un problema infernal.

—¿Tan pronto en el año? Buf, mi mayor problema ahora mismo es que no se me vaya el color del pelo.

—Me encantaría ser tú a veces, lo juro.

Su cabello, antes violeta, ahora era mitad celeste; Dani cambiaba más de color de cabello que yo de amores, y eso era mucho decir. Me miró raro y volvió a abrazarme solo para hablarme al oído:

—¿Con quién viniste?

La aparté, sintiéndome incómoda de pronto. Era hora de empezar el teatro.

—Es complicado de explicar…

—Son nuevos, eso seguro. Reconocería a un grupo de chicos así si los hubiera visto antes.

Abrí la boca tratando de decir algo coherente cuando Amon me empujó a un lado.

—Soy el peor demonio con el que puedas cruzarte. —Le pasó la mano por la cintura a Dania y ella se sonrojó con facilidad.

—Yo soy alguien que desearía volver al infierno —contribuyó Mam, y la franqueza de sus palabras me hizo reír.

Pero entonces lo corregí apresuradamente:

—¡Se refiere a su casa! —exclamé—. No digas eso de tu hogar, Mam. Entiendo que no te lleves bien con tus familiares, pero no es para tanto.

Dania desvió su atención de ellos a mí; a menudo nos comunicábamos con la mirada, así que yo sabía lo que me estaba diciendo.

O más bien gritando, porque, sí, prácticamente gritaba con los ojos.

«¿Alguno es tuyo?».

Aquello era cuestionable. En teoría los tres me pertenecían. En la práctica, nadie pertenecía a nadie. Y, a decir verdad, yo habría preferido que ninguno se relacionara conmigo.

«¡¿Quiénes son?! ¿Por qué no los había visto antes?», continuaba diciendo Dania con su mirada.

—Son mis primos. —El nerviosismo pudo conmigo y dije lo primero que se me ocurrió—. Son extranjeros, así que no entienden algunas cosas.

Pero la sonrisa malvada de mi amiga no desapareció, y supe perfectamente los pensamientos que cruzaban por su cabeza.

En ese momento, una profesora se acercó a nosotros para preguntarnos a qué curso pertenecíamos. Me sentí turbada cuando trató a Mam y Amon como si fueran dos alumnos más a los que conocía de toda la vida y los guio hasta la clase.

Suspiré al entrar tras ellos. Había menos gente que otros años; las típicas personas a las que yo les caía mal, algunos amigos, mi *crush* y otros irrelevantes.

Dania se sentó conmigo; les dije a los demonios que se colocaran enfrente; así los controlaría mejor.

La profesora se presentó y anunció que teníamos dos nuevos alumnos de intercambio.

«Oh, no. Por favor, no».

—Alumnos nuevos. —Miró a Mam y Amon—. Cuéntennos un poco de ustedes.

Para mi sorpresa, ellos se inventaron un cuento justo en ese instante sobre un pequeño pueblo en el este de Europa, cuyo nombre solo reconocí porque seguía a *influencers* que se dedicaban a recorrer sitios recónditos de la Tierra.

Dania pasó dos horas enteras socializando con ellos, interrogándolos hasta el más mínimo detalle, porque ella adoraba saberlo todo de todos; era como una enciclopedia andante de seres humanos.

En cierto punto mencionó el UPD: «último primer día», que era una fiesta que organizaban los alumnos del último año de secundaria; una de las mil excusas que tenían para salir de noche todo el curso al completo. Era algo que yo llevaba esperando desde que había ingresado en el instituto.

Sin embargo, dadas mis circunstancias, en general mi último curso no estaba empezando como a mí me habría gustado.

—¡Qué emoción! —chilló Dania—. Lo pasaremos genial, no puedo creer que de verdad este sea nuestro último año.

—Eso me da vértigo —confesé.

—No seas pesimista, Val. Todos saben que el único lugar peor que la escuela es el infierno —dijo a modo de chiste.

Ninguno de los presentes se rio.

4

Pesadillas

Esa noche tuve un sueño extraño; no podía ver nada con claridad, excepto unas luces violetas en el techo de un gran salón. El vestido que me habían puesto me impedía correr.

Yo estaba buscando algo. No sabía qué, solo tenía claro que era importante, debía obtenerlo antes que nadie.

Las parejas a mi alrededor danzaban al ritmo de una hermosa melodía, pero yo solo pude escabullirme. Choqué contra ellos y desorganicé la armonía. Uno de mis tacones se rompió al llegar al otro lado del salón. La puerta con vistas a la montaña susurró mi nombre.

Una de las luces se posó sobre el barandal del balcón; me habría encantado tocarla, pero el simple hecho de cruzar la puerta me provocaba una sensación rara en el pecho. Me deshice de los tacones y tragué con fuerza, reuniendo la determinación necesaria para ir al otro lado. Pero entonces una mano helada se colocó sobre mi hombro.

—¿Quieres bailar?

No reconocía esa voz. De reojo, pude notar que el tipo tenía la piel pálida, un destello rojizo en los ojos.

—Deja eso. —Me giró tomándome de la cintura, y la risa siniestra que emitió al tocarme me heló la sangre—. De todas formas, ya te han condenado, está escrito en las estrellas.

Su atuendo era elegante, con dragones bordados en el traje. Mi mirada subió hasta su cuello, su rostro se veía borroso; los destellos de lo que parecía ser oro en sus accesorios me cegaron. Me elevó en el aire y empecé a gritar, pero ninguna de las personas que estaban a nuestro alrededor se percató.

Me levanté exaltada, con esa típica sensación de estar cayendo al vacío, empapada en sudor y con la respiración entrecortada. Levi era quien me había despertado, pero los tres chicos me observaban. Sus miradas fijas en mí me incomodaron. ¿Desde cuándo estaban mirándome? ¿Qué hora era?

—¿Tuviste una pesadilla?

Aquella sensación horrible no me abandonaba, me dejó con mal sabor de boca.

—¿Qué ocurrió, pecadora? —preguntó Amon, haciéndose el desinteresado.

Me deslicé lejos de ellos. Me percaté de que no era la única sobresaltada, ya que Mam no supo esconder sus emociones. Su rostro denotaba preocupación.

—Tuve un sueño raro —suspiré.

—Deberías salir a tomar el aire, haber aspirado tanto humo estos días podría haberte hecho daño —bromeó Mam.

—Saldré al bosque unos minutos después del desayuno —respondí. Como si tuviera que rendir cuentas de mi salud al diablo.

El aire me llegaba con dificultad a los pulmones. Leviatán extendió su mano con intención de ayudarme, pero lo rechacé y me puse en marcha para afrontar el día.

Un poco más tarde, salí al exterior y me acomodé sobre un tronco del bosque. Lo único que podía agradecer de la situación era el paisaje. Tampoco es que fuera nada del otro mundo: la luz atravesando las hojas, los sonidos de los pájaros, el olor a flores y los frutos frescos colgando sobre mí…, pero era bonito. Tuve que reconocer que, al estar siempre tan entretenida con el teléfono, nunca había explorado estas zonas del convento. Me pasaba la vida quejándome de que no había buen wifi para ver mis series favoritas. En parte lo agradecía: la primera vez que me había funcionado el internet, había invocado a tres demonios. No quería imaginar qué habría hecho con buena conexión todo el verano.

Me quité las flores que me había puesto tontamente en el cabello. Sentí una presencia a mi alrededor y retrocedí un par de pasos, buscando detrás de mí algún rastro de los demonios. Sin embargo, al volver a mirar al frente me los encontré a escasos centímetros.

—¿Por qué me están siguiendo?

—Necesitamos un favor —susurró Leviatán.

—¿De verdad no había alguien mejor para esto? ¿Una bruja? ¿Alguien que sepa cómo prender un incienso sin quemarse? —cuestioné harta—. ¿Cuál es el problema?

—No te podemos contar mucho sobre él, solo que necesitamos tu conocimiento de cosas humanas que nos ayuden a pasar desapercibidos y…

Cuando una persona hablaba, siempre se producía un breve lapso de tiempo durante el cual se replanteaba lo que iba a decir para causarle una buena impresión a quien tenía enfrente. Se notaba que Levi no estaba al tanto de aquello.

—A ti.

¡¿Qué demonios…?!

Mam dejó de permanecer ahí quieto como un fantasma viviente para recoger las flores que yo había tirado.

—Te quedan bonitas —susurró colocándolas de vuelta detrás de mi oreja.

Habría sido lindo si su rostro no me hubiera provocado terror o si no hubiera tenido unos largos cuernos saliendo de su cabeza. Sus ojos blancos sin pupilas parecían perlas donde veía mi reflejo. Me volví a quitar las flores.

—¿Han perdido la cabeza?

—¡Hiciste un jodido ritual con cosas extrañas, rezos y velas! —exclamó Amon—. Perdona por esperar que una loca esté loca.

Ni siquiera presté atención a sus insultos. La verdad era que yo había hecho todo aquello sin querer. Ya no me hacían gracia los memes de «el demonio de mi cuarto», porque yo tenía todo un equipo de ellos.

—¿Por qué debería ayudarles?

—Porque si lo haces te dejaremos en paz, ya no habrá más caos y será como que esto nunca pasó.

Interesante. Lástima que no me creyera ni una sola palabra de todo aquello.

—¿Qué tengo que hacer?

—Siéntate —ordenó Mam.

—Tienes que llevar esto. —Leviatán sacó un collar de su bolsillo.

Parecía costoso, con tres piedras colgantes de distintos colores y algunos detalles. Su brillo me dejó boquiabierta. Lucían como diamantes.

—¿Qué son? —Los toqué con delicadeza.

—No hagas preguntas si no estás lista para saber las respuestas —me advirtió Levi.

Me quedé mirándolo unos segundos.

—Estoy lista —aseguré—. Si voy a cargar con algo importante, quiero saber si podría causar mi muerte o no, al menos.

—Como ya debes saber… —empezó Mam—. O no, quizá no lo sabes. —Frunció las cejas—. Esa no es la cuestión. Los demonios como nosotros poseemos un poder más elevado que el resto; es magia que podemos hacer, conocimientos, fuerza que no siempre podemos llevar dentro porque sobrepasa a la razón. De ahí el mito de que los demonios son bestias: sobrecargarte por dentro te quita la paz que necesitas para ser «funcional», digamos.

—Lo único que entendí es que necesitan ir a terapia.

—Siléncienla, se lo ruego —pidió Amon.

—Así pues —continuó Mam aclarándose la garganta—, sacamos parte de ese «poder» de nuestro interior por diferentes razones, para usarlo solo cuando es necesario, como en un enfrentamiento. Esta energía puede introducirse en cualquier tipo de joya, y nosotros la hemos introducido en este collar —señaló—. Ya sabes, uno no quiere enfadarse y provocar un apocalipsis por accidente.

—Si es tan importante, ¿por qué no lo guardan en una caja fuerte allá en el inframundo?

—Ni el infierno ni la Tierra son seguros —contestó Leviatán—. Necesitamos que lo porte alguien de confianza, ya que nosotros no nos lo podemos poner, y tú… eres la indicada.

—Soy una caja fuerte andante —concluí ofendida.

—Eres la única en la que confiamos —rectificó Mam.

—Si soy su única opción, están en las peores manos —murmuré—. Pero, vale, ya entiendo: si están siempre conmigo y yo guardo el collar, entonces les facilito la vida, suena muy sencillo. ¿Cuál es el contra? ¿Me quemaré viva? ¿También me saldrán cuernos?

—Tendrás una conexión mayor con nosotros, con nuestro lado mágico, pero nada que vaya a acabar contigo —aclaró Mam—. Yo nunca te haría eso.

Ese discurso no me tranquilizó, y saber que no tenían ni la mitad de sus poderes a mano, y ya eran peores de lo que jamás podría haber imaginado, me dio bastante miedo. Sin embargo, me tragué el nudo en mi garganta y me coloqué el collar; estaba frío, pero no me produjo ninguna sensación que lo distinguiera de un collar común.

Amon comenzó a discutir con Levi; al parecer este tema lo incomodaba tanto que debía esconderse tras su fachada problemática para ocultar su inseguridad.

Una suave brisa chocó contra mí y la realidad se distorsionó por unos segundos. Cerré los ojos y, al volver a abrirlos, el dúo se encontraba en la otra punta del pequeño bosque. Solo

Mam estaba a mi lado. Comprendí que me había traído hasta aquí para evitar que tuviera que presenciar aquel espectáculo.

Me gustaría decir que lo asumí todo con valentía, pero en el fondo el miedo me paralizaba. Era surrealista ver lo insignificante que podía llegar a ser la vida de una persona.

Las mariposas seguían volando, mis amigos estarían divirtiéndose, mi familia trabajando, el sol no dejaba de cumplir con su labor... Como si la vida me dijera que el mundo había existido y seguiría existiendo más allá de mí. La Valentine de hacía un par de meses, tan tranquila y calculadora, se debía de estar riendo al verme ahora mismo. Estaba empezando a extrañar sentirme así.

Me acosté sobre la hierba, dando por perdido ese día de clases. Mam se quedó sentado a medio metro, observando el entorno.

—¿En qué piensas cuando estás tan callada? Llevo hablando solo unos cinco minutos —murmuró.

—Lo siento. —Salí de mi trance—. No pretendía ignorarte. Gracias por traerme aquí, la naturaleza me da paz.

—Darle paz a una persona es lo mínimo que puedes hacer por ella. —Se encogió de hombros—. Y lo máximo al mismo tiempo.

—Eso seguro. —Elevé la vista hacia los árboles—. Este sitio es tan bonito... En otoño te gustaría, es todo dorado.

—No importa la estación que sea, el paisaje es hermoso de todas formas —dijo mirándome fijamente.

Había muchas flores detrás de nosotros, era una de las zonas fértiles donde vivían las abejas. También había mariposas; un pequeño grupo de ellas revoloteó entre nosotros en círculos. Los rayos del sol se abrían paso entre los huecos de las hojas que nos cubrían con su sombra.

Me pregunté si mis padres habían querido mostrarme aquella naturaleza al mandarme allí, y si Mam, siendo un demonio, alguna vez había presenciado algo parecido a la simpleza de la Tierra.

—¿El infierno tiene mariposas? —indagué, un poco por cambiar de tema, pero también por darle conversación.

—Sí… —Desvió la mirada—. Son lindas.

Se colocó a mi altura, recostándose sobre la hierba a pocos centímetros de mí.

—¿Cómo es? —insistí.

—No es muy diferente a la Tierra.

—Cuéntame.

—Hay separaciones entre los diferentes tipos de demonios. Es oscuro y caluroso, pero no está hecho de fuego o lava como lo representan aquí. Su estética es similar a la de la arquitectura gótica, pero con piedra roja. No tiene estos colores.

—¿Te gusta más estar aquí?

—Sin duda, digamos que me identifico más con tu gente.

—Eso suena triste, Mam.

—Depende de lo que te guste. Hay seres sin delicadeza que prefieren el infierno, yo tengo mi propio sitio allí, y la verdad es que es distinto al resto de ese mundo. —Se acarició la barbilla y se quedó pensando como si quisiera describírmelo. En cambio, solo dijo—: A ti no te gustaría. No porque sea triste, sino porque es aburrido.

—Nada es aburrido si estás con las personas indicadas.

—Es gracioso —sonrió, y me percaté de que no lo hacía muy a menudo—. Algo parecido me dijo mi guía cuando me habló de buscar un hogar en otros mundos.

—¿Qué es un guía?

—Es alguien mayor que se encarga de ti hasta que dejas de ser un idiota.

—Como un padre —concluí—. ¿Tú tienes uno?

—Sí, tenemos uno.

Su imagen parpadeaba a ratos: sus pupilas iban y venían, sus cuernos aparecían y desaparecían…; sin embargo, no me preocupaba. Mam podía hacer que las demás personas no vieran sus rasgos demoníacos. No fui consciente del poder que poseía hasta que vi de nuevo su forma no humana. Era lógico que me hubiera asustado tanto al conocerlo.

—Siento haber hecho que te perdieras las clases.

—Acaban de empezar —le disculpé—. Supongo que puedo recuperarlo.

—¿Puedo ir contigo a las actividades extras?

Me sentía como si estuviera a cargo de ellos, y comencé a entender por qué mis padres habían preferido dejarme en ese lugar durante un año antes que tenerme en casa.

Caminé despacio al llegar al salón de adoración. La rectora Gladia controlaba los pasillos con su postura habitual, su vestido blanco perfecto y los oscuros rizos a ambos lados de su rostro. Se detuvo al verme. Había olvidado lo intensa que era su mirada.

—Valentine —suspiró—. Tiene diez segundos para explicarme por qué está aquí y no en el instituto.

—No me sentía bien esta mañana, se me pasó el autobús —le mentí mirándola a los ojos.

—Se sintió mal —repitió ofendida—. La última vez que «se sintió mal» quemó su habitación.

—No volverá a suceder.

—¡Por supuesto que no! —exclamó—. Nadie tiene un mismo accidente dos veces. Y no tenemos suficientes habitaciones de reemplazo.

Su mirada viajó a mi cuello; arqueó una ceja.

—Ahora que se siente mejor, haga algo de utilidad —me regañó—. Vaya a limpiar el jardín, que la pereza es pecado.

Si supiera cuántas veces había pecado esa semana... Tenía pasaje libre al infierno.

Esperé a que se fuera, metí todo lo que creí útil en mi mochila rosa y partí hacia el jardín. Estaba algo lejos del convento; todo en ese gran terreno estaba separado por varios cientos de metros, aunque, si seguías las estatuas blancas, no te perdías.

El sol ya no quemaba como en la mañana, solo había una humedad molesta que me hizo sudar profusamente.

Ese jardín era el que usaban para plantar las flores naturales que utilizaban en el altar, un par de arbustos frutales y plantas que, según sus creencias, tenían múltiples usos, como la ruda o el romero (los cuales yo solo reconocía por su característico olor).

El invernadero de al lado tenía las luces encendidas, cosa extraña, ya que nadie solía atenderlo pasada la mañana.

Mi parte favorita de cuidar el jardín era cortar las rosas y plantar nuevas semillas, que solían tardar meses en crecer.

El tiempo pasó volando y, para cuando terminé, la claridad que me había guiado hasta allí a través del laberinto de árboles había sido reemplazada por las tinieblas. Fui al invernadero a por una linterna: ya vivía en una película de fantasía, me negaba a entrar en otra de terror recorriendo bosques en la oscuridad. La sola idea de que algo me acechara hizo que mis piernas temblaran.

Toqué la puerta dos veces sin recibir respuesta, y estaba a punto de entrar de todas formas cuando alguien gritó desde dentro:

—¡Un segundo! ¡Voy!

Un chico abrió al instante; me pareció raro no haberlo visto nunca antes. Vestía una camisa blanca con el símbolo de la iglesia. Supuse que debía de ser uno de los trabajadores; el primero que parecía ser de mi misma generación.

—¿Qué haces aquí, Val?

—Nada —murmuré, pasando por alto el hecho de que supiera mi nombre—. Vengo a por una linterna, se me hizo de noche y olvidé traer una.

—¿Vas a volver sola? —Estiró el cuello para echar un vistazo fuera—. ¿No te da miedo?

—¿Debería?

—Al menos yo estoy algo asustado —puso ambas manos en alto— por lo que dicen las monjas. Aunque empiezo a sospechar que solo estaban jugando conmigo.

Continuó limpiando dentro, aunque sin mucho entusiasmo. Me pareció admirable que su atuendo claro siguiera limpio; yo había conseguido manchar mi vestido incluso antes de llegar al jardín.

—¿Qué dicen? —indagué.

—Es un secreto, pero... —bajó el tono— comentan que hay fuerzas malignas cerca, brujería o qué sé yo. No quieren contar lo que vieron.

Me quedé petrificada al oírlo, tuve que apoyarme en la pared más cercana para no caer.

—¿Qué?

—Sí, lo peor es que no les pueden hacer frente con agua bendita, no saben de dónde vienen —explicó—. Llamarán a un profesional uno de estos días.

«Un profesional».

«Fuerzas malignas».

«Que no sea lo que estoy pensando».

—Palideciste, ¿seguro que no estás asustada?

—Estoy bien.

—Estás sudando.

—Debo irme ya —farfullé mirando hacia fuera, temerosa por si alguno de los demonios me había seguido—. Hasta luego...

«¿Me dijo su nombre?».

—Soy Agus, por cierto, un placer.

Mi mente estaba tratando de procesar demasiadas cosas, así que me limité a tenderle la mano. Él dejó sus herramientas en un estante y se acercó a mí de nuevo; entonces reparé en lo alto que era y en el tatuaje negro que asomaba por el cuello abierto de su camisa.

Se acomodó el cabello detrás de la oreja tras quitarse los guantes. Intenté disimular que lo estaba observando, pero deduje que se había dado cuenta cuando me sonrió.

—Mejor me voy contigo, que luego no querré regresar solo.

Ambos nos reímos del tono en que lo dijo. Sin embargo, en todas las bromas había algo de verdad, y supuse que, para una persona normal, debía de ser terrorífico imaginar demonios a su alrededor.

El camino de vuelta fue más agradable gracias a él. Me contó que era una especie de jardinero, aunque estaba en el convento porque sus padres lo habían mandado un semestre a vivir allí, casi por la misma razón por la que me habían enviado a mí los míos.

Las primeras estrellas se abrían paso en el firmamento, y yo le estaba prestando tanta atención al cielo que no vi por dónde iba. Pisé a un animalito sin querer, y su gemido me hizo soltar un grito y saltar hacia atrás por instinto. Me habría hecho daño si no hubiera sido por Agus, que me sujetó.

Cuando miré al suelo, vi un pequeño conejo negro asustado en un rincón. Me sentí mal al instante.

—¡Ay, lo siento! ¡No quise pisarte!

Mi huella había quedado marcada en la tierra húmeda. El conejo se escondió detrás de un arbusto; pese a que no se podía distinguir a simple vista si lo había lastimado, había ensuciado su pelaje y sin duda lo había asustado.

—Qué mala persona eres —bromeó Agus tomando al animal entre sus manos—. ¿No serás tú la fuerza maligna?

Me quedé callada, tratando de ver si le había hecho alguna herida. Tenía el corazón a mil, muerta de pena.

—Creo que voy a volver para sanarlo —continuó Agus, pasándome la linterna—. Nos vemos luego.

—Gracias. ¡Lo siento! Dime si estará bien, por favor.

—Nadie muere a la primera estocada si lo haces mal.

Lo que me faltaba, ahora resultaba que igual era una asesina.

Empezó a alejarse, pero yo aún tenía una duda que no me permitió dejarlo ir. Corrí hacia él y tomé su muñeca libre. En su otro brazo, el conejo se revolvió aterrorizado al verme y Agus frunció las cejas.

—¿Necesitas algo?

—Perdona, esto te sonará estúpido, pero tengo mala memoria y la cabeza en las nubes estos días. Nosotros... ¿nos habíamos visto antes?

—¿Más allá de en las ceremonias o la cafetería? No, pero conozco a todos los que viven aquí. —Chasqueó la lengua, y sus ojos, fijos en mí, me erizaron la piel—. Y nunca olvidaría un rostro como el tuyo.

Conteniendo una sonrisa, di media vuelta.

—Gracias por todo. Espero que después de sanar al conejito puedas descansar, siento haber alterado tus planes.

—Lo mismo digo, Val. O, bueno, eso tengo que decir si no quiero ser el próximo en tu lista.

—Me estás haciendo sentir fatal, basta. —Escondí el rostro entre las manos—. Ten buena noche y olvídate de mí, así no moriré de la vergüenza.

—Será difícil olvidarme de esto.

—Inténtalo con todas tus fuerzas.

Posó su mano en mi hombro, tratando de sacudirme de aquel susto.

—Vale, pero tú intenta no tener pesadillas sobre tus crímenes —me susurró al oído—. Puedes visitarme cuando sea que necesites ayuda, estoy por completo a tu servicio.

5

Revelaciones calurosas

Los días de instituto se fueron haciendo más llevaderos. Ya había bastantes alumnos que parecían tener al diablo en el cuerpo cada día, así que un par más no suponían ninguna diferencia.

Conseguí hacerles entender a los demonios que las charlas entre una chica y su mejor amiga eran sagradas, de modo que al fin tuve un poco de privacidad: los temas serios, secretos y controversiales de los que Dania tenía que hablarme lo requerían.

—Entonces me llevó a mi casa, aunque no sé, no me convenció que sea géminis. Dame tu opinión sincera, ¿me voy a quedar sola contigo y mis cuatro gatos?

—Mi opinión sincera es que necesitas conseguirte mejores amistades por si algún día te dejo, Dani.

—Para tu información, en tu ausencia hice un amigo.

—¿Tú? ¿Hablando con gente de nuestra clase? —cuestioné intrigada.

—¡Jamás! —chilló—. Es alguien de otro bachillerato, el de ciencias.

—¿Quién es?

Dania, disimuladamente, giró la cabeza para escudriñar cada esquina en busca de su amistad. Supuse que también sería del último año, así que, en teoría, debía de estar por allí. Una sombra se proyectó desde algún punto detrás de mí, e iba a girarme cuando Dani saltó llena de felicidad.

—¡Ahí estás! ¡Agus, ven aquí, que te presento a mi mejor amiga!

El chico del invernadero se detuvo a nuestro lado y posó su mano en mi espalda, aproximándose a mi cuello. Dejé de respirar.

—Creo que eso no será necesario —dijo.

—¿Se conocen? Aún mejor. ¿Quieres quedarte con nosotras? —propuso Dania.

La mirada de Agus viajó de mí a ella, luego volvió a clavarse en mis ojos; sus pupilas bajaron hasta mis labios y luego a la zona donde aún tenía puesta su mano. Al percatarse, me soltó de inmediato.

—Sería un placer. —El énfasis que le puso a la última palabra me descolocó.

Con una reacción tardía, parte de mi rostro se calentó; era mi culpa por imaginarme cosas. Ni siquiera conocía a ese chico.

—Valentine, ¿vas a hablar? —reclamó Dania.

Asentí con los labios sellados, actuar bajo presión se me daba fatal.

—Sí, sí —repuse, tratando de remediar mi error—. Hola.

Extendí la mano por inercia, pero enseguida me percaté de que era un saludo demasiado formal. Perfecto, había venido a este mundo a humillarme. De todas maneras, Agus correspondió a mi gesto, supuse que para no dejarme más en ridículo.

—Siempre es bueno verte. —Me sonrió—. Te informo de que el conejo ya está a salvo, pero ahora les tiene miedo a las adolescentes.

El profesor de Gimnasia entró dando indicaciones sobre la actividad que realizaríamos ese día. Preferí esperar a que pasara lista antes de ir a cambiarme, y en el proceso descubrí que Agus tenía la mitad de sus horas libres porque había adelantado materias, así que solía meterse en las clases de otros cursos para matar el tiempo.

Una vez que nos nombraron a todos, se hizo evidente que no faltaba nadie salvo los «estudiantes de intercambio». Yo fui lo más rápido que pude a cambiarme. El mismísimo Flash se habría quedado boquiabierto al ver la velocidad a la que me vestí y me recogí el cabello. Noté que mi ánimo mejoraba ligeramente al estar allí, entretenida. Por unos instantes podía olvidar el gran lío que era mi vida.

Cuando volví a la clase, estaban empezando los estiramientos; fingí que sabía lo que hacía y me dediqué a imitar a mis compañeros de equipo.

—¿Alguno de ustedes sabe dónde están los niños que faltan? —preguntó el profesor.

No fue necesaria una respuesta.

La puerta se abrió de par en par para dar paso a Mam y Amon. Entraron junto con uno de los chicos populares del centro, aunque no se me ocurría cuándo habían podido conocerlo.

Todas las chicas dejaron de ejercitarse para mirarlos; había que admitir que sí poseían una pizca de atractivo, solo un gramo.

Es más, medio gramo.

Al tener toda mi atención puesta en ellos, no calculé dónde estaba el suelo y estuve a punto de caerme. Por fortuna, Agus se encontraba detrás de mí y pudo sujetarme. Me agarró por la cintura y trató de estabilizarme. Yo no era demasiado liviana, y sostenerme no debía de resultar sencillo, así que se lo agradecí.

Mam nos echó un vistazo rápido y su mirada se detuvo en las manos de Agus. Luego puso los ojos en blanco, aunque podría haber sido un gesto involuntario.

El nuevo equipo entró cargado de seguridad y se situó a nuestro lado. Solo Lucifer sabía de dónde habían sacado la ropa de gimnasia o por qué carajos les quedaba perfecta. Supuse que todas las cosas malas venían en un envoltorio hermoso, para que así los demás cayéramos más fácilmente en la trampa.

—Ya llegaron tus primos —anunció Dania, con una alegría que me hizo apretar los dientes.

Traté de tocar la punta de mis pies, aunque sin éxito. ¿De verdad había gente que lo lograba? ¿Cómo? Yo apenas podía moverme sin romper mis huesos. Me las ingenié para dar saltitos hasta estar lo más cerca posible de ella y le susurré al oído:

—Sí, aunque no nos llevamos bien ahora.

—¿Por qué?

«Piensa algo coherente, piensa algo coherente».

—Nuestros papás están peleando por la herencia de mi abuela. —Fue lo primero que se me ocurrió.

—Oh, no te preocupes, eso pasa todo el tiempo, ya se arreglarán.

Los recién llegados se acomodaron e hicieron caso omiso de mi presencia. El barullo me impedía concentrarme; se me daban fatal los deportes en general, y solo con mucho esfuerzo logré completar los «estiramientos», que en realidad solo estiraban mis ganas de dejar este mundo.

—Buen día, señorita —saludó Amon.

«¿No va a atacarme ni a decir nada horrible?».

—Buen día, rojito. ¡Estoy encantada de verte! —solté con sarcasmo.

Él me sonrió.

—Lo sé.

El ejercicio que estábamos practicando en ese momento hizo que Mam se tuviera que cambiar de lugar, de modo que quedó más cerca de mí. Se notaba a la legua su tensión, y me preocupó que pudiera deberse a algo que había pasado mientras yo no estaba.

Me percaté de que no había ni rastro de Leviatán. Debía de andar en sus asuntos; solía ser muy reservado.

Seguí observando la expresión corporal de Mam; no se esforzó ni un poco en hacer la rutina, pero aun así sus músculos se contraían con cada movimiento. Él ni siquiera se dignó a mirarme.

—¿Qué miras? —me preguntó al fin.

Fue tan repentino que me asusté un poco. Sin haberlo escuchado con claridad y sin poder asimilar bien sus palabras, mi mente se bloqueó.

—¿Qué? —susurré tratando de no llamar la atención de los demás.

—¿No me oíste? Mejor concéntrate en tu clase.

La noche debía de haber sido complicada, y ahora Mam creía que podía venir a tratarme así. Pero no estaba de suerte: yo nunca sería una de esas personas que se quedaban calladas.

—¿Qué te pasa? Se ve que has pasado tanto tiempo con Amon y Levi que se te ha pegado la idiotez —dije tan despectivamente como pude.

—Hum, no creo. —Siguió haciendo los ejercicios—. De todas formas, ¿qué te importa?

Me arrastré hasta él mientras el profesor no miraba, dejando a mi equipo atrás, ya que en ese momento no estábamos haciendo nada que requiriera trabajar conjuntamente. Estiré la mano para tomar su rostro y lo giré hacia mí. Se detuvo al sentirme y retrocedió de manera inconsciente con los ojos bien abiertos, como si lo hubiera asustado. Debía de estar muy metido en sus pensamientos si no me había percibido antes.

—Mam.

—¿Qué? —contestó por fin.

—Estás tenso.

—Ah. —Desvió la mirada—. No pasa nada.

Volvió a mirarme; parecía querer decir algo, pero no abrió la boca, solo mantuvo los ojos clavados en mi rostro. Se mordió el labio inferior con lentitud y luego se relamió.

Me fijé en eso por casualidad, por supuesto.

Cerró los párpados y negó con la cabeza.

—Siento tener que ocultarte las cosas, de verdad —dijo finalmente, enfatizando las dos últimas palabras—. No podemos decirte nada.

—Lo que tú digas.

—No quiero que pase nada que pueda lastimarte —suspiró—. ¿Me perdonas?

Sabía que no debería aceptar sus disculpas, pero sonaba tan sincero…

«No, no es sincero. Los demonios mienten, ellos mismos te lo han repetido mil veces».

El silbato nos indicó que debíamos separarnos. Íbamos a correr, y me tocaba regresar con Dania y Agus. Me levanté rápido con la intención de pasar desapercibida.

Enseguida me pregunté si tenía problemas respiratorios, porque a la hora de trotar parecía que estaba al borde de la muerte. De todos los presentes en la pista, al que más envidiaba era a Amon, que no tenía ni una gota de sudor, daba el doble de vueltas que los demás y encima mostraba buen aspecto haciéndolo.

Gente atlética, no lo entendería jamás.

—¿Estás bien? —preguntó Dania.

—Sí, pero hagamos ejercicio solo cuando nos mire el profesor, por favor.

Realizamos el resto de las actividades de la misma forma; aproveché para escucharla y para contarle algunas cosas yo también, aunque omitiendo los detalles que pudieran delatar mi doble vida maligna. Toda mi carga personal me había impedido hablar con ella tanto como de costumbre, lo cual estaba bien, no era el fin del mundo, pero sí un cambio de rutina que no me gustaba.

En un momento de la charla, me esforcé de verdad por hacer los mismos movimientos que el resto, pero lo único que conseguí fue que se me corriera el labial. Casi nunca lo usaba, así que no estaba acostumbrada a llevarlo. Por suerte, Dani me lo advirtió enseguida y yo avisé de que necesitaba ir al baño.

Di lo mejor de mí en el espejo para arreglarlo y me froté los ojos un par de veces porque me veía extraña. Supuse que sería por el collar; una de sus gemas, la roja, había empezado a brillar hacía rato, y desde entonces no había abandonado aquel tono neón. No era ninguna experta en piedras preciosas, pero aquella era una joya muy bonita.

Corrí por los pasillos con determinación, pero entonces un objeto duro detuvo mi marcha.

Miré hacia arriba y me percaté de que el objeto en cuestión era Leviatán.

—¿A dónde vas tan apurada?

Me fijé en sus ojos. Su cabello estaba mojado y su ropa oscura, también húmeda, se adhería a su cuerpo. Se recostó sobre los casilleros dejando a la vista una pequeña ancla negra tatuada en su brazo; al parecer, tenía más tatuajes de los que solía mostrar.

Me lanzó una mirada amenazadora, la que se esperaría de un hombre poderoso, fuerte y bello que claramente rondaba por los pasillos en busca de algo.

Levi desaparecía cuando quería y se aferraba al máximo a su papel de misterioso. Me regaló una media sonrisa al darse cuenta de lo mucho que lo estaba analizando.

—Estoy ocupada, aparta de mi camino. —Hice un ademán para pedirle que se moviera.

Di media vuelta dispuesta a volver a los últimos minutos de la clase. Él gritó a mis espaldas, aunque eso no me detuvo; lo escuché, pero opté por ignorarlo.

—¡Te atraparé luego! ¡Sé dónde encontrarte!

Me metí en el aula sin llamar la atención. Parecía que habían acabado; la mayoría de los alumnos estaban en las esquinas hablando. Fui directamente junto a mis amigos, que tenían aspecto de estar cansadísimos. Sin duda, yo estaba fresca como una lechuga gracias a que me había saltado media clase. Aun así, extrañaba vivir estas experiencias como lo hacían mis compañeros.

—Amo desperdiciar el tiempo en estas clases —bromeó Dania, aunque yo sabía que lo decía en serio.

Me recosté en el piso sobre ella, utilizando su panza de almohada. Mi estómago rugía hambriento contando los segundos hasta que sonara el timbre de receso. Me acomodé un poco y cerré los ojos; esa paz era la que necesitaba, podría haberme dormido en ese preciso lugar sin problemas. Al cerrar los párpados, la luz desaparecía y no quedaba más que la tranquilizadora oscuridad. Suspiré satisfecha.

Eso era todo lo que quería: vivir sin dramas igual que mis compañeros y disfrutar el último año.

—¡Val! ¡Quítate, me vas a aplastar!

—Es el precio de mi amistad, tómalo o déjalo.

—Déjala. ¿No ves la sonrisa tan linda que se le ha puesto?

Me levanté de golpe al escuchar a Agus; había olvidado por completo su presencia. Me invadió la vergüenza al pensar que podía haberme estado observando mientras yo me comportaba como un perrito muerto de calor: tirada con media lengua fuera, disfrutando de la vida y con una pata levantada.

Me pasé una mano por el cabello con la esperanza de mejorar mi aspecto, me impulsé hacia atrás para alejarme de él y tomé la mano de mi mejor amiga.

Sonó el timbre, y todos se dispersaron con la intención de huir o conseguir el mejor aperitivo posible. Yo tiré de la manga de Dani; ambas sabíamos que eso significaba que debíamos ponernos en marcha. No porque quisiera irme, que en parte sí, sino porque habría matado por un sándwich de jamón y queso en ese momento.

—¿Quieren sentarse conmigo? —ofreció Agus—. Perdón, pero me da pena estar solo cuando voy a comer cuatro sándwiches.

El comentario y la coincidencia de nuestros antojos me hicieron reír. Asentí sin dudarlo.

La fila fue corta; el día, con sus desventajas incluidas, estaba empezando con el pie derecho. Me dio pena no haber conocido a Agus antes, lo hubiéramos pasado bien.

Mi falta de interés por socializar había hecho que mi círculo de confianza se limitara a una o dos personas. Que de pronto hubiera cinco a mi alrededor era demasiado, me costaría acostumbrarme.

Acostumbrarme... ¿Cómo podía uno habituarse a una vida así? Que el infierno existiera... ¿no lo cambiaba todo? Quizá debería investigar si quería pasarme la eternidad sufriendo.

Le di otro mordisco a mi sándwich pensando en una forma sutil de colar el tema en nuestra conversación de cosas triviales.

—¿Qué saben sobre los demonios?

Muy sutil. Felicidades, Valentine.

Dania dejó su jugo de lado.

—Vi en una serie que les va el sadomasoquismo —respondió serena.

No volvería a preguntar nada en mi vida.

—Escuché que te miran mientras duermes —agregó Agus.

¡Gracias! Ya no quería saber más.

—Sí, y que son malos. Todos engañan, quieren tu alma —agregó Dania—. También dicen que van desnudos por el infierno.

Di otro bocado con ansia mientras escuchaba atenta las tonterías que tenían que decir mis amigos. Me dio la risa al imaginarme a los chicos en alguna de las situaciones planteadas.

—Leí que se presentan como animales horrendos. ¿Recuerdas la película que vimos las vacaciones pasadas?

Mi mejor amiga tenía demasiada fe en mi memoria a largo plazo.

—Son feos, tienen una forma rara —dijo nuestro nuevo compañero de almuerzos sonriendo—. Si viera un demonio, le escupiría.

—Buenas —saludó Mam, con una mano en el hombro de Agus.

Habría podido jurar que ni él ni Amon estaban cerca hacía un segundo.

—¿Nos podemos sentar? —preguntó Amon.

Miré a Dani, desesperada.

—Lo siento, está ocupado, esperamos gente —respondió ella por mí.

Sentí que un peso se elevaba de mis hombros; por un instante, había albergado mis dudas sobre lo que diría Dania, dado que había dejado muy claro el interés que sentía por cualquiera de los chicos. Los encontraba exóticos y atractivos, y yo no podía culparla. Aun así, no había dejado que nos invadieran porque yo le había explicado que tenía problemas con ellos.

Siempre fiel a nuestros códigos, estaba siguiendo una de las reglas fundamentales de nuestra amistad: las amigas sobre cualquier chico, el que fuera.

Escondí mi sonrisa detrás de la comida. Un momento incómodo menos.

—Lo siento —murmuré.

—Hay otras mesas, tal vez otro día —los animó Agus.

Oí la risa de Mam, pero no era su risa habitual, sino una mucho menos dulce.

—No estaba pidiendo permiso —espetó mientras se sentaba de forma prepotente con nosotros.

—Ya les dijimos que no podía ser —insistió Dania.

—¿Qué pasa? ¿Quieren empezar una pelea? —inquirió Amon, sentándose también.

Bueno, el pelirrojo había tardado tres horas en ser un idiota, nuevo récord.

—No puede ser. Contrólense.

—Sueñas demasiado alto —susurró Amon.

Solo que no estaba susurrando exactamente, porque al parecer solo yo podía escucharlo. El sonido provenía de algún punto cerca de mi oreja, aunque él estuviera enfrente de mí con ambas palmas pegadas a la mesa.

—Prefiero el descontrol —terminó.

—¡Joder! ¡Llévate a este idiota de acá! —exclamé.

—¿Por qué? ¿La niña se está enojando? —Mam hablaba con un tono diferente al que solía emplear.

—¡Compórtate!

—¿Los conoces? ¿Quieres que los aparte? —Agus parecía preocupado.

—Me gustaría ver cómo lo intentas —desafiaron ambos demonios al unísono.

6

Las garras de lo invisible

Los tres se levantaron de sus asientos y la tensión recorrió el aire. Salté de mi silla rápido, había que parar aquello. Abrí la boca con la intención de gritar, pero entonces una voz me interrumpió. Nos interrumpió a todos.

—Chicos, los estoy esperando.

Leviatán se recostó en el marco de la puerta, con una bolsa en la mano y cara de no querer esperar a que resolviésemos nuestro problema.

—Val, nos vamos —sentenció Mam.

—No, ella se queda —me defendió Dania.

—Val —repitió Mam.

—No tienes que irte con ellos si no quieres, te defenderé. —Agus puso su mano sobre la mía—. ¿Los conoces siquiera?

—No te incumbe —espetó Mam—. Vámonos.

—¡¿No ves que no va a ir contigo?! —le gritó Agus.

Mam soltó una carcajada.

—Es importante, por favor —interrumpió Levi.

¿Por qué creían tener la potestad de decidir dónde debía estar yo en cada momento o lo que debía hacer?

—Ya dije que no.

Oí un chasquido por debajo de la mesa. Agus dejó de parpadear, y odié que una parte de mí supiera lo que significaba aquello. Todas las personas se congelaron a nuestro alrededor.

Era irónico: en varias ocasiones, había escuchado a los chicos quejándose porque supuestamente no podían usar sus poderes y, sin embargo, parecía que siempre los terminaban utilizando cuando les convenía.

«Diosa, dame paciencia».

Pasaron unos segundos y no me la dio, así que me vi obligada a gritar como la persona pacífica que era.

—¡¿Qué les pasa?! ¡¿Qué mierda se les metió en la cabeza para montar esta escenita?!

—Valentine —Mam se frotó el rostro con exasperación—, por favor, ven con nosotros, ¿sí?

—¿Tanto costaba pedirlo amablemente desde el principio?

—Costaba —repitió Amon—. Ahora vámonos.

Sin previo aviso, se lanzó sobre mí con la intención de derribarme y tomarme como un saco de papas. Me levantó del suelo con la misma facilidad con la que levantaría una pluma, me tomó de las caderas y me acomodó sobre su hombro. Hundió sus dedos con demasiada fuerza en mi carne y una especie de descarga recorrió todo mi cuerpo. Me mordí el labio, ahogando un chillido.

Pataleé con todas mis fuerzas, pero él no se detuvo. Los tres echaron a andar y, desde mi posición, reparé en lo extraño que era ver a todo el mundo paralizado en mitad de sus actividades. Me hizo preguntarme qué otras cosas podían hacer los demonios.

Ojalá pudiera haber visto todo desde fuera, debía de ser cómico ver a una chica gritando mientras ellos tres caminaban por los pasillos. Amon, siempre en medio, se adelantó. Levi avanzaba despreocupado con ese aire oscuro suyo; iba tan metido en su teléfono que ni siquiera miraba a dónde íbamos. Mam miró a los lados ignorando mis quejas; cada vez que atravesábamos un rayo de luz, su cabello lucía más dorado. Ahora que no había nadie alrededor, no se molestó en ocultar sus cuernos; parecía ganar confianza al tenerlos.

Pensaba que Amon no podía ser peor y, sin embargo, tuve que admitir que se había superado: no solo me obligaba a ir con ellos, sino que también presumía de su absurda fuerza sosteniéndome con una sola mano.

Llegamos al cuarto del conserje y Leviatán trató de abrir la puerta manipulando la cerradura, pero no tuvo éxito, así que se alejó unos pasos y la abrió de una patada. Al entrar, el idiota de Amon me arrojó sobre unas toallas de limpieza apiladas sobre la mesa. Al menos no me hizo daño.

Mam tomó la llave de repuesto para cerrar la puerta, y al momento la inseguridad se apoderó de mí.

¿Por qué habían cerrado? ¿Qué planeaban hacer?

Amon hizo crujir sus dedos, y me pareció ver que hacía un movimiento raro con las manos; todo lo que pude atisbar fue una chispa de fuego roja que fue sustituida por humo negro.

Con prepotencia y una sonrisa llena de maldad, puso una de sus manos a mi lado, se inclinó sobre mi cuerpo y levantó una ceja mientras me miraba a los ojos.

—¿Para garantizar tu silencio hay que tocarte o…?

Escuché la risa de Mam detrás de mí y me hirvió la sangre.

—Déjala, tenemos cosas que hacer.

—¡Orden, por favor! —gritó Levi—. Quisiera calma antes de empezar.

—Bien —bufó Amon, indicando que me levantara—. Terminaremos esta conversación luego.

—No si puedo librarme de ti —espeté.

Se sentaron en el piso. Hice lo mismo por supervivencia; al ver cómo cerraban la salida, un sexto sentido me había advertido que fuera precavida. Debía reconsiderar si me convenía intentar defenderme: no sabía hasta qué punto podían ser poderosos ni el daño que serían capaces de provocar.

Habíamos vuelto al principio: no había confianza entre nosotros. Asumí que sería así siempre.

Mam abrió un pergamino en el centro del círculo que habíamos formado. Levi lo tocó en el instante en el que estuvo completamente abierto, dejando de prestar atención a todo lo demás, incluyéndonos a nosotros.

Sus pupilas falsas desaparecieron para permitir que la plena oscuridad de sus ojos examinara los dibujos hechos con tinta blanca. Miré a los demás en busca de explicaciones. Ninguno dijo nada, se limitaron a esperar a que su amigo terminara.

—Despejado —comunicó él en un susurro.

—Genial, una cosa que sale bien —se alegró Mam.

Apenas empezaba a tranquilizarme un poco cuando una llamarada me sobresaltó: el pergamino se prendió después de que Mam soplara sobre él. Retrocedí de un brinco para alejarme y choqué con unos estantes.

Las llamas danzaron sobre los dibujos. Levi se percató de que estaba mirando anonadada las chispas y se acercó a mí, luego puso una mano en mi espalda para intentar empujarme hacia el pergamino.

—Tócalo, no te pasará nada.

Llevé mi meñique hasta una esquina del papel con el corazón en la boca y temiendo por mi vida. Sin embargo, él tenía razón, no me dolió. Al contrario, el tacto era similar al de unos pétalos de rosa templados, suaves y acolchados como el algodón. Podría haberme pasado toda la vida tocándolo.

Es más, quería una cama hecha de ese material.

—¿Ves? —preguntó Levi.

Asentí y volví a mi lugar.

—¿Para qué sirve?

—Necesitamos llamar a uno de nuestros guías.

—¿Por qué no lo llaman por WhatsApp? —sugerí.

Tal vez fuera una pregunta tonta, pero nadie podía decirme que no era buena idea.

—No funciona de ese modo —aclaró Amon—. Esto es una especie de llamada ilegal, además de que así nos puede ver.

—Existen las videollamadas.

—Pero de esta forma puede salir de ahí si es necesario. —Levi señaló el centro de nuestro círculo.

—¿Lo estamos invocando?

—Más o menos, aunque es difícil invocar a alguien de su talla —explicó rascándose la nuca—. Tal vez lo conozcas, es famoso. —Luego, con un toque de preocupación, preguntó—: ¿Estás lista?

—¿Puedo alejarme un poco?

Asintió y no hizo falta más: me separé del círculo para colocarme tan cerca de la puerta como pude. Casi todos mis pensamientos carecían de sentido en ese momento, pero supuse que, si algo malo ocurría, podía tratar de abrirla mientras ellos peleaban.

¿Cómo había pasado de preocuparme por qué bañador llevar a una excursión a pensar en cómo podría huir de seres mágicos?

Un rombo flotante se formó justo encima de nosotros, a la altura de nuestros ojos. Los chicos se colocaron a un lado, como harían en una videollamada normal, esperando a que algo apareciera en el interior de la figura.

Un monstruo horrible de piel negra con aspecto carbonizado se materializó en «pantalla»; sus rasgos eran humanos, pero demasiado alargados. Abrió la boca y soltó un largo bostezo.

«Podría ser peor», me repetí cuantas veces pude antes de que hablara.

—Son las cuatro de la mañana aquí, ¿qué demonios quieren? —gruñó la criatura.

—No mientas, Belfegor, tenemos la misma hora —lo regañó Levi.

—¿Por qué me llaman a mí? Saben que Ba'alzebú siempre les va a responder.

«¿De quién hablan?».

—Estamos en busca y captura —le recordó Mam.

—Oh, perdón, se me olvidaba. —Se recostó sobre unas almohadas—. ¿Qué quieren? ¿Ya devolvieron al secuestrado?

—¡Por enésima vez: Amon vino solo!

—No quiero hablar de eso —murmuró Amon.

¿Cómo? ¿Que lo habían secuestrado? Esa historia debía de ser bastante graciosa; quise tener más información para poder burlarme.

—¿De verdad hicieron eso? —indagué.

—¿Con quién están? —cuestionó el demonio al otro lado del portal.

«Oh, no».

Los chicos me miraron con cara de estar pensando lo mismo, pero ya era tarde: el tal Belfegor debía de haberme escuchado claramente.

—Nadie especial —respondió Mam.

El rombo flotante se movió en mi dirección y a mí se me cortó la respiración, el mundo a mi alrededor dejó de existir. Aquel demonio me estaba mirando fijamente. Un escalofrío me recorrió de arriba abajo.

—¿Quién es? —dijo, y yo me quedé inmóvil, presa del miedo.

—Nos estamos alojando con ella —explicó Mam.

—Pobrecita.

Levi abrió la boca con la intención de hablar, pero Belfegor lo hizo primero.

—¿Por qué no me avisaron? Podría haber asustado a su amiga sin querer.

Se pasó una mano por la cara para cambiar su aspecto y adoptar el de un humano normal, de unos treinta y tantos, con el cabello rubio y corto, y la piel aceitunada con ojeras visibles. Me sonrió y yo le devolví el gesto, aliviada ante su comportamiento.

—Eso no importa ahora. Te llamamos porque necesitamos tu ayuda —intervino Levi por fin.

—Miren, grupito —exhaló el otro demonio—, no tengo voluntad ni para arreglar mis propios problemas.

A través del portal, arrojó dos teléfonos junto con un pequeño pergamino blanco que aterrizó sobre mi regazo.

—Pueden arreglarse con eso, les guardaré el secreto, pero, si Lucifer o Ba'alzebú los atrapan, esto nunca pasó —concluyó, aunque no parecía muy preocupado.

Todo se esfumó en cuestión de segundos: Belfegor, el rombo y el pergamino con el que lo habían invocado. Nosotros cuatro nos levantamos, pero yo permanecí con la espalda pegada a la pared durante unos segundos más, mareada y confundida. Había sido una experiencia... sorprendente.

—¿Qué se supone que tenemos que hacer con esto? —Mam tomó el pergamino que había caído encima de mí y lo abrió—. Está en blanco.

Amon agarró los teléfonos.

—¿Me dejan crearme redes sociales?

—No —dijimos al mismo tiempo los demás.

—Vamos, seré divertido, pondría cosas como «Un *like* y tiro a Val por la ventana».

—¡Basta! —lo regañó Leviatán.

—Me daría *autolike*.

Mam miró el reloj de la pared con impaciencia. Recordé que, en alguna otra ocasión, habían mencionado que solo podían paralizar el tiempo durante un periodo determinado para poder hacer sus cosas con tranquilidad. Aquello me llevaba a pensar en todas las veces que otros seres místicos lo habrían hecho sin que yo me diera ni cuenta.

Sin embargo, salí rápidamente de mi ensimismamiento; me había quedado inquieta tras la llamada, necesitaba moverme, sentía que la incomodidad se mezclaba con la incertidumbre en mi interior. Y, más allá de sus bromas, notaba que los chicos se sentían de la misma forma.

—¿De qué iba todo eso? —pregunté al fin.

—Val... —Mam me desordenó el cabello con una mano—, es una historia muy larga.

—¡Yo te la resumo! —exclamó Amon—. Hace mucho tiempo, en un lugar muy lejano, había dos amigos: el idiota de Leviatán y otro. Un día todo se fue a la...

Levi le tapó la boca con rapidez y atajó:

—Nos peleamos.

Me acomodé, lista para escuchar la historia, y, al echarme hacia atrás de nuevo, mi espalda chocó con el hombro de Mam. Él me rodeó con el brazo para asegurarse de que no me cayera.

Traté de prestar la máxima atención a sus relatos para hacerme una imagen mental de todo.

—El «otro», Asmodeo, era mi... mejor amigo; creo que así lo definiríais en la Tierra. Estábamos muy unidos hasta que decidimos integrar a este par al grupo. —Leviatán señaló a Amon y Mam—. Después de eso, las cosas fueron empeorando sin motivo.

—Sin motivo... —repitió Mam con ironía—. As enloqueció, como si le hubiéramos quitado su juguete favorito.

—Yo no soy ningún juguete, y, en todo caso, él habría sido el mío. Pero no, éramos amigos, nada más. ¿Es así como ves a toda la gente que te ofrece su amistad, Mam? —Levi desvió una mirada cargada de lástima hacia mí—. Pues es bueno que se enteren cuanto antes.

—Sabes perfectamente de lo que hablo. No tergiverses mis palabras —espetó Mam.

—As no es alguien fácil de tratar —intervino Amon, retomando la historia—. Hubo una discusión fuerte en el grupo y todos lo dejamos de lado, incluido Levi. —Se aclaró la garganta—. Así que Asmodeo buscó una forma de hacer que pagáramos por ello: nos inculpó de un robo. En mi opinión, robarle la corona al rey fue ir muy lejos... Y una tontería, porque es algo que acabará perteneciéndole a Mam en algún momento.

Eran contadas las veces en las que Amon hablaba y sus palabras no terminaban siendo un chiste o una burla. Atónita, volví a centrar mi atención en Leviatán, que parecía querer aniquilar a sus dos amigos con la mirada.

—¿Quién es ese tal Asmodeo? —inquirí—. ¿Es peligroso? Bueno, todos los demonios lo son... —me respondí a mí misma mientras buscaba las palabras adecuadas—. ¿Es más peligroso que ustedes? ¿Les podría hacer daño?

—Daño ya nos ha hecho —contestó Mam con fastidio—. No tenemos pruebas para demostrar nuestra inocencia, y lo que es peor: no tenemos la corona. La única forma en la que podríamos exculparnos sería entregándolo a él junto con lo hurtado. A partir de ahí, cabe la posibilidad de que nos tomen en cuenta.

—¿Por eso vinieron a la Tierra? ¿Necesitaban huir?

—Qué inteligente eres, pecadora —se burló Amon—. Quiero ser como tú cuando sea grande.

—Hay un túnel que conecta el infierno con distintos sitios, huimos por ahí... Pero dejemos de hablar de esto, que no estoy de humor —refunfuñó Leviatán—. En resumen, de alguna forma, el túnel nos conectó con tu pedazo de madera mientras realizabas la invocación. Fin del cuento, mi vida no es una telenovela.

—Lo es desde que tú dejaste que ese loquito se entrometiera en ella. —Mam se iba alterando cada vez más a medida que se alargaba la conversación.

—Conseguiremos resolverlo —intentó tranquilizarlos Amon—. Aunque, bueno, ese es problema de Levi y Mam —añadió guiñándome un ojo—. Yo fingí mi secuestro, soy muy joven para meterme en este tipo de problemas.

—Sigo sin entender qué puede ser tan importante como para que «el otro» se enfadara. —Dibujé unas comillas en el aire con los dedos—. ¿Todo esto solo por Leviatán? ¿Tanto aprecio tienen a los mejores amigos allá abajo?

—Ese tipo es un demente —agregó Mam—. Asmodeo siempre ha estado podrido, es inestable, manipulador y caprichoso. De hecho, me sorprende que solo haya intentado inculparnos de una ofensa a la realeza en lugar de empezar una guerra. Se cree que la inmortalidad es un juego.

—¿No lo es? —sonrió Amon.

Ninguno le respondió.

Aún me faltaban varias piezas de aquel puzle. Sin embargo, viendo la expresión de disgusto de Leviatán cada vez que los otros hablaban mal de Asmodeo, un demonio que claramente era dañino para él, podía empezar a hacerme una idea de la historia completa.

Pero descarté ese pensamiento; ni siquiera sabía si los demonios podían tener sentimientos reales o no.

—En fin —declaró Amon al no recibir respuesta—. Como somos buena gente, cuando utilizamos tu invocación para llegar a la Tierra, cerramos el portal nada más pasar a través de él. Pero deberías tener más cuidado: las cosas venidas del infierno podrían traerte muchos problemas —concluyó con una sonrisita.

¿Más problemas de los que me habían traído ellos?

—No eres gracioso, pelo de tomate —repuse enfadada.

—¡¿Cómo me llamaste?! —exclamó él.

—Se acabó el tiempo —anunció Mam—. ¿Hablamos por la noche?

—Eso sí que me apetece: volver a meterlos en mi habitación. —No sonó tan irónico como me habría gustado, y enseguida me arrepentí de mis palabras. Tenía que empezar a pensar más en lo que decía antes de dejar que saliera de mí.

Supe que el tiempo se había reanudado al ver que las manecillas del reloj se movían. Tragué con fuerza antes de ponerme en marcha; lo más difícil era tener que aparentar que no había pasado nada. Una vez que Mam desbloqueó la cerradura, yo abrí la puerta casi sin ver a mi alrededor, con la única intención de encontrarme con mis amigos. Estaba tan apurada que no miré por dónde iba ni vi con quién me chocaba.

Me llevé una mano a la cabeza para tratar de aliviar el dolor del golpe. En circunstancias normales, me habría limitado a pedir disculpas y habría salido corriendo. No obstante, los chicos estaban justo detrás de mí, así que me dio vergüenza actuar de un modo tan infantil. Levanté mi rostro para ver a quién había embestido, sintiéndolo por la gente que se veía obligada a convivir conmigo a diario.

Sin embargo, incluso antes de que mis ojos procesaran lo que estaban viendo, reconocí el fuerte perfume frutal que flotó hasta mí.

El cabello oscuro de Melina cayó a ambos lados de su rostro cuando ella levantó sus gafas de sol y dejó a la vista su elaborado maquillaje. Dado que mi mala suerte no tenía límites, acababa de golpear a la presidenta del Centro de Estudiantes, la abeja reina del instituto.

A diferencia de lo que solía verse en las películas, ella tenía todo el derecho a ostentar ese cargo: aparte de poseer los mejores promedios, era muy proactiva y simpática. Eso sí, no era una persona a la que quisieras tener como enemiga.

¿Por qué todo me salía tan mal? ¿Me habrían maldecido?

Habló antes incluso de que yo pudiera pensar en qué decir, y su voz me trajo de vuelta a la realidad de sopetón.

—No te vi, lo siento —se disculpó—. Ya me… —Frunció el ceño—. ¿Levi? ¿Qué haces aquí? —cuestionó, a la vez que una sonrisa juguetona se dibujaba en su rostro.

—¿Ustedes se conocen? —pregunté.

—¿Que si nos conocemos? —Se giró para mirar de frente a Leviatán—. Por supuesto.

7

Antiguos amigos

«¿Por qué le habla con tanta confianza una humana?».

—¿De dónde se conocen? —inquirí con curiosidad; lo último que necesitábamos era otro lío.

Melina esbozó otra sonrisa y pareció estar a punto de soltar una bomba, pero no tuvo tiempo de hacerlo.

Leviatán pasó frente a mí con rapidez y colocó su mano en el brazo de ella. La miró fijamente, como para indicarle que debía marcharse.

«Sé lo que estás haciendo, rata. No vas a intimidar a nadie mientras yo esté presente», pensé.

Me interpuse entre ellos, obligándolo a soltarla. Luego me crucé de brazos, aún esperando mi respuesta. Pero entonces caí en la cuenta de que debía mantener nuestra tapadera, así que añadí:

—Quiero decir…, mi primo es nuevo aquí, sería raro que se conocieran desde antes.

—¿Qué? —Melina volvió a fruncir el ceño—. Estuvo aquí hace unos meses, con el otro chico.

¿Otro chico? ¿Se refería a Mam o Amon?

Levi trató de parecer calmado, pero sus expresiones corporales lo delataron, incluso empezaba a respirar con dificultad. Desvié mi atención unos segundos para mirar a los otros dos, pero parecían igual de confundidos.

—Sí, bueno —interfirió Leviatán—. Ya nos tenemos que ir. Hasta luego, Mel.

La echó antes de que yo tuviera tiempo de descubrir cuál era su relación.

Ella se fue tan pronto como había llegado, con el sonido de sus tacones golpeando el piso imponiéndose al bullicio general. El resto de las personas también seguían su camino, y los maestros empezaban a ingresar en las aulas, lo que me alertó de que yo tendría que hacer lo mismo en cuanto hablara con Dani y viera si no había entrado en pánico al ver que me había esfumado.

Desaparecer sin razón alguna para participar en una reunión mágica con seres del inframundo no era algo que hicieran las amigas.

Estaba a punto de echar a correr cuando Levi se materializó delante de mí y me detuvo. No dejaban de pedirme que los ayudara y, sin embargo, ellos no se molestaban lo más mínimo en pasar desapercibidos. Eran unos idiotas, pero ese día lo estaban siendo más de lo normal.

Levanté la cabeza para hablarle, pero me topé con una mirada diferente a la habitual; la frialdad en sus ojos me hizo retroceder. Sin embargo, me aferré a mi orgullo. No iba a demostrarle que me intimidaba, porque no lo hacía. Pero ¿qué diablos les pasaba?

—¿Desde cuándo te metes en mis asuntos? —me espetó.

Claramente, ese día nos habíamos levantado con el pie izquierdo.

—Desde que ustedes se metieron en los míos, Levi. ¿O es que no recuerdan que los estoy ayudando a huir de quién sabe qué como los cobardes que son?

—Amon tiene razón —se burló—. Se te ha subido mucho a la cabeza todo este asunto. ¿Sabes con quién estás hablando, niñita?

No se me había subido a la cabeza. De hecho, podría jurar que mi carácter no había cambiado nada desde que los conocía, y mucho menos con el poco tiempo que había pasado desde que habían aparecido en mi vida. Simplemente, Levi estaba a la defensiva. Hacía apenas unos minutos estábamos conviviendo normalmente.

Tragué con fuerza, sintiendo las miradas de varios compañeros encima de nosotros.

—Claro que lo sé —afirmé con seguridad—. Con alguien que tiene muchos huevos para gritarle a una «niñita», pero no para resolver sus problemas solo. ¿No es así, Leviatán?

—Me estás hartando.

—Opino lo mismo —solté.

Sentí que un calor insoportable se apoderaba de mi piel, desde la planta de mis pies hasta mi cabeza. Comencé a juguetear con mis dedos detrás de la espalda para calmarme.

¿Lo estaba haciendo él? Qué cobarde, si creía que sus poderes me iban a asustar... estaba en lo correcto.

Por fortuna, aquello no duró mucho, y la sensación desapareció en el instante en el que Amon se metió en la conversación.

—Hey, te estás pasando —le advirtió a su amigo.

—¿La estás defendiendo?

—Es que te estás pasando de verdad —aclaró—. Nadie te está atacando.

¿Cómo de mal tenía que estar para que Amon lo contradijera?

Me quedé helada; siempre había asumido que, si alguna vez trataban de hacerme algo malo, Amon sería el instigador. Pero en este momento tuve que estarle agradecida.

—Me está provocando. ¿No lo ves?

—Mira, genio. —Mam habló después de permanecer un largo rato en silencio—. Que tú no sepas manejar tus emociones no es nuestro problema, y mucho menos el de Val.

—¿De verdad van a ponerse del lado de alguien a quien conocen hace un par de semanas?

—Es que no hay un lado. Es normal que te hable así si no sabe lo que pasó.

—Gracias, Amon —murmuré.

—De nada. Si alguien va a enfrentarse a ti en algún momento, quiero ser yo.

Había sido bonito mientras había durado. Aunque me reconfortaba saber que, en momentos de extrema necesidad, podíamos ignorar lo poco que nos aguantábamos.

Levi hizo una mueca de desagrado y luego echó a andar en dirección contraria a nosotros, golpeando el hombro de Mam al pasar. Odié la vibra que dejó; la calma que tanto había anhelado tener por un día se desvaneció. Todo por una simple chica. De acuerdo, Levi había estado en la Tierra antes, ¿y qué? No era el fin del mundo si ella le gustaba o algo.

—¿Estás bien? —preguntó Amon.

—Sí, lo estoy.

—Una lástima.

Recuperé la compostura al ver al guardia obligando a los alumnos a entrar en las aulas. Por suerte, no tendríamos que charlar sobre lo sucedido hasta que terminara la siguiente clase. Me sentía agotada con tantos disparates sentimentales.

El olor a comida proveniente de un aula cercana invadió mis fosas nasales. Me pregunté por qué olía a carne y papas fritas en mitad del instituto, y enseguida me di cuenta de que no era la única cautivada por el aroma. Mam, a mi lado, se encontraba aún más ensimismado; había empezado a seguir el rastro sin darse cuenta.

Dania salió corriendo de la cafetería y miró a ambos lados frenéticamente hasta que me encontró. Su emoción era tan contagiosa que me hizo sonreír. Sus rizos rebotaban mientras se aproximaba hacia mí, con tanta velocidad que por un momento creí que iba a derribarme.

—¡Buenas noticias! ¡Hay dos optativas nuevas! Al fin podemos hacer algo que no sea criticar películas sobre criminales de los setenta.

A mí me agradaban esos criminales…; trataban mejor a la gente que los demonios a los que yo había invocado.

—¿Desde cuándo? ¿Y cómo te has enterado?

—Se habilitaron hoy, son Pintura y Cocina —me informó, y aquel delicioso olor que inundaba los pasillos cobró sentido—. ¿Cuál vas a elegir?

Era absurdo preguntarme siquiera; Dani sabía que me gustaba mucho más el arte. Aunque quizá a Mam le gustara más la otra y, fuera donde fuese yo, era mejor que los demonios me acompañaran. Dejarlos solos con la humanidad podría ser peligroso.

—¿A cuál quieren ir ustedes? —pregunté.

—Yo a la de Cocina —respondió Dania—. Me apunto a todo lo que implique algo de peligro.

—Yo igual, no me importaría quemar cosas —añadió Amon.

—¿Eres pirómano, Amon? —bromeó mi amiga.

No, solo le gustaba ver el mundo arder.

—Yo a Pintura —decidió Mam, volviéndose hacia mí—. Tú también irás a esa, ¿cierto?

Tragué saliva, consciente de que la decisión estaba en mis manos.

—Pensé que querrías ir a la otra —dije al fin.

Pude ver cómo dudaba antes de responder.

—No pasa nada, así probaré cosas nuevas y, además, estaré contigo.

«¿Es una especie de indirecta?».

Claramente los sándwiches me habían sentado mal y me estaban haciendo alucinar.

—Está bien. —Me volví hacia Dania—. Nos vemos luego, entonces. ¿Puedes asegurarte de que mi primo no haga nada malo? —le pedí.

—Qué tonta eres, Val. Tiene casi diecisiete años, no pasará nada.

—Bueno, si escucho gritos, sabré que son ustedes.

Nos separamos de ella y de Amon, puesto que la clase de arte estaba en el tercer piso. Mi estómago gruñó enojado cuando nos alejamos del aula de Cocina y se hizo evidente que había dejado escapar la oportunidad de participar en aquella clase, aunque supuse que podría cambiarme si no me gustaba la de Pintura.

Para cuando llegamos arriba, no quedaba casi nadie a nuestro alrededor; estábamos solos, dirigiéndonos a un ambiente desconocido.

El aula tenía la puerta entreabierta, y al otro lado del umbral podían verse un par de caballetes vacíos, algunos tarros de témpera repartidos por el piso y una silla en medio de un círculo formado por estudiantes. Abrí con cuidado de no llamar la atención. Todos los presentes vestían delantales, y uno de ellos se había puesto una bonita boina, incluso. Era el clásico estereotipo de clase de arte que siempre había visto en las películas.

Elegí una de las bancas vacías con un tarro de pinceles encima. Mam se sentó a mi lado. Estiró una mano sin mirar esperando que le pasara una brocha y… sin querer tomó mi mano al hacerlo. Era obvio que debíamos prestar más atención a lo que hacía el otro.

Nos miramos algo avergonzados. Se apartó de mi contacto despacio y sin dejar de mirarme a los ojos, apenado.

¿Para qué negarlo? Me sentí igual. Había sido una mala decisión no tomar la clase de Cocina; al menos ahí el ambiente no estaría tan tenso. Pero yo había venido aquí buscando paz, así que decidí no ser hipócrita y poner más de mi parte por aligerar la situación; ignoré lo que había pasado y me concentré en acomodar mi lienzo. De fondo, oía la voz de la profesora dando instrucciones. Su tono era relajante.

—Trabajaremos en su creatividad a partir de lo que tenemos cerca. Recuerden no estresarse, es la primera clase, y todo el arte es bueno.

Limpié las cerdas; era la primera vez que tenía colores pastel a mi disposición, y estaba deseando usarlos. Esperaba que tuviéramos que representar una persona o un paisaje, ya que era lo que más me gustaba pintar, aunque, conociendo mi suerte, me tocaría un gusano muerto.

—Quiero que escojan a un compañero, no importa si lo conocen o no, y que pinten cómo lo ven ustedes. ¿Cuáles son sus colores? ¿Qué es lo que más resalta de él o ella? ¿El dibujo les causa alguna sensación o emoción? Cuéntenme, tienen dos horas.

Me di la vuelta hacia Mam, que estaba tomando un bote de pintura de entre los muchos que había a nuestra disposición en el piso: el de color amarillo.

—¿Quieres…? —¿Cómo decirlo sin que sonara tonto? —. Ya sabes…

—Sería un placer —contestó jovial.

—Será divertido pintarte, aunque no usaré tus colores.

—Lo mismo digo. —Sacudió el frasco amarillo—. ¿Te haces una idea?

Negué con la cabeza y él me dedicó una media sonrisa al tiempo que movía su caballete para que yo no pudiera ver lo que hacía. Le saqué la lengua y procedí a alejar mi propio caballete; si íbamos a jugar a las sorpresas, lo haríamos los dos.

Tracé unos círculos para marcar la estructura de mi dibujo. De vez en cuando hacía maniobras dignas de un acróbata para verle la cara; sin embargo, Mam no dejó de pintar en ningún momento, como si se conociera mis rasgos de memoria.

Sin duda se lo estaba inventando todo; nadie era tan observador.

—¿Podemos hablar mientras pintamos? —susurró—. No me gusta el silencio.

—¿De qué quieres hablar?

—De lo que quieras, siempre tienes algo que preguntar, y ahora estamos solos.

—¿Me cuentas algo de ti? Quiero decir, las cosas que te gustan, cómo era tu vida antes… Tú sabes mucho de mí, siento que estoy en desventaja.

—Te veo muy interesada, Val —repuso con un tono más suave.

—Lo estoy. —¿Por qué no pensaba antes de hablar?—. Es decir, siempre quiero saber cosas, en general…

—Bueno —suspiró—, ponte cómoda.

Mam estaba siendo muy amable al permitir que yo saciara mi curiosidad. Recé por no arruinar nada esta vez.

—¿Cuántos años tienes?

Lo escuché reírse detrás de su caballete.

—Qué mal comenzamos.

—Está bien. —Puse los ojos en blanco—. ¿Cuál es tu color favorito?

Mostró una de las brochas y la sacudió en el aire: las cerdas estaban impregnadas de un tono dorado brillante similar al oro. Me estiré desde mi asiento para verlo de cerca y, al percatarse, Mam giró la muñeca y logró que me cayera una gota de pintura en la nariz.

Si creía que yo no le iba a pagar con la misma moneda, estaba equivocado. Remojé mi pincel antes de tratar de salpicarle. Él me esquivó con agilidad, pero no me rendiría hasta vengarme.

A ratos, la profesora se asomaba para ver nuestro progreso y yo tenía que comportarme como una persona normal… Pero la charla con Mam mereció la pena.

—Amon y yo tenemos mucha confianza entre nosotros —comentó en respuesta a una de mis dudas—. En realidad a él le cae algo mal Levi, es una larga historia.

Pero yo lo dudaba: incluso con sus altibajos, se trataban como hermanos.

—Levi es un cretino… —mascullé sujetando la brocha de madera con la boca—. Yo creía que era el mejor de todos, pero me decepcionó. Aunque es culpa mía: no sé por qué esperaba que un demonio no fuera malo…

—¿El mejor? ¿Has hecho un ranking con nosotros…?

Era cierto eso que decían de que por la boca moría el pez… Y hoy ese pez era yo. A estas alturas ya debería haber aprendido a pensar antes de hablar. Se me trabó la lengua intentando responder algo coherente.

—¡Para nada, no! —exclamé—. Lo decía por…

—Solo me pareció raro, no tienes que sonrojarte.

—Gracias.

—Pero, en caso de que sí tuvieras un ranking…, me gustaría ser el primero en tu lista.

Me sentí menos avergonzada al ver que no me juzgaba como yo había esperado que lo hiciera. No habría sabido qué decirle si me hubiera exigido una respuesta; esa estúpida clasificación mía iba cambiando constantemente según los iba conociendo.

Volví a concentrarme en el retrato: estaba utilizando colores cálidos en versión pastel; mi estilo de arte no era para nada realista, sino que se acercaba más a un *cartoon*, sin mucha técnica y con un montón de detalles, brillos, decoraciones pequeñas e incontables puntos de luz hechos con blanco.

Incluso mis líneas eran ligeras; todo en la pintura transmitía calma, dulzura y diversión, como una leve llovizna en un día soleado o el olor de una rosa.

—Entonces ¿Amon y tú estáis muy unidos?

—Claro, somos mejores amigos. Es una pena que esté loco, pero a veces es buena persona, lo juro.

Me reí y sus ojos se iluminaron.

—No te creo, siempre está intentando pelear conmigo.

—Lo de sembrar el caos es parte de su naturaleza. No te lo tomes como algo personal, es su forma de demostrar que le agradas.

—¿Es porque es un demonio? —indagué, aunque me arrepentí en cuanto vi su reacción—. ¿O es que él es así, sin más?

—Es relativo. —Chasqueó la lengua—. Cuando naces en cierto lugar y con ciertas circunstancias, estás condicionado de antemano. Parte de su actitud se debe a su naturaleza, pero al mismo tiempo hay cosas que no puedes escoger y contra las que no puedes luchar, solo puedes limitarte a sobrevivir por el resto de… la existencia.

—¿La existencia? —cuestioné.

—Sí, cuando eres un humano sabes que al menos tienes un ciclo que terminará por llegar a su fin; nosotros, en cambio, solo podemos adaptarnos a lo que sea que venga.

—Suena complicado.

—Es más trabajo del que creerías.

Me alejé para admirar mi tarea desde varias perspectivas; estaba orgullosa de no haberla arruinado.

—¿Van a aclararme lo de cómo llegaron aquí y cómo volverán?

—Eso también es difícil. —Se sacó el delantal—. En resumen, es menos dramático de lo que parece, pero el problema es que no podemos hacerlo sin ayuda externa. Llegamos gracias a ti y volveremos gracias a ti.

Con esas palabras, Mam me daba a entender que me necesitaban. Tendría que aprovecharme de aquello.

La profesora nos informó de que se nos había acabado el tiempo: debíamos mostrar nuestra pintura al resto de la clase. Los nervios por saber si mi obra les gustaría o no a mis compañeros me carcomían.

Cuando llegó mi turno, le di la vuelta al caballete en dirección al público. Todos sonrieron al verlo, y varios de ellos me felicitaron por la ternura y la alegría que transmitía. Me emocioné por un momento.

Luego le tocó a Mam, que se mostró algo indeciso antes de permitir que los demás viéramos su lienzo. Utilizando una paleta monocromática de amarillo manejada a la perfección, me había retratado con una expresión seria. Mi mirada era brillante, y una serie de flores se entremezclaban en mi cabello con texturas sobresalientes.

El aire escapó de mis pulmones. Todos estábamos boquiabiertos: los alumnos, la profesora y, por supuesto, yo. Porque era hermoso, lo más hermoso que había visto en mi vida. Irradiaba podcr.

Parpadeé varias veces por si era producto de mi imaginación, pero no. Era tan deslumbrante que nadie se atrevía a romper el silencio. Mi corazón luchaba por salir de mi pecho. Impactada e hipnotizada, busqué las palabras adecuadas.

—Mam —murmuré—, esto es...

—¿Está mal? —Le echó un vistazo a la pintura—. Intenté hacerlo lo mejor posible.

—En mis treinta años de carrera —interrumpió la profesora—, nunca había visto algo como esto. Siento que su luz me deslumbra incluso cuando no lo miro directamente.

—Gracias —sonrió él—. ¿Te gusta, Val?

—Es increíble.

El timbre sonó en ese preciso momento, y la maestra le pidió a Mam que dejara su obra allí para poder colgarla en el aula. Él aceptó sin rodeos mientras recibía elogios del resto de los alumnos. El hecho de que la clase hubiera acabado no les impidió detenerse a admirar su arte.

Sin embargo, yo me sentía algo incómoda. No en el mal sentido, sino simplemente porque sabía que nadie en la Tierra hacía algo tan bonito por un mero amigo.

Cuando al fin salimos, Mam se ofreció a cargar con mi bolso mientras yo me adelantaba para buscar a Dani y Amon. Por desgracia, mi teléfono empezó a vibrar poco después y, al ver que me encontraba algo alejada, Mam decidió descolgar para luego pasarme la llamada. No era nada del otro mundo, habría sido buena idea en cualquier otra situación...

Excepto en esa.

Estaba claro que la ley de Murphy me perseguía, estaba maldita.

—¿Hola? —contestó.

Me giré al escucharlo y retrocedí, y él me pasó el teléfono enseguida. Me lo pegué a la oreja, aún caminando apresurada en busca de Dania.

—¿Quién es usted? Valen, ¿con quién estás? —dijo una voz familiar al otro lado de la línea.

«Tierra trágame».

Mis padres me llamaban cada bastante tiempo. ¿Cuántas probabilidades había de que les respondiera un chico?

—Hola, papá —respondí avergonzada—, ¿cómo estás?

Lo conocía bien: debía de estar montándose mil películas en su cabeza, imaginándose los motivos por los que le podía haber respondido una voz masculina.

—¡Val! Bien, mi niñita —repuso, poniendo especial énfasis en la última palabra—. ¿Cómo va todo por allá?

«Ay, no quiero tener esta conversación ahora».

—Muy bien. ¿Puedo llamarte luego? Estoy saliendo de clase.

—¿Por qué tanta prisa? ¿Vas a perder el bus?

Me distraje al ver a Amon saliendo de su aula con la cara embadurnada de chocolate. Mi mejor amiga, detrás de él, intentaba limpiarlo con un puñado de servilletas. Lamentaba haberla dejado con ese loco, pero había sido por una buena causa.

—Hola, pecadora, ¿Cómo te fue? ¿No invocaste al diablo hoy?

«¿Por qué tienen que decir tonterías justo cuando estoy en una llamada con mi familia sobreprotectora?».

—¿Qué? —preguntó mi padre a través de la línea.

Como la persona valiente que era, le corté sin darle más explicaciones.

Ese era un problema de la Val del futuro. Por el momento, podía descargar mi ira sobre los chicos. Eran unos idiotas, siempre causando estragos en mi vida.

—¡¿Por qué dirías algo así?! —le grité a Amon mientras apagaba el teléfono.

—Lo tenías al revés, se podía ver con quién hablabas —se burló él.

—Me caes mal.

—Agradece que no haya dicho algo peor, podría haber gemido. —Se calló de pronto, como si se hubiera quedado sin aire.

—Compórtate —lo regañó Mam. Al ver su puño cerrado, deduje que el repentino silencio de Amon era cosa suya. Nunca pasaba un día sin que descubriera algo nuevo de ellos y sus poderes.

—¿Podemos volver al convento? Estoy agotada.

—Tú siempre estás agotada, holgazana —me presionó Amon.

—¡No lo estaría si ustedes me dejaran dormir!

Inmediatamente sentí que el calor se apoderaba de mi rostro. Tenía que dejar de gritar cosas que podían malinterpretarse en medio del instituto, en especial cuando hablaba con «mis primos», lo cual lo hacía más raro aún.

Eché a andar para salir del edificio en dirección a la parada del autobús. Mientras caminábamos, me percaté de que tanto Mam como Amon tenían los teléfonos que les había dado Belfegor; se parecían al de Levi. Además, el pelirrojo llevaba un maletín en el que guardaba un cuaderno extraño. Yo no tenía ni idea de dónde había podido sacarlos, pero era evidente que los cuidaba con bastante recelo.

Nos sentamos al fondo del todo, como ya era costumbre, dado que era la única parte donde entraba el grupo al completo. Los demás alumnos debían de pensar que éramos drogadictos o algo: siempre íbamos gritando por la vida y armando jaleo.

Durante el trayecto, me puse los auriculares y subí el volumen de la música al máximo, casi tanto que me dolieron los oídos, pero al menos pude desconectar por un rato.

Dania se despidió de mí al llegar a su parada y, al ver que había dejado su asiento junto a la ventana vacío, traté de cambiarme para contemplar el cielo nublado. Sin embargo, algo me detuvo. Me froté los ojos dudando de mi capacidad visual; tal vez había desarrollado miopía en las últimas semanas a causa del estrés. Pero no, el asiento estaba claramente vacío.

Temblando, volví a extender una mano para asegurarme de que no estaba alucinando. Esta vez, nada se interpuso entre mi piel y el frío plástico. Pero entonces sentí que unos dedos apretaban mi brazo. Se me cortó la respiración por unos segundos, en especial cuando miré a los chicos y vi que estaban leyendo, demasiado ensimismados como para estarme gastando una broma.

Aquellas garras invisibles eran afiladas. Retrocedí intentando liberarme, desesperada.

Evité gritar y traté de zafarme por mí misma. Sentí que algo húmedo se deslizaba desde mi cuello hasta mi oreja, y entonces esa fuerza incorpórea me soltó. Me quité los auriculares aterrada; ni siquiera alcanzaba a imaginar qué podría ser aquella cosa. Una corriente eléctrica recorrió mi cuerpo. Si la sensación hubiera durado un solo instante más, habría informado a los chicos.

Permanecí alerta el resto del viaje, pero afortunadamente no volvió a ocurrir nada parecido. Me resultó difícil calmarme. Pasé la mano una vez más por el asiento vacío, que aún estaba húmedo, y me esforcé por fingir que nada de aquello había pasado.

Al llegar al convento, las hermanas me pidieron que las ayudara a desmantelar el altar del templo; había que cambiar la decoración para la siguiente celebración.

Mientras apagaba las velas, vi pasar a Agus cargado con un par de macetas llenas de flores. Habría ido a hablar con él si no hubiera sido por las monjas, que me vigilaban atentamente para asegurarse de que cumplía con mis obligaciones.

Él me guiñó un ojo al verme y dejó un narciso justo en la puerta principal. Puede que fuera porque me había ido alejando progresivamente de los chicos «comunes», pero Agus tenía algo que me atraía. Y, si conseguía escaparme de los demonios, pronto descubriría el qué.

8

¿Creíste que era una broma?

La noche no terminó bien. Amon y yo empezamos a pelearnos y Mam tuvo que meterse a separarnos. Sin embargo, una vez que llegó Leviatán no me resultó difícil dormirme: prefería la inconsciencia a tener que hablar con él; nuestra última conversación había sido bastante desagradable.

Aun así, no logré conciliar el sueño del todo; más bien me sumí en un estado de duermevela constante que, en esta ocasión, jugó a mi favor.

Creyendo que no podía oírlos, los chicos empezaron a hablar y, en un momento determinado, mencionaron que sus poderes no estaban funcionando igual que antes. No eran tan omnipotentes como yo había imaginado, pues.

Además, descubrí que no necesitaban dormir. Sabía que no les hacía falta respirar o comer en la forma en que lo hacían los mortales, pero esto era nuevo.

Y planteaba un montón de interrogantes.

¿Qué habían estado haciendo todas las noches, entonces? Era la primera pregunta en años cuya respuesta prefería no saber. ¿Por qué me lo habían ocultado? Recordaba haberme despertado antes que ellos en varias ocasiones. ¿Acaso habían fingido estar dormidos? ¿Qué estaban tramando?

Me sentí extraña, y no logré deshacerme de aquella sensación mientras el sueño por fin me arrastraba consigo.

Desperté de madrugada con mucha sed. Odiaba interrumpir mis horas de sueño, así que no abrí los ojos ni me moví; mi plan era quedarme en la misma posición hasta volver a caer dormida.

Pero entonces escuché sus voces de nuevo y agucé el oído.

No esperaba que me contasen todo, era consciente de lo insignificante que debía de parecer a sus ojos. Simplemente quería que, si me involucraban en sus cosas raras, me dijeran la verdad. Al menos en lo esencial. Tampoco me importaba si se inventaban la mitad de la historia.

Una parte de mí incluso veía esta experiencia como algo divertido: nuevas amistades, mucho drama y un poco de humor; casi podía considerarse que mi vida era una comedia, si pasábamos por alto el hecho de que ellos eran criaturas del inframundo… Demonios. ¿Cómo de malos podían ser realmente?

En ese momento tuve la respuesta: mucho.

Más de lo que mi ingenua cabeza podría haber imaginado jamás.

—¿Encontraste un modo de usar el pergamino? —preguntó Mam.

Lo primero que percibí fue el cambio en sus voces: no se parecían en nada a las voces que solían emplear. Normalmente, los tres chicos parecían más o menos de mi edad, tanto por su apariencia como por su forma de hablar. Sin embargo, en esta ocasión, la voz ronca de Mam revelaba que era cualquier cosa menos un mero adolescente.

—Más o menos —afirmó Levi—. Tuve que contactar con un intermediario capaz de manejar energías, por decirlo de algún modo. Nos ayudará, pero aún no sabe cómo utilizarlo exactamente.

—¿Una bruja? —indagó Mam.

—Parecido.

—¿Eso significa que ya no necesitamos a la chica? —cuestionó Amon—. ¿Qué hay del collar?

—No se sientan mal por ella en ningún momento —declaró Levi, ignorando la segunda pregunta de su amigo—. Nos sirvió para llegar a este mundo, pero, si no hubiéramos sido nosotros, algún otro ente maligno la habría atormentado.

—No nos tienes que explicar el abecedario —suspiró Mam—. Recuerda que estamos aquí por tu ineficiencia. Si alguien va a rendir cuentas, serás tú.

—Deja de hablarme con superioridad, tú no eres mejor que yo.

—Lo soy. —Mam elevó la voz—. Y, si tanto te desagradamos, te invito a irte con tus brujas y con toda esa gente rara a la que te follaste y a la que engañaste para que te ayudaran.

«¿De verdad ese era Mam?».

—¿Qué necesitamos? —interrumpió Amon, con una incomodidad notoria—. Cuanto antes lo sepamos, mejor.

—Lo mismo que al venir, pero bien ejecutado: el pergamino, velas y algo más que no recuerdo —enumeró Mam—. Lo más importante es tener a alguien a ambos lados, en este caso el nuevo contacto de Levi y Belfegor.

—¿Me recuerdan por qué no le explicamos lo que pasó a nuestro guía y ya? —En aquel entorno de confianza, el caótico pelirrojo sonaba apagado.

—Porque no sabemos cómo podría reaccionar. Es posible que nos salga mal —respondió Mam.

—No considero que mi pelea con As fuera tan grave, el drama viene por el desbalance que provocamos después —le explicó Levi.

—¿Y cuánto falta? —indagó Amon.

—El tiempo es relativo, pero no mucho. —En la voz de Mam no quedaba ni rastro del tono dulce que solía emplear conmigo—. El único problema es que el contacto no sabe cómo utilizar el pergamino, y nosotros tampoco.

—Lo descubriremos —estableció Levi—. Luego ves qué hacer con ella, Mam.

«¿Se refiere a mí?».

—¿Por qué tengo que ser yo quién se encargue de sus cagadas?

—Tú insististe en no matarla —reprochó Amon.

—¡Porque eso hubiera sido peor!

—Ya —convino Leviatán—. Nos reuniremos con el contacto en seis días, estén atentos.

—Son unos insensibles, haré lo que pueda —refunfuñó Mam—. En fin. Ya veré qué hago con Val, pero, en definitiva, no seguiré ninguna de las recomendaciones que me han dado ustedes en el pasado.

Dejaron de hablar y, aunque no podía verlos, por los sonidos supe que estaban hojeando un cuaderno con una impaciencia palpable; probablemente era el mismo que había visto antes en manos de Amon.

Hice lo posible por volver a dormirme, pero no lograba ignorar el vacío en el pecho que me había provocado su conversación. Tenía miedo. Si de por sí sentía la necesidad de estar a la defensiva con ellos, ahora tendría que estar el doble de atenta.

No me entraba en la cabeza cómo podría despertar al día siguiente aparentando que las cosas seguían igual.

Amanecimos con un clima frío que entumeció mis extremidades. El mal tiempo del día anterior se había extendido en una tormenta mañanera, y el ruido de la lluvia arrasó con mis sonoros pensamientos.

Tuve que obligarme a desayunar; la comida había perdido todo el sabor. Desde lo ocurrido en la madrugada, sentía unas ganas de vomitar constantes y una sensación de debilidad se había apoderado de mí.

La burbuja se había roto justo enfrente de mis ojos: la bonita narrativa que me había montado con los chicos había terminado por desmoronarse.

Apenas un rato después, Mam me ofreció su mano para subir al bus. Fue como un disparo en el pecho. Dudé antes de aceptarla y él lo notó, pero, fiel a su buen carácter, se limitó a dedicarme una sonrisa de labios apretados mientras se apartaba.

Sentí que un aire de extrañeza empezaba a expandirse entre nosotros, pero no podía comentarlo con ellos sin más como si fuesen mis amigos.

Tragué contra el nudo en mi garganta. Ya no me cabía duda de que todos eran horribles. Aunque podría haber sido peor; al menos Mam era amable conmigo y, si no había entendido mal el día anterior, él había sido quien había impedido que me hicieran daño.

¿Por qué me había pintado tan hermosa si no era más que su rata de laboratorio?

Pero todo eso daba igual ahora. Debía fingir que no pasaba nada, así que, una vez que estuvimos sentados en el bus, abrí la palma de mi mano para ofrecerle un chicle de fresa. Sus ojos bajaron deteniéndose en diversas partes de mi rostro (mis pupilas, mis labios...) hasta llegar al envoltorio rosa. Cuando lo tomó, sus suaves dedos rozaron mi piel y me hicieron cosquillas. Abrió el plástico y, sin dejar de observarme, se lo llevó a la boca con un gesto de satisfacción.

—¿Cuándo tendremos clase juntos otra vez?

—No lo sé, hoy estaré con Dania. Tiene un problema —me excusé revisando mi teléfono.

—¿Y si hacemos un grupo?

Apagué mi móvil al instante.

—¿Un grupo de qué?

—De WhatsApp, ¿no?

Lo que me faltaba, que pudieran ver mis estados quejándome de ellos.

—Ah, claro. Anótame tu número —dije sin mucha convicción.

—Oye, ¿y no tienen más chicles? ¡A mí nunca me dan nada! Si me odian, díganmelo —vociferó Amon en tono burlón.

—Te odiamos —respondimos al unísono Mam y yo.

—Mentira, Mam me ama —se defendió él—. Es más, nos vamos a casar.

—Ya quisieras… —se burló Mam.

—Ah, ¿para que me quieras tengo que llamarme Va…? —Volvió a quedarse callado de golpe, tal y como había ocurrido el día anterior.

—¿Qué opinas de los viajes largos en bus? —intervino Mam a toda velocidad, claramente intentando cambiar de tema.

—¡Estoy harto de la censura! —gritó Amon.

En cuanto llegamos al instituto, Dania saltó desde la entrada al verme. Se me ablandó el corazón: yo estaba siendo algo distante con ella por todos los líos que tenía a mi alrededor, mientras que Dani se había mantenido igual de cariñosa en todo momento.

Caminé rápido a propósito para dejar a los chicos atrás.

Al verme de cerca, mi amiga me dijo que parecía cansada y que estaba algo pálida. Incluso me ofreció su desayuno, pero yo lo rechacé.

Traté de despejarme concentrándome en las clases: pasé seis horas completando papeles, haciendo apuntes y leyendo. Los profesores hablaban sin parar, pero yo no lograba escuchar ni una sola palabra.

Dani intentó animarme con bromas y mandándome cosas divertidas que veía en redes; hasta subimos una foto juntas… De verdad que me esforcé por parecer feliz.

Pasado un rato, deslizó su teléfono sobre mi libro para mostrarme un mensaje en el que Agus respondía a nuestra foto con un emoticono de un fueguito y nos invitaba a una fiesta. Lo había acompañado con una foto suya frente a un espejo en la que se le veía sosteniendo uno de esos típicos vasos rojos de plástico.

Le di *like* al mensaje.

—Valentine, por lo que más quieras, tenemos que…

—Acepto.

—¡¿Qué?! ¿En serio? ¡Te amo! ¡Eres la mejor!

—No te hagas la amorosa, solo me quieres porque tu hermano cree que soy responsable y me necesitas para salir.

—¿Tú? ¿Responsable? Val, eres igual que un niño cuando te dejan sola. Me sorprende que no te hayas echado una maldición encima a ti misma este verano —bromeó.

Sí. Qué gracioso, me moría de risa. Literalmente había hecho una invocación sin pensar en las consecuencias…

Por una asociación de ideas extraña, mi mente se iluminó de pronto y recordé algo.

—¡Tengo que llamar a mis padres! —exclamé—. Me van a matar.

—Si no te mataron cuando te detuvo la policía aquella vez, ya no te mata ni Satanás —dijo intentando animarme.

—No tienes ninguna gracia, te lo tengo que decir.

Respondimos a Agus para decirle que asistiríamos y le pedimos los detalles del lugar. Luego Dani me preguntó si iría con mis primos.

—No, iré sola.

—Perfecto. ¿Te quieres arreglar conmigo antes?

—Será un placer, Dani. Espero que la noche sea estupenda.

—Lo será, te lo aseguro.

Estaba dispuesta a dar lo que fuera por salir de esa nueva rutina que se había apoderado de mi vida, aunque fuese solo por un rato. Saber que los chicos no vendrían me animó más; deseaba estar sola, dejar de atormentarme.

Aún quería creer que todo lo que había escuchado había sido un sueño, pero en el fondo sabía que no era así. Me regañé por haberles dado tanto poder sobre mí.

Iría a esa fiesta. Nunca me había importado menos lo que pudiera sucederme.

Ese fue el problema.

9

Fiestas celestiales

El sonido de la música retumbó en mi caja torácica, las parpadeantes luces de colores me hicieron entrar en ambiente. Estaba todo tan oscuro que era difícil saber con exactitud quién estaba bailando a tu lado.

Miré maravillada las llamas de los mecheros que se encendían aquí y allá. El humo salía de las bocas de los fumadores como vapor, el olor a tabaco impregnaba todos los rincones. Había personas preparando bebidas con mezclas raras y echando dulces dentro de los vasos.

Me giré hacia Dania con cuidado de no tirar las botellas de vidrio repartidas por el piso y le pregunté a dónde quería dirigirse, aunque, por mi parte, yo solo quería ir a la piscina. Por suerte, mi amiga estaba de acuerdo conmigo.

El vestido plateado que me había prestado me quedaba grande en algunos sitios, lo que provocaba que se me cayera un poco y que mostrara más piel de la que me habría gustado. Sin darme cuenta, mientras intentaba cubrirme en la medida de lo posible, llegamos al patio.

—La noche acaba de ser iluminada por dos preciosas estrellas.

Agus estaba sentado en la orilla de la piscina con una botella y un trozo de pizza en las manos. Su cabello oscuro estaba empapado y caía sobre su frente. Iba sin camiseta, dejando a la vista el tatuaje de tinta azul oscuro que solía llevar oculto: un dragón que iba desde su cuello hasta la parte superior de su tonificada espalda.

Sonrió y nos invitó a sentarnos junto a él; sin embargo, Dania dijo que iría a por otro trago y nos dejó a solas. Me quité los tacones enseguida, lista para mojarme en el agua helada y con la esperanza de no despertarme resfriada al día siguiente.

—Siempre es bueno verte, Val —me saludó Agus.

Vacié mi vaso de un trago, esperando que me hiciera olvidar todos mis problemas. Él estiró su botella hacia mí, pero, antes de servirme, me advirtió:

—Despacio, va a hacerte daño.

Eso buscaba.

—Cállate y échame más, gracias.

—Qué carácter. —Arqueó una ceja—. No hace falta que te desquites conmigo.

Me sirvió mientras yo controlaba que el vaso no desbordara.

—Lo sé.

—Quiero decir…, hay otras maneras de desquitarse.

—¿Las hay? —pregunté con el vaso en los labios.

—¿Quieres que te enseñe?

Asentí intrigada; no tenía nada que perder. Bebí un trago largo antes de dejar mi bebida en el borde de la piscina. Agus depositó la botella vacía sobre el agua para que flotara junto con los inflables.

—Tienes que cerrar los ojos —murmuró—. Y relájate, estás tensa.

Suspiré e hice lo que me decía. Se hizo el silencio entre nosotros, solo interrumpido por la música que sonaba a lo lejos. Percibí su aliento cerca de mi mejilla.

—Abre un poco la boca.

Su pulgar se posó sobre mi labio inferior y se me puso la piel de gallina. Me sentía expectante por lo que pudiera pasar a continuación; su perfume embriagaba mis sentidos, noté que cada vez me inclinaba más en su dirección.

Movió mi cabeza y posó algo sobre mi lengua. Abrí los ojos rápidamente a causa de la sorpresa… solo para encontrarme con un trozo de pizza. Le di un mordisco rápido y le arrebaté el pedazo de las manos.

—Muy gracioso —me quejé con la boca llena.

—¿Qué? ¿Esperabas otra cosa?

Puse los ojos en blanco, irritada, y de pronto lo vi moverse a toda velocidad. Antes de que pudiera defenderme, me tiró a la piscina de un empujón.

Mi comida y yo nos hundimos hasta el fondo. Tratando de no hacer demasiado el ridículo, tomé una gran bocanada de aire al regresar a la superficie. Miré mi pizza estropeada con tristeza y me percaté de que había mojado el vestido de Dania. Era una amiga horrible. Esperaba que no se hubiera arruinado.

Justo en ese instante, Dani volvió sosteniendo un jugo tropical. Su primera reacción al verme en el agua fue hacerme una señal para que me recolocara el escote; la segunda, tomar una selfi.

Con cara de pocos amigos, nadé hasta la orilla de nuevo y salí de la piscina.

—Veo que estás comiendo —se burló ella al ver el pan húmedo en mis manos.

Lo dejé caer.

—Me encontré con un par de amigos, quería avisarte de que me quedaré dentro —me informó.

—¿Puedo ir con ustedes? —pregunté.

—¡Claro! Pero no olvides secarte antes —dijo mientras se alejaba.

En cuestión de segundos, una brisa fresca inundó el patio y me hizo tiritar. No debería haber subestimado el clima cambiante de la ciudad, en especial siendo de noche.

Fui hasta la mesa de aperitivos en busca de comida, aunque me quedé mirando a los grupos de fumadores; el tabaco era una de esas cosas dañinas que siempre había querido probar, pero nunca lo había hecho porque en el fondo sabía que estaba mal.

Sin embargo, en ese momento estaba dispuesta a sucumbir a cualquier tentación; tenía ganas de probar cualquier cosa que pudiera aliviar el dolor que sentía.

Corrí de vuelta hacia Agus, segura de que él tendría algún pitillo, aunque antes robé unos cuantos dulces de la mesa: jamás renunciaría al azúcar.

Lo encontré apoyado en un árbol del jardín, jugando con el fuego de un encendedor y, efectivamente, con un cigarro en la boca. Me acomodé el cabello al pararme a su lado.

—¿Puedo...?

Me entendió sin necesidad de que terminara la frase y lo apartó de sus labios para ofrecérmelo.

—Por supuesto.

En mis manos, el fuego parecía consumir el papel con mayor fervor. Por un momento me dio pánico desobedecer las advertencias de mis padres, pero supuse que, al fin y al cabo, ya tenía una plaza reservada en el infierno.

Decidida, levanté la mano para llevármela a los labios. Pero entonces alguien me detuvo y me arrebató el cigarrillo desde atrás. Me aferré al brazo de aquella persona y me giré enfurecida.

—Eso daña tu salud, ¿lo sabías? —Mam tiró el pitillo al suelo y luego lo pisó. Había aparecido de la nada, con un atuendo bastante moderno y varios collares en torno a su cuello.

Y al parecer creía que podía decirme qué hacer. Rechiné los dientes y lo solté; la felicidad en su expresión me irritó.

—Las chicas buenas no se dejan influenciar por idiotas.

—No quiero hablar contigo. ¿Qué haces aquí? ¿Y quién te crees que eres?

—Estás actuando como una inmadura. Deja estas cosas, ¿sí?

—¿Tú estás invitado a esta fiesta? —inquirió Agus.

Aprovechando su intervención, me alejé de ellos sin mirar atrás y me escondí entre los largos pasillos de la casa repletos de jóvenes.

Tenía intención de ir al baño, pero había tantas puertas que era imposible localizarlo, y tampoco quería interrumpir la privacidad de nadie; sabía cómo solían terminar estas fiestas para las parejas y los ligues de instituto.

Apoyé mi frente en la pared tratando de calmarme. Tenía un lío enorme en la cabeza, y solo deseaba volver en el tiempo para deshacer aquella estúpida invocación y pasar un año normal.

Resistí las ganas de llorar. No podía huir de los chicos; lo había intentado esa noche y Mam se había presentado allí. No tenía escapatoria.

—Puedo ayudarte —me dijo una voz familiar por encima de la música.

Me separé de la pared tambaleándome un poco y me topé con Agus, aún sin camiseta.

—¿Sí?

—No te pongas así, vamos a salir de esto —sentenció.

—¿Qué? ¿De qué hablas?

Me dio la mano y me llevó hacia una de las puertas; daba a una escalera de hierro que conducía a otra puerta más arriba. Lo seguí sin tener claro a dónde íbamos o por qué estaba dejando que me arrastrara tras él. Solo sabía que estaba mareada y no tenía fuerzas para discutir.

Cuando llegamos a lo alto, salimos a la azotea y Agus cerró la puerta detrás de nosotros. Yo lo miré en busca de respuestas.

—Sé por lo que estás pasando.

—¿Cómo?

—Levi, Amon, Mam —enumeró—. Sé que no son tus primos.

Me quedé perpleja. No me salían las palabras.

—Déjame guiarte —continuó.

—Es peor de lo que crees —terminé por confesar—. No hay nada que puedas hacer. Perdóname, yo…

Antes de que tuviera ocasión de acabar, Agus estiró los brazos y un destello de luz me cegó por un momento. Dos inmensas alas brotaron de su espalda en cuestión de segundos; las plumas lucían suaves y fuertes, del blanco más claro que había visto en mi vida.

Lo contemplé boquiabierta: las imponentes alas, el aro de luz amarilla en su cabeza, el tatuaje, la calma que me transmitían sus ojos… Me quedé sin aliento, con el corazón a mil, y me dejé caer sobre mis rodillas.

Tragué con fuerza al ver que se agachaba para hablarme.

—No te preocupes, Valentine —extendió su mano con intención de levantarme—, puedo ayudarte. Lo prometo. Vamos a acabar con ellos.

—¿Quién eres? ¿Qué eres? —farfullé.

—¿No lo has deducido aún? —rio—. Mírame bien, no todos los días tienes a un ángel frente a ti.

10

Ángeles del infierno

¿Acaso aún podía salvar mi alma? ¿Por eso me habían enviado un ángel? Creía que la había perdido para siempre.

—No te preocupes por lo que pueda a pasar. Estoy de tu lado —me dijo Agus.

—¿Qué significa todo esto? ¿Por qué? —Me pasé las manos por la cabeza—. Esto no puede estar pasándome…

—Significa que tus plegarias fueron escuchadas. Vamos a librarte de ellos, Val, vas a volver a tu vida normal, aunque sea lo último que haga —aseguró—. Solo tienes que ayudarme a hacerlo.

—Espera, espera. —Comencé a hiperventilar—. No estaba preparada para tener que asumir la existencia de otra criatura mágica este semestre. Necesito respirar, necesito…

—Necesitas saber que todo estará bien. —Posó su mano en mi brazo—. Estoy aquí para ti, siempre lo he estado y siempre lo estaré. Si en algún momento sientes que ya no puedes más, solo tienes que llamarme.

—¿Por qué haría eso por mí un ángel?

—No soy un ángel cualquiera —explicó arrugando las cejas—. Guau, realmente debería haber hecho que prestaras un poco más de atención en la iglesia.

—¿Cómo podrías haber hecho tú eso?

—Porque es la clase de cosa que hace un ángel de la guarda. —Me guiñó un ojo—. Bien, ahora… Creo que nadie nos ha seguido. Perfecto.

Se acercó a mí, y, cuanto más se aproximaba, más se aceleraba mi corazón. Estaba congelada en el sitio.

—Lo primero que debes descubrir —continuó— es con quiénes estás lidiando. Luego tenemos que quitarles su poder para dejarlos fuera de juego. No te preocupes, no eres la primera chica que ha tenido que lidiar con este tipo de encuentros paranormales. Y tampoco serás la última.

—«Mi ángel» —repetí confundida—. ¿Por qué no interferiste antes? ¿Cómo…? ¿Cómo sabes qué hacer? Ellos son tres y nosotros somos dos. Además, yo no tengo ninguna ventaja.

—Debes tener fe —exigió—. ¿Acaso has oído alguna historia donde los malos ganen?

—Fe es justo lo que me falta ahora mismo.

—Lo entiendo. —Me envolvió en un abrazo para consolarme—. Pero debemos ponernos en marcha. Averigua lo que puedas sobre ellos: necesitamos saber a qué nos enfrentamos y qué armas tenemos. Pero ten mucho cuidado… Y ya sabes dónde encontrarme si las cosas se ponen feas.

Ladeó la cabeza en dirección a la puerta, contando en silencio con los dedos hasta diez. Se escuchó el sonido de unos tacones repiqueteando contra el hierro de la escalera; quien fuese que estuviera subiendo tenía una agilidad envidiable.

Me quedé inmóvil viendo cómo Agus contraía sus alas y estas desaparecían bajo su piel. Pronto no quedó ni rastro de aquellas majestuosas plumas.

Estaba asegurándome de que mi vestido estuviera en su sitio cuando la puerta se abrió y la luz azul proveniente del interior de la casa iluminó mis pies. Levanté la mirada. Dania se aferraba al picaporte para mantener el equilibrio. La forma con la que me ojeó me obligó a tragar saliva.

—Val, ¿dónde te metiste? Te busqué por toda la fiesta, nos tenemos que ir.

—Subí por unos segundos —me excusé—. No es nada.

—Tenemos que salir ya —insistió extrañada—. A moverse.

Me despedí de Agus algo incómoda, sintiendo que apenas lo acababa de conocer en realidad y ya tenía que dejarlo. Dania y yo bajamos por las escaleras y, una vez en la planta baja, esquivamos a un par de compañeros que no estaban en su mejor momento. Mi amiga me tomó de la mano para guiarme hasta la salida, dado que yo estaba bastante mareada y no podía valerme por mí misma por completo.

Vi el auto de su hermano fuera y, mientras nos acercábamos, aproveché para comprobar que tenía todas mis pertenencias conmigo. Al no mirar por dónde iba, me golpeé con el hombro de Dania cuando ella se detuvo de golpe. Levanté la vista y seguí la trayectoria de su mirada: estaba observando la camioneta estacionada al otro lado de la acera.

Mam estaba recostado sobre el lateral del vehículo, con un pie apoyado sobre la puerta y con la mirada perdida en las nubes grises. Una ráfaga de viento me envolvió en el momento en el que lo miraba y me obligó a abrazarme a mí misma para protegerme del frío.

Me percaté de que se había quitado los collares de antes; ya solo llevaba esa ropa moderna, que, por cierto, no le quedaba nada mal. Era diferente a lo que solía llevar, pero se ajustaba en los lugares precisos.

Las luces amarillas del alumbrado iluminaron sus rasgos con un contraste perfecto cuando se giró para mirarnos. O, más específicamente, cuando se giró para mirarme a mí. Esos ojos grises nunca dejarían de asombrarme. Esa noche en especial, me observaban sin despegarse de mi rostro, y su intensidad me rogaba que lo evitase o fuese corriendo hacia él.

La decisión sensata habría sido apartarme y volver con mi amiga, pero no lo hice, seguí caminando hacia él. Aunque no quise admitirlo, me había dejado sin aliento.

En ese momento, Mam era demasiado para la humanidad.

Me sonrió y yo le devolví el gesto, atontada.

«¿Quieres que te lleve? Ven conmigo».

Escuché su voz, una mezcla de su tono normal con el que había empleado la noche anterior cuando creía que yo no lo escuchaba; era un punto intermedio entre la majestuosidad y la locura. Además, estaba bastante segura de que solo había sonado en mi mente, lo cual lo hacía aún más íntimo.

Sentí que mis penas se aliviaban por unos segundos.

—No me dijiste que te venían a buscar. —Las palabras de Dani me sacaron de mi ensimismamiento y me detuve.

La ventana trasera de la camioneta se deslizó hacia abajo y dejó a la vista a Amon, que toqueteaba su teléfono sin prestar ninguna atención a lo que sucedía fuera. Mam sacó unas llaves de su bolsillo.

Me volví hacia mi amiga.

—Porque no iban a hacerlo —respondí intentando reponerme—. Al parecer hay cambio de planes.

—¿Quieres ir con ellos?

No lo sabía. Pero contesté:

—Es más cómodo de esta forma. Nosotros vamos al mismo lugar, y así tú te ahorras el problema de gastar gasolina.

—No seas tonta, tú nunca eres un problema.

—No te preocupes. —La abracé apresuradamente—. Te adoro, Dania. Te veo mañana.

—¿Segura?

—Sí, descansa.

—Hasta luego. Avísame cuando llegues.

Subió al asiento del copiloto con su hermano y se despidió con la mano mientras se alejaba. Aquella imagen me reconfortó: me recordaba que, sin importar lo que pasara, ella siempre sería mi amiga.

Cuando desapareció de mi vista, me giré hacia los chicos.

—¿Me dejan entrar? —pregunté en voz baja desde la otra vereda.

Las luces de la camioneta se encendieron, y Mam la rodeó para abrir la puerta del copiloto para mí, puesto que Amon ocupaba todo el espacio en los asientos traseros. Fue muy caballeroso por su parte.

Sin embargo, luego se concentró en la carretera y no volvió a hacerme ningún caso durante la mayor parte del trayecto. Supuse que eso era lo que hacían los conductores responsables; aun así, me habría gustado contar con una pizca de su atención, sobre todo teniendo en cuenta que no había tránsito.

—¿Te sueles escapar a fiestas o…? —dijo por fin después de un rato.

—No me escapé a ningún lado —me defendí.

—No nos informaste —murmuró.

—Ustedes no son mis padres, no tengo por qué decirles nada.

—No quiero ser entrometido, pero tampoco es que les cuentes mucho a tus padres. Te olvidaste de llamarlos.

Era la verdad. Por más enojada que estuviera, aquello era cierto: había olvidado llamarlos. Debían de estar imaginándose de todo, angustiados y creyendo que estaba ocupada en otras cosas.

Me resistí al impulso de llamarlos en ese mismo momento cuando vi la hora: las tres de la mañana. ¿De verdad había pasado tanto tiempo? Tendría que esperar hasta el día siguiente, inventarme mentiras creíbles, organizarme mejor.

—No es que queramos tenerte controlada —continuó Mam—. Pero llevas algo que nos pertenece, y es peligroso que andes sola en sitios abarrotados de gente. Nunca se sabe si hay algún enemigo cerca. Hay gente que querría quitártelo, eso es todo.

—¿Por qué no se lo devuelvo?

—Hicimos un trato —me recordó Amon—. Ya no es tan simple.

«Lo tengo claro».

—Haz el favor de avisarnos la próxima vez —medió Mam—. Sé que te puedes cuidar sola y que somos fastidiosos, pero ten en cuenta lo importante que es esa joya para nosotros.

Se le daba bien hacerme cambiar de opinión; me preguntaba si era porque tenía razón o porque era un gran manipulador.

—Entiendo.

—Voy a hacer una parada para comprar, quédense dentro del auto.

«Qué mandón. ¿No quiere que le cocine también, mi señor?».

Esperaba que, al haberse debilitado sus poderes, ya no pudieran leer mi mente. Si no era así, sería bochornoso.

Mam extrajo una billetera llena de la guantera. Me pregunté de dónde sacaban su dinero… Porque, que yo supiera, no trabajaban.

Iba a indagar al respecto cuando vi que giraba la mano y esa familiar chispa roja brotó de su piel. En esta ocasión, cambió de forma para convertirse en un billete de cien que introdujo en la ya de por sí abultada cartera.

—Es uno de mis dones —afirmó antes de que pudiera preguntarle.

—¡¿Me estás diciendo que todo este tiempo podían hacer eso?! —Salté en mi asiento y me giré para mirar a Amon—. ¿Por qué tú no lo has hecho nunca?

Se encogió de hombros.

—No es mi campo.

Mam salió sin decir más en dirección a las tiendas de autoservicio cercanas a la gasolinera. Mi mente repasó lo que acababa de ocurrir.

Todo indicaba que era mucho más poderoso de lo que aparentaba ser. Me odié por no estar asustada; al contrario, quería saber más sobre aquel chico de ojos grises, quería descubrir qué lo hacía tan cautivador.

Me humedecí los labios con la lengua.

—Son los dos unos santurrones —soltó Amon de pronto—. En mi reino esto no pasa.

—¿Disculpa?

—Que le agradas sobremanera, Val.

Parpadeé varias veces. El pelirrojo dejó su teléfono a un lado y apoyó los codos en sus rodillas para acortar el espacio entre nosotros.

—¿Qué dices? —insistí.

—Digo que son cosas que pasan, ¿sabes? Deberían hacer algo para aligerar ese aire pesado que los rodea cuando se miran. Eso es lo que se hace en mi mundo, al menos.

—Te estás inventando cosas, no hay ningún aire pesado entre nosotros.

—Di lo que quieras. Yo veo series de romance y sé que, cuando dos personas se miran como lo hacen ustedes —arqueó una ceja—, hay algo más que amistad entre ellas.

En ese momento, vi que Mam se aproximaba con un par de bolsas en las manos y busqué mi móvil con nerviosismo, tratando de parecer ocupada.

—Se ve que te afecta el tema, pecadora —susurró Amon colgándose de mi cabecera.

—¿Por qué te divierte tanto molestarme?

—Es fácil hacerte enojar. —Encogió un hombro.

Mam se subió al auto y dejó las bolsas entre nosotros. Cuando arrancó, una música enérgica empezó a sonar a través de la radio. Yo solo pude sentirme agradecida porque el estúpido de Amon no hubiera continuado hablando.

Sin dejar de mirar el camino, Mam sacó una golosina rosa de un paquete en una de las bolsas y se la echó a la boca. Estudié con sumo detalle el movimiento, la forma en que sus suaves labios envolvían el dulce.

La nuez se hizo más visible en su cuello cuando tragó. Me habría pasado la madrugada entera mirándolo si no hubiera sido por Amon, que se aclaró la garganta de forma exagerada, ocultando su sonrisa de diversión. Lo ignoré, y el silencio fue asentándose entre nosotros a medida que nos distanciábamos del centro de la ciudad. El convento se encontraba bastante alejado de la civilización, y había que atravesar numerosos terrenos deshabitados para llegar hasta él.

Me pasé la mayor parte del viaje recostada contra la puerta del auto, hecha un ovillo para intentar entrar en calor. Aún tenía el cabello y la ropa mojados, y en un par de ocasiones me descubrí a mí misma tiritando.

Pegué la mejilla al vidrio helado y observé las luces pasar. La melodía me iba transportando a otro lugar, lejos de allí.

De pronto, una mano apareció en la periferia de mi visión y me abrigó echándome por encima una campera forrada de lana suave. Mam colocó su ropa sobre mí y se aseguró de que estuviera bien tapada antes de volver a centrarse en el camino.

—¿Lo pasaste bien?

Lo último que debería preocuparle a un demonio millonario era mi bienestar.

—¿Tú qué crees?

—Viniste empapada y estabas con el Agus ese, según Mam —intervino Amon. Luego puso las manos en alto cuando su amigo le lanzó una mirada desagradable—. Yo solo digo…

—Tienes mucha imaginación —lo interrumpí, cortando el tema por lo sano.

Cuando me giré para fulminarlo con la mirada, vi que tenía el pergamino de Belfegor sobre su regazo. Lo levantó para revisarlo, soltó una exclamación y dio un pequeño salto hacia delante.

Se colocó entre nuestros asientos y lo desplegó sobre el volante frente a Mam; este buscó el freno con rapidez al verlo. Me pregunté qué podía ser tan importante como para que tuviéramos que detenernos en el acto. Al asomarme, vi que ya no estaba en blanco, como la primera vez que lo habíamos visto: ahora su superficie estaba cubierta por un texto escrito en dorado con letra cursiva, aunque en un idioma que yo desconocía. También había dibujos; daba la impresión de que se iban formando según lo mirábamos.

Primero apareció un puño con una manzana derritiéndose entre sus garras; luego una cara femenina, unas alas y otros instrumentos que no alcancé a descifrar.

Y después… nada. No pasó nada.

—Odio el infierno. —Amon cerró el pergamino—. ¿No pueden hacer un tutorial en YouTube y ya? Detesto las metáforas.

—El guía sabría ayudarnos. Todo esto es culpa de Levi —lo consoló Mam.

Pero Amon no añadió nada más mientras guardaba el pergamino.

El convento estaba sumido en el más absoluto silencio cuando llegamos. Todas las monjas estaban dormidas.

Nuestro siguiente reto sería entrar en el edificio y acceder a mi cuarto sin que nadie nos escuchase.

No había ni rastro de Leviatán. Me preocupaba en lo que pudiera estar metido; estaba en contacto con humanos, brujas y otros muchos peligros. Dejarlo vagar solo no era buena idea.

Nos acercamos a la entrada del convento, y Mam me sujetó cuando el lodo que cubría los senderos se volvió demasiado espeso y mis tacones se convirtieron en una dificultad añadida. Una vez dentro y ya frente a mi puerta, me disponía a girar el pomo cuando algo revolvió mi cabello. Me extrañó que los chicos bromearan en aquel momento, pero, cuando me aparté y me giré para mirarlos, ninguno parecía haberse movido.

Tuve un mal presentimiento al instante y apoyé una mano en la pared para no caerme. Me llevé la otra a la cabeza y descubrí una pluma brillante entre mis rizos; claramente procedía de una de las alas de Agus. La dejé caer a causa de la sorpresa.

Mam y Amon se acuclillaron para examinarla y el primero la tomó entre sus dedos, sintiendo lo sedosa y especial que era. Resultaba evidente que no procedía de una simple paloma.

Las pupilas de ambos se clavaron en mí como flechas y Mam dejó escapar una larga exhalación. Los faroles del pasillo se apagaron, las cortinas se cerraron por completo y quedamos sumidos en una oscuridad absoluta. Mam se levantó y luego puso una mano en mi cintura con suavidad, la otra en mi cuello para atraerme hacia él.

—¿Qué hiciste, Valentine? —Percibí su aliento sobre mi piel—. ¿De dónde sacaste eso?

—Puedo explicarlo.

Su voz cambió, se volvió más dura.

—Entonces hazlo —ordenó.

No reaccioné hasta que su boca estuvo cerca de la comisura de mis labios. Deslizó la lengua desde ahí hasta la mitad de mi mejilla y se detuvo, como si quisiera paladear mi sabor, como si tratara de identificar algo en él.

En mi mente, yo ya estaba planeando qué decir para que no me asesinasen o cómo llamar a Agus para que me sacase de allí.

—Sabes a miedo —declaró Mam al fin.

Lo empujé, indignada.

—No pueden tratarme de esta forma y pretender que no les tenga repelús.

—¿Quién dice que no puedo? Dame el pergamino —dijo girándose hacia Amon.

Este se lo lanzó y Mam lo agarró en el aire. Entonces lo desplegó, tomó la pluma entre sus dedos como si fuera un lápiz y empezó a escribir. Abrió los ojos como platos al trazar la primera línea, que brilló con un reflejo dorado.

Mam siguió dibujando hasta esbozar una estrella de seis puntas en medio de un cielo estrellado que parecía haber sido hecho por un niño. Miré por la ventana y comprobé que las nubes grises se estaban diluyendo.

Sin embargo, aquel nuevo descubrimiento se vio interrumpido de pronto cuando una puerta de fuego se abrió en la pared. Al verla, sentí un deseo incontrolable de tocarla, pero, por fortuna, el impulso desapareció cuando una figura oscura pasó a través de ella.

Levi se fue materializando a medida que cruzaba aquel umbral llameante. Nos quedamos en silencio al ver el cuchillo plateado que sostenía en una de sus manos.

Sentí que ya había tenido demasiadas emociones fuertes por un día y, cuando vi que avanzaba en mi dirección, retrocedí aterrada para tratar de esconderme.

Cuando me miró, mi corazón empezó a latir con tanta fuerza que creí estar al borde de la muerte. Dos figuras se interpusieron entre nosotros. Al alzar la vista, me percaté de que Mam y Amon estaban tan desconcertados como yo. No había ni rastro de la pluma o el pergamino; debían de haberlos ocultado en algún sitio con su magia.

Levi nos observó extrañado como si fuéramos nosotros los perturbados y entró al cuarto sin más. Luego se sentó en la cama con gesto desenfadado, se recostó sobre las almohadas y sacó un mechero de su bolsillo. Esbozó una media sonrisa torcida al ver el pánico reflejado en mi rostro.

—¡¿Cuál es tu jodido problema?! —lo confrontó Mam—. ¡Es peligroso que aparezcas con objetos así!

—Se escapó —lo interrumpió Leviatán.

—¿Qué?

—Asmodeo no está en el infierno, Belfegor dijo que está aquí con nosotros.

—Es imposible —rebatió Mam—. Vinimos solos.

—¿Cómo de seguros podemos estar de ello?

«Oh, por Satanás».

—¿Asmodeo está aquí? —indagué—. ¿Tan peligroso es como para que estén tan preocupados?

—Mira —Mam se frotó la mandíbula—, no creo que te tranquilice tener más información.

—¿Por qué tiene Levi un arma? ¿Va a hacernos daño? —continué. Estaba demasiado alterada.

Sin girarse a mirarme, ambos dijeron lo mismo al unísono:

—Nadie va a hacerte daño.

—Pues entonces, si van a usar mi cuarto como sala de reuniones, ¡al menos invítenme!

—Eso no… —empezó Levi.

—Silencio —nos ordenó Mam—. Si Asmodeo nos ha seguido, eso explicaría las energías que hemos estado percibiendo. ¿Está cerca? —cuestionó.

—Anda rondando por aquí —respondió Levi, que parecía bastante informado.

—¿Cómo que «rondando»? —Me crucé de brazos y me acerqué con pasos cortos hasta mi colchón—. ¡¿Qué significa eso?!

—Eso no importa ahora, lo importante es descubrir qué pretende —explicó Levi—. En especial porque es una rata.

—¡Eso! Lo demostró cuando nos inculpó —declaró Amon.

Mi mente trataba de atar todos los cabos posibles para hacerse una idea de lo que había ocurrido realmente entre ellos y Asmodeo.

—Pues me alegro de que lo hiciera, se lo merecen —exclamé—. ¿Qué pensaban que haría un demonio, ser su amigo?

Darles una cucharada de su propia medicina con ese comentario me devolvió años de vida.

—¡Qué insoportable eres, joder! —resopló Leviatán—. ¿Por qué sigue hablando? —inquirió, dirigiéndose entonces a sus amigos.

—Más respeto —lo regañó Amon, para mi sorpresa—. ¿Qué culpa tiene ella de que estés maldito?

—En efecto —convino Mam—. No puedes desaparecer, hacer las cosas por tu cuenta y luego venir a dar estas noticias. Me tienes harto.

—Ay, Mam, cállate.

—¿Sabes qué deberías hacer? Afrontar tus errores. ¿Cómo piensas resolver esto si no resuelves ni tu vida?

Ups. Nunca los había oído hablarse de ese modo. Parecía que había auténticos problemas en el paraíso.

O, más bien, en el inframundo.

Amon tomó a Levi del cuello de la camisa y lo levantó en el aire. De forma inconsciente, me refugié tras la espalda de

Mam; no me gustaba la actitud que tenían esos dos cuando discutían entre sí.

—Si tu calenturiento amigo y tú supieran controlarse, no estaríamos en este embrollo.

—Por favor, rojito, eres el primero que se mete en problemas. Y además eres el más joven, no puedes opinar.

—Leviatán —lo interrumpió Mam, aparentemente harto de la pelea—. Tenemos una pluma de ángel.

Tragué con fuerza al recordarla. Con la llegada de Levi, me había olvidado por completo.

—¿Cómo? —inquirió él, olvidándose de todo lo demás.

—La encontré en un árbol del bosque —mintió Mam—. Debe de ser una señal.

En ese preciso momento, una tiritona se apoderó de mí y recordé que aún llevaba puesto el vestido empapado de la fiesta. Los chicos interrumpieron su conversación y se giraron para mirarme al escuchar el castañeteo de mis dientes. Sintiéndome acorralada una vez más, farfullé algo sobre ir a cambiarme y salí del cuarto apresuradamente sin que nadie intentara impedírmelo.

Con cuidado de no hacer ruido, me vestí con un pijama claro. Tardé más de lo necesario, aunque no me cepillé el cabello ni me lavé la cara; solo quería alejarme un rato de ellos.

Tenía el ánimo por los suelos cuando regresé a la habitación. Al menos habían dejado un espacio para que pudiera echarme a dormir. Intenté no establecer contacto visual con ninguno mientras me dirigía a la cama.

—¿En qué piensas cuando tienes esa cara de susto? —quiso saber Mam.

En que se tendrían que deshacer de mí cuando llegara el momento de volver al infierno y, sin duda, no elegirían un método agradable. En que me sentía mejor cuando no tenía ese peso encima. En que eran dañinos para mí y me seguían mintiendo.

—Nada, tengo sueño.

—Pobrecita —se burló Amon—. Deberíamos dejarte dormir algún día.

—Gracias, qué considerado te levantaste hoy.

—No me he levantado de ningún modo porque yo no duermo.

Di un pequeño salto a causa de la sorpresa y me golpeé la cabeza contra la pared. Él también se percató de su error e intentó disimular, pero no necesitó esforzarse mucho: yo prefería no revelarles que ya tenía esa información, así que fingí no darme cuenta de su despiste.

Me recosté y me puse a terminar algunos deberes. Si iba a desvelarme, al menos quería sacar provecho de la situación. Mordí el lápiz distraídamente, y estaba pensando en cómo resolver un ejercicio cuando Mam preguntó:

—¿A qué sabe eso que estaban bebiendo todos en la fiesta?

—¿Hablas del alcohol, Mam?

Asintió; parecía realmente interesado en mi respuesta.

—Sí.

«Curioso que hayas aparecido de la nada allí, pero ahora no sepas ni a qué sabe el alcohol, dulce demonio».

—¿De qué está hecho, exactamente? —Amon era incapaz de no meterse en una conversación.

—¿Por qué quieres saberlo?

—Me gusta aprender cosas, es relajante. Y no tengo ganas de pelear.

—¿Pelear con quién?

—Con quien sea. —Me sonrió, y sentí que nunca había visto tanta tristeza oculta tras una sonrisa.

—¿Acaso no tienen alcohol allá abajo?

—Primero que nada, el infierno no está «abajo». Sería estúpido ubicarlo en un punto tan fácilmente accesible. —Encendió su teléfono—. Déjame mostrarte una cosa.

—Si me va a traumatizar, prefiero no verla.

Deslizó su pulgar por la pantalla buscando algo en su galería de fotos. Un humano racional habría pensado que averiguar dónde se encontraba el infierno podía ser potencialmente peligroso. Yo también lo pensé; sin embargo, mi curiosidad pudo más.

Amon le dio la vuelta a su celular y me mostró una foto de mala calidad: en ella se veía una puesta de sol en la que los colores de cielo se tornaban rojizos; había un par de nubes oscuras que parecían un tridente si las juntabas.

—Está más arriba de lo que jamás alcanzará a ver el ojo humano.

—Es bonito —admití—, pensé que sería diferente.

—Es más bello de lo que te imaginas. —Puso su mano en mi hombro en un gesto sorprendentemente amable—. Ahora que ya lo sabes, puedes dejar de preocuparte por si te llevaremos allí o no. No tienes que andar como si estuvieras a punto de ser atacada por un monstruo todo el rato.

—Es fácil decirlo cuando el monstruo eres tú —repuse—. En fin, creo que me voy a dormir.

—¿Para qué? No lo necesitas.

—Claro que lo necesito. Yo soy humana, y los humanos necesitan dormir.

Negó con la cabeza.

—¿No te parece raro seguir… —buscó la palabra correcta— viva a pesar de no haber comido o dormido casi en las últimas semanas?

Estiró su mano para señalar el collar en mi cuello. Las piedras habían ido ganando intensidad según pasaban los días, pero yo casi había olvidado que lo llevaba puesto. Amon levantó la gema roja y la frotó con el pulgar; esta resplandeció por un instante y luego una agradable sensación de relajación inundó mi cuerpo.

—Podemos parecer tontos, pero no te dejaríamos morir. Sabemos lo que implica para ti pasar tanto tiempo con nosotros. —Acomodó el collar en torno a mi garganta.

Aquella joya siempre me había resultado peculiar y familiar de alguna forma, pero supuse que podía deberse a mi imaginación.

Pese a que me sentía mejor, aún tenía demasiadas dudas, y era evidente que necesitaba un aliado en todo este asunto. Quizá Agus podría ayudarme.

—¿Gracias? —le respondí a Amon al fin, sin saber qué otra cosa podía decir.

Mam tomó una de las bolsas de chucherías que había comprado y se sentó con nosotros. El chocolate que nos ofreció era uno de los mejores manjares que había probado en mi vida; comentamos su sabor como si fuéramos críticos culinarios y pasamos un rato agradable todos juntos. Era increíble cómo a veces se me podía llegar a olvidar quiénes eran: a veces, solo en pocas ocasiones, me parecían un encanto.

Se hizo de día sin que nos percatáramos, y estábamos carcajeándonos cuando el tintineo de una notificación interrumpió nuestra conversación.

Mi teléfono, que por algún motivo estaba en ese momento sobre la pierna de Mam, mostraba un mensaje que Agus me había enviado por Instagram. Nada largo, solo una petición concisa:

«¿Quieres salir conmigo hoy? Como una cita, quiero decir».

11

Pecados capitales

Se lo arrebaté a Mam en cuanto lo vi, avergonzada y agobiada por si él también lo había leído.

—¿Una cita? ¿Con quién? —me preguntó.

Bien, había visto el mensaje, pero no quién lo enviaba.

Ignoré la pregunta como si no la hubiera escuchado y tecleé una respuesta rápida para Agus. Este, preocupado por el tono vago de mi mensaje, me llamó al instante. Saber que contaba con su ayuda era como una fresca brisa de verano en comparación con lo que vivía a diario entre esas cuatro paredes.

—¿Te ocurrió algo? ¿Puedes hablar? —inquirió desde el otro lado de la línea.

Sentí las miradas de los chicos sobre mis hombros. Pegué el teléfono a mi oreja.

—Estoy con mis primos, Dani. ¿Y tú?

—Entiendo —respondió Agus en voz baja—. ¿Hay forma de que puedas hablar?

—No, no me gusta ese restaurante en realidad. ¿Te parece si lo discutimos en persona?

—¿Estás en peligro?

—No lo creo. —Miré de reojo a mis tres compañeros de cuarto.

—Tranquila, voy a ayudarte. Quedamos en el patio del instituto, ¿sí?

—Me parece buena idea; si puedes comprar entradas privadas, mejor.

Corté la llamada algo más aliviada; esperaba que Mam, Levi y Amon no se hubieran percatado de nada. Después del error de la noche anterior con la pluma, no me podía permitir el lujo de darles pistas.

De camino al instituto, me puse al lado de Dania, en el único sitio donde ninguno podía ver mi pantalla.

Porque era hora de tomar al toro por las astas: había decidido recabar información. Podían matarme si querían, contra eso no podía hacer nada. Pero, si me iba a morir, quería saber quiénes eran los culpables.

El inconveniente número uno se presentó cuando escribí «Mam» en el buscador y no apareció nada. Recordé haber oído que ese no era su nombre completo.

Pasé al nombre de Amon.

En realidad, me daba un poco de vergüenza buscarlos, ya que sentía que los estaba *stalkeando*, pero sabía que, al tener información, me sentiría ligeramente más segura. Aunque solo fuera por un rato.

Deseé haber agarrado uno de los dulces sobrantes de mi cuarto cuando mi pantalla me mostró una figura de brazos rojos, cabeza de cuervo y alas negras. Sentí que mi corazón se aceleraba a causa del espanto. Me apresuré a abrir el primer enlace que me apareció.

«Este demonio puede manipular a las personas e inducir al odio y la enemistad. Puede provocar peleas, rabia, sed de venganza y una ira incontrolable».

Paré de leer, con la mirada fija sobre el texto. Alcé la vista y observé cómo Amon hacía una burbuja con el chicle. ¿De verdad ese era él? Le había visto hacer bromas violentas, sí, pero…

¿Odio? ¿Sed de venganza?

Traté de no reaccionar exageradamente ante mi descubrimiento, lo cual fue una tarea difícil, dado que el ente malvado del que hablaban todas esas páginas estaba sentado a unos metros de mí.

Borré mi historial un poco afectada y, de hecho, no me atreví a buscar a Levi. Al menos por ese día había tenido suficiente. Además, aún tenía pendiente averiguar por qué no encontraba ni una migaja de información sobre Mam.

Los datos que había ido recopilando en las últimas semanas se arremolinaban en mi mente: su poder abrumador, su evidente fuerza, las jerarquías entre ellos…

De lo que no me cabía duda era de que necesitaba protección. Le escribí a «mi cita» para acordar una hora a la que vernos, tan pronto como fuera posible.

Recordé lo que había sentido ese otro día en el bus: las garras que me sujetaban, la humedad deslizándose por mi cuello… Me llevé una mano a la zona inconscientemente. Sabía que los chicos podían hacerse invisibles; tal vez aquello había sido cosa de otro demonio.

Tenía tanto que aprender aún para siquiera acercarme a lo que sabían ellos… Abrí mis notas y escribí algunas de las cosas que había descubierto y otras que debía buscar. Algo me decía que apenas quedaban unas gotas para que el vaso rebosase o se rompiese.

—Te noto rara. ¿Estás enferma? —me preguntó Dania en voz baja.

—Sí —mentí—. ¿Qué vas a hacer hoy?

Cambiar de tema: mi pasión.

—No tengo planes, ¿y tú?

—Tengo una cita con Agus.

—¡¿Qué?! —gritó—. ¡¿Por qué no me lo habías dicho hasta ahora?!

—¡Cállate! —la regañé nerviosa—. No hace falta que se enteren todos los pasajeros.

El motor del autobús se detuvo en ese mismo instante y yo fui de las primeras en salir. Seguí aferrada a mi celular, con la esperanza de recibir una nueva notificación que no llegó.

Una vez en clase, me senté lejos de los chicos y me dediqué a completar mis deberes y a perderme en las explicaciones del profesor.

Empecé a golpear la punta de mi lápiz contra la mesa de forma rítmica, y el barullo a mi alrededor me hizo percatarme de lo animados que estaban mis compañeros. Desearía poder estar así. Ser la única que sabía el «secreto» me hacía sentir sola.

En medio de la clase, recordé que no había llamado aún a mis padres y decidí enviarles un mensaje, al menos.

Por otra parte, me tenía que reunir con la única persona que podía ayudarme, Agus. Todo el asunto tenía lógica: los demonios eran malos, los ángeles buenos. Se odiaban. Era así como funcionaba la cosa, ¿no?

Al terminar la lección, vi que había un mensaje suyo y fui a sentarme bajo un árbol del patio para esperarlo. Mi mano tocaba el collar a ratos distraídamente. Pensé en lo que había descubierto la noche anterior: a través de aquella joya, los chicos me habían mantenido con mi vida y me habían ayudado a sentir mejor. Pero ¿por qué me lo habían dado?

Me sentí algo culpable. Aliarme con un ángel era, sin duda, lo opuesto a ayudarlos.

Agus salió del gimnasio mientras se terminaba de prender la camisa de uniforme, dejando a la vista su abdomen marcado. Alzó la mirada para buscarme y me encontró en un santiamén. Sentí un cosquilleo por todo el cuerpo cuando sus ojos se toparon con los míos. Me limité a sonreírle.

Se acercó rápido y se sentó conmigo. Enseguida vimos al trío de demonios saliendo del instituto junto con Dani. Antes de que yo pudiera reaccionar, Agus pasó su brazo por mi espalda, manteniendo la farsa de la cita que supuestamente estábamos teniendo en esos momentos.

Cada uno de ellos, incluida mi mejor amiga, miraron en nuestra dirección. Deduje que Levi estaba hablando de nosotros por su mueca de asco. Por fortuna, se fueron del patio tan rápido como habían llegado.

Controlé el perímetro sin decir nada. Aunque no estuvieran a la vista, debía permanecer alerta.

—Despertaste hermosa hoy —dijo Agus observándome.

Le dediqué una sonrisa de labios sellados en agradecimiento.

—Descubrí algo —susurré.

Las comisuras de sus labios se curvaron, el sol le otorgó un brillo especial a su mirada.

—Cuéntame —pidió.

—Anoche hablaron de que alguien se coló con ellos a través del portal cuando vinieron.

—¿Cómo que alguien? ¿Quién?

—Un demonio llamado Asmodeo. —Me encogí de hombros.

—No sabes mucho sobre él, ¿verdad?

Negué.

—Pero esa no es mi única noticia.

Fingí enseñarle unas fotografías para mostrarle mis notas y mi historial de búsqueda. Nuestros dedos se rozaron con suavidad cuando tomó el teléfono para acercárselo a los ojos. Volví a la página donde había leído la información sobre Amon. Emocionada por mi hallazgo, le mostré el texto que tanto me había asustado. Él frunció el ceño al verlo.

—¿Qué pasa con esto? —quiso saber.

—Ahora sé quiénes son. Al menos uno de ellos —le comuniqué orgullosa.

—Espera, ¿no lo sabías?

—Eh…

—¡¿Cómo es que sobreviviste?! —exclamó—. ¡El desconocimiento es peligroso! Sobre todo cuando estás rodeada de seres como ellos.

—Ya —suspiré—. Gracias por aparecer.

—¿Quieres que te cuente quiénes son?

—¿Eso no sería violar su privacidad?

—¡Son demonios, Valentine! ¡Ellos no respetarían tu privacidad!

—Está bien.

—Acompáñame.

Me llevó hasta la silenciosa biblioteca y, una vez allí, extrajo un cuaderno viejo lleno de fotografías de su mochila. Intrigada, me apropié de él y me senté a ojearlo en una mesa desierta. Agus puso su cabeza sobre mi hombro y me fue hablando de cada foto a medida que yo pasaba las páginas.

—¿Ves ese monstruo marino? —preguntó en voz baja.

Deslicé un dedo sobre la imagen.

—Sí —asentí con timidez.

—Es Leviatán.

Se trataba de una serpiente gigante emergiendo del agua; era casi como un dragón, recubierta de escamas afiladas y con la boca repleta de largos dientes. Sus ojos brillantes eran completamente opacos, iguales a los ojos negros del Levi que yo conocía. Calculé que debía medir más de cien metros.

Mis latidos fueron aumentando con cada segundo que pasaba. Lo que estaba viendo era… horrible.

—Es imponente y poderoso, ¿no crees?

—Estoy algo descolocada.

—¿Y ves ese de allá? —Señaló otra fotografía en la misma página—. También es Levi.

En esa tenía un aspecto humanoide, no tan terrorífico. Su cuerpo era fornido y su piel negra; era parecido a Belfegor tal y como lo habíamos visto a través de la «videollamada». En este caso, Levi no lucía mal. Muchos detalles eran parecidos a los de su forma humana; incluso conservaba su cabello igual. Supuse que así era como lo veían en el infierno.

—En cuanto a su carácter, no hay mucho que decir. Digamos que es un envidioso.

—Lo capto. —Alejé el cuaderno de mí—. Lo siento, pero todo esto me está asustando.

—Val —Agus acarició mi mejilla—, es mejor que lo sepas ya. Si no, podrían llegar a manipularte.

Volvió a acercar el cuaderno y lo abrió por una página cubierta por un texto escrito con tinta roja. Reconocí la figura de

Amon. El texto no parecía decir nada que yo no hubiera descubierto ya, así que seguimos adelante sin más explicaciones.

Continuamos pasando páginas hasta llegar a unas con anotaciones hechas en tinta dorada.

—A este deduzco que lo conoces como Mam.

Mi expresión cambió al oírlo.

—¿Sabes lo que es la avaricia, Val?

Asentí.

—Pues te la presento.

12

Le daría clases al demonio de la mentira

Mi atención voló a las imágenes. Me preparé para odiarlo, para quedar traumatizada por su apariencia, para empezar a sentir ganas de huir ante la sola idea de tenerlo cerca.

Era una pena que el mundo tuviera otros planes para mí.

Sentado en su trono con total seguridad, un demonio de piel dorada se encontraba rodeado de sirvientes. Cada centímetro de su cuerpo brillaba, y su mirada era absolutamente deslumbrante. Portaba cientos de joyas, tanto en las manos como en el cuello, y sonreía ante las atenciones que le profesaban las personas a su alrededor.

—Posee varios nombres, pero todos significan «riqueza».

—¿Tiene algo que ver con el dinero?

—Tiene todo que ver con el dinero.

—Ah.

—Es detestable, influyente, posesivo, materialista… Y lo peor es que es de los demonios más poderosos que existen en la actualidad. ¿No te da rabia?

—¿Qué tiene de malo? —cuestioné.

—¡¿Cómo que qué tiene de malo?!

—Quiero decir, las personas son las que deciden alabar el dinero. No es culpa suya… ¿O sí?

—Por supuesto, ¿no lo ves? Ya deben de haberte comido la cabeza.

Debía de estar loca, pero realmente no me parecía tan horrible.

Cerré el cuaderno sumida en mis pensamientos y Agus permaneció en silencio durante un rato más. Intenté salir de mi trance parpadeando repetidamente, pero no podía dejar de pensar en que yo misma era la culpable de la situación en la que me encontraba; tal vez si hubiera avisado a alguien o hubiera hablado con un superior, no estaría metida en estos problemas. Aunque, claro, ningún humano común habría estado a la altura, de cualquier modo.

—¿De dónde sacaste ese collar que llevas? —dijo al fin Agus, devolviéndome a la realidad.

Acercó su mano a mi cuello, pero yo retrocedí por instinto y la alejó al segundo. No confiaba tanto en él como para contarle todo; me preocupaba darle demasiada información, por algún motivo.

¿Me estaba equivocando?

—¿A qué viene la pregunta?

—Se ve valioso, quería cambiar de tema —admitió.

—Oh, perdona.

—En fin. Mi recomendación por ahora es que no te quedes a solas con ellos. ¿Notas algo raro al estar en su presencia?

«Solo una tensión sexual extraña a veces. Gracias por preguntar».

—En absoluto.

—En el convento es fácil que estés más aislada, y te vendría bien tener supervisión constante; intenta participar en todas las actividades en grupo que puedas.

—Lo tendré en cuenta.

Supervisión constante... No creía que pudiera irme a casa. Con la manera en la que había tratado a mi familia, dudaba que me quisieran ver siquiera.

Me levanté y le devolví su cuaderno.

—Fue un placer pasar este rato contigo. —No me había percatado hasta ese momento de que habíamos pasado varias horas en la biblioteca. Me había saltado un par de clases sin darme cuenta y ya casi era hora de volver a Ylenol.

—El placer es mío, te lo aseguro. —Alejó mi silla para abrirme paso—. ¿Quieres ir a tomar un helado?

—¿En serio? Ni siquiera deberías preguntarlo.

Nos dirigimos a la cafetería y dejé que él eligiera el sabor de mi helado mientras yo revisaba las notificaciones de mi teléfono. Apenas unos minutos después, Agus me entregó un cono con una bola blanca encima; me deleité en el maravilloso sabor de la crema de leche: en lo que respectaba al dulce, era fácil complacerme.

Era algo que Mam y yo teníamos en común.

—Parece que te gusta —sonrió Agus.

Despegué el helado de mi boca, consciente de que mi barbilla estaba manchada de crema. Ambos fuimos a tomar una servilleta al mismo tiempo y nuestras manos se tocaron.

Él agarró una y me limpió con cuidado la cara. Luego dejó el papel sobre la mesa sin quitarme ojo.

—¿Qué pasa? —pregunté.

—Aún tienes un poco. —Deslizó el pulgar sobre mis labios—. Aquí.

El sonido de una voz me devolvió a la realidad del comedor: el tono de Amon era inconfundible. Había entrado con el resto del grupo, y no necesité mirarlos directamente para saber que nos estaban observando, pendientes de todos nuestros movimientos.

—Creen que estamos en una cita, ¿verdad? —Agus habló sin moverse.

—Así es —balbuceé.

Me sentía como si me hubieran descubierto cometiendo una infidelidad, por alguna razón. Supuse que las cosas estaban a punto de complicarse.

Pero entonces Agus posó sus labios sobre los míos y mi mente se vació por completo. Reaccioné al instante: cerré los ojos para hacerlo creíble, aunque lo habría sido de todas formas.

Él succionó mi labio inferior y yo traté de seguirle el juego. Cuando su lengua empujó la mía, se me escapó un gemido por lo bajo. El helado se estaba derritiendo en mis manos, pero la vergüenza y la presión de tener que mantener aquella farsa me obligaron a permanecer en el sitio sin apartarme.

Mi mente iba a toda velocidad, y de pronto me invadió un pensamiento aterrador:

«¿Y si me veo fea besando y media escuela me está mirando?».

Sí, el romanticismo no estaba en mis venas.

—Como les decía, la gente se come en la cafetería… Ups, quería decir que la gente come aquí —exclamó Amon al llegar a nuestro lado.

Me aparté de Agus, sintiéndome algo apenada.

—Buenas. —Los saludé avergonzada con la mano.

—Val, faltaste a clase de Pintura —me reprochó Mam.

—Estaba ocupada —le respondió Dani.

Tierra trágame. Empecé a buscar una excusa para huir de ahí cuando noté que Leviatán nos miraba fijamente.

—¿Qué pasa? —le dije.

—Tú. —Señaló a Agus—. No te había visto antes.

—Ya, es que no suelo estar en sitios donde haya mucha gente.

—Qué raro. Aun así, me suenas de algo.

—Un placer. —El ángel extendió el brazo—. Me llamo Agus.

Ambos se estrecharon la mano. El resto intercambiamos miradas; nadie se saludaba así.

—Leviatán —espetó Levi.

—¿Como el monstruo? —inquirió Agus fingiendo sorpresa.

No se soltaron las manos.

—Exactamente —afirmó Levi con una sonrisa de oreja a oreja. Me aterrorizó el modo en el que nos miraba, como si pudiera acabar con nosotros sin apenas esfuerzo.

—Agus y yo ya nos íbamos —declaré.

Leviatán nos siguió observando con intensidad; tanta que mi incomodidad ascendió a otro nivel. No solo me había besado con una persona delante de ellos, sino que mis mentiras pendían de un hilo. Si Agus no hubiera actuado con tanta rapidez, probablemente ahora los chicos estarían sospechando de mí.

—Hasta luego —añadí cuando no recibí respuesta.

—Nos vemos —se despidió Levi—. Por cierto, creo que ya sé por qué me resultas tan familiar —agregó dirigiéndose a Agus—. No es nada relevante, solo tienes un nombre místico.

¿Lo sabía o era coincidencia? Debíamos huir. Si Leviatán decía una palabra más, yo empezaría a rezar en idiomas que ni conocía.

—Es tarde, ¿no vienes con nosotros, Val? —preguntó Mam.

—¿Por qué tendría que ir con ustedes?

Él puso ambas manos en alto.

—Por si querías, nada más.

«Excelente, Val, tan cortés como siempre».

—Pero si vamos todos en el mismo bus —dijo Amon antes de meterse un pastelillo a la boca y hablar sin haberlo tragado—. Son tontos.

—El bus ya debe de haberse ido —comentó Dania—. Le diré a mi hermano que me recoja, los podemos acercar.

Aceptamos su oferta y nos dirigimos al aparcamiento.

La espera fue incómoda, en especial porque los demás charlaban en un grupito, mientras que Agus y yo permanecíamos apartados a un lado sin hablarnos siquiera. Aunque tenía sentido: ¿de qué íbamos a hablar cuando los demás podían escucharnos?

De pronto, la voz de Mam resonó en mi cabeza:

«Ya encontramos parte de lo que necesitábamos, así que esperamos que este fin de semana puedas ayudarnos».

«Podrá, me aseguraré de ello», masculló Amon, también en mi mente.

Era como si sus voces provinieran de la nada. Pero no me quejé; tenía que admitir que era divertido volverlos a escuchar de ese modo.

«No tomará más de dos horas, no te preocupes», siguió Mam.

«Esperemos que no salga a comerse helados con su novio, porque esto es importante».

«¡Amon, deja de molestarla!».

«Agus no es mi novio», respondí mentalmente, ofendida.

«¿No lo es?», cuestionó el pelirrojo. Me giré y me lo encontré mirándome con una expresión incrédula.

«No, solo salimos, es lo que hacen los amigos», pensé, sin esperar respuesta por su parte.

Pero entonces Mam volvió a intervenir:

«Curioso, no lo sabía». Oí una risita.

«Pues sí. Eso hacemos los humanos. Nosotros tenemos salidas con nuestros amigos, en lugar de secretos mágicos».

«Así que esas son las cosas que hacen los humanos cuando son amigos…».

«Sí», repuse.

«Vale, entonces no te sorprendas si de repente se me ocurre robarte un beso. Ya sabes, como amigos», declaró Mam.

«¡¿Qué dices?! ¡Cállate, nos está oyendo Amon!».

«No, no nos oye».

Elevé la vista. En efecto, el pelirrojo parecía muy metido en una plática con Dania. Conociéndolo, asumí que, si nos hubiera escuchado, habría soltado cualquier comentario fuera de lugar.

«¿Por qué no?».

«Digamos que "lo saqué de la llamada"». Mam me guiñó un ojo.

Así que podía parar el tiempo, hacer callar a los demás y expulsar a los otros de mi mente.

«Está bien, pero no vuelvas a decir tonterías».

«¿Por qué? ¿Qué tiene de malo? Incluso podría, qué sé yo, invitarte a salir. Porque eso hacen los amigos humanos, ¿no?».

«Madre mía, ¿qué se comió hoy?», pensé sin querer.

«Dulces, gracias por preguntar», se rio.

—¡Mam, salte de mi cabeza ahora mismo!

—¿Qué? —preguntó Aaron, el hermano de Dania, que al parecer había llegado sin que yo me percatara siquiera.

Genial, lo había gritado en medio del estacionamiento, con varios coches a mi alrededor y con todos mis amigos al lado.

Me repuse como pude y me acomodé en el asiento de atrás, sobre el lateral de la pierna de Levi, dado que no había asientos para todos: la parte trasera estaba hecha para tres y éramos cinco.

Dania encendió la radio y la conectó a su Spotify.

«¿Los chicos saben que Agus vive en el convento también? ¿Qué es lo que saben? ¿Por qué nada me sale bien?», me pregunté mientras avanzábamos por la carretera.

—Tienes que llevar velas y flores, encárgate de eso —oí que le ordenaba Levi a Amon—. Por favor.

—¿Tú qué llevarás?

—Mi presencia.

Dania se quitó el cinturón para girarse hacia nosotros desde el asiento del copiloto.

—¿De qué hablan?

—Vamos a visitar a un pariente —se inventó Amon.

A un pariente… Cierto. Yo había dicho que nos unían lazos familiares.

—No creo que yo pueda ir. —Me humedecí los labios—. Es que mis padres me dijeron que debo volver a casa —mentí, pensando en lo que me había dicho Agus sobre estar bajo «supervisión constante». Había decidido intentar regresar con mi familia. Me iba a arrepentir de aquello, pero era lo correcto.

—¿Qué dices? ¡¿Y has aceptado?! —se escandalizó mi amiga.

—Sí, Dani, me pidieron que regresara, tampoco es el fin del mundo.

Aún tenía que pensar en una mentira para que mis padres me dejaran volver. Tal vez el hecho de que hubiera ofendido a la rectora y hubiera quemado mi cuarto jugaría en mi favor. Aunque tampoco me preocupaba en exceso: desde que había invocado a los chicos, mis dotes actorales habían alcanzado su máximo esplendor; no paraba de inventarme unos cuentos dignos de película.

Comencé a teclear el texto gigante que les iba a enviar a mis padres, diciéndoles que me sentía sola, que los extrañaba y que quería volver con ellos. Además, les aseguraba que aquello ayudaría a mi desempeño académico.

Me detuve de repente, agotada. Ojalá pudiera contarle a alguien lo que me estaba ocurriendo de verdad.

Mientras hacía un repaso mental de todo lo sucedido, no pude evitar mirar a Mam por el rabillo del ojo. En su mano izquierda llevaba un anillo fino en el que yo no había reparado antes; supuse que era solo una de las muchas joyas que solía ponerse.

Tenía tantas preguntas archivadas en mi interior que sentía que iba a ahogarme con ellas…

Los últimos rayos de luz iluminaron el cabello dorado de Mam justo en el momento en el que Amon lo golpeaba con un hombro para molestarlo. Era incapaz de no fastidiar, para él era como respirar. Mam lo ignoró y siguió inmerso en su celular; estaba muy metido en un juego en el que debía crear una granja. Me hizo gracia ver cómo sus ojos grises se movían por la pantalla mientras trataba de completar sus misiones.

Entré a mi aplicación de mensajería cuando mi móvil vibró y me topé con una burbuja de chat extraña. No pensaba contestar, aunque un hacker ruso sería el menor de mis problemas en esos momentos.

MAM

Hey, deja de mirarme.

VAL

¿Disculpa?

MAM

Me distraes, eso es todo.

VAL
No te estaba mirando,
no eres el centro del mundo.

MAM
Para los que estamos en este auto, sí lo soy.

VAL
Amaneciste muy insoportable hoy.

MAM
Qué mala :(

VAL
Lo siento.
Supongo que iré al infierno.

MAM
Bueno.
Allí te espero ;)

VAL
Espérame sentado.

MAM
Lo haré. Esperaré sentado en mi trono,
con un sitio reservado para ti.

VAL
¿Vas por la vida ofreciendo eso
a todas las humanas que conoces?

MAM
¿Saber que solo te lo he ofrecido a ti te subiría el ego?

VAL

Sí.

MAM

Entonces sí, eres la primera y la única.

VAL

¿Y cómo funcionaría eso?
¿Tengo que sufrir en el infierno contigo?
¿O vas a perdonar mis pecados?

MAM

Perdonaría cada pecado en este mundo porque tú estás en él.

VAL

¿A cuántas personas más les dices cosas así?

MAM

A ninguna más. De hecho, en mis sueños solo existes tú. Solo que ahí sí consigo hacerte sonreír.

Me mordí el labio inferior, los latidos de mi corazón se habían acelerado. Me regañé internamente por dejar que ese simple mensaje me hiciera sentir así.

Tragué con fuerza, tragándome mis pensamientos también al mismo tiempo. Odié el insano impulso de sonreír que me invadió al mirar mi móvil de nuevo y me reprendí por confundir las cosas. Siempre andaba olvidando quiénes eran esos tres, en especial Mam.

No pude evitar pensar en el beso de Agus entonces.

Lo había hecho para que los otros no sospechasen, estaba segura. No había nada más que una alianza entre nosotros. Por más que me hubiera gustado romantizar el beso, no fui capaz de hacerlo. Me generaba rechazo; él era un ser puro y yo a veces olvidaba hasta lavarme el cabello.

Por fin llegamos al convento y el hermano de Dania nos dejó junto a la entrada. Antes de que los demonios y yo nos fuéramos por nuestro lado, Agus me abrazó y me dijo que gritase si algo sucedía. Me aseguró que no importaba lo lejos que él estuviese: me escucharía y me encontraría. Luego se fue tan rápido que no pude agradecérselo. Se adentró en el bosque en dirección al invernadero, con sus ropas blancas recortando su silueta frente a la oscuridad que le aguardaba más adelante.

Apenas había pasado un día desde que había descubierto la verdadera identidad de Agus, pero ya empezaba a notar la diferencia entre tratar con un ser de luz y con uno de las tinieblas. La actitud de mis demonios giraba en torno al poder que poseían, su ego y su autoestima.

Y, aunque Agus me impactaba con su transparencia al hablar, su soltura y su honestidad eran un aliento fresco en medio de todo aquel fuego. Me preguntaba si tenía que ver que estuviese en el lado correcto de las cosas.

—¿Entramos? —preguntó Levi.

—Creo que tienes algo que hacer antes —comentó Amon.

Leviatán suspiró con hastío y se volvió para mirarme.

—Primero que nada, te aborrezco, pero admito que no me comporté bien cuando vimos a Melina, no debí actuar así.

Parpadeé un par de veces, confundida. Habían pasado tantas cosas que tardé en recordar nuestra tensa conversación tras mi colisión con Mel. Pero… ¿acaso estaba soñando? El orgulloso de Leviatán se estaba intentando disculpar. Todo aquello era irreal.

—¿Te están obligando a hacer esto? ¿Estás hablando en contra de tu voluntad? Respira si estás en peligro.

Él sonrió.

—¡Amon, puedes bajar el arma con la que lo estás apuntando! —grité con tono burlón.

—Agh, no se te puede hablar, el tema es que fui inmaduro y, para tener más años que tu Tierra, me comporté como un crío. —Una pequeña maceta apareció en sus manos, con un cactus dentro—. Toma esto.

—¿Gracias? —dije, aceptando su obsequio.

Junto al cactus, había unos diminutos tallos de lavanda enterrados casi por completo. Me encantaba esa planta; su olor era relajante y el violeta era de mis colores favoritos. Me pareció un gesto lindo, aunque un poco tonto, ya que no era capaz de cuidarme ni a mí misma, y muchos menos a otro ser vivo.

—¿Por qué hiciste esto? —indagué tocando la flor—. No hacía falta.

—Quisiera decir que tuve una revelación, pero no. Amon fue quien me dio la idea. Y, además, si nos vas a ayudar, tenemos que llevarnos bien.

—Muchas gracias. —Esbocé mi mejor sonrisa—. Y gracias a ti también, Amon.

—No es nada, Val —respondió el pelirrojo al tiempo que desordenaba mi cabello.

—Yo conseguí las flores —se quejó Mam—, pero no oigo a nadie dándome las gracias a mí.

—Qué tonto eres —murmuré entre risas.

Nos quedamos en silencio por un instante, y entonces Levi preguntó sin más:

—¿Cómo es eso de tus padres?

Tenía exactamente unos tres segundos para inventarme un cuento capaz de engañar a seres milenarios.

«¿Hay un demonio de las mentiras? Porque, si lo hay, yo le daría clases».

—Este será el último año que tengo con mis padres antes de ir a la universidad, supongo que me extrañan. Además, allí tendré un cuarto gratis.

—¿No lo tienes aquí?

Vaya.

—Cuando se quemó el anterior —empecé, improvisando sobre la marcha—, se quemaron varias cosas que tuve que reponer con mi propio dinero —suspiré—. En fin. Adiós, falsa sensación de libertad.

—¿Podemos ir contigo? —quiso saber Levi.

Conmigo.

A mi casa.

Tres desconocidos.

Bajo el mismo techo que mi padre.

Claro que sí.

—Yo…

—No tenemos a dónde ir, hay que pensar en algo si no —intervino Amon.

—¿De verdad no tienes espacio en tu casa? —insistió Mam.

—Tengo un ático. —Sacudí la cabeza antes de decir una tontería—: ¡No los puedo llevar a vivir conmigo, no hay manera!

—¿Y si te pagamos? —ofreció Amon.

—¿Pagarme?

—Mam tiene dinero. Lo que quieren los humanos siempre es dinero, y nosotros queremos vivir contigo, piénsalo —farfulló Levi.

Dinero. Eso cambiaba las cosas porque, quisiera o no, con el dinero bailaba el perro. Los podría hacer pasar por estudiantes de intercambio frente a mis padres, alegando que había decidido alojarlos en el ático con la idea de ganar recursos para mi futura universidad.

¿Arriesgado? Mucho. ¿Buena coartada? También.

—¿Cuánto?

—Digamos que el que quieras. —Mam se encogió de hombros.

Me crucé de brazos.

Aquello empezaba a parecerme buena idea.

El resto de la noche lo dediqué a guardar mi equipaje. Mis padres aún no habían respondido a mi mensaje; sin embargo, mi plan era presentarme en casa sin previo aviso.

Los chicos me ayudaron a dejar arreglado el cuarto entre quejas mezcladas con bromas. Noté a Mam más abierto, menos serio. Levi hacía lo posible por no ser desagradable, y... Amon era Amon.

Pese a que sabía que habían obligado a Leviatán a disculparse, apreciaba el gesto en lo más hondo de mi inexistente corazón.

En un momento dado, mientras trataba de recoger todos los dibujos que tenía esparcidos bajo la cama, me encontré a solas con él. Teniendo en cuenta los avances que habíamos hecho recientemente en nuestra relación, me atreví a indagar un poco.

—¿Lo pasaste bien la última vez que estuviste en la Tierra?

—Sí, lo pasamos genial —respondió con desinterés.

«Pasamos», en plural. ¿A quién más se refería?

—¿Mam y Amon vinieron contigo?

—No —dijo sin más.

Asentí, captando que no estaba demasiado dispuesto a hablar del tema.

—¿Es tu primera vez invocando demonios? —bromeó él.

—Primera y última. Prefiero cortarme un brazo antes que volver a hacerlo.

Soltó una carcajada.

—Tuviste mala suerte, te tocaron los peores.

—¿En serio?

—No, los hay peores. —Chasqueó la lengua—. Y son realmente odiosos.

—¿Se odian entre ustedes? —Fruncí el ceño—. Eso no tiene sentido.

—El infierno no es diferente a la Tierra: puedes odiar a quien te salga de los cojones.

Sintiendo que la conversación no daba más de sí, me dirigí al armario, donde Amon juzgaba mi ropa como si fuera un diseñador profesional.

—No vengas aquí a molestar. Si me vas a tener de empleado, déjame hacer mi trabajo.

—¿No puedes fingir que eres amable siquiera?

—Puedo. —Se mordió el labio inferior—. ¿Sabes quiénes no pueden? Los celestiales. Ellos están condenados a decir la verdad.

Mis padres me respondieron de madrugada, a la hora a la que terminaban los partidos de fútbol que tanto les gustaba ver. En su mensaje me decían que les parecía correcto que fuera y que añoraban verme; luego habían añadido docenas de líneas hablando de cómo me habían extrañado todo ese tiempo.

No paré de suspirar mientras leía sus palabras. Me sentía insegura con respecto a mi decisión de volver a casa; estaba renunciando a mi libertad.

Esperaba que al menos la suerte estuviera de mi lado.

Terminé de cerrar mis bolsos justo en el momento en el que la bocina de la vieja camioneta roja resonaba en el exterior, provocando que los pájaros salieran volando de las ramas cercanas a la acera.

Los chicos me dijeron que era mejor que apareciera sola en un principio. Si mis padres preguntaban cómo había ido hasta allí o se asomaban por la ventana al oírme llegar, diríamos que unos vendedores ambulantes o unos predicadores me habían llevado en su camioneta. Los demonios se presentarían en mi casa poco después.

13

Familia mágica

—¿Cómo te ha ido con esta experiencia mística? ¿Lograste conectar con el mundo espiritual?

—No del modo en que ustedes esperaban —respondí con tono burlón.

El abrazo rompecostillas de mi madre duró más de lo que había anticipado, aunque tampoco es que pensara quejarme al respecto. Odiaba admitirlo, pero yo también tenía sentimientos. Muy pocas veces, pero los tenía.

Era increíble la manera en que las emociones podían cambiar dependiendo únicamente del ambiente. Mi necesidad constante de refugiarme y esconderme se vio anulada de pronto por el olor a tallarines recién hechos. En mi hogar se comenzaba a cocinar por lo menos tres horas antes del almuerzo debido a que éramos unos obsesos de la comida. Si no salía perfecta, nos poníamos de mal humor.

Gente intensa: nosotros, los Stamon.

Mi padre no se quitó el delantal al salir a buscarme. De hecho, llevaba otro en la mano para mí, y nada más saludarme me invitó a sazonar la pasta con ellos. Me recibieron con felicidad, y el sentimiento fue recíproco. Aun así, parte de mi cerebro no podía dejar de pensar en qué íbamos a hacer para que mis tres demonios pudieran quedarse conmigo.

Puse la maleta frente a las escaleras. Me emocionó volver a ver a mi mascota, Luna. Esa bola de pelos que no paraba de ladrar era mucho más lista de lo que parecía; incluso era capaz de ponerse en dos patas para abrir la manija de una puerta.

Me saltó encima y empezó a lamerme. Estaba intentando alejar mi cara de su lengua cuando reparé en una sombra oscura que flotaba por el pasillo. Deposité a Luna en el piso y me incorporé preocupada, alerta a cualquier otra presencia extraña.

—Lindo perro, ¿me dejas cargarlo?

Esa voz...

—¿Cómo llegaste aquí, Amon?

—Puedo teletransportarme. Todos podemos —lo dijo como si fuera lo más natural del mundo.

—Yo no puedo —le recordé.

—Lo siento. —Puso los ojos en blanco—. Detalles menores.

Iba a agarrar a mi perrita otra vez cuando algo en mi mente hizo clic.

—Espera, entonces ¿por qué van en bus, si pueden aparecer donde quieran?

—Qué pregunta más tonta. Para acompañarte.

—Tienen que dejar de hacer eso ya.

—¿El qué?

—Fingir que les importo —espeté, y junto con esas palabras salió una ola de sentimientos que había estado enterrando en mi interior—: No es necesario que hagan cosas para que me sienta mejor, soy consciente de mis malas decisiones.

Sentí mucha energía desagradable a mi alrededor, una especie de aura negativa que me dio miedo. No era por él ni por mí; supuse que era simplemente una reacción espontánea a esa nueva faceta de su magia que hasta ahora desconocía.

—Mira, hemos hecho lo que estaba a nuestro alcance.

«¿Mentir? ¿Engañar? ¿Querer deshacerse de mí después de que aceptara ayudarlos? ¿Eso es "su alcance"? Qué bajo».

—¿Dijiste algo? —cuestionó Mam entonces.

Repasé el piso buscándolo; eso de que a veces pudiéramos comunicarnos mentalmente podía llegar a ser problemático. En ese momento él ni siquiera estaba presente, al parecer.

—Nada —farfullé—. Voy a atender a mi mascota un rato.

Me sentía lo bastante alterada como para no querer oírlo más, y, como si hubiera cortado una llamada, de pronto dejé de hacerlo. Di media vuelta y me dirigí a mi cuarto para tirarme sobre la cama, pero esa sensación irritante que me había hecho cambiar de humor repentinamente trepó por mis brazos.

La luz del pasillo parpadeó, y estaba cediendo al impulso de acercarme a mirar qué le ocurría cuando el foco explotó en cientos de pedazos. Eso fue solo el comienzo. Sentí el tibio tacto de unas garras afiladas sobre mi barbilla; eran las mismas que me habían agarrado en el bus aquel día y, en esta ocasión, me levantaron el mentón. Luego, la puerta de mi habitación se cerró con fuerza al mismo tiempo que las ventanas se abrían de golpe para dar paso a unas intensas ráfagas de viento procedentes del exterior. Solo que aquello era imposible, porque el clima era apacible fuera. Algo me rozó el cuello, y no quise ni pensar en lo que podría ocurrir si me movía.

A mi alrededor, sin embargo, la casa estaba intacta. Como si la fuerza que me estaba atacando hubiera elegido cuidadosamente qué tocar y qué no.

Ahogué un grito en el instante en el que Luna empezó a ladrar mirando a la puerta. Aquello no era nada habitual en ella; solía ser un animal muy tranquilo. Sus ladridos se asemejaban a gritos desesperados, y pronto empezó a gruñir aterrada en dirección a algo que yo no podía ver. Sentí que me costaba respirar; ¿qué podía ser tan malo como para que se comportara así? ¡Se tenía que estar haciendo daño al apretar la mandíbula con tanta fuerza!

Un aliento extremadamente caliente hizo arder mi mejilla, y me pareció escuchar una macabra risa que se burlaba de mi temor. Supe que aquel ser invisible estaba sonriendo; su ego traspasaba la barrera de nuestros mundos.

—¡Ven! —gritó Amon, jalándome a su lado. Debía de haberme seguido hasta mi cuarto sin que yo me percatara.

Usó su cuerpo de escudo para protegerme, parecía nervioso. Ambas manos le temblaban y ni siquiera sabía a dónde atacar. Se guiaba por los ladridos de Luna.

—¡¿Estás bien?! —preguntó con desesperación.

¡¿Por qué estaba tan asustado?! ¡Eso no me tranquilizaba una mierda!

—No —sollocé.

Mi máscara de valentía se había resquebrajado nada más verlo a él tan preocupado.

—¡¿Qué te hizo?! —Se pasó ambas manos por la cara.

—¿Qué?

Me tomó de los hombros.

—Querida, si te estamos siguiendo tanto es porque nos preocupa dejarte sola… precisamente por este tipo de cosas.

«Ay, Diosa, ¿dónde está Mam?».

Amon y yo no resistiríamos solos. Luna pareció pensar lo mismo en ese preciso instante, porque mantuvo su posición defensiva.

Un pentagrama dorado apareció en la alfombra, tan rápido como un parpadeo. El humo que liberó me permitió ver por un microsegundo la silueta de aquel ser invisible que se ocultaba en mi cuarto. Aunque este se esfumó en cuanto Mam dio un paso fuera de la estrella de cinco puntas.

No me gustó ver que no exhibía su habitual expresión pacífica. ¿Por qué no estaba calmado? ¿Por qué parecía tan enojado?

Sus ojos viajaron veloces al punto en el que las garras me habían tocado, aunque, por supuesto, ahí ya no había nada. Se tapó la boca con una mano y su cuerpo se tensó. Por un momento, odié mi capacidad innata para interpretar las emociones de las personas, porque, al ver a Mam, supe que debería estar aterrorizada.

Y ¿para qué engañarme? Lo estaba. Y además tenía ganas de llorar.

Mam se acuclilló para revisar a Luna y, con cuidado, abrió su boca. La pobre se había hecho unas cuantas heridas y estaba sangrando. La tristeza en sus ojos se encontró con el sufrimiento de los míos, y unas lágrimas involuntarias rodaron por mis mejillas. Mi vista se nubló; lo último que pude ver fue a Amon apartándose unos pasos y a Mam corriendo hacia mí para rodearme con sus brazos.

Ojalá pudiera corresponderle. Quería abrazarlo, pero no podía confiar en nadie, era una cobarde.

Si la comunicación hubiera sido el fuerte de alguno, tal vez nunca habríamos llegado a ese punto. Sin embargo, no era el caso: nadie era honesto en aquella «amistad». Me liberé con facilidad de su agarre y retrocedí hasta llegar a una pared. La preocupación en su mirada me asfixió, e invertí mis últimas energías en susurrar:

—¿Qué va a pasar conmigo?

—Nada —afirmó Mam—. No te va a pasar nada porque te vamos a proteger, cueste lo que cueste.

No habían sido capaces de protegerme hacía un instante, y eso que se encontraban bajo mi mismo techo.

—¿Quieres un tranquilizante? —ofreció Amon, pero yo lo ignoré.

—¿Qué fue eso?

—Un cobarde atacando —refunfuñó él.

—¿Cómo está mi perrita?

—No te preocupes, estará bien —suspiró Mam. Se volvió hacia Luna y movió sus dedos de forma sutil; unos ligeros destellos cubrieron los dientes del animal—. Val, yo… siento que tengas que vivir esto.

Volví a centrar mi atención en Amon, que estaba mordiéndose las uñas.

—¿Por qué haría esto? ¿Qué clase de torturador es?

—De los mejores —respondió el pelirrojo en voz baja.

—Sí. Pero, aun así, era su primera aparición. Fue demasiado… —empezó a decir Mam.

—Peligroso —completó Amon por él.

—No es la primera vez que me pasa —admití.

Los ojos de ambos se abrieron como si hubieran visto un fantasma, el miedo en sus expresiones me sorprendió.

—¡¿Qué?!

Me abracé a mí misma buscando reconfortarme.

—Volviendo del instituto en el bus, este mismo ser me molestó.

—¿Cómo que te molestó? —vociferó Mam—. ¿Por qué no dijiste nada? ¿Qué te hizo?

Me tragué la lástima que sentía por mí misma, lista para defenderme. No iba a dejar que cambiasen el rumbo de la conversación; yo era la que menos culpa tenía de que su asqueroso enemigo se me hubiera acercado.

—¡¿Cómo? ¿Esperaban que se lo dijera?!

—¡Es lo que deberías haber hecho!

—¡No debería haber hecho nada! ¡No quería hablar porque estaba aterrada por ustedes, como siempre!

Al final, el vaso no se rompió ni rebosó por una gota, como yo había esperado, sino que explotó a causa de todo lo que habíamos callado.

Seguí gritando, sin poder contenerme:

—¡Son unos desconsiderados! Y, vale, es su naturaleza..., pero ¡estoy harta de vivir con seres tan monstruosos! —chillé—. ¡Estoy aterrada! ¿Por qué creen que no cuestiono sus decisiones?

Bajé la vista hacia mi perrita; estaba en perfecto estado, incluso más sana que antes. Sin embargo, aún parecía horrorizada. Igual que yo.

—¿Aterrada? ¿De nosotros?

«Deja de fingir que te duele, Mam. Deja de mirarme así».

—Son horribles. ¿Esperaban que durmiera feliz de tenerlos a mi lado? Nunca podría albergar ningún sentimiento bueno hacia seres tan crueles, nunca podría dormir en paz con ustedes cerca.

—Eso no es así.

—Entonces ¿cómo es? Explíquenmelo. Porque a mí me parece que todo son risas hasta que algo malo pasa y se dan cuenta de que son unos inútiles.

En ese momento ya no era yo quien hablaba, sino todo el miedo, la cólera, el odio, y la tristeza que había estado reprimiendo desde el principio.

Mam abrió la boca con la intención de decir algo, pero no emitió ningún sonido. La volvió a cerrar, Sin duda no había encontrado las mentiras que buscaba.

—¿Desde cuándo piensas eso? —preguntó al fin.

—Nunca he pensado distinto. Asumo que tengo mi parte de culpa por haberme metido en algo que desconocía, pero eso no cambia el hecho de que sus meras existencias me hacen daño.

Joder, me abrumaba ver el falso dolor en sus expresiones. Quería que dejaran de mirarme de ese modo. Eran unos manipuladores.

—Lamento que pienses así —intervino Amon, cabizbajo—. No volveré a descansar hasta arreglarlo, lo siento.

«Como sea, rey del caos».

—Ve con Levi, busquen qué hacer. Se suspende la reunión con la bruja —indicó Mam.

Necesitaba ver a Agus.

Desde el piso de abajo, mis padres me llamaron para que fuera a terminar la comida con ellos. Me giré para mirar a Mam, pero ya no podía verlo. Se había hecho invisible; solo supe que continuaba ahí porque siguió tranquilizando a Luna.

El almuerzo fue ameno, pese a que mi mente estaba en otra parte. Ni siquiera entendí lo que me decía mi madre sobre unas becas universitarias.

Me pasé el resto de la tarde reposando, sin saber cómo actuar. Al menos los chicos fueron lo bastante considerados como para no dejarse ver más en las siguientes horas.

Me arrepentía de tantas cosas… Quería desaparecer, igual que hacían ellos.

Un constante malestar me invadió esa noche, la ansiedad me consumía. No quise salir de la cama, pero tampoco quería quedarme viendo cómo Mam escribía en su pergamino. Se había presentado en mi cuarto antes de que me acostara y se había instalado ahí sin mediar palabra.

Escribí a Agus para contarle lo ocurrido de forma superficial, pero no contestó; tal vez no le llegaban mis mensajes.

Lo peor era saber que, si le contaba todo a un confidente, este me juzgaría sin lugar a duda. Había sido absurdo traerlos a mi casa, había sido absurdo invocarlos… Cada decisión que había tomado había sido equivocada.

Me quité el collar. Algunas de sus cadenas se habían oscurecido; la gema roja se había resquebrajado por los bordes, y otra de ellas, la amarilla, se había partido por la mitad. Le resté importancia y lo dejé bajo mi almohada.

No me despedí de Mam. Me dormí esperando un «buenas noches» que no llegó.

—Este es un templo muy oscuro.

«¿Agus?».

Me encontraba en un sueño, estaba segura. Sin embargo, no creía tener la capacidad de controlarlo. Me acomodé en una silla gris y vi cómo jugaba con un algodón mojado; tenía agua roja a los costados.

Sí, mis sueños eran raros.

—¿Dónde estamos? —Busqué a ambos lados de la habitación vacía.

—En tu mente. Nuestros pensamientos, recuerdos y decisiones, los pequeños detalles…, son nuestro propio palacio mental, nuestro templo. Y en tu caso está oscuro.

—El dicho es que tu cuerpo es un templo, no tu mente —corregí.

—Todo de ti lo es.

—¿De qué hablas? Si fuera un sitio destinado al culto, no sería tan débil.

—Tu definición hace referencia a una infraestructura, yo no me refería a eso.

—¿Entonces?

—Es diferente, como cuando dices «templo del saber»; se entiende que no es un templo real, sino un lugar donde reside algo noble, digno de ser venerado. Un lugar donde se cultiva una virtud, Val.

Cuando pronunció mi nombre, sentí que lo hacía en el mundo real, y abrí los ojos asustada. Pasé una mano por la cama para recuperar el collar y ponérmelo antes de salir, pero no lo encontré. Levanté las sábanas y las almohadas, y no había nada. Miré por la habitación entera sin éxito.

«¿Dónde lo habré dejado? No me moví en toda la noche».

Avancé hasta el escritorio en el que se había sentado Mam la noche anterior y vi su preciado pergamino roto por la mitad, con el papel quemado en algunos puntos; no había ni rastro de la pluma. Todo aquello resultaba muy extraño, porque no parecía haberse producido ningún forcejeo; los muebles estaban intactos.

Faltaba mi collar y la pluma, y su pergamino se encontraba roto por la mitad. No pasaba nada, podíamos repararlo. Había que mantener la calma. ¿Qué más faltaba?

—¡Tontita! ¿Estás despierta? —me llamó mi madre.

Apurada, busqué el collar una vez más, y tuve que reconocer que empezaba a desesperarme. Portar aquella joya me daba algo de confianza.

—Chicos, ¿vieron el collar?

No lo creía. Si lo hubieran visto, si hubieran visto el pergamino... Me detuve en seco: ellos jamás habrían permitido que esto ocurriera.

¿Dónde demonios estaban?

14

La gran verdad

Un aire de pesadez se instaló en el cuarto. En medio de aquel silencio, me mantuve alerta a los pequeños sonidos, como las pisadas cuidadosas que se escucharon fuera, en el pasillo. Sentí un escalofrío sin razón aparente. Algo no andaba bien; lo notaba en el ambiente, lo sentía en el pecho.

—He esperado mucho para estar a solas contigo, espero que valgas la pena. Si no es así, me enojaré —dijo una voz grave desde el otro lado de la puerta.

Retrocedí tanto como pude mientras mis ojos seguían buscando el collar. No quería estar sin él, me sentía desnuda.

—¿Hola?

«Sí, Valentine, seguro que el demonio te devuelve el saludo».

—¿Hace falta que me presente? —La risa que siguió a esa pregunta extrajo todo el aire de mis pulmones.

—¿Tú sabes dónde están los chicos?

—Atendiendo una falsa alarma lejos de aquí. Muy muy lejos.

Era la primera vez desde que habían llegado a mi vida que no me respondían, ni siquiera dentro de mi cabeza. Eso no podía significar nada bueno; estaba preocupada por lo que les pudiera haber pasado.

—¿Cómo de lejos? —cuestioné.

—Digamos que están en un lugar algo caluroso, perdidos.

No tenía manera de defenderme. Supuse que mi supervivencia dependía del veneno que pudiera soltar mi lengua; de mí misma, como siempre. Había que ser valiente, pensé. Después de todo, a lo largo de tu vida solo podías contar contigo mismo realmente.

Mentira, estaba a punto de desmayarme.

—¿As? —pregunté.

La puerta se abrió de golpe, pero no vislumbré ninguna silueta. Sin embargo, sabía que el demonio estaba acercándose; el sonido de su risa se aproximaba cada vez más, haciendo que me quedara paralizada en el sitio.

—¿Quién te crees para llamarme así? No somos colegas, niña. Para ti soy Asmodeo, príncipe del infierno, el señor de la lujuria —declaró, enfatizando la última palabra.

«Lujuria. ¿Es el demonio de follar? ¡¿Por qué siempre me tocan los peores?! Debería haber prestado más atención a lo que leíamos en el convento».

—Bien por ti.

No tuve ocasión de prepararme; sus afiladas garras se clavaron en la parte inferior de mi espalda y me obligaron a cambiar de posición, atrayéndome más hacia su masa invisible. Levanté la vista y comprobé que empezaba a materializarse en una sombra negra de forma humanoide, con unos ojos de color rojo neón.

¿Dónde estaba Agus?

Estaría lejos, sin duda; me decepcionó, pero no me sorprendió. Una vez más, el universo me recordaba que no podía depender de nadie ni confiar en nadie.

—¿Tú fuiste quien rompió el foco ayer?

—Los cristales no son la única cosa frágil que puedo romper. —Tomó mi rostro con una mano y hundió un dedo en mi mejilla—. Val, ¿no?

—¿Por qué no puedo verte con claridad?

—No me da la gana que te enamores ni que te traumatices de por vida.

Era mejor no saber; podía ser tan monstruoso como Levi o Amon. Aún recordaba las fotografías de sus respectivos aspectos reales, y habría deseado no hacerlo.

—¿Para qué has venido?

—Para que sepan que estoy aquí.

—Ya lo saben —afirmé.

—No me entendiste.

Su mano se deslizó por el lateral derecho de mi cuello y trazó una curva hasta mi clavícula izquierda, dejando una ligera estela de dolor a su paso. Observé el vacío que tenía ante mí mientras sentía que una aguja se clavaba en mi carne y me imaginaba sus uñas rasgando mi piel.

No quise gritar para no alertar a mis padres, aunque parte de mí tampoco quería darle el gusto a Asmodeo; mi orgullo era más resistente que mi piel o mis creencias. El dolor cesó, y yo esperé un largo rato antes de moverme, temerosa por si seguía cerca.

Cuando no percibí nada a mi alrededor, corrí hasta el espejo para mirarme. Una delgada línea descendía por mi cuello y unía mis clavículas; parecía un arañazo de gato. No me dolía demasiado, aunque sangraba un poco.

—A eso me refería —declaró él desde algún lugar a mi espalda—. Ahora lo sabrán con certeza.

—Arañas menos que un bebé.

—Lo importante es el gesto, ¿no? Me gustaría ver su cara cuando lleguen, pero no puedo quedarme. No me extrañes, Val, permaneceré cerca.

El estruendo de un portazo me avisó de que se había marchado. Toda la energía negativa que me había estado rodeando desde que me había despertado se debilitó. Salí corriendo de la habitación en dirección al piso de abajo. Luna me siguió pegada a mis pies, lloriqueando para que la cargara.

Me temblaban las piernas; no supe de dónde saqué las fuerzas para no desvanecerme. Solo sabía que no podía permitirme ser débil. Si yo no me mantenía en pie, nadie lo haría por mí, y, siendo sincera, quería sobrevivir. Como fuera. No había pasado por toda la secundaria para morir en el último curso por culpa de una serie de decisiones estúpidas.

Traté de comportarme con normalidad, aunque estaba segura de que mis padres se darían cuenta de que algo no andaba bien nada más verme.

Vi que tenía cientos de mensajes de Dania y le respondí por notas de voz mientras echaba comida en el tazón de Luna.

Luego empecé a repetirme lo mismo una y otra vez: «No pasó nada, estás bien. Solo espera a que vuelvan».

«¿A dónde fueron? ¿Dónde está mi collar?».

Me pasé la mano por el cuello, extrañándolo. Al tocar la herida sin querer, sentí una leve descarga eléctrica. ¿Debería limpiarla? Se podía infectar, ¿no? Desearía tener más información al respecto o, al menos, estar acompañada.

Al recibir mis mensajes, Dani inició una videollamada para hablar de temas triviales mientras tomábamos el té. Era algo que solíamos hacer cuando no podíamos vernos a diario.

—Entonces entregué el trabajo práctico y le puse tu nombre, pero me debes una —dijo después de un rato de charla.

—Tonta. —Conecté mis auriculares—. Yo siempre te debo una.

—¡Tu vida es lo que me debes! Es como si te hubiera parido. —Sus ojos apenas eran visibles tras su espeso flequillo.

—Tienes razón —suspiré.

—Por cierto, no me contaste qué tal la mudan… —Su volumen fue bajando. Se quedó mirando un punto fijo en la pantalla—. ¿Qué tienes en el cuello?

—Nada, se me perdió el collar.

—No, me refiero a eso. —Señaló—. ¿Te arañó tu perrita?

—Ah, sí —mentí sin siquiera pensarlo—. Estábamos jugando y se puso como loca.

Vi que no me creía, pero tampoco lo habría hecho si le hubiese contado la verdad. Sin embargo, estaba harta de mentirle.

—¿Dania? —susurré—. ¿Qué tan mal de la cabeza crees que estoy? Del uno al diez.

—Once, ¿por?

—Hay algo de lo que me gustaría hablarte, pero puede sonar desquiciado.

—Puedes contarme lo que sea, no voy a juzgarte nunca, ya lo sabes.

¿Empeoraría las cosas si se lo decía?

—Bueno, antes de empezar el ciclo escolar… —Escuché pisadas—. Maldita sea.

—¿Qué ocurre?

—Tengo mala conexión —farfullé—. Te llamo luego. Que sepas que te amo mucho.

—Val, ¿por qué dices eso? ¿Estás…?

Corté la llamada. Los pasos sonaban cada vez más cerca.

El aire regresó a mis pulmones cuando vi que mi padre entraba al comedor frotándose los ojos. Iba en pijama, igual que yo, aunque el suyo consistía en unos pantalones y una vieja camiseta de un partido político al cual no había votado, todo ello rematado con unas pantuflas de tigre.

—Buenas, ¿ya desayunaste?

—Pronto, ¿y ustedes?

—No. Despertamos hace rato, pero creímos que seguías durmiendo y nos quedamos viendo series. No tenemos muchos momentos libres.

Tiré del cuello de mi camiseta hacia arriba y me pasé el pelo sobre el hombro derecho para cubrir la marca de Asmodeo. Luego lo seguí hasta la cocina. Nunca habíamos sido de hablar mucho, pero teníamos pequeños gestos con el otro que demostraban que velábamos por nuestro bienestar mutuo; su forma de hacerlo era cuidar mis acciones: observar con cuidado mientras me servía un vaso de jugo, controlar que no me hiciera un tajo al cortar una manzana (lo cual había ocurrido ya varias veces),… Todo ello en silencio.

Por eso ambos pudimos oír el característico sonido de la perilla de la puerta principal al abrirse.

Nos miramos sorprendidos: estábamos todos en casa, ninguno había salido. Y nadie más tenía una copia de las llaves.

Sabíamos lo que significaba aquello: los robos en el barrio no eran frecuentes, pero tampoco imposibles.

Mi padre me pidió que me alejara por gestos y tomó una pala que tenía colgada en la pared. No había mucho que pudiera hacer con aquella herramienta, así que lo seguí con el número de la policía listo en mi teléfono.

—¡Marcos! —lo empezó a llamar mi madre justo entonces, cansada de esperarlo para ver el siguiente capítulo. No podía haber elegido peor momento.

Seguimos avanzando en silencio hasta llegar a la entrada de la casa.

Frente a la puerta, un chico rubio con el cabello alborotado ensuciaba la alfombra blanca con sus zapatos. Estaba sudado y lucía preocupado. Sin embargo, le pasara lo que le pasase, Mam tenía un problema más acuciante en esos instantes.

—¡¿Quién es usted?! ¡¿Qué hace en mi casa?! —gritó mi padre.

Extendió la pala puntiaguda en su dirección, entrecerrando los ojos para apuntar con mayor precisión. Mam puso las manos en alto enseguida y zigzagueó entre mi padre y yo. Me quede lívida.

—Buen día, señor… —Su larga pausa lo delató.

«¿No se sabe mi apellido?».

—¡¿Buen día?! —repitió mi padre—. ¿Qué hace aquí? ¡Fuera de mi casa!

—¡Cálmese! —Mam mantuvo las manos levantas—. Puedo explicarlo.

—¿Qué puede explicar? Mayoneso.

—¡Papá! —exclamé, aunque sabía que no había nada coherente que pudiéramos decirle para justificar la presencia de un extraño en su casa.

—¿No le contó Valentine? El instituto me asignó un guía para que me ayudara a adaptarme a mi intercambio —explicó con calma Mam. Sin embargo, ya era demasiado tarde. Había empezado con el pie izquierdo.

—¡Falacias! —vociferó mi padre acercando su pala—. Mi santa hija, futura monja, ser de luz y divinidad, no metería a nadie en casa sin decírnoslo.

—De hecho, no lo escogí yo, es todo un drama —traté de explicar—. Nos paga cien dólares a la semana, solo debo enseñarle... español.

Mi padre se volvió hacia mí.

—¿De verdad?

—Sí, así es —asentí.

—¿Cien?

—¡Incluso más! —agregó Mam.

—Serán solo un par de meses —insistí—. Y tenemos un ático desocupado, así que pensé...

—Ah... —Mi padre se relajó visiblemente, como si su mente hubiera cambiado la programación de «peligro inminente» a «la locura de Val del mes»—. Es una buena idea para pagar la universidad, qué inteligente. Sí, seguro.

—Entonces ¿me das tu permiso?

—Si ya se lo ofreciste y te ha pagado, tampoco tenemos otra opción —balbuceó—. Pero que no vuelva a pasar; no puedes andar dándoles llaves de casa a los desconocidos. —Bajó la pala del todo.

—Oh, no se preocupe, no me las dio —aclaró Mam.

Mi padre volvió a elevar su arma.

—¡¿Forzaste mi puerta, sucio delincuente?!

—¡No! Ya estaba abierta.

—¡¿Qué?! —Bajó la pala de nuevo, pero no rompió el contacto visual con Mam mientras se acercaba a la puerta y echaba la llave.

El demonio se mantuvo quieto en un lugar sin siquiera parpadear.

—Te vigilaré, Mayoneso. Hablaremos luego seriamente —dijo mi padre antes de volver a su cuarto.

—¡Gracias! Disfruta de tu serie.

En silencio, mi padre dio media vuelta y se marchó. Era evidente ese día lo habíamos pillado de buen humor y con la cabeza en otro sitio, porque, pese a que normalmente me dejaban hacer lo que quisiera, todo tenía un límite. Supuse que la apariencia dulce y serena de Mam había contribuido; era complicado pensar mal de él incluso si te esforzabas en hacerlo.

Esperé unos segundos y abrí la boca para hablar, pero Amon se me adelantó:

—¡Mayoneso! ¡Mam-yoneso! —dijo riendo bajo el amparo de su invisibilidad—. Por la Diosa, llevo carcajeándome cinco minutos.

—Creí que iba a acabar con mi inmortalidad con esa herramienta para enterrar. —Mam fingió temblar de miedo.

—Mi padre es una persona difícil en general… —Estuve a punto de añadir una explicación diciendo que ambos teníamos el mismo carácter, pero supuse que, después de aquella escenita, no sería necesario. Ya se acostumbrarían.

—A mí me ha ganado —declaró Amon—. Si quiere matarme, que lo haga. Tu papá es mi ídolo.

Levi apareció junto a las escaleras en ese momento. Los otros estaban tan metidos en nuestras bromas que habían pasado por alto un pequeño detalle (más bien gigante) que él notó al instante.

—¿Qué pasó? —preguntó sin dejar de mirar mi cuello.

Al oír sus palabras, la mirada de Mam recorrió mi cuerpo en busca del collar. No lo encontró.

Subieron corriendo a mi cuarto, saltando los escalones de dos en dos. Yo los seguí despacio, dándoles tiempo para asimilarlo. Cuando llegué arriba, se me secó la boca y dudé de si debía entrar a mi habitación. No me gustaba el silencio que me llegaba desde el interior.

Estudiaron el pergamino roto y encontraron la pluma doblada debajo del escritorio. Apenas se movían, solo examinaban el cuarto sin decir palabra; era inquietante.

Leviatán alzó una mano y levantó un trozo de la cadena de mi collar; unos cuantos eslabones quedaron colgando de su palma y adoptaron un tono marrón oxidado. Él desvió su atención al corte de mi cuello.

—Mam, ven.

—¿Cómo te hiciste eso? —Mam estiró una mano hacia mis clavículas, pero se detuvo antes de tocarme y me miró fijamente.

Supe que me estaba pidiendo permiso. Le dediqué una sonrisa de labios apretados y asentí. Unos segundos después, deslizó su pulgar sobre la línea de piel levantada y ejerció presión en ciertos puntos para ver cómo reaccionaba. La suavidad de su tacto me provocó un ligero cosquilleo, pero, por lo demás, no había de qué preocuparse, no sentía ningún dolor insoportable.

La oscuridad que se apoderó de su mirada me obligó a tragar saliva.

—¿Quién te hizo esto?

—Creo que deberíamos hablar primero de tu pergamino, lamento no haberme dado cuent…

—¿Quién te lo hizo, Val? —repitió con firmeza—. ¿Qué pasó?

Me senté en mi cama y solté un largo suspiro.

—Tuve un sueño raro y me desperté al oír mi nombre. Cuando me levanté, todo estaba muy extraño. —Busqué las palabras adecuadas—. Mi collar había desaparecido, el pergamino estaba hecho trizas.

—Siento no haber estado aquí contigo —se disculpó Leviatán.

—Luego entró alguien… Asmodeo. Ni siquiera recuerdo bien qué dijo, solo que me hizo esta marca a propósito para que supierais que estaba aquí.

—¿Lo viste? —me interrogó Amon.

—No, no me mostró su rostro, solo vi que tenía los ojos de color rojo.

—Es él —confirmó Levi.

Amon vino a sentarse a mi lado, pasó su brazo alrededor de mis hombros y me atrajo hacia sí.

—¿Estás bien?

«¿Amon comportándose como una persona decente? ¿Qué vendrá luego? ¿El fin del mundo?».

—La verdad es que no. Pero, bueno, podría estar peor.

—¡Esa es mi indeseable humana! —Me sacudió—. ¡Qué alivio!

—Fue error nuestro —murmuró Levi. No parecía muy convencido, pero el simple hecho de que lo dijera ya era un gran paso.

—Gracias. Estaré bien.

—Mala hierba nunca muere —recitó Amon.

—Con razón sigues vivo —le respondí con picardía.

—Estoy vivo porque alguien tiene que ser el triunfador pelirrojo del grupo.

Mam estaba demasiado callado. Llevaba mirando la pared el tiempo suficiente como para que resultara preocupante.

—¿Qué te ocurre? —pregunté.

—Estaba intentando una cosa, pero no funcionó. As debe de haberse llevado el collar. Estamos peor que cuando empezó todo este lío.

—¿Es malo que él lo tenga?

—No le sirve de nada. —Mam negó con la cabeza—. Es un idiota, no sabe lo que hace ni con quién se ha ido a meter.

Después de un rato, todos se pusieron en marcha para llevar a cabo diferentes tareas: Amon investigaba algo en su teléfono; Levi volvió a desaparecer, aunque esta vez parecía que los demás estaban al tanto de su ubicación y de lo que estaba haciendo; Mam se dedicó a examinar el pergamino y a crear una poción para mi herida.

Quise charlar con ellos y que nos desahogáramos juntos como habíamos hecho otras veces, pero se mostraban distantes conmigo. Supuse que, pese al momento cómico que habíamos vivido con mi padre, no habían olvidado todo lo que yo les había gritado: que eran horribles y que nunca me sentiría bien con ellos cerca.

Lo cual era mentira, porque en ese momento eran el menor de los males, y porque tampoco podía decirse que desconfiara de ellos de forma irreparable.

Odiaba cuando se comportaban así, como estaban haciendo ahora: disculpándose, teniendo gestos bonitos, guardando las distancias... Me hacían creer que no eran horripilantes. Y yo seguía sin asimilar que esos chicos que me invitaban a chucherías y convivían conmigo eran los mismos monstruos de los que tanto se hablaba en la Tierra. Era ridículo, porque, si lo pensaba, era un jodido milagro que no me hubieran aniquilado a estas alturas.

«¿Por qué? ¿Por qué yo?».

Salí de mi ensimismamiento y vi que Mam estaba manipulando un frasco transparente en el que había vertido el líquido viscoso y color berenjena que había estado preparando. Lo transportó con cuidado hasta mis manos.

—Para ti —me ofreció.

—¿Qué es?

—Una... —se quedó pensando unos instantes, sin saber bien qué decir— comida.

Lo removí con la cuchara con desconfianza; aquello parecía vómito.

—¿Tiene mal sabor? —inquirí.

Sin percatarse de mi nerviosismo, Mam volvió a tomar el frasco y hundió el dedo índice en la mezcla. Luego lo levantó hasta mis labios.

—Solo déjame cuidarte.

—¿Por ahora?

—Para siempre.

Fascinada por la tranquilidad de su voz, abrí la boca sin darme cuenta y probé el remedio. Tenía un sabor dulce y no se parecía a nada que hubiera probado en mi vida, pero era agradable. Recuperé el frasco de manos de Mam y seguí bebiéndolo por mi cuenta. A medida que lo iba consumiendo, las malas energías que me habían estado atormentando se diluyeron lo suficiente como para que pudiera volver a respirar con vitalidad. Mi angustia fue desapareciendo progresivamente.

—Quería disculparme —murmuró pasado un rato.

—Ya lo hicieron todos, como seis veces.

—Sí, pero sé que el trauma no pasó aún; sería imposible que lo hubiera hecho. —Me miró a los ojos—. Ninguna persona tendría que pasar por algo así. Fue nuestra culpa y me siento responsable.

Tenía razón, debería estar ofendida por su descuido. Sin embargo, por algún motivo, no podía evitar ponerme en su lugar, y no quería cargarlos con más culpa de la que ya sentían. Supuse que era una cuestión de empatía.

—Gracias. —Desvié la vista—. Aunque no hace falta que se disculpen más. Tienen cosas más importantes que hacer más allá de vigilar que su mascota no se lastime con las consecuencias de sus propios actos.

—¿Qué? —Frunció el ceño—. Primero que nada, no eres nuestra mascota, no digas eso. Y segundo, obvio que hace falta. Nos importas, Val.

—Disculpas aceptadas, puedes volver a lo que sea que estuvieras haciendo.

Al oír mi respuesta desganada, entendió que prefería estar sola. Se alejó y yo pude tomar mi teléfono. Reprimí mis miedos, tal y como solía hacer, y busqué en internet contenido que pudiera distraerme de mi realidad. Sin embargo, en esa ocasión nada parecía funcionar.

Aún sentada en mi cama, abrí el chat de mi mejor amiga y le escribí para hablarle del día en el que se me había ocurrido buscar un tutorial de invocación. Tal vez para los chicos era más sencillo lidiar con la situación en secreto, pero, para mí, el «secreto» se había escapado de mi control hacía demasiado tiempo.

Era posible que a Dania le pareciera una locura. A mí me lo habría parecido en su lugar. La única razón por la que me decidí a contárselo fue porque ya no quería seguir sintiéndome sola, y sabía que ella me lo habría dicho si nuestros papeles hubieran estado invertidos.

Respondió rápido a mi primer mensaje.

DANIA

Puedo ir a tu casa si quieres
hablar de un tema serio.

VAL

No, no es seguro.

DANIA

¿Cómo que no es seguro?

VAL

Están aquí.

DANIA

¿Quiénes? Val, me estás asustando.

VAL

Voy a ser directa porque no estoy muy segura
de cómo me enredé tanto yo misma. Hice una
tontería, jugué con fuego y me quemé.
¿Crees en los demonios, Dani?

DANIA

Seguro, ¿por qué no?
También me caen bien. Si son como
en las series que veo, que me lleve el diablo.

VAL

Bueno, desde que hice la invocación
tonta de la que te he hablado,
hay ciertas criaturas conmigo.

DANIA

Debiste tener cuidado, que nunca
se sabe lo que uno puede traer.

VAL

Exactamente eso fue lo que pasó: traje cosas.

O, mejor dicho, personas.

Para ser más clara: demonios.

Dani no respondió mi mensaje al instante, permaneció en el chat leyéndolo, aún en línea, sin escribir o decir nada. Me puse nerviosa esperando su reacción; sin duda no me creería nada y yo solo había conseguido humillarme. Era patético que hubiera pensado que se iba a tragar esa locura, cuando yo misma seguía sin entenderla del todo.

DANIA

¿QUÉ?
¿QUÉ ME ESTÁS CONTANDO?

El teléfono se me resbaló de las manos a causa del sudor. Presioné mal las teclas, me confundí con las palabras, escribí y borré cada frase varias veces con un nudo en la garganta que se negaba a desaparecer.

VAL

¿No te pareció raro no haber
oído hablar de «mis primos» nunca antes?

Ya lo había dicho.

Mi corazón luchó por salir de mi pecho, empecé a hiperventilar.

Y entonces su siguiente mensaje me dejó tiesa, con la sangre helada y un pánico paralizante.

DANIA

¿De qué hablas? Ellos siempre han estado ahí. Quiero decir, recuerdo haberlos visto en fotos familiares en tu casa. Hemos hablado por textos antes incluso.

«No, ellos no han estado siempre. ¿Por qué cree eso Dania?».

No me sentí bien, estaba mareada. Noté frío en el lugar donde debería haber estado el collar. Quizá solo fuera la diferencia de temperatura. Me había acostumbrado a llevarlo.

Todo era tan raro… Regresé a mi teléfono, negándome a rendirme: quería contarle todo a mi mejor amiga. Tal vez podría hacerla entrar en razón.

VAL

No, ellos no son mis primos, y, aunque lo fueran, el objetivo de esta conversación era decirte que son demonios. No son humanos, Dania, te lo juro.

DANIA

Me parece una locura, Val, pero te creo, no te preocupes. Si esto es importante, te creo.

«No me cree ni mierda».

VAL

Te lo puedo demostrar.

DANIA

¿Puedes?

VAL

La próxima vez que nos veamos, puedo probar que digo la verdad.

DANIA

Está bien, de igual forma, si te pasa algo, te sientes mal o esos «demonios» te dañan, me dices. Estoy para ti. Si esto es una especie de metáfora, estoy aquí para solucionarlo. Tkm.

Me quedé mirando la pantalla durante mucho tiempo. La cabeza me pesaba, pero no tanto como las cinco palabras que, desde ese momento, me harían desconfiar de mis propios recuerdos: «Ellos siempre han estado ahí».

Sentí un ligero escalofrío, absorta en mis dudas. Respiré con dificultad, pero mantuve una expresión serena por si alguno de los chicos me estaba observando. Las palabras de Dani habían sido como una bomba; no creía que pudiera levantarme sin caer de cara al piso.

—Val, ¿necesitas algo? —me preguntó Mam.

«¿Puedo confiar en él?».

Si realmente me estaba mintiendo, debía reconocer que era el mejor mentiroso de la historia.

Aun así, trataría de averiguar la verdad: si habían involucrado a Dania, habían cruzado una línea que yo no estaba dispuesta a pasar por alto; podían hacerme lo que quisieran a mí, pero, si tocaban a mis seres queridos, no me importaría gastar hasta mi último aliento defendiéndolos.

Era consciente de que confrontar a los chicos no era buena idea; sin embargo, no dejaría que este se convirtiera en uno de nuestros secretos envenenados. Y tampoco era tonta: sabía que, si podía hacer avances con alguno, era con Mam. Así que lo llamé para que se sentara conmigo.

Antes de que llegara a mi lado, intenté comunicarme con Agus de nuevo enviándole un mensaje. Luego guardé mi teléfono debajo de las almohadas para sentir si llegaba una notificación.

—¿Te pasa algo? —inquirió Mam, preocupado.

Respiré hondo y reuní todo mi valor.

—¿Qué le hicieron a mi mejor amiga? Dime.

—¿A qué te refieres? —Su confusión era casi palpable.

—No me mientas, ya puedes dejar de fingir. Sé que le hicieron algo, porque al hablarle de ustedes me dijo que los conocía de toda la vida, prácticamente.

—Nadie te está mintiendo. No entiendo nada.

—Ella me aseguró que siempre han estado conmigo, y eso obviamente es falso, lo que me lleva a pensar que han manipulado sus recuerdos.

—Val. —Respiró hondo—. Si bien eso es posible, no todos los demonios pueden hacerlo y, además, nosotros no haríamos algo así. ¿Qué sentido tendría?

—Eso es lo que yo me pregunto. No había necesidad de cambiar nada, si yo no le había dicho aún que… —Me detuve al darme cuenta de lo que iba a decir.

Él también se percató.

—¿Le ibas a contar nuestro secreto?

—Todavía planeo hacerlo. —Me crucé de brazos.

—Sabes que eso podría empeorar las cosas para nosotros, ¿no?

—¿Y por qué tendría que importarme? No somos amigos.

A veces, los seres humanos no estábamos preparados para lo crueles que podíamos llegar a ser cuando sentíamos la necesidad de defendernos. En mi caso, esa crueldad era el pan de cada día.

Mam perdió su expresión serena; su sonrisa se transformó en una línea recta y sus ojos perdieron parte de su brillo.

—Claro, pero eso no quita que no le puedes decir nada a nadie.

—¿Para que nadie pueda tomar represalias?

—Valentine —suspiró—, no tiene caso que pienses eso.

—Perdona, había olvidado que da igual si me pasa algo porque a ustedes no les afectaría, de cualquier modo. ¿Qué vas a hacer ahora, príncipe del infierno? ¿Recordarme que ya han sido suficientemente bondadosos al no hacerme daño en todo este tiempo?

—Estás muy tensa.

—¡No lo estoy!

—Cuando te veo así, algo me duele en el pecho. —Señaló su torso—. Es una sensación rara.

Viniendo de otro, podría haber parecido una frase de manipulador, pero, tratándose de Mam, estaba segura de que hablaba en el sentido más literal.

—Cállate, deja de mentir.

—Val. —Se arrastró hasta mí.

—¡Fuera de mi cama!

—Escúchame. —Tomó mi muñeca para que no pudiera esconderme bajo las sábanas.

—No quiero.

—Por favor.

—No voy a escucharte. Me da igual lo que digas, no voy a cambiar de opinión.

Me soltó unos segundos y parpadeó varias veces. Parecía impactado.

—Me preocupa haber vivido en el infierno durante toda mi existencia y que, aun así, tú poseas uno de los caracteres más difíciles con los que he tenido que lidiar jamás.

—¿Y qué quieres? ¿Que te alabe igual que el resto de tus súbditos?

—¡Val!

Volvió a agarrarme, esa vez de la mano en lugar de la muñeca. Tiró de mí y perdí el equilibrio. Caí sobre las almohadas y sobre parte de su cuerpo.

Nuestras miradas se encontraron; sus ojos claros eran tan hipnotizantes como peculiares, y me percaté de que nunca los había visto brillar de ese modo. Interesante. Mam me incitaba a pecar, pero la atracción que ejercía sobre mí no solo radicaba en su poder absoluto, en su magia o en su excelente apariencia física; se debía también a lo mucho que me intrigaba.

—Veo que has estado investigando —dijo tras procesar mi último comentario—. Sé que todo esto debe de ser complicado para ti.

—¿Pero?

—Solo eso, no voy a juzgarte por nada de lo que hagas.

—¿Puedo confiar en ti plenamente? ¿Puedo contar contigo, Mam?

Una vez que brotó de mi boca, esa pregunta fue como un cuchillo de hielo cortando nuestra conexión; en mi interior, era un anhelo desesperado. Quería confiar en ellos, quería confiar en alguien.

—No.

Auch.

—¿No?

—Es una pena. —Negó con la cabeza—. Porque significaría mucho que confiaras en mí. Significaría que crees en mi palabra. Y en realidad yo nunca te mentiría. Pero no soy omnipotente, pueden manipularme.

Mientras hablaba, no dejé de mirarlo a los ojos. Su voz era suave pero firme; la voz de una persona que se sentía segura de lo que estaba diciendo.

—Confiar en mí significa que estás depositando parte de tu seguridad en mí, y yo nunca permitiría que te hicieran daño. Pero, si ocurriera algo y yo no pudiera detenerlo, eso me carcomería por el resto de la eternidad. Preferiría destruir el infierno con mis propias manos antes que lastimarte, pero no puedo garantizarte que eso no vaya a suceder jamás. Soy un demonio, sí, soy «superior»; no obstante, puedo cometer errores.

—Mam —dije su nombre porque no sabía qué otra cosa decir—. Cálmate.

—No puedes confiar en mí porque, para que alguien se merezca tu confianza, debe estar a tu altura. Y yo no soy esa persona. No soy digno de ello.

Mi cerebro dejó de funcionar.

¿Qué acababa de pasar?

Por alguna razón, me pareció que sus palabras eran lo más sincero que había oído en toda mi mísera existencia. Me dejó sin aire por unos instantes, y mi mano viajó de forma involuntaria hasta su mejilla.

—Sin embargo… —continuó, dubitativo—, si tu pregunta es que si puedes creerme, que sepas que no te mentiría jamás.

—Eso —tragué saliva, buscando las palabras correctas— ha sido muy bonito.

—Como tú.

El momento habría sido perfecto si mi padre hubiera tocado la puerta antes de entrar y yo hubiera tenido tiempo de quitarme de encima de Mam.

Pero las cosas no sucedieron así. Debido al susto, empujé a Mam e hice que cayera de la cama. Él se hizo un lío con las sábanas y las arrastró consigo, provocando que también cayeran al suelo todos los objetos que había encima del colchón, incluidos mi teléfono y las almohadas.

Además, reaccioné demasiado tarde, y no fui capaz de ocultar la herida de mi cuello, ya casi cicatrizada y similar a un rasguño.

Mam no se atrevía siquiera a moverse. Yo sentía que mi piel se iba tornando cada vez más roja. Y mi padre nos observaba impactado, con la boca abierta a causa de la sorpresa.

Su mirada saltó de Mam a mí, y se detuvo especialmente en mi clavícula.

—Puedo explicarlo —farfullé.

«¡Mam, di algo, detén el tiempo…, yo qué sé!».

—¡¿Qué tienes en el cuello?! ¡¿Qué hace el extranjero en tu cama?! ¡En tu cama, Valentine!

«Padre, te juro que ahora mismo el último de mis problemas es qué chico tengo entre las piernas», pensé. Pero tuve la prudencia de no decirlo en alto.

—Espera —interrumpí—. Es peor de lo que crees, digo…, mejor. ¡Es mejor!

—Por el diablo —murmuró Mam, aún en el piso.

—¡¿Qué dijiste?! ¡Mayoneso, levántate! —le gritó mi padre.

—Señor, le prometo que se está confundiendo.

—Pues espero que me aclares todo en la cena. Quiero saber qué intenciones tienes con la sangre de mi sangre.

Me iba a morir de vergüenza.

—Él no va a aclarar nada, papá. Pero si ni siquiera nos conocemos.

—Pues es el primer desconocido que invitas a una pijamada. Y yo tengo un sexto sentido para estas cosas.

—No lo tienes, no eres el hombre araña.

—Ya lo veremos.

Cerró la puerta como si nada.

Apenas acababa de salir cuando entró Levi, con el aura tan pesada como siempre. Las luces del cuarto se apagaron, pero nadie se extrañó; sabíamos que le gustaba la oscuridad. Soltó un quejido antes de arrojarse sobre la silla del escritorio. El cabello se le desparramó sobre los ojos.

Mi teléfono no paraba de recibir notificaciones. Debía de ser Agus. Y, a juzgar por la insistencia, debía de ser algo importante. De hecho, empezó a llamarme unos segundos más tarde.

Busqué mis auriculares sin dejar de prestarles atención a los chicos; fingiría que hablaba con Dania hasta que pudiera escaparme al jardín. No quería dejarlos ahora que habían empezado a mostrarme sus verdaderos sentimientos, pero Agus era más importante.

—¿Puedes hablar? —dijo la voz del ángel al otro lado de la línea.

Mam me miró al percatarse de que estaba contestando una llamada. Sonreí para ocultar mi nerviosismo.

—Dania —mentí, y luego exclamé—: ¡Justo iba a llamarte!

—Santo cielo, por alguna razón no me podía comunicar contigo. Casi muero de preocupación —respondió Agus.

—Bien, gracias, aunque es algo aburrido estar en casa con mis primos.

—Te noto la voz rara, ¿te han hecho algo?

Me costó tragar, las piernas me temblaban un poco. Escudriñé mi cuarto casi sin reconocerlo. No era la primera vez que disociaba de ese modo, pero seguía resultándome perturbador.

—Sí.

—¡Qué miedo! Voy para allá ahora mismo.

—No creo que sea buena idea —suspiré—. Mejor quédate en tu casa.

Me giré para estudiar los rostros de los chicos.

«¿Por qué no dejan de mirarme? Creo que voy a salir ya».

Bajé las escaleras y me dirigí hacia la puerta trasera para acceder al jardín; era un espacio natural de unos diez metros cuadrados, bastante pequeño, aunque lleno de arbustos y flores plantados hacía muchos años. Traté de concentrarme en cada detalle del exterior para dejar de pensar en todas las cosas malas que me estaban ocurriendo.

—¿Ya puedes hablar? —inquirió Agus.

—Lo cierto es que algo me ha atacado.

Una de las diferencias entre mi relación con Agus y mi relación con los demonios era que él sí se había ganado mi confianza. No había empezado diciendo que se dedicaba a mentir, sino que había velado por mi bienestar desde el principio. Aunque, claro, a eso se dedicaban los ángeles. Fuera como fuese, la verdad siempre estaba presente en nuestras conversaciones.

—¡¿Qué?! ¿Cómo estás? Voy para allá.

—Ni siquiera sabes dónde estoy. Además, me puedo cuidar sola.

—Val, ¿eres consciente de a lo que te enfrentas?

—No del todo, pero ¿qué puedo hacer? Porque echarme a llorar no va a solucionar nada; y que vengas tú tampoco.

—Tu orgullo te saldrá caro si sigues jugando a esto; eres mortal. —Chasqueó la lengua—. Solo insisto porque me importas, ¿vale?

—Gracias —sonreí como una tonta—. Me siento un poco mejor.

—¿No tienes miedo?

—¿De ellos? No.

—Eres una guerrera, ¿eh? —Se rio—. Quizá el auténtico demonio eres tú.

—Sin duda. Ten cuidado, que te quemo.

—Ay, qué espanto.

—¿Qué puedo decir? Se veía venir.

—Entonces ya no podré estar contigo; la desgracia me persigue.

—Seguro que hay una salida. —Me mordí el labio inferior, divertida—. ¿Puedes fingir que eres mi súbdito?

—Por ti, puedo ser desde tu esclavo hasta tu guardián.

—Te va mucho el coqueteo para ser un santurrón.

—Oh, no, dime que no dijiste eso.

—¡Valentine, ya está todo listo! ¿Puedes ir a comprar gaseosa? —gritó mi madre desde el comedor.

—Me tengo que ir, hasta pronto.

—Más pronto de lo que crees. Cuídate.

15

Una cena con el diablo

Un festín aguardaba en la mesa del comedor. Había seis platos; teniendo en cuenta que solo éramos cuatro, era obvio que me estaba perdiendo algo. Al notar mi confusión, mis padres se vieron en la obligación de darme explicaciones mientras contaban los billetes frente a mis ojos.

—Tenemos nuevos vecinos. Nos ofrecieron pastel y ahora somos mejores amigos.

—¡¿Cómo?! —gritó Mam bajando del segundo piso.

—Hace mucho que no tenemos visitas aquí. ¿Pueden comportarse?

Un par de golpes en la puerta avisaron de la llegada de nuestros invitados. Tomé el dinero y ladeé la cabeza para invitar a ricitos de oro a venir conmigo a la tienda. Ambos pusimos la mano sobre el pomo al mismo tiempo y la quitamos al instante avergonzados.

Mam se volvió para ocultar el ligero tono rojo de sus mejillas. Estiré la mano de nuevo hacia la puerta, pero entonces esta se abrió sola, como empujada por una fuerza invisible. Al ver quién esperaba fuera, tuve que contener una carcajada.

Leviatán llevaba una barba bien estilizada que le sumaba unos cinco años a su aspecto normalmente juvenil; su traje blanco le daba un aire formal. Me atraganté con mi propia saliva mientras contemplaba el lamentable look de Amon: se había peinado el cabello hacia arriba y se había puesto una camiseta de fútbol arrugada; no tenía ni idea de dónde había podido sacarla, pero estuve cerca de caer al piso de la risa.

Envidié la capacidad de Mam para permanecer serio; ni siquiera se había inmutado.

Mi madre se asomó unos segundos después y recibió a los recién llegados con mucha amabilidad.

—¡Bienvenidos! Gracias por aceptar nuestra invitación.

—Un placer. —Levi extendió el brazo—. Gracias a ustedes por invitarnos a mí y a mi hijo.

Cada cosa que decían era menos creíble que la anterior.

—El placer es nuestro. —Mi madre le estrechó la mano y luego se giró hacia mí—: ¡La comida se está enfriando, Val!

Cierto, tenía que salir a por la gaseosa.

Con las prisas, choqué con Amon y me clavé algo duro en el pecho. Cuando nos separamos, él levantó una botella de vidrio para mostrársela a mi madre.

—Nos dio vergüenza venir sin nada, espero que no les moleste.

Qué descarados, incluso fingían ser educados y considerados con los demás.

—Pasen, con confianza, adelante.

«¡Mamá, estás invitando al diablo a tu casa!».

«Perdona que me meta en tus pensamientos, pero eres muy divertida cuando quieres, ¿lo sabías?», me dijo Mam mentalmente.

«¡Sal ahora mismo de mi cabeza!».

La tarta de vegetales desprendía un aroma exquisito, y estaba colocada de forma tan artística que hasta me daba pena comérmela.

Los cubiertos chocaban con la porcelana, la espuma de la bebida amenazaba con rebosar de las copas, los colores vivos de la comida me atrapaban y despertaban mi apetito, que había permanecido dormido durante semanas.

O quizá solo buscaba excusas para distraerme y no mirar a los demás a la cara.

Me habían dado el asiento situado entre mi padre y Mam; no podía estar más incómoda. El mango de los cubiertos resbalaba entre mis sudorosas manos. Desde que había puesto el trasero en la silla, lo único que quería era que todos terminasen de cenar.

Los «vecinos» parecían completamente diferentes a los demonios que yo conocía, incluso sus voces sonaban distintas. El hecho de que supieran fingir no era ninguna sorpresa, aunque sí me generaba nuevas inseguridades.

—¿Se mudaron hace poco? —indagó mi madre.

—Unos meses; nos costó encontrar una casa con el presupuesto que teníamos. En estos tiempos parece más fácil salir del infierno que ocupar un piso.

—Pues en el barrio hay muchos precios que quizá les resulten cómodos. Sé que acaban de llegar, pero puedo ayudarles para la próxima —se ofreció mi padre.

—Muy amable, aunque por este año estaremos bien. Estamos cerca del estadio —comentó Amon.

—¿Les gusta el fútbol?

—Por supuesto, el equipo favorito de la familia son las Serpientes Rojas.

«No. Ese equipo no».

—¡¿Las Serpientes Rojas, dijiste?! —gritó mi padre—. ¡También es nuestro favorito!

—¡Moriría por esos chicos! —A Amon se le daba muy bien hacer de fanático.

—¡La juventud no está podrida! —Mi padre levantó su vaso—. Pequeño, eres recibido con gratitud en este hogar.

—Me halaga, señor Stamon. Usted puede venir a ver los partidos a nuestra casa si lo desea. Tenemos una habitación solo para eso.

—Ay, por favor, me sonrojo.

Puse los ojos en blanco con irritación, aunque en el fondo la conversación me estaba divirtiendo mucho.

—¿A ti no te interesa el fútbol, Mamyoneso? —dijo Amon aún con la boca llena.

—Hum, yo hago otro tipo de cosas —murmuró Mam.

—Como meterse al cuarto de mi hija.

—¡Por el amor del Todopoderoso! —exclamó Amon—. ¿De verdad hizo eso?

«Tú estabas ahí, idiota».

—Hablando de cuartos, ¿saben de un diseñador de interiores recomendable? —Levi trató de salvar a Mam.

Y lo logró; su mudanza volvió a convertirse en el tema de conversación.

Revolví los restos de comida en mi plato sin prestar atención a su charla. Seguía pensando en el mensaje de Dania, en la llamada con Agus, en qué demonios había pasado esta mañana y cómo de peligroso era que no tuviera mi collar. Puede que lo hubiese llevado por poco tiempo, pero me sentía desnuda sin él.

Empujé mi plato hacia el centro de la mesa para indicar que había acabado. Me disponía a levantarme a por el postre cuando una familiar ráfaga de aire caliente acarició mi mejilla; por desgracia, ya sabía lo que significaba aquello.

—Diles que estoy aquí.

Mis piernas dejaron de responder. Apreté los laterales de la silla intentando tranquilizarme y me concentré en calmar mi respiración, que se había agitado al escuchar la voz de Asmodeo.

—Vamos, díselo a Mam, será divertido.

Consternada, miré a los ojos de cada uno de los presentes en busca de indicios de que lo habían escuchado, pero no era así. As solo me hablaba a mí; yo era su presa favorita.

«¿Qué buscas?».

—Si se lo dices, te devuelvo tus estúpidas piedras de colores.

«No, la situación se descontrolaría, y esto es una cena familiar».

—El descontrol es parte de nosotros. Somos una familia encantadora, ¿verdad, Leviatán?

Levanté la mirada. La incomodidad que vi reflejada en los ojos de Levi me dijo que él también sentía la presencia de su antiguo amigo. Me sorprendió su reacción: no parecía asustado ni enojado, solo desconcertado mientras intentaba adivinar de dónde salía aquella voz. Si no sabía dónde estaba Asmodeo, no debía de haber escuchado lo anterior.

As era claramente inteligente. No mostraba sus cartas más de lo necesario, no permitía que los chicos tuvieran ninguna ventaja sobre él.

—No estás jugando con fuego, Val. Estás jugando con demonios; no vas a arder, vas a pudrirte en el infierno.

«No me importa».

—¿No te da miedo saber hasta dónde pueden llegar?

Sus garras levantaron mi mentón y me obligaron a mirar a Mam; fue como si unas agujas penetraran en mi piel.

—Vamos, hazle saber que estoy aquí. El cobarde de mi amigo no lo hará.

«¿Para qué? ¿Para que te mande de vuelta a tu trono de una patada?».

—No le atribuyas tanto poder, no puede vencerme.

«Pues parece que es justo al contrario. Anhelas su atención a toda costa. Si fuera inferior a ti, no te molestarías en enfrentarte a él, ¿me equivoco?».

Me reacomodé en el asiento sonriendo y fingí que prestaba atención a las conversaciones de mis padres con Amon. Me serví un poco de agua fría con la intención de mitigar el calor agobiante que rodeaba mi cuerpo.

—¿Qué te han dado para que los cuides así? —indagó Asmodeo; su tono dejó de ser siniestro por unos instantes.

«Cuidar» no sería la palabra que yo habría utilizado.

—Estás sufriendo física y mentalmente sin rechistar para evitarles una pelea.

«Es lo mejor».

—Es lo mejor para ellos —me corrigió—. ¿Al menos te han dado algo a cambio?

«¿Por qué no te vas? Si el propósito de tu visita es ver si tus antiguos amigos están bien sin ti, la respuesta es sí».

—No me iré hasta que consiga mi objetivo.

—Val, ¿te pasa algo? —preguntó Mam, que había dejado de comer hacía rato. Deduje que me había olvidado de controlar mis expresiones faciales por un momento.

—Estoy llena. —Aparté mi asiento—. ¿Me puedo retirar?

—Por supuesto. Que descanses, cariño —susurró mi padre sin dejar de mirar a Amon, que lo tenía hipnotizado.

Subí al ático, donde supuestamente se alojaría mi estudiante tutelado. Bajo el techo abuhardillado, el espacio era oscuro y angosto, y estaba algo sucio. Las partículas de polvo flotaban frente a la ventana, a través de la cual se colaban los últimos rayos de luz del día.

Me preocupaba que las apariciones misteriosas dejaran de darme pánico: eso significaba que me estaba acostumbrando a una realidad que no estaba dispuesta a aceptar. Estar lejos del convento había resultado ser menos estresante de lo que esperaba; el único problema era que, al convivir con mis padres, ahora debía ocultarlo todo mejor.

Puse música mientras ordenaba y terminé bailando. Una vez que los ritmos perfectamente calculados, las voces angelicales y las letras profundas sonaron a mi alrededor, no creí que pudiera haber ningún mal rodeándome, así que me sentí libre de lucir mis torpes movimientos. Amaba bailar, era de las cosas que mayor ilusión me hacían de la graduación, junto con los trajes elegantes, las decoraciones hermosas, los vestidos deslumbrantes listos para despedir esa etapa de purgatorio… Ejem, instituto.

Me habría encantado bailar con alguien.

La noche, por mal que hubiera ido, tenía una belleza especial. Me asomé a través de la ventana: las nubes tapaban gran parte de la luna y el aire olía a humedad. No me gustaba mojarme, pero la lluvia simbolizaba liberación para mí debido a un dicho que teníamos en mi familia: «Es el llanto del cielo, que limpia las penas».

—¿Está todo bien? —preguntó Mam, sobresaltándome. Sin saberlo, se había colocado al lado contrario del que había ocupado As durante la cena.

—Tienes que avisarme cuando te acerques.

—Me rechazas mucho, ¿sabes? ¿Ya no quieres ser mi amiga?

—Lleva tu labia de chico bueno a otro lado, ricitos de oro.

—Me gusta ese apodo.

—Bien por ti.

—¿Quieres saber qué otras cosas me gustan?

—No, estoy contemplando la lluvia y romantizando mi caótica vida, silencio.

Pasó un brazo sobre mi hombro y apoyó la palma de su mano sobre el frío vidrio. Con mi cuerpo atrapado entre el suyo y la ventana, observé su reflejo. Mi corazón latía desbocado, incluso más que cuando me había visto envuelta en situaciones terroríficas. El estómago se me revolvió como si lo tuviese plagado de mariposas.

—¿Prefieres esta lluvia? —Las gotas se agitaron furiosas por la fuerza del viento—. ¿O esta? Puede ser diferente con solo pedírmelo.

La tormenta se intensificó, aunque ahora daba la sensación de que el agua caía con gracia, imparable.

Di media vuelta para marcharme y me encontré cara a cara con él.

—Muévete, por favor.

—Qué educada estás hoy. —Se humedeció los labios—. ¿Qué pasa si no me muevo?

—Te moveré yo misma.

—Hazlo —me desafió.

—Mam, no es momento de jugar, no tengo ánimos.

—No estoy jugando.

—No te voy a rogar que me dejes ir, hoy no es mi día. Tienes que dejar de fingir que soy parte de tu culto y que debo tener paciencia en los momentos en los que tú te aburres y decides que necesitas una distracción.

—Deja de pensar que tengo un culto.

—Eres un demonio, mínimo un culto satánico debes de tener.

—Lo de «satánico» es por Satán. En fin, si fuera cierto, ¿cuál es el problema? ¿Te unirías?

—Si hay alguien aquí que se merece un culto, soy yo. No desperdiciaría ni un segundo adorando a nadie más.

Él frunció las cejas.

—Me gusta tu actitud. Sería más divertido si no te mostraras claramente distante con nosotros por alguna razón que no has mencionado.

—Es lo que pasa cuando una se entera de quiénes son ustedes.

—Cuantos más prejuicios tengas con nosotros, más ciega estarás ante la verdad.

—Eso me da igual, ¡solo déjame salir!

—No te estoy deteniendo.

Puse los ojos en blanco, y estaba dirigiéndome hacia la salida cuando volvió a aparecer delante de mí.

—Está bien, sí te estoy deteniendo.

Odié su sonrisa: se le marcaban unos pequeños hoyuelos a cada lado; sus dientes eran brillantes y afilados, aunque no le daban un aspecto monstruoso, y sus mejillas tenían un tono rosáceo natural que resaltaba sus facciones. Jamás me cansaría de recalcar lo atrayentes que eran sus ojos.

Ninguno de los dos iba a rendirse en aquella competición de miradas. El cuento de que solo éramos amigos cada día se sostenía menos.

—¿Por qué no me dijiste que As estuvo aquí? Se ha burlado de nosotros en nuestras narices.

—¿Cómo te enteraste?

—Te conozco como si lleváramos una vida juntos. Solo necesitaba un momento a solas contigo; lo cual, por cierto, no sucede muy a menudo, ya que huyes en cuanto me acerco a ti.

—Eso es lo que hace la gente cuando siente que está en peligro. Es como si te gustara darme miedo.

—Creo que tienes una definición de «miedo» equivocada.

—Mam…

—Quiero decir que te daría de todo menos eso.

Me quedé boquiabierta, intentando dilucidar si ese rubio seductor era el mismo monstruo comegalletas al que había conocido hacía no mucho tiempo.

—¿Les enseñan a decir este tipo de tonterías en el inframundo?

—No, es que ser tonto es mi talento especial.

—Desde luego.

—¡Val! —Me sujetó de la muñeca cuando vio que estaba a punto de huir de nuevo.

—¿Qué quieres?

—A ti —respondió con seguridad, aunque luego se detuvo y se aclaró la garganta—. Como amiga. Quiero hablar contigo, siento que nos estamos distanciando.

—Ajá, y tú me quieres tener cerca —afirmé con ironía.

—Siempre. —Posó su mano en mi cintura y, cuando intenté alejarme, siguió el movimiento de mi cuerpo con tal de no soltarme—. Siempre voy a querer tenerte cerca.

—Me estás poniendo nerviosa —fingí decirlo en broma.

—Ufff, al fin. —Se apartó de mí riendo—. Ya sabes lo que dicen: «Persevera y triunfarás». —Me guiñó un ojo antes de irse.

—¿Quieres que te lleve al instituto? —me ofreció mi padre.

Estábamos tomando un desayuno rápido; ninguno teníamos tiempo que perder. De hecho, él ni siquiera se había sentado para tomar el café, y aun así siempre encontraba tiempo para mí.

Me limpié los restos de cereales de la boca antes de responder.

Había amanecido mejor que el día anterior. Los mitos estaban en lo cierto: la lluvia purificaba.

—Iré en autobús con Mam.

Mi padre entrecerró los ojos y observó el cabello despeinado de mi compañero. Sus fachas tampoco ayudaban demasiado en ese momento, lo cual era irónico, porque normalmente podría pasar por un chico de iglesia que sudaba agua bendita.

—Lo entiendo. —Hizo una ligera pausa mientras buscaba las palabras adecuadas, tragó saliva—. Si quieren ir juntos, está bien.

«¿Está suponiendo que tenemos una relación? Espera, ¡¿nos está dando permiso para salir?!».

—Ya lo conoces, Val. —Mi madre pareció leerme la mente—. Sus enojos solo le duran veinticuatro horas.

El viaje, la llegada e incluso las clases pasaron volando. Dania intentó sacar el tema de nuestra última conversación a través del chat, pero yo preferí ignorarlo, dado que no tenía ninguna prueba que ofrecerle.

En esos momentos, nos encontrábamos en clase de Matemáticas, con el tictac del reloj como único sonido en medio del silencio imperante. Yo estaba tratando de concentrarme más de lo normal en mis apuntes; pronto tendríamos los primeros exámenes, y no me sabía ni un cuarto del temario.

—Señorita Stamon, ¿cuál es el resultado del ejercicio tres elevado a la décima potencia?

«No tengo ni la más remota idea».

—Sesenta y cuatro con tres, la segunda respuesta —contesté.

Las palabras salieron solas; cerré la boca y la confusión se apoderó de mí.

—¡Muy bien! Continuamos con las derivadas, que…

—Se dice «Gracias, Amon, eres un ángel» —me susurró el demonio pelirrojo.

Ofendida, me giré en mi pupitre lista para regañarlo, pero entonces Dania tocó mi hombro de forma insistente. Abrió la cremallera de su bolso y extrajo un libro ancho parecido al que me había mostrado Agus aquel día en la biblioteca. Lo colocó encima de mi cuaderno.

—Agus me dijo que necesitabas esto hoy por la mañana. Espero que fuera realmente necesario, porque pesa mucho.

Justo en ese instante, el profesor nos informó de que podíamos salir al receso. Decidí que aprovecharía ese rato para leer el libro de Agus, aunque no tenía ni idea de por qué me lo había enviado. La tapa dura revelaba que contenía información sobre criaturas místicas y brujería antigua.

No medí mi fuerza al tomarlo y se me cayó al piso con un gran estruendo. Se abrió por unas páginas comprometedoras. El profesor, Dania y los chicos se quedaron petrificados al ver el dibujo, y yo sentí que se me iba el alma del cuerpo.

Cuernos largos, cuerpo desnudo, ojos rojos intensos.

Asmodeo.

16

Libros prohibidos

No tenía ni la más remota idea de cómo explicar aquello.

—¡Valentine! ¡¿Qué es eso?! —Mi profesor se agachó para recoger el libro—. ¡¿Qué son estas cosas y por qué las trae a la escuela?!

—Madre mía, señorita Stamon —exclamó Amon—. Al menos lea uno donde no esté desnudo.

«Un poco de respeto es lo único que pido».

—¡Cállate, Amon! ¡Cierra la boca! —vociferé tapándome la cara con ambas manos.

—¿Amon? ¿Como el del pecado capital? —cuestionó el profesor.

—S-sí, es un nombre extranjero —traté de excusarme.

—Amon es mi demonio favorito —dijo el profesor—. Me resulta admirable… Estudié Demonología en mi juventud.

¿Desde cuándo tenía la gente un demonio favorito? Miré a Amon: tenía un brillo especial en la mirada; se sentía claramente emocionado por lo que acababa de decir el maestro.

—¿De verdad? —preguntó.

—¡Claro! Me molesta que no se le dé el reconocimiento que merece, no vale menos que ninguno de los otros seis.

Amon extendió ambos brazos hacia el frente.

—¿Puedo darle un abrazo?

—No. Es el receso, tenemos que salir —farfullé antes de tomarlo de la mano.

Los demás nos siguieron al patio. Una vez fuera, lo solté y caminé rápido hasta llegar a un árbol donde me pudiera sentar en paz. Tenía el pulso tan acelerado que parecía que hubiera corrido una maratón y aún sentía calor en las orejas; la vergüenza caldeaba mi piel.

Los chicos me observaron desde lejos mientras charlaban con Dania. Al parecer, habían entablado amistad con ella. Supervisé mis alrededores para comprobar que no hubiera nadie cerca antes de volver a abrir el libro de Agus. Había metido el dedo entre las páginas al recogerlo del suelo sin que el profesor se diera cuenta, para así tener localizado el punto por el que se había abierto al caer.

Imponente, macabro y atrayente, Asmodeo era la figura más impactante que mis pobres ojos habían visto jamás. Aunque supuse que en ello también influía el hecho de que fuera el enemigo de mis chicos y que me hubiera atacado ya varias veces. Al ver una representación de su aspecto real, agradecí cada segundo en el que no me había permitido mirar. «No me da la gana que te enamores o te traumatices de por vida». No podría haber estado más acertado.

Me perturbó lo asqueroso que me resultaba. Sus cuernos eran espirales que emergían de su frente, como si fuera un cordero; tenía el rostro cubierto de escamas y las venas se marcaban por todo su musculoso cuerpo. No me gustaron las sensaciones que provocaba en mí su imagen. Quería alejar el libro, quemarlo, vomitar.

En comparación con mis tres demonios, él resultaba atrayente de un modo retorcido e insano. No poseía un encanto capaz de hacerte dudar de tus principios, sino que era como una maldición que te hacía desear morir para dejar de estar bajo su control.

Se me pusieron los pelos de punta y me negué a leer el texto que rodeaba la imagen. Entendí sin más por qué era poderoso: la belleza de un ser tan oscuro como un príncipe del infierno tenía la capacidad de matar y destruir por sí sola.

Eso era As: destrucción. Por eso no atacaba directamente a los chicos; prefería hacerlos sufrir lentamente.

Sentí una presión en el lado izquierdo del pecho, cerca del corazón.

—¿Ya terminaste?

Me puse en pie de un salto y me mordí la lengua con fuerza para no gritar. Leviatán había aparecido de la nada para hablarme al oído. Me sentía al borde del colapso, y me eché a temblar como una hoja de papel ante una ráfaga de viento.

Levi tampoco me dio ninguna seguridad en esos momentos. En mi delirio, habría podido jurar que, por un segundo, su expresión había sido idéntica a la de Asmodeo en la imagen.

—¡¿Cómo se te ocurre manifestarte así?! ¡Casi me das un infarto! —reclamé.

Mis latidos retumbaron en mi pecho y me sostuve la cabeza entre las manos para tratar de mitigar mi mareo, pero el mundo siguió dando vueltas a mi alrededor.

—¿Qué haces viendo estas cosas sin protección? —se burló—. ¿Ya perdiste el aprecio por tu vida?

—Levi —murmuré.

Se sentó en el césped para ver el libro más de cerca y esbozó una sonrisa triste.

—¡Lo dibujan genial! ¡Qué suerte tiene ese hijo del mal! De mí dicen que soy una serpiente fea y gigante.

—Leviatán…

—As… —empezó apenado—. Éramos un buen equipo. ¿Por qué te volviste loco? Habríamos pasado una eternidad cojonuda.

Se me nubló la vista.

—Levi —sollocé una vez más, queriendo llamar su atención.

—¿Qué te pasa? —Escuché su voz, pero apenas veía su oscura silueta—. ¿Val? ¿Puedes moverte?

Sentí que mis entrañas querían salir por mi boca.

Levi me sostuvo para que no cayera, y los demás llegaron al árbol justo en el momento en el que yo vomitaba un líquido ácido, azul e inhumano. Me llevé las manos a los labios aterrorizada, mi vista se enfocó lo suficiente como para que pudiera apreciar los detalles de esa mezcla viscosa que había salido de mi cuerpo. ¿Esa cosa horrible había estado dentro de mí?

—¡Por la Diosa! —susurró Levi—. Matm…

No escuché el resto del nombre.

Sentí que unas manos suaves levantaban mi barbilla, y solo pude centrarme en la mirada preocupada de Mam mientras sus ojos pasaban del gris al blanco. No entendía qué estaba ocurriendo. Un agradable aroma a lavanda inundó mis fosas nasales y el dolor fue desapareciendo. La presión en mi pecho permaneció, aunque me sentí renovada.

—Val, ¿me oyes? —preguntó Mam.

—Sí, ¿qué pasa?

—¡Gracias al de abajo! —Pegó su palma a mi corazón—. ¿Cómo te sientes?

—Estoy confundida. ¿Dónde está el libro?

—Joder. —Soltó una bocanada de aire—. Me diste el susto más grande de toda mi vida inmortal.

De pronto, alguien me sostuvo por la cintura con suavidad y me alejó del árbol. No necesité mirar para saber quién era: la expresión de desagrado de los chicos lo delató, en especial la de Mam.

Pero a mí me tranquilizó saber que Agus estaba ahí.

Recogió el libro del suelo con actitud casual; debía de haber escuchado mis súplicas por encontrarlo. Sentía tanta paz al estar cerca de él que quise echarme a dormir. Lo miré y, a través de su camisa blanca, pude ver la silueta de su tatuaje. Tuve sentimientos encontrados cuando los recuerdos de aquella fiesta inundaron mi mente.

—¿Te sientes bien? Estás helada.

Se alejó un momento para estudiar el charco azul con asombro. Luego volvió conmigo al instante y posó sus manos sobre mis hombros.

—¿Qué ocurrió? —Giró la cabeza—. ¿Se puede saber por qué no la llevaron a la enfermería?

Miró a los chicos de pies a cabeza. Por unos segundos, Mam olvidó que había dejado sus ojos demoníacos y sin pupilas a la vista. Agus retrocedió unos pasos, sorprendido, y luego fingió no percatarse de ello. Pero todos se dieron cuenta e intercambiaron miradas preocupadas entre sí.

«¿Qué excusa van a inventar ahora?».

—¿Tienes la tensión baja? —preguntó Agus al fin, rompiendo el silencio—. Vamos a la cafetería, te compro un dulce.

—No hace falta. —Pero era inútil mentir, sonaba enferma incluso a mis propios oídos.

—Yo tengo dulces, si eso ayuda —ofreció Mam, acercándose.

—¡Aléjate de ella! ¡Ha vomitado! ¡¿Cómo no han tenido la decencia de llevarla a que la asistieran?!

—No es lo que tú crees —se defendió Levi.

—Como sea. Qué familiares tan horribles tienes, Val. —Tomó mi rostro entre sus manos—. ¿Puedes llegar a la enfermería? ¿Necesitas que cargue contigo?

—No es ningún problema alimentario, se recompondrá en un santiamén si… —Amon intentó acercarse también, pero Agus lo empujó hacia atrás.

—Tú no vas a venir a decirnos nada.

Levi caminó desafiante y se situó frente a él. No me gustaba la tensión que percibía a nuestro alrededor; tenía que separarlos y volver a clase. Pero ellos se negaban a romper el contacto visual. A medida que pasaban los segundos, Agus fue adoptando una postura cada vez más sólida, más segura, hasta que Levi terminó por apartar la mirada.

Los dejamos atrás y fuimos en busca de ayuda. Cuando por fin llegamos a los pasillos, él se inclinó sobre mi hombro y susurró:

—¿Qué ocurrió?

—No lo sé, ni siquiera leí un párrafo y me sentí muy mal de pronto.

Agus examinó la portada del libro. Las letras negras del título resaltaban sobre todo lo demás. No reconocí el idioma, pese a que habría podido jurar que estaba en español cuando lo había visto por primera vez.

Él lo alejó de su cuerpo y buscó corriendo un sitio en que ponerlo. Su expresión de pánico me dejó perpleja.

—¡¿Por qué tenías esto en tu poder?! —gritó, y su voz reverberó por el pasillo.

—Tú me lo mandaste.

—Yo jamás haría algo así. ¿En qué estabas pensando? ¿Cuándo te he mandado cosas sin avisarte antes?

—Bueno, supongo que nunca.

—Si dependiera de mí, jamás habrías descubierto la existencia de este libro. ¿Quién te lo entregó?

«Dania». Pero ella era mi mejor amiga, no buscaría hacerme daño. No quise siquiera mencionar su nombre como posible culpable.

—Eso no importa —musité.

—¡¿Cómo que no importa?! ¡Valentine, reacciona! ¡Vives al borde de la muerte!

Sus palabras fueron tan crudas que perdí el equilibrio. Había necesitado que me lo gritaran así, alto y claro, para comprenderlo por fin. Se me humedecieron los ojos y una lágrima rodó sobre mi mejilla. Mi corazón seguía latiendo agitado.

—Vámonos, tenemos que hablar en privado.

—Estamos en privado.

Negó con la cabeza y tomó mi mano. Cuidando que no nos vieran los profesores, subimos al último piso para luego tomar la escalera que nos llevaría a la terraza; esta era básicamente un espacio abierto con un barandal compuesto por unos escasos hierros desordenados, razón por la cual no nos dejaban subir ni siquiera con supervisión. Mi lado paranoico se preocupó más de que nos descubriesen allí que de cualquier otra cosa.

—Ven, tumbémonos. Puedes usarme de almohada.

—Agus.

—Dime.

—¿Por qué me pasan estas cosas?

—No sé quién ha manipulado las energías. —Cuando lo miré confusa, aclaró—: Eso que tú llamas magia. —Permaneció en silencio unos segundos—. Pero, sea quien sea, la ha tomado contigo.

—Con todos, en realidad. Pero va a por mí porque soy la presa más débil.

—No digas eso, eres muy fuerte. Es un milagro que sigas aquí.

—Quiero volver a la normalidad.

—¡Lo harás! No dudes de ello —me animó—. En especial ahora que vamos a tomar cartas en el asunto.

Una especie de calma se apoderó de mi cuerpo de forma repentina. ¿Era posible que fuera Mam intentando hacerme sentir mejor desde la distancia? Me sentía mal por pensar en él mientras charlaba con Agus: a veces no me lo podía quitar de la cabeza, debía de ser una maldición.

—Estuve recopilando información —continuó el ángel, ajeno al rumbo que habían tomado mis pensamientos—, y estoy casi seguro de que todo tiene que ver con dos objetos muy preciados en el infierno.

—¿Qué quieres decir?

—Cuando empezaste a convivir con los demonios, ¿te regalaron algo raro?

—Un collar con piedras de colores. —Al nombrarlo, mi mano viajó hasta mi cuello, pero la bajé enseguida con enojo al recordar que ya no lo tenía—. Aunque no era raro.

—¿Cómo era? —inquirió.

—De oro, con tres gemas: una roja, una amarilla y otra negra, todas medianas. —Me encogí de hombros, confundida—. Es una lástima que se me perdiera.

—¡¿Se te perdió?! Val, juro que quiero ayudarte, pero no hay forma de avanzar un paso contigo.

—¡No es mi culpa! Desapareció cuando yo estaba durmiendo, luego As me arañó y no quise seguir buscando.

—¡¿Se te apareció Asmodeo?! —vociferó.

—¡Calma! —refunfuñé en voz baja—. Vas a hacer que nos pillen.

—La pieza de la que hablas es una reliquia —me explicó—. Fueron unos estúpidos al entregársela a una simple humana; no me imagino las razones que los llevaron a hacer algo así. Sin embargo, al hacerlo te otorgaron control.

—¿Qué clase de control?

—Control sobre ellos, en cierto sentido.

Lo único que entendí fue: «Prepárate para morir».

—Debes de ser consciente de que eres importante, como la reina en el ajedrez. Puedes hacer todos los movimientos, y eso juega a nuestro favor.

—Creo que soy un peón cualquiera. No sé a qué movimientos te refieres.

—Si tú eres un peón, entonces ¿quiénes son los jugadores?

—As y... —Recordé la conversación que había mantenido con Asmodeo la noche anterior—. Mam —completé.

—Eso es. Y nosotros tenemos que pasar a ser uno de esos jugadores. Está claro que a Asmodeo no podemos robarle el puesto, así que tendrá que ser el otro.

—¿A qué te refieres con «jugadores»?

—A las personas que lo controlan todo. En este juego hay dos, ambos nacidos del mal —sonrió—. Cambiaremos eso. Todo acabará bien si consigues ponernos en un lado del tablero.

—¿Tengo que echar a Mam?

—No me mires así, es un demonio sin sentimientos. Además, tenemos que ponerte a ti por delante de cualquier otro.

—¿Qué debo hacer?

—Convertirlo en tu pieza. Eres encantadora, Val. Ellos confían en ti, estoy convencido de que lograrás que hagan lo que deseas.

—Siempre y cuando no se enteren de lo nuestro —agregué—. No deben de caerles muy bien los ángeles.

—Con que les caigas bien tú, nos sirve. Y, si necesitas algo, me avisas. Por ahora evita que avancen, mantente a salvo y gánate su confianza.

—¿A qué precio?

—El que sea necesario.

El timbre resonó por todo el instituto, y las puertas se abrieron para que los automóviles pudieran entrar. No recordaba si mis padres habían quedado en venir a buscarme, aunque era lo más probable, así que debía bajar rápido.

—Gracias, Agus.

—No hay de qué, estoy aquí para ti. —Se inclinó sobre mí y yo me levanté al instante, sobresaltada.

Me percaté de que solo quería ayudarme a ponerme en pie, pero al parecer yo estaba demasiado traumatizada para aceptar la ayuda de nadie a esas alturas. Nos reímos por la posición tan extraña en la que se quedó.

Le ofrecí mi mano.

—¡Lo siento! Estoy nerviosa. No sé qué podría pasar si tú no estuvieras.

Él la tomó, aunque en verdad se levantó solo; yo nunca habría podido manejar su peso. Luego me apartó el cabello de la cara y lo colocó detrás de mi oreja.

—No me extrañes, permaneceré cerca. —Se agachó para besar mi frente.

17

Tarde de estudios con demonios, un día normal

Tratar de coordinar mis actividades paranormales con mis estudios de último año era una actividad extrema.

—Hice la lista con nosotras, Mam, la presidenta del Centro de Estudiantes y los posibles tutores que se pasan la vida en la biblioteca —explicó Dania mientras anotaba nuestros nombres en un formulario—. Las asignaturas serán por orden de prioridad, aunque de eso dependen las reuniones.

No sabía de qué me hablaba. Me había perdido en la palabra «lista». Supuse que se refería a los grupos de estudio: solíamos hacerlos en época de exámenes, y debíamos formarlos con dos amigos y dos extraños más un líder. Nos daban honores si funcionaban con cada uno de los miembros.

Antes de llegar a la biblioteca, me di cuenta de que mi amiga había dejado de seguirme. De golpe, recordé la última vez que habíamos interactuado, cuando ella me había entregado aquel libro que me había hecho vomitar. Nerviosa, apreté mis cuadernos contra mi pecho. No me animaba a mirar atrás para ver por qué se había detenido. Pero entonces escuché sus pasos de nuevo: lentos, dubitativos. Cansada (y algo asustada), me dispuse a darme la vuelta.

Sin embargo, ella llegó hasta mí primero; se acercó rápido y levantó mi mentón mientras examinaba mis ojos.

—¿En qué andas? ¿Qué te sucede?

—Te lo he dicho, estoy lidiando con entes demoniacos.

—Ya —suspiró—. Veremos qué hacer cuando acabemos de estudiar. Déjame controlar lo que consumes a partir de hoy, por seguridad.

—No me drogo, si esa es tu preocupación.

—Lo que tú digas. Vamos, que llegamos tarde.

Me empujó hasta el sector que habíamos reservado para nuestro grupo en la biblioteca (la mejor equipada de toda la ciudad). Nuestro sitio se componía de un fino sofá azul circular con una mesa en medio. Un montón de cuadernos y apuntes desparramados ocupaban la totalidad de su superficie.

Melina ya estaba allí, dándole vueltas a un lápiz entre sus dedos. Hermosa, inteligente y con un aire de líder que casi te golpeaba al verla, era una de las personas que más inseguridad me provocaban. A su lado, todo el mundo parecía simple.

Nunca me había dado motivos para odiarla, y tampoco me caía mal. Se merecía cada logro que había obtenido. Me alegraba de que formara parte de nuestro grupo de estudio; con ella, no había forma de que nos fuera mal.

—¡Valen! ¡Dania! ¡Buen día! —saludó sonriente—. Tomen asiento, adelante.

—Un placer —murmuré.

Revisé el temario y me detuve confundida con solo leer el título: «Variable aleatoria discreta, distribución de frecuencias, distribución de probabilidad y gráficas». Sentí que estaba escrito en chino.

—Olvídalo, Dani, no sirvo para esto. Mejor nos mudamos a un pueblito al otro lado del país y montamos nuestra propia cafetería con temática de gatitos.

—Qué específica. ¿Por qué gatos? —indagó mi amiga, riéndose de mí.

—No lo sé, siempre tuve ese plan en mente.

—¿Necesitas que te explique algo? —se ofreció Melina al oír nuestra conversación.

—Oh, no. Apenas he empezado a leer, gracias.

Pasé a otras materias, y pronto se unió a nosotras una chica de ciencias a la que no había visto jamás. Sin embargo, no le presté demasiada atención. Solo podía pensar en que Mam iba a formar parte de nuestro grupo. También ahí me vería obligada a fingir y ocultar la verdad. Las mentiras empezaban a sobrepasarme; no podía relajarme ni un segundo por miedo a tener un desliz.

Además, ¿por qué vendría Mam a estudiar? No es que necesitara su título, precisamente.

—Disculpen la tardanza.

Sería inútil negar que todas nos quedamos mirándolo. Llevaba el cuello de la camisa ligeramente abierto, en contraste con el resto del uniforme, que le quedaba algo ajustado. Su cabello rubio estaba peinado hacia atrás con esmero, aunque un par de mechones rizados caían sobre su rostro.

Un aroma exquisito inundó el ambiente. Sus ojos grises se toparon con los míos. Desde donde me encontraba sentada en el sofá, daba la impresión de ser aún más grande de lo normal; definitivamente, no era menos imponente que As. Sin embargo, Mam imponía de un modo diferente, uno que no resultaba dañino: no dolía admirarlo. Supuse que el hecho de que estuviera en su forma humana le restaba algo de epicidad, pero no por ello era menos atractivo.

El demonio de la avaricia, tal y como se lo describía en cualquiera de sus versiones: la riqueza en su máxima expresión. Cada parte de su ser, desde su personalidad agradable hasta su nada desdeñable físico, era oro puro. Podría tener el mundo a sus pies con solo chasquear los dedos.

Se humedeció los labios y rompió el contacto visual.

La noche anterior me había negado a hablar con cualquiera de los chicos; justo lo opuesto a lo que me había ordenado Agus. Pero había sentido que necesitaba algo de tiempo para asimilar las cosas. Ellos habían respetado mi espacio y no habían vuelto a aparecer hasta esa mañana.

A regañadientes, lo invité a sentarse a mi lado. Mi ángel de la guarda había sido muy claro con respecto a su plan: debía acercarme a Mam como fuera. Y yo sabía que podía sobreponerme al pánico de estar cerca de él; tampoco iba a desfallecer solo por eso.

Mam se aproximó y se acomodó junto a mí.

—¿Qué es lo que no entiendes? —me preguntó.

—No lo sé, la mayoría de los temas. No es que no los entienda, es que me cuesta retenerlos.

—La clave está en cómo lo afrontas, ¿sabes?

—¿Cómo?

—El cerebro funciona por estímulos. Si le das uno negativo nada más empezar, será difícil que lo pases bien estudiando y, por lo tanto, que te concentres o le dediques el tiempo necesario.

—Ilumíneme, genio, ¿qué debo hacer, entonces?

Deslizó una de sus hojas de apuntes sobre la mesa y la colocó entre nosotros, haciendo que tuviera que pegarme a él para leer con claridad.

—Primero que nada, identificar los términos. No puedes memorizar y explicar si ni siquiera eres consciente de lo que estás leyendo. ¿Qué es una pirámide de planificación?

—Un triángulo con palabras.

—¡Val! —Soltó una risita—. Tómatelo en serio.

—¡Lo hago! Eso es todo lo que sé.

—Bueno. —Negó con la cabeza—. ¿La estructura del diseño organizacional?

—Mam —susurré—, no sé si vales para ser profesor.

—Vale, hagamos esto: por cada acierto, te doy un premio.

—¿Qué tipo de premio?

—Es sorpresa.

—No creo que sea un trato muy beneficioso para mí.

—No sé yo, dicen que los demonios hacen buenos tratos.

«Calma, Val, recuerda lo que dijo Agus: acercarse, ganarse su confianza».

—Acepto.

Apenas un rato después, me encontraba completando unos cuantos ejercicios de elección múltiple cuando Melina levantó la cabeza y salió de su burbuja de concentración para preguntar:

—¿Qué simbolizan para ustedes los tatuajes?

Me constaba que se había apuntado a un montón de cursos y actividades extracurriculares sobre historia del arte y que, además de nuestras materias comunes, tenía que sacar todos esos estudios adelante. Mientras tanto, yo seguía intentando copiarme del cuaderno que tenía enfrente; me sentía fuera de lugar en aquel grupo: iba a un ritmo más lento.

—No tengo ni idea. Pregúntale a Val, que anda en la mala vida... —dijo Dania en tono de burla.

—¡Ya te dije que no es así! —exclamé.

—Nadie debería ponerse algo permanente en la piel solo por estética; en mi opinión, debe tener un significado o hacerte sentir de cierta forma —concluyó Mam.

—Interesante. —Mel lo escribió en su aplicación—. Gracias.

—De hecho, yo tengo uno —me confesó Mam en voz baja—. Aunque ese sí es pura estética. —Puso los ojos en blanco.

—¿Dónde? Solo he visto los de Levi y Agus.

—Agus es el chico con el que sales, ¿no?

«¿Le digo que salimos o no? ¿Qué me invento? Mejor ignoro la pregunta».

—Es un diseño hermoso, va desde su cuello hasta la parte superior de su espalda y... —El brillo en sus ojos me indicó que haría bien en callarme.

Nunca sabía cuándo era el momento de cerrar la boca.

—¿Viste a Agus sin camiseta? —La chica nueva se metió en nuestra conversación; al parecer, conocía al ángel de verlo en el instituto.

—Eh..., estábamos en la piscina, por eso lo vi —me excusé.

—Hum —fue lo único que respondió Mam.

Tragué saliva; no debería haber dicho nada.

—¿De qué es el tuyo? —le pregunté, intentando cambiar de tema.

—Cadenas doradas, una tontería.

—Me parece raro no haberlo visto nunca.

—No está en un lugar muy visible, que digamos —murmuró.

«No vuelvo a preguntar nada en mi vida».

—¿Por qué lo tienes?

«Vaya. Duré dos segundos, nuevo récord».

—Val —repuso al tiempo que golpeaba la mesa con su lápiz—, atiende a la tarea.

—Qué complicado eres.

Llegó el cambio de clase, y nuestras acompañantes se fueron a sus correspondientes aulas. Solo quedó el personal al otro extremo de la biblioteca. Me alejé unos centímetros de Mam para poner algo de distancia entre nosotros.

—En realidad soy bastante simple.

—¿Cómo va a ser simple alguien como tú? —Chasqueé los dedos para imitar el gesto que a menudo hacían al invocar su magia—. Tienes superpoderes.

—¿Superpoderes? —Soltó una carcajada y se tapó la boca; algunos trabajadores nos miraron mal—. ¡Ojalá!

—Deja de hacerte el inocente —refunfuñé por lo bajo, indicándole que debíamos ser discretos—. No eres el cachorrito que aparentas ser, eso está claro.

—Tienes razón, soy la avaricia.

Empujé los apuntes hacia el centro de la mesa con la intención de dejarlos de lado por un rato. Me intrigaba lo que me pudiera contar, así que haría lo posible por sacarle información. Me giré para quedar cara a cara con él y fingí ponerme nerviosa. Bajé la mirada a sus labios y luego la devolví a sus ojos.

Fallo mío. Decían que los ojos eran las ventanas del alma…; en el caso de él, eran las puertas del Infierno.

¿Lo peor? No parecía tan aterrador. Mam podía hacer que un fuego abrasador te pareciera apetecible, que idealizaras a entes malignos, que la peor de las torturas se asemejara a un paseo por la playa. Es decir, era demasiado peligroso.

Mi plan estaba fallando antes de comenzar. No podía negarlo, Mam era encantador.

Sin embargo, debía cumplir con mi cometido, por el bienestar de mi familia, mi mejor amiga, mi propia vida y la confianza que Agus había depositado en mí.

—Cuéntame —le dije.

Recosté mi cabeza sobre su hombro y él se recolocó para asegurarse de que estuviera cómoda. Era considerado incluso para las cosas más mundanas.

—Los mitos sobre el infierno no tienen fin.

Y, aun así, de momento habían acertado en casi todo. Recordé las imágenes que había visto de Mam en la biblioteca: el trono, las joyas, los sirvientes, la adoración de las personas a su alrededor…

—¿Es cierto que tienes un trono?

—Sí, los siete lo tenemos. Hay otros demonios que también lo tienen, pero no son tan conocidos en el mundo humano como nosotros.

—Son los siete pecados —agregué, orgullosa de mi investigación.

—Exacto: lujuria, gula, avaricia, pereza, ira, envidia y soberbia —enumeró, al tiempo que contaba con los dedos de la mano.

Asentí. Estaba tomando notas mentales por si confesaba algo que pudiera ser de utilidad para Agus.

—Somos como la representación física de cada uno de ellos, aunque eso no nos hace irreemplazables. Creo que la forma más sencilla de explicarlo es comparándolo con una empresa —suspiró—. Están los directores ejecutivos, el presidente, el vice, y también los gerentes o jefes de sucursales: esos somos nosotros, los demonios a los que has conocido hasta ahora. Por supuesto, un gerente, pongamos que el de la ira, puede ascender hasta ser vice o ejecutivo, pero también puede perder ese cargo y ser reemplazado.

—Oh, entonces eres de la élite.

—Por favor, no soy «de» la élite…; yo «soy» la élite.

Su arrogancia me dejó boquiabierta. Aunque no parecía haberlo dicho con malicia, sino que más bien daba la sensación de que pretendía sorprenderme.

—Te noto más suelto cuando hablas así.

—¿Eso es malo? —musitó.

—No, suenas natural, más humano.

—Así que, según tú, todo lo que se necesita para ser humano es ser un poco hijo de puta.

—¡Claro que no! Quiero decir…, tú forma de actuar suele ser bastante dulce.

—¿Y qué pasa con eso?

—Es demasiado bueno para ser real.

—Pues no sé a qué clase de personas estás acostumbrada. ¿Te cuento un secreto? Los chicos buenos también existen, y no siempre tienen dobles intenciones.

—Mam…

—Ya te he dicho que soy transparente, no tengo por qué ocultarte nada.

Sin darme cuenta, me había ido resbalando en el asiento del sofá. Me reacomodé y me agarré del brazo de Mam para ayudarme. Pensé en soltarlo, pero me contuve. No parecía que él se sintiera incómodo con mi cercanía.

—¿Me dirías la verdad aunque fuera cruda?

—Te diría la verdad aunque doliera.

—¿Qué sabes tú de dolor? Para eso necesitas sentimientos, y eres…, bueno, no eres humano.

—Cierto. —Me apartó—. Perdona, se me olvidaba que soy el chico malo sin sentimientos que solo utiliza a las personas para su propio beneficio y que no tiene remordimientos, como un psicópata. Voy a volver danzando con mi cola roja al lugar en llamas del que provengo, pero no sin antes convertirme en jefe supremo de los demonios, claro.

De tanto juntarse con Amon, se le había pegado el gusto por la comedia.

—Así es como te imagino, yo no lo habría expresado mejor. —Me encogí de hombros.

—Pues lamento arruinar tus fantasías: los demonios no tenemos cola. O, bueno, al menos yo no la tengo.

Suspiré. ¡Qué idiota era! Sus tonterías eran tan extravagantes que me hacían gracia. Me habría gustado que se comportara de ese modo en más ocasiones.

—¿Por qué tienen que andar siempre con secretos? —pregunté, esta vez seria—. Confiaría más en ustedes si de vez en cuando me hablaran como tú me estás hablando ahora.

—Val, son temas que están a años luz de tu entendimiento, quizá incluso del mío —dijo con tristeza—. Es demasiado complejo.

—Me encantaría no enterarme a que me trates de tonta. —La pantalla de mi móvil se encendió con un recordatorio: era hora de regresar a clase—. Lástima que deba irme.

Por supuesto, Mam y yo compartíamos curso, así que me acompañó hasta el aula.

Me paré un poco antes de llegar a nuestro destino al ver el gran cartel violeta que habían pegado en una pared del pasillo. Era una invitación a una fiesta de Halloween organizada por el instituto. Un baile de disfraces donde aprovechaban para hacer bromas pesadas. Me gustó la imagen que habían escogido para vender el evento: una bruja zombi montada en su escoba. Solo por eso, asistiría.

Nunca antes le había dado importancia a ese día porque, claro, ni las brujas ni los demonios existían, ¿verdad? Ahora, por mis circunstancias y porque era el último año en que podría participar, tenía ganas de ir. Se lo comentaría a Dania, que era la que se encargaba de organizar las salidas.

—Por cierto —carraspeó Mam—, ¿me vas a contar qué pasó exactamente ayer? Casi se me salió el corazón por la boca al verte, y eso que no tengo.

Lo ignoré mientras anotaba en mi teléfono la hora a la que empezaría la fiesta. Sentí el impulso de abrir mi chat con

Agus para preguntarle si creía que sería seguro asistir, pero entonces recordé que Mam estaba detrás de mí; podría ver mi conversación con el ángel, y eso no sería nada conveniente para el plan.

—Si me lo cuentas, tal vez pueda hallar una poción que te proteja.

—Una poción —resoplé—. ¿No deberías dejarles eso a las brujas?

—Ah, sí, a las brujas medicinales.

—¿Brujas medicinales? —Di media vuelta—. ¿Es que hay distintos tipos de brujas?

Pareció dudar antes de responder. Como si se hubiera percatado de que me estaba dando demasiada información sobre su mundo.

—Sí, puede decirse que sí.

—Estás de broma.

—En absoluto. —Señaló el cartel—. Si piensas que todas las brujas son como esa del dibujo, estás muy equivocada. Esa clase de bruja no existe ni existirá jamás, pero hay brujas desde que el mundo es mundo, y así seguirá siendo —sentenció—. Simplemente no tienen calderos ni escobas; algunas no necesitan más que velas, pentagramas y un sahumerio. Y ya no se esconden, ahora graban vídeos para internet.

Agarró mi mano para colocarla sobre el cartel. Guio mi dedo índice hasta los créditos en los que se mencionaba a los autores del póster; se detuvo al llegar a un nombre concreto. Me retiré para leerlo con claridad.

Melina: se la nombraba como ilustradora y diseñadora del cartel. No me sorprendía; esa chica era la definición de multifacética. Ningún otro ser humano podía hacer las cosas tan bien como ella.

Aun así, seguía sin saber qué pretendía decir Mam con aquello…

De pronto me asaltó el recuerdo de la primera vez que había visto a Mel ese año, cuando me había chocado con ella:

su complicidad con Leviatán, cómo se había comportado él en su presencia... Había sido todo un poco raro.

—¿Por eso conocen a Melina? ¿Porque es una bruja?

—En realidad solo la conoce Leviatán, pero sí. Puede que incluso la conozca más de lo que debería, para tratarse de una simple intermediaria.

Me iba a explotar la cabeza. Eran demasiadas revelaciones para alguien que hacía apenas unos meses no creía en nada de esto. Ya solo faltaba que me dijera que los vídeos de sirenas también eran reales.

—Una última duda: ¿es la persona a la que se referían cuando hablaban de su «contacto»? ¿La que los iba a ayudar a regresar al infierno?

—Vamos a clase, Val. Se está haciendo tarde. —Lo observé indignada cuando empujó suavemente mi espalda. Ni si quiera se había esforzado por cambiar de tema, me había ignorado sin más.

—Está bien —me resigné—. Vamos.

Le eché un último vistazo al cartel, con esas letras que parecían chorrear sangre. Halloween pintaba estupendamente macabro.

18

Un demonio friega mis platos

Mi amistad con los chicos (una en la que ellos eran mis demonios y yo su mascota humana) se fue volviendo cada vez más distendida, hasta el punto de que ya ni siquiera se molestaban en ocultarme sus confabulaciones.

«Cité al contacto detrás del templo», dijo Levi mentalmente.

El impulso de responder en voz alta se desvaneció al encontrarme con la mirada de mi madre en la mesa. Casi había olvidado que estábamos en mitad de una comida «familiar».

En los últimos días, a Mam se le había dado especialmente bien eso de fingir que era un chico normal, y mis padres estaban tranquilos y encantados con los nuevos vecinos. Entre esa aparente cotidianeidad y los estudios, mi mente había tenido ocasión de despejarse y olvidarse un poco de todas las cosas paranormales que me rodeaban.

«¿Por qué han elegido a Mel en concreto para que haga de intermediaria?», intervine, metiéndome en su conversación.

«¿Cómo sabes tú eso?», preguntó Levi. Mam balbuceó algo en ese otro idioma que empleaban a veces, cuando no querían que yo me enterara de algo.

Levi suspiró y continuó:

«Ella era una devota de Asmodeo y mía, es una bruja y puede ayudarnos. Aunque no me fiaría mucho, porque prefiere a As antes que a nadie».

«Parece que ya vamos solucionando nuestros líos. Me siento orgulloso de ti, Mam. Estás demostrando ser un gran líder», comentó Amon.

«¿De Mam?», inquirió Levi. «Pero si lo he hecho todo yo: conseguí los contactos, tracé el plan, me inventé nuevas identidades y encontré un objeto con el que defendernos».

«Cállate, a nadie le gustan los presumidos», replicó el pelirrojo.

«Pero ¡¿por qué todo el mundo que conozco parece preferir a cualquier otra persona antes que a mí?!».

«Porque te pasas la vida envidiando lo de los demás en lugar de trabajar en tu odioso ser», espetó Mam.

Se me cayó el tenedor de la sorpresa al escuchar su voz áspera y decidida; no había dudado en soltarle aquella daga a un amigo al que conocía desde hacía una eternidad. Me desagradó descubrir esa faceta suya. No había excusa para que hablara a Levi de esa forma, y lo peor era que no parecía arrepentido.

Todos me miraron cuando el cubierto golpeó el plato de porcelana y yo intenté disimular mi disgusto. Ya había terminado de comer, así que me ofrecí a recoger la mesa. Más que nada porque quería que el almuerzo acabara cuanto antes.

Mis padres salieron a hacer unos recados y nos dejaron solos en casa. De pronto, me vi frente a frente con Mam, a apenas unos centímetros de distancia de él. Se ofreció a tomar los vasos que yo llevaba en las manos, pero ni siquiera me molesté en responderle. Sus palabras y su tono cruel me habían dejado mal sabor de boca.

Sin embargo, en el fondo sabía que mi decisión de ignorarlo se debía también al miedo. Desde la aparición de Asmodeo, se habían estado comportando bien, adaptándose y actuando cada vez mejor, pero Agus me había advertido que no debía confiar en ellos y, hasta ahora, sus consejos nunca me habían fallado. Y viendo la actitud de Mam hacía apenas unos instantes…

Tenía que retomar el plan de mi ángel de la guarda y hacerme con el control. Era fácil: como grupo eran invencibles, pero por separado eran bombas que podían explotar en cualquier momento. Y yo conocía muchas de sus debilidades.

Por ejemplo, no se tomaban en serio nada de lo que decía Amon. Podían negarlo, pero jamás escuchaban sus opiniones, y Leviatán nunca lo había tratado como a un igual. Cierto, no tenía por qué, dado que era el más sabio de todos, pero eso no hacía que su actitud hacia Amon fuera menos hiriente.

—Para lavar los platos necesitas agua. —Las palabras de Mam me devolvieron a la realidad justo cuando él pasaba su brazo frente a mí para abrir el grifo—. O eso me han dicho.

Me había quedado ensimismada mirando al infinito y ni siquiera me había molestado en abrir el agua para fingir que fregaba. No le había visto traer el resto de la vajilla hasta el lavadero ni sabía cuándo se había puesto aquel delantal. Me fijé en el risueño osito marrón pintado en el bolsillo delantero. Su sonrisa tierna me recordó a la del propio Mam.

—¿Necesitas ayuda? —se ofreció este. Me observaba con una mirada calmada y me hablaba como si fuera valiosa e importante. Nunca nadie me había tratado así.

—En mi vida pensé que un demonio de la élite se ofreciera a lavar mis platos.

—Es bastante surrealista —admitió él—. Aunque las actividades humanas me ayudan a distraerme de mis pensamientos, así que lo agradezco.

—¿No te gustan tus pensamientos?

—Haces preguntas difíciles.

—Lo siento.

—No te disculpes, es algo que me agrada de ti.

—¿Hay cosas que te agradan de mí? —Le sonreí—. Pensé que todos me odiaban.

—No es un secreto que nos agradas.

—No sé si «agradar» es la palabra más acertada en este caso —bromeé mientras fregaba una jarra.

—Lo es —contestó Mam, invadiendo mi espacio personal—. Solo que cada uno la sentimos de una forma distinta.

Por ejemplo, a mí me encantas. —Carraspeó—. Me encanta tu forma de ser.

—Es lindo que lo aclares, gracias —ironicé.

—Lindo —repitió—. ¿Te parezco lindo, Val?

Se me resbaló el cristal de las manos y el agua sucia se derramó sobre mi torso. Al contrario que Mam, yo no tenía delantal, así que la fina tela de mi camiseta quedó empapada.

Salté hacia atrás mientras veía como la jarra terminaba de caer. En general, yo carecía de reflejos, pero llevaba toda la vida siendo torpe: sabía que, si no me apartaba en ese instante, el vidrio se clavaría en mis pies.

El borde de la jarra tocó el suelo y se fracturó. Mis ojos captaron el momento exacto en el que rozaba el piso. Sin embargo, se detuvo con un tintineo antes de romperse del todo y, a cámara lenta, volvió a ascender. Los pocos fragmentos que se habían desprendido se unieron a medida que flotaba hacia arriba. Un brillo amarillo, casi imperceptible, la rodeó mientras regresaba al fregadero.

Miré a Mam: estaba señalando la recién recompuesta jarra con su dedo índice. Una vez que la depositó en un sitio seguro, se giró para comprobar que yo estuviera bien.

Me percaté de que mi camiseta se transparentaba y se me revolvió el estómago, aunque no en el mal sentido. Alcé la vista para estudiar la mirada de Mam, que bajó desde mi pelo empapado hasta mis clavículas y luego subió de nuevo.

—¿Te mojaste?

Si no dejaba de mirarme así, empezaría a convulsionar de un momento a otro.

—No, quise darle un abrazo al agua, idiota.

—Uf, hasta el agua tiene más suerte que yo.

—¿En serio?

—Sí, quién pudiera mojarte.

Me tomó unos segundos procesar sus palabras.

—¿Qué acabas de decir?

—Que si quieres una toalla para secarte —contestó como si no hubiera pasado nada—. ¿Te busco una?

«¿Me lo habré imaginado?».

—No hace falta, gracias —repuse azorada.

—Voy a ir a la casa de Levi y Amon antes de la reunión en el templo, no sé si dejarte algo para que no te sientas insegura o…

—¿Puedo ir con ustedes?

—Valentine —puso los ojos en blanco—, tienes que estudiar. El instituto no va a detenerse por nuestros problemas.

—Son solo unas horas. Además, prometieron que me protegerían. Si están lejos y algo ocurre, no podrán hacerlo.

«¿De verdad había dicho eso? Sonaba como una manipuladora».

—Está bien. Organizo mis planes de Halloween y nos vamos.

—¿Tienes planes?

—Claro, amo fingir que soy otra persona. Es mi actividad favorita.

—¿Por qué te pondrías una máscara cuando podrías hacer que todo el mundo estuviera a tus pies con tu poder?

—Porque ser el líder de algo o el centro de atención en algún lugar puede ser peligroso. Cuanto mayor es el poder, mayor es la necesidad de encontrar un buen disfraz.

Escuchamos un ruido extraño procedente del jardín y Mam se dirigió hacia allá de inmediato. Yo lo seguí de cerca, pero, cuando salimos, no había nadie; ni una abeja rondaba entre los frondosos arbustos y las coloridas flores.

Aprovechando que estábamos en el exterior, respiré hondo. En la ciudad era imposible encontrar un aire tan puro; había demasiada contaminación.

Los rayos del sol cayeron sobre mi piel y fingí apreciar las plantas mientras mi mente repasaba los hechos de las últimas semanas, las palabras de Agus… Mi mano subió hasta mi cuello buscando el collar que ya no poseía; debía empezar a tener el doble de cuidado.

Mam se acercó despacio y se quedó quieto detrás de mí.

—¿Alguna vez tuviste tanta responsabilidad como la que estás teniendo ahora en la Tierra? —le pregunté al tiempo que me volvía para mirarlo.

—Digamos que desde que tuve conciencia —respondió.

—¿Es complicado ser…, eh…, ya sabes, como un político en el infierno?

Se cubrió la boca para esconder su risa.

—En cierto sentido sí. ¿Por qué no entramos? No hay nada interesante en el jardín.

—Entra tú. Yo prefiero quedarme un rato aquí para… —«Para no estar contigo a solas porque me da vergüenza y actúo como una boba»— mirar las flores.

—Las flores. —Las observó de cerca con atención, como si no hubiera visto una flor en toda su larga existencia—. ¿Cuál es tu favorita en este jardín?

—Esa.

Señalé una maceta con unas margaritas que acababan de florecer. Siempre había querido llevarme una, pero sabía lo difícil que era que crecieran; convenía no cortarlas.

—¿Quieres una? —preguntó Mam en un susurro.

—No quiero hacerles daño.

—No hace falta hacerle daño a lo que quieres para tenerlo. —Chasqueó los dedos—. Solo has de tener buenas intenciones, y vendrá por sí mismo.

—¿Qué? —Me giré en su dirección.

Entre sus manos, había una margarita. Me volví hacia la maceta para ver si la había arrancado de ahí; sin embargo, las flores que yo le había señalado seguían intactas. Tomé la que él sostenía impresionada y aspiré su rico aroma, sentí sus suaves pétalos, admiré su color.

Con un movimiento rápido, Mam apartó un par de mechones de mi cabello y colocó la flor entre ellos.

—Gracias.

—¿Recuerdas que te dije que te quedaban lindas las flores? —Asentí—. Lo sigo pensando.

Un grito atravesó el aire:

—¡Es hora! —Era la voz de Amon, que nos llamaba desde el segundo piso de su casa.

Mis vecinos eran tan agradables… Habría querido devolverlos al infierno.

La cesta de pícnic de Mel contenía cosas que no me podría haber imaginado jamás: desde alimentos que yo nunca habría relacionado con la brujería (como los limones o los clavos) hasta extrañas sustancias en frascos que se movían por voluntad propia.

Me miró raro al ver que llegaba con los chicos, pero no dijo nada. Estos me obligaron a mantenerme alejada, a unos cuantos metros del tronco que utilizarían como mesa. Por si no me había quedado claro que me consideraban su mascota.

Le explicaron a Mel lo que necesitaban que hiciera y le dieron indicaciones para que supiera cómo proceder y cómo protegerse en caso de que se produjera algún imprevisto. Luego ella reunió varias velas negras y las dispuso en círculo en torno a un tazón metálico que rebosaba con un líquido de dudosa procedencia. Con un mechero, encendió el estropajo que llevaba entre las manos y lo lanzó al tazón. El fuego se elevó y las velas comenzaron a derretirse con rapidez.

Melina apenas parpadeó; estaba muy concentrada en el ritual.

—¿Qué opinas? —indagó Amon.

—No está aquí, pero sí los sigue de cerca, y es muy astuto —respondió tranquila.

—¿Hay alguna forma de negarle el acceso?

—No lo creo, es un ente superior. Sigo sin entender cómo es que les llegó a hacer caso en algún momento.

—Es una larga historia —intervino Levi.

—Tengo tiempo.

—No lo creo, continúa —exigió.

—Se ha comunicado con alguno de los que estamos ahora en este bosque, su rastro es reciente.

Todos se lanzaron miradas acusadoras, la desconfianza flotó en el ambiente. Me sorprendió; creía que los lazos que los unían eran más fuertes. No eran capaces ni de creer los unos en los otros.

Mam avanzó para asomarse al tazón, pero, en los segundos que le llevó acercarse, la llama se apagó.

No fue menguando ni la extinguió ninguna ráfaga de viento. Simplemente, en cuanto él tuvo la intención de inspeccionarla, el calor se esfumó. Un humo gris empezó a brotar de los restos, tan abundante como si se estuviera quemando un prado entero. No era buena señal; me mentalicé para no desmayarme si iba a peor.

Amon fue a decir algo, pero entonces una fuerza invisible cortó todas y cada una de las velas por la mitad y estas se desparramaron sobre la húmeda tierra.

La expresión de Melina cambió, se alejó de su mesa improvisada con las manos en alto, asustada. Amon corrió junto a Mam y escudriñó los alrededores. El sol había empezado a ocultarse, de modo que el cielo estaba teñido de un tono rojizo que me habría parecido precioso en cualquier otra circunstancia. Se me pusieron los pelos de punta y un sabor amargo inundó mi boca, alertándome de quién había venido a visitarnos antes de que los demás se percataran de su presencia.

—¡Hey! —saludó una voz grave.

Leviatán salió disparado y se estampó contra un árbol cercano. Asmodeo, aún oculto tras su invisibilidad, lo tomó del cuello, le levantó la cabeza y hundió las garras en su piel. Hacer que Levi perdiera el control no era difícil, pero parecía que a As le resultaba incluso más sencillo lograrlo.

Las pupilas negras de Leviatán se expandieron hasta ocupar la totalidad de su globo ocular, varias venas oscuras se marcaron alrededor de sus manos, sus brazos y su rostro, y un par de cuernos brotaron de entre su cabello. Intentaba liberarse sin éxito, odiando esa posición de inferioridad.

Aunque, pensándolo bien, ¿a quién le gustaba que lo ahogaran?

—¡Suéltalo! —vociferó Mam.

—Doradito, ¿no sabes que no debes meterte en discusiones privadas? —se burló Asmodeo—. Y deja de ser tan falso. Todos sabemos que en realidad te da igual.

—Amon, ve a por él —ordenó Mam.

Melina, tan pálida como una hoja de papel, retrocedió, se resbaló y cayó al suelo. Levi seguía luchando por liberarse.

—Vamos…, ¿cómo te llamaban aquí? Ah, Mam. —Asmodeo puso especial énfasis en el nombre—. Es obvio que no te importa; ni siquiera ese sirviente al que llamas amigo es lo bastante importante para el gran señor.

Amon dio media vuelta con expresión confusa; parecía buscar una respuesta de Mam que contradijese el ataque de Asmodeo.

—As, detente —consiguió decir Levi, incluso con la garganta bloqueada.

—Les propongo un trato: si me dan lo que se necesita para activar el collar, ya no los molesto más.

—¿Con quién crees que estás hablando? Eres una rata.

—Oh, Levi —carraspeó—. Entre ratas se comparten enfermedades, ¿no lo crees, amigo?

—Tú y yo ya no somos amigos —refunfuñó Leviatán—. No tienes ni idea de lo que significa la palabra «amistad».

—¡Por Satanás! Pues claro que no la tengo; es un vocablo humano aburrido. Pero, por lo que veo, tú te has ablandado bastante. —Sus ojos rojos se materializaron de la nada y destellaron.

Melina soltó un ligero gemido de dolor mientras se recuperaba de su caída.

—Espera… ¡Es Mel! ¡Cuánto tiempo! —exclamó Asmodeo.

A juzgar por su expresión, ella estaba a un paso de abandonar ese plano astral a causa del pánico.

—¿Quién eres? —Me asombró la valentía que tuvo para responderle.

—¿Cómo? Mel, soy yo. ¿No me recuerdas? Ayudamos a Levi y el chico ese. Formábamos un buen equipo.

—Yo n-no sé a qué te refieres.

—¿Qué? —Se volvió hacia Leviatán—. ¿De verdad lo hiciste?

—No lo decidí yo, son las normas.

Asmodeo lo soltó repentinamente y él se desplomó sobre el suelo. Amon se detuvo a medio camino. Mam no se movió, se limitó a examinarme con la mirada para comprobar que estaba bien. Mis pies parecían haberse adherido a la tierra; no me animaba a avanzar, no quería entrometerme.

—¡Las normas! —bufó As—. ¿A eso se dedican mientras juegan a ser demonios buenos? ¿A borrarles la memoria a los inocentes? Aplican las normas según les conviene.

—¿Cómo que borrar la memoria? —cuestionó Mel en un susurro.

—Los demonios no podemos arriesgarnos a que los humanos sepan nuestros secretos —explicó Asmodeo con desdén—, y es inevitable que eso ocurra cuando conviven con nosotros. Por eso, cuando nos vamos o dejan de servirnos, se supone que debemos borrar lo ocurrido parcial o totalmente de su cerebro —suspiró—. Averiguaré cómo hacer funcionar el collar y, cuando eso pase, mostraré mi forma en todo su esplendor.

—Nadie quiere verte, As —gruñó Levi.

—Por favor, todo el mundo sabe que te mueres por mí.

Se oyó una carcajada y el resplandor rojo de aquellos ojos desapareció.

La noche había caído sobre nosotros, sumiéndonos en la oscuridad. Mel seguía tirada en el suelo. Mam, por su parte, se acercó a Amon y fue a ponerle una mano en el hombro, pero el pelirrojo no dejó que lo tocara. Yo permanecí quieta, sin aliento y llena de dudas.

Pasado un rato, Melina se incorporó al fin. Tenía los ojos llorosos y temblaba, pero eso no la detuvo mientras empezaba a reunir sus pertenencias. Fui a ayudarla y, una vez que comprobó que no le faltaba nada, se marchó a toda velocidad sin mediar palabra. Sin embargo, antes de que desapareciera de nuestra vista por completo, los tres chicos se miraron entre sí y compartieron una conversación silenciosa.

Sin emoción y con una frialdad abrumadora, Leviatán chasqueó los dedos y unas cenizas se desprendieron de su palma. En la lejanía, pude ver a Mel repentinamente desorientada, como si no supiera cómo había llegado hasta allí. Asmodeo tenía razón: le habían borrado la memoria.

—Tenemos que llevar a Val a su casa —musitó Mam.

—Hazlo tú, ¿por qué tendríamos que hacerlo nosotros? —protestó Amon.

—No te pongas así, Amon. Todo esto es culpa de…

—¡Cállate! —gritó Leviatán—. ¿Y si en lugar de culparme hicieras algo, líder?

—¿Qué era eso que dijo As sobre la memoria? —exigí saber.

—Que te lo explique Mam. Se le da mejor que a mí —se burló Levi—. Igual hasta te hace una clase práctica.

«¿A qué se refiere con "práctica"?».

—No te atrevas a insinuar semejante barbaridad. Yo no soy como tú, hipócrita —escupió Mam.

Dejé de escucharlos, sintiéndome aturdida. Aquel tablero de ajedrez se había vuelto demasiado confuso: el rey, el caballo y el alfil habían caído con facilidad. Solo una cosa estaba clara: quién era el jugador más fuerte.

Asmodeo estaba demostrando ser uno de los mejores.

19

Es importante llevar un disfraz

—¿Vendrás al baile? —La voz de Dani se entrecortó al otro lado de la línea.

—Estoy teniendo problemas de señal, Dania, pero sí, aunque no tengo disfraz y es algo tarde para conseguir uno.

—Ponte un vestido normal y buscamos alguna diadema con orejas de animal o lo que sea, el disfraz no importa.

«El objetivo de Halloween es llevar una máscara». Abrí mi clóset e inspeccioné todas y cada una de las aburridas prendas que guardaba dentro en busca de algo que pudiera usar.

Los chicos no se habían dirigido la palabra desde la reunión con Melina. Ahora se pasaban el día tirados en mi cama; al menos era más grande que la del convento y cabían todos cómodamente.

—Encontré uno blanco. ¿Tienes tú uno rojo?

—Ajá. —Me coloqué el teléfono entre la oreja y el hombro para acuclillarme a sacarlo—. Sí, aunque no entiendo qué podemos hacer con esto.

—Tengo cosas en casa, plumas blancas y cuernos.

—¿Vas a hacer una vaca? ¿Una gallina?

Escuché un estruendo, como si un objeto metálico hubiera caído al suelo muy cerca de ella; lo bastante para que el sonido retumbase en los parlantes. Planear el *outfit* un par de horas antes de la fiesta no era buena idea. Iba a salir fatal.

—Me tengo que ir. Ya lo tenemos, no te preocupes.

Cortó la llamada sin despedirse antes. Fue un poco abrupto, pero no me sorprendió: solía hacer eso cuando alguien de su familia la pillaba hablando por teléfono porque le daba vergüenza que la escucharan.

Abrí mi caja de maquillaje. En esos momentos, solo Leviatán estaba conmigo en la habitación. Si de normal los otros ya mantenían las distancias con él, desde la aparición de As estaba más aislado que nunca. Yo seguía sin tener demasiado contexto: Levi aún parecía empeñado en ocultar qué había ocurrido entre él y Asmodeo, pero aquella situación me parecía absurda. Y se notaba que no cedería nadie.

La tensión era tan densa que se podría haber cortado con un cuchillo. Iban a acompañarme a la fiesta solo porque no querían quedarse solos los unos con los otros.

De cualquier forma, no era el momento de preocuparme por esas cosas. Lo de intentar vivir mi último año como una chica normal y mantener oculta mi doble vida mística e impura era complicado. Solo me quedaba embadurnarme de pintalabios y confiar en que no ocurriera nada malo.

Con el rabillo del ojo, capté unos destellos azules cerca de mi cama. Me había ido acostumbrando a ese tipo de rarezas, ya no me causaban impresión. Cubrí mi párpado con una sombra de ojos y me volteé a comprobar que Levi no estuviera liándola. Mi vista se detuvo sobre unas escamas negras que habían aparecido sobre su pómulo izquierdo.

Ocupaban la mitad de su cara y rodeaban su ojo, que se había oscurecido completamente con un brillo azul intenso. Me impactó ver su aspecto de serpiente marina, y una sensación de humedad se apoderó del cuarto. Al percatarse de mi estupor, me sonrió mostrando unos dientes más puntiagudos de lo normal. Se me cayó el labial de las manos.

El tono de su piel era parecido al de Asmodeo (suponiendo que la representación de él que había visto en aquel libro maldito fuera correcta), pero en Levi no me provocó escalofríos. Era asumible para el ojo humano, por decirlo así. Llevaba la camisa negra desabrochada, de modo que, cuando se levantó, pude ver parte de sus tatuajes. Entre los muchos dibujos que cubrían esa tersa piel pálida, me llamó la atención el diseño de una doble cruz con un infinito al final.

—Debes aprender a ser más disimulada.

Por instinto, levanté las manos en un gesto de disculpa, pero no dije nada.

—Ya sé que nunca has visto nada tan etéreo como yo. —Me guiñó un ojo—. Así que no pasa nada, te dejo que mires si luego me haces un favor.

Fruncí el ceño.

—¿Qué tipo de favor?

Puso los ojos en blanco con irritación y comenzó a abrocharse la camisa mientras negaba con la cabeza y sonreía.

—Qué inocente eres, Val, eso a mí no me sirve. —Chasqueó los dedos y la puerta de mi habitación se abrió sola—. Te espero abajo.

Qué engreído era. Empecé a recordar por qué me caía tan mal.

Repasé mentalmente algunas de las ocasiones en las que se había comportado como un imbécil y, entre ellas, destacó una en concreto: el día en que había aparecido a través de una puerta en llamas con un cuchillo en la mano. Por lo que había podido deducir, no era un cuchillo normal, sino uno procedente del infierno, así que debía de ser un arma poderosa. Lo sumé a la lista de objetos que necesitaría entregarle a Agus.

En momentos como ese, echaba de menos mi collar.

Los estudiantes del instituto se habían lucido con la decoración.

Incluso desde el sendero que conducía a la entrada, el ambiente me cautivó de manera instantánea: había calabazas talladas con distintas expresiones y unas luces de color naranja alrededor de la puerta del gimnasio. El interior estaba completamente a oscuras; tan solo algunas velas y calaveras fosforescentes alumbraban mis pasos. Tampoco faltaban las típicas telarañas falsas ni los murciélagos colgando del techo, que estuvieron a punto de provocarme un infarto.

Habían decorado la zona de la comida con unas cintas amarillas en las que se repetía la palabra CUIDADO una y otra vez. Enseguida localicé a Amon y Dania junto a las mesas: ella llevaba el hermoso vestido blanco que me había comentado, unas pequeñas alas blancas en la espalda y una diadema con un halo hecho de algodón con brillitos. Menos mal que el disfraz no importaba…

Amon llevaba un uniforme espacial rojo que había sacado de no sé qué videojuego y sostenía un arma en sus manos impregnadas de sangre oscura. Dejó su casco en la mesa para tomar un par de bocadillos.

Íbamos del mismo color; todo me salía mal.

—Hola, robot malvado —lo saludé entrecerrando los ojos.

—¿Yo? ¿Malvado? —repuso con ironía.

—¡Val! ¡Al fin llegas! —Dania sacó un objeto rojo de su bolso al verme—. Acércate y agacha la cabeza.

Hice lo que me decía y ella me puso una diadema y luego me recolocó el cabello. No vi qué me había puesto exactamente, pero, por la cara de los chicos, nada muy serio.

—¡No me lo creo! —Amon comenzó a carcajearse—. Gracias a la Diosa por este momento.

Un poco más atrás, Levi se cubrió la boca para ocultar su risa. Dani y yo los miramos extrañadas y me dirigí a uno de los espejos rotos con los que habían decorado el espacio para ver mi reflejo.

Eran unos cuernos rojos de diablo.

—¡Dania! ¡¿Cómo te atreves a darme esta mierda de disfraz?! —cuestioné ofendida, alzando el tono.

La sonrisa se borró de su rostro.

—¿Cuál es el problema? Hice lo que pude, pensé que te gustaría.

Claro, seguía sin creerme. Probablemente había olvidado todo lo que le había contado, y ahora yo acababa de quedar como la peor amiga del mundo.

—No, sí que me gusta. Me refiero a que…

—Está bien, tenemos gustos distintos. —Estiró el brazo para quitarme la diadema—. Solo quería compartirlo contigo.

—Lo siento. De verdad que me gusta, reaccioné exageradamente, estaba pensando en… —balbuceé.

—Oh, allá está Agus, me voy —farfulló antes de dar media vuelta.

Pero solo era una excusa para alejarse; ni siquiera lo saludó cuando pasó a centímetros de él. Me sentí fatal: ella se había esforzado y había pensado en todo, y yo, que no había hecho absolutamente nada, me había quejado de mala manera. Me sentía tan tonta que quería irme de la fiesta.

«No todo el mundo gira alrededor de ti, Val».

Agus se acercó hasta mí. Iba de blanco y, al igual que Dani, llevaba unas alas a la espalda, aunque él había completado el atuendo con un arco dorado y unas flechas. La poca tela que conformaba su disfraz no cubría sus musculosos brazos ni las venas marcadas que los recorrían.

Se había peinado de manera distinta a como solía hacerlo y, bajo la luz de las velas, la brillantina que se había echado sobre la piel lanzaba destellos cada vez que se movía.

—Buenas noches, Valentine.

—Hola, Agus. —Me costó formular una oración coherente, tenía la cabeza en otro lado—. ¿De qué vas?

—De dios griego. ¿Y tú?

—De pendeja.

—Guau, no andamos muy animados hoy. —Ladeó la cabeza hacia la mesa de los aperitivos y su mirada se detuvo en el rostro parcialmente cubierto de escamas de Levi—. Lindo maquillaje.

—¿Verdad que es majestuoso?

—Sí, se ve muy realista.

Aquel comentario me pareció muy arriesgado por su parte, pero, por fortuna, Levi no pudo responderle, ya que todos cerraron la boca cuando apareció Mam. Su atuendo era deslumbrante: llevaba sus ondas doradas recogidas hacia atrás con unos pasadores del mismo color, y un manto claro y holgado envolvía su cuerpo y dejaba al descubierto uno de sus hombros. Cargaba con un arco y unas flechas a la espalda.

Comprendí por qué todos habían guardado silencio. El blanco y el dorado, el arco y las flechas… Era demasiado parecido a…

Miré a Agus. Llevaban prácticamente el mismo disfraz.

—Hey, Mam. —Pensé en hacerme la desentendida—. ¿De qué vas vestido?

—De Eros.

—¿Quién es Eros?

—Es un tipo aburrido, no debes conocerlo, no es nada especial.

Agus entreabrió la boca, sorprendido, y lo miró de arriba abajo con una ceja enarcada. Mam se percató de la coincidencia unos segundos después; tampoco pareció muy contento al respecto.

Había sido una ingenua al pensar que la situación no podía ser más incómoda. Si antes la tensión se podía cortar con un cuchillo, ahora era tan densa que no habría podido atravesarla ni una bala.

Me aparté sin que ninguno se diera cuenta cuando cambiaron el ritmo de las canciones. Los gritos afinados de Taylor Swift resonaron en mi caja torácica.

Vi que Mel pasaba cerca de mí vestida de bruja y, poco después, Levi y Amon se alejaron en la misma dirección que ella había tomado. Me aproximé de nuevo a la zona de aperitivos y busqué las bebidas frutales en la gran mesa; se me había secado la boca. Me humedecí los labios, pero, antes de que pudiera servirme, una mano me ofreció un vaso cargado de ponche y hielo.

No me atreví a levantar la mirada para ver a cuál de los dioses griegos pertenecía aquella mano. Tomé el vaso y nuestros dedos se rozaron de forma accidental. Él aprovechó la oportunidad para tomar mi muñeca y acariciarla con su pulgar. Una leve descarga recorrió mi cuerpo cuando empezó a trazar círculos sobre mi piel. Tragué con fuerza y reuní el valor necesario para alzar la vista.

Mam.

Me quedé embobada por los destellos de su maquillaje.

—Estás como para ir al infierno esta noche, Val.

—¿Y me vas a llevar tú?

—¿Tienes idea de a dónde te quiero llevar? —Sus ojos grises se encontraron con los míos. Nunca me había hablado de forma tan directa.

Se me cortó la respiración por unos segundos. Bajé mi bebida para apoyarla sobre la mesa; estaba tan nerviosa que me daba miedo derramarla. Mi corazón latía desbocado por su cercanía.

Absorta como estaba en mis pensamientos, tardé demasiado en percatarme de que había colocado una mano sobre mi cintura y la otra en la parte superior de mi espalda. Apenas había espacio entre nosotros; sentía su cálida respiración sobre mí. Mi pecho subía y bajaba a toda velocidad, desesperado por encontrar aire. Una sensación de calor se apoderó de mis mejillas.

«Deja de mirarme así, por favor».

Él apretó su agarre sobre mi cintura y se agachó para susurrarme al oído:

—¿Quieres bailar?

Demasiadas emociones.

Iba a negarme cuando las comisuras de sus labios se curvaron para esbozar la sonrisa más cautivadora que había visto jamás. Parecía tan seguro de que aceptaría que no pude hacer otra cosa que asentir. Me habría sentido más cómoda si no me sintiera tan nerviosa, si mi corazón no estuviese luchando por escapar de mi pecho y si la música no hubiera estado tan alta.

Joder, ¿qué me pasaba? Me temblaban las piernas.

Llegamos al centro de la pista de baile. No tenía ni idea de lo que estaba haciendo; mi conexión con Mam era tan intensa que sentía que terminaría por desgarrarme.

—Te sienta bien el rubor —comentó risueño.

—¿Qué estás intentando hacer?

—Bailar, ¿no es obvio?

—Mam, esto no es un juego, si querías hablar en privado o estar a solas, no tenías que...

—Fallo mío —respondió, restándole importancia al asunto.

—Para tu información, estaba a punto de ir a charlar con Agus cuando apareciste.

—Qué tragedia.

—Dime tres razones para no dejarte bailando solo en la pista.

—Bien —suspiró—. Aunque solo necesito una: es de mala educación dejar plantado a un demonio. Eso te convertiría en una chica mala, cosa que no eres, ¿verdad, Val?

—Tal vez sería de mala educación en otras circunstancias —afirmé—. Pero esto es un evento escolar, no una cita. Que te deje bailando solo no significa que te esté dejando plantado; hay más chicas en la fiesta.

—Ellas no son tú.

—Sigue sin parecerme razón suficiente.

—¿Por qué no? ¿No es hermoso tenerme de pareja de baile?

—No.

—Tu mirada no dice lo mismo. —Posó una mano sobre una de mis mejillas—. Tu sonrojo tampoco.

—No sabía que fueras tan narcisista.

—Digamos que estoy acostumbrado a recibir atención, y hoy quería la tuya. —Levantó mi mentón—. Bueno, no solo hoy.

—Eres ocurrente cuando te lo propones.

—Es lo que tiene ser encantador. —Por su tono, supe que no lo decía en serio. Solo pretendía hacerme enfadar—. Tú no te quedas atrás.

—Ah, ¿no?

—Los humanos transmiten vibraciones. Las tuyas me dan mucha paz, eso me agrada.

—Lo mismo digo.

La música cambió y adoptó un ritmo lento. Pese a sus palabras, Mam me sujetaba con delicadeza para no incomodarme. Yo odiaba los momentos como ese: momentos en los que me olvidaba de quién era él en verdad, aunque solo fuera por unos segundos.

Tenía claro que aquel muchacho dulce no era ni sería nunca Mam en realidad, pero seguía siendo mi versión favorita de él. ¿Quién habría dicho que aquel disfraz le daría la libertad de soltarse? Se comportaba como un amigo normal, y eso hacía que me agradara aún más.

Lo cual era peligroso.

Pero ¿qué podía decir? A veces una persona veía todas las señales de peligro y aun así decidía ignorarlas.

Mam tenía un efecto distinto sobre mí cuando estábamos a solas, era como si sus palabras resonaran en mi cabeza, era lo único que podía mirar, lo único en lo que podía pensar. Perdía cierta parte de mi individualidad al estar con él, mi cuerpo seguía sus órdenes. No sabía si se debía a algún hechizo del que yo no tenía conocimiento o a una extraña atracción que ya no podía seguir ignorando.

Me separé de él un instante, lo suficiente para que la gravedad jugara en mi contra. El tacón de mi zapato hizo que se me doblara el pie y caí de espaldas cerca de la mesa de bebidas. Me agarré al mantel para sostenerme y varios vasos llenos de jugo de uva se derramaron sobre mí.

Sin embargo, esa no fue la peor parte: también tiré una jarra que se quebró en mil pedazos justo a mi lado. Salté para alejarme, pero un par de vidrios aterrizaron encima de mi mano izquierda. No me hicieron cortes profundos, apenas me dolió, aunque empecé a sangrar tan profusamente que detuvieron la música y todos los presentes formaron un círculo a mi alrededor.

Aún inmóvil en el piso, elevé la cabeza para mirar a Mam, que estaba tan sorprendido como yo. Estiró el brazo para levantarme, y justo entonces alguien se acercó por mi espalda y me agarró con fuerza para sacarme de la pista de baile.

Agus.

Desgarró la tela blanca de su disfraz para envolver mi herida y detener la hemorragia. No parecía que la visión de los cortes lo afectara demasiado, como si fuera un enfermero experimentado.

Volví a la realidad mientras nos dirigíamos a la enfermería y un sollozo se escapó de mis labios. Cuando estábamos a punto de llegar, sin embargo, Agus me agarró de nuevo y me condujo al otro lado del pasillo, al baño de chicas.

—N-no debería dejarlo mucho tiempo así —tartamudeé, aún asustada—. Se puede infectar, hay que lavarlo. —Observé el grifo cerrado del lavamanos—. Ayúdame.

—Tengo una idea mejor.

—¿A qué te refieres?

Extendió sus alas frente a mí y, por unos segundos, se me olvidó que estaba manchando mi vestido de sangre. Él no perdió el tiempo: abrió el grifo y sostuvo mi mano bajo el agua.

Pero, en lugar de intentar cubrir mis heridas de nuevo, posó su mano encima de mis cortes. Una sensación de calor se desprendió de su tacto y sentí que mi piel se estiraba. Jadeé y desvié la mirada por temor a lo que pudiera suceder a continuación.

Cuando me atreví a mirar de nuevo, no quedaba ni rastro de las heridas. Boquiabierta, cerré el puño, comprobando que estuviera intacto.

—¿Nunca te han dicho lo peligroso que es bailar con el diablo? —cuestionó en voz baja.

—Esto no fue culpa suya.

Un par de toques en la puerta me hicieron saltar hacia atrás. Ninguno dijimos nada, pero los golpes se repitieron enseguida, esta vez más insistentes.

Reconocí las voces aceleradas y preocupadas que nos llegaban del otro lado.

—¡Val! —llamó Mam—. ¡Val!, ¿estás ahí? ¿Me oyes?

—Respóndeles —ordenó Agus.

—Pero tú... —Elevé la cabeza hacia sus imponentes alas blancas; ocupaban casi todo el espacio del baño—. ¿No vas a ocultarte?

—¿Crees que les tengo miedo?

Se produjo un estruendo y la puerta golpeó el suelo. Mam la había echado abajo. Detrás de él, Amon y Levi asomaron la cabeza a través del marco. Pese a que habían venido buscándome a mí, ninguno me miró durante más de tres segundos una vez que se percataron de quién estaba conmigo.

Mam avanzó unos pasos y yo contuve el impulso de retroceder. Bajó la vista a mi mano intacta y frunció el ceño, confundido. Agus se interpuso entre nosotros.

El semblante de Mam se endureció al reparar en los pequeños detalles, como la confianza con la que yo me agarraba a Agus, y luego en los detalles más grandes, como las inmensas alas que cubrían la mitad de su visión. Soltó una bocanada de aire y trató de ocultar su sorpresa.

—¿Estás bien? —me preguntó ignorando todo lo demás.

Asentí. Estaba nerviosa porque me habían pillado con Agus, sí, pero también dolida porque Mam no hubiera sido el primero en ayudarme.

—Val.

—Me dejaste ahí tirada —reclamé con timidez—. He hecho el ridículo enfrente de medio instituto.

—Te sacaron de ahí antes de que pudiera salir del trance.

—¿El trance?

Nuestras miradas se encontraron; sus ojos me hipnotizaban, no había nada que pudiera hacer para evitarlo. Mantuvimos una especie de conversación tácita; parecía que la palabra «trance» fuese un código oculto para referirse a lo que fuera aquello que sentíamos el uno por el otro. Por un momento, me pareció posible que toda mi alteración se debiera al hecho de haber bailado con él, y no al resto de los eventos de la noche. Eso solo demostraba lo cerca que estaba de perder la cabeza.

La intimidad que se desprendía de nuestro cruce de miradas estaba mal. Aun así, eso no hacía que fuera menos agradable.

Pero era imposible mantenerse en esa burbuja. Explotó en cuestión de segundos y nos vimos obligados a volver a la realidad.

Una realidad en la que Amon tenía mucho que decir.

—¿Qué se supone que hacías con esta... —se tragó un insulto— criatura?

—«Esta criatura» la estaba ayudando, cosa que ustedes no son capaces de hacer —respondió Agus.

—¿Tú qué sabes?

—Por favor, no hace falta más que verlos. —El ángel lo miró de arriba abajo—. Val, ¿estás segura de que son demonios? A mí se me asemejan más a payasos. —Luego remató—: Caballeros, siento decirles que no es un placer tenerlos aquí esta noche.

—¿Acaso sabes con quiénes estás hablando? —bramó Levi.

—¿Creen que viniendo en manada me intimidarán? Ya es bastante lamentable que estén en la Tierra.

—Suficiente —musitó Leviatán—. Nos vamos.

Mam me agarró para guiarme hacia la puerta, pero no me moví. Ante la mirada perpleja de los demonios, Agus declaró:

—Ella puede decidir por sí misma. ¿O también van a manipularla para que los acompañe?

—Repite eso y será lo último que digas —lo amenazó Mam.

—No soy una muñeca de trapo por la que puedan pelear. ¡Silencio! —los detuve—. Estoy agotada, lo último que quiero es tener que soportarlos. —Miré a Agus—. Me voy a ir, pero no porque quiera estar con ellos, sino porque deseo volver a mi cama y olvidarme de este día de mierda.

—¿Estás segura? —insistió él.

Asentí.

Era consciente de que Agus, muy en el fondo, disfrutaba de aquel conflicto: era un ángel, pero miraba a los chicos por encima del hombro, y sabía que estos necesitaban sentir que me tenían en la palma de la mano. Yo estaba de su lado, pero no me enfrentaría a tres demonios esa noche solo por él.

«Esto es lo correcto. Si es que lo correcto aún existe», me repetí mentalmente mientras mis pies empezaban a avanzar hacia la salida.

—Lo siento —dijo Mam cuando ya nos habíamos alejado del baño.

—Olvídalo. Sobreviví.

—Creo que no soy muy fan de las fiestas de Halloween.

—No ha sido la mejor experiencia —balbuceé—. Quizá en el futuro aprendas a disfrutarlas. Por mi parte, estaré satisfecha si vivo hasta el próximo año.

—Lo harás —me aseguró.

—Y tú disfrutarás de Halloween algún día —prometí de mala gana, solo por cerrar la conversación. Tenía la cabeza en las nubes, ya no pensaba en lo que decía—. Con suerte, sin que yo esté por ahí en medio.

20

No hay calma ni tormenta

Me desperté más temprano de lo normal con la intención de cocinar pastelitos de disculpa para Dania.

Tenía que reconocer mi parte de culpa en lo sucedido la noche anterior. A veces estaba tan metida en mi mente que no pensaba en lo que decía, y, por mucho que yo me encontrara sumida en una tormenta, mi mejor amiga no tenía por qué verse arrastrada conmigo.

Llené el recipiente con leche; los huevos, la harina y el cacao ya estaban mezclados. Siempre que cometía un error con Dani (cosa que ocurría a menudo), solía apelar a su estómago.

No sabía si se me daba especialmente bien la cocina, pero me gustaba bastante, incluso tanto como el arte. Me agradaba la idea de crear algo para que luego alguien pudiera disfrutarlo.

Además, necesitaba actividades para distraerme. Sabía la que se me venía encima, y estaba tratando de posponerlo todo lo posible.

Sin embargo, la pregunta terminó llegando no mucho después.

—Entonces ¿dónde conociste a ese? —me espetó Amon.

—Se lo contaré en el receso, en un rato tendré que ir al instituto.

—Levantarse temprano para ir a estudiar debería considerarse tortura. —Bostezó—. Y eso que yo ni siquiera necesito dormir.

—No aguantas nada. —Levi lo empujó—. No te quejes, bebé.

—¡No soy un bebé! Soy un ser lleno de ira y destrucción, puedo acabar con esta realidad con tan solo…

—¿Quieres un panecillo? —lo interrumpí.

—Me encantaría, muy amable, Val.

El horno pitó para indicar que había terminado y, una vez concluidas mis distracciones temporales, el hecho de que Mam no me hablara me pesó el doble. Apenas me había vuelto a dirigir la palabra desde que habíamos salido del instituto la noche anterior.

Aun así, todos habían reaccionado mejor de lo que esperaba al enterarse de que Agus era un ángel. Teniendo en cuenta que eran monstruos del infierno, las consecuencias podrían haber sido devastadoras. Aunque aún me quedaba la duda de si no habían hecho nada al respecto solo por falta de tiempo.

Levi y Amon se habían visto obligados a desaparecer cuando mi padre se había asomado para ofrecerse a llevarnos al instituto a Mam y a mí.

El camino, sentada en la parte de atrás al lado de Mam y bajo la atenta mirada de papá reflejada en el retrovisor, fue una prueba de fuego. En especial porque llevaba los dulces de Dania en el regazo e intentaba que no se me cayeran.

—Qué callados andan, ¿cómo va la escuela, Valentine?

—Bien, me metí al grupo de estudio de los exámenes.

—¡Qué bien! ¿Y tu amigo el extranjero?

—También —respondió Mam.

—Estudiando juntos, ¿eh?

—En realidad no —contesté en voz baja.

—Me alegro, tú debes servir al Señor; no dejes que nada se interponga en tu camino.

—Es Señora —corrigió Mam casi en un susurro.

—¿Qué dijiste, muchacho?

—Que Val será buena monja. —La sonrisa que esbozó al momento de emitir esa frase me irritó—. Se le da muy bien servir.

—¿De verdad lo crees? —cuestionó mi padre.

—En efecto. Además, les cae bien a los ángeles, no tiene de qué preocuparse.

—Me alegra oír eso. Cuando termines el año puedes pasar las vacaciones en el convento, Val. Dicen que instalarán una piscina.

—Gracias… —musité mirando mal a Mam.

Para mi paz mental, cambiamos de tema rápido y mi padre y yo pasamos a charlar sobre algunos de nuestros familiares y sobre la universidad. Me dijo que les estaba yendo genial económicamente, así que no debía preocuparme demasiado por los gastos. Si supiera que entre mis verdaderas metas de fin de año estaban no morir ni causar una especie de apocalipsis con cuatro demonios…

Dania no salió de mi mente en ningún momento del trayecto; comprendí que no debía seguir insistiendo en contarle la verdad, así solo lograría involucrarla y ponerla en peligro, y eso era lo último que quería. Desde que tenía memoria, ella me había cuidado y me había protegido; era la mejor amiga que alguien podía tener.

Sonreí al pensarlo. Sabía que Dani sospechaba que yo consumía alguna sustancia desde que le había dicho que mis primos eran demonios, pero no me importaba lo que pensara, me conformaba con compartir con ella el último año.

Las clases se pasaron rápido y llegó la hora de acudir a la biblioteca para la reunión del grupo de estudio. Esparcí mis hojas sobre la mesa y, cuando ya me había instalado y no tenía escapatoria, los tres demonios se presentaron allí.

Me pareció bastante descarado por parte de Levi y Amon, dado que no formaban parte del grupo y, de hecho, el primero ni siquiera se había molestado en fingir que era un alumno del instituto.

Preocupada, miré a las demás chicas que estaban sentadas con nosotros, pero ninguna pareció contrariada, así que no me atreví a hacer ningún comentario.

Nadie habló durante la primera media hora; no obstante, justo cuando yo terminaba de repasar un resumen, la alarma de Dania empezó a sonar para indicar que debíamos tomarnos un respiro de un par de minutos. Mi amiga y yo intercambiamos una mirada. Afortunadamente, nuestra relación ya había vuelto a la normalidad; me había perdonado hacía rato, en cuanto sus ojos se habían posado sobre los pastelitos.

—Ya que estamos en una pausa, ¿por qué no jugamos a algo? —propuso ella en voz baja.

—Me encantan los juegos —afirmó Mam—. ¿Qué hay que hacer?

—Tenemos que extender los dedos de ambas manos. Cada jugador dice una acción y, si alguna vez la has hecho, bajas un dedo: quien tenga menos dedos bajados al final gana.

—Vale, acepto —exclamó Amon—. Quiero exponer a mis amigos.

«Esto no pinta bien».

Dania se humedeció los labios antes de comenzar y yo me hundí en el sofá, preparándome para lo que pudiera decir a continuación. La ligera música de la biblioteca fue lo único que llenó el silencio por unos segundos. Todos intercambiamos miradas.

—Quiten esas caras. —Dani sonrió—. Baja un dedo si has copiado en un examen.

Empecé a reír mientras ambas lo bajábamos.

El turno de Amon llegó más pronto de lo que me habría gustado, y las comisuras de sus labios se curvaron hacia arriba.

—Si te has enamorado. —Fingió una arcada al pronunciar la última palabra.

Enamorarse…

¿Enamorarse? ¿De verdad?

Me percaté de que no tenía una definición clara del amor, por lo que deduje que nunca debía de haberme enamorado realmente. Era muy joven para esas cosas.

Que Leviatán bajara el dedo no me sorprendió. Lo poco que sabía sobre su vida fuera de la Tierra era un caos. Dania igual: yo había vivido sus dramas casi en primera persona. Pero ¿Mam? Eso sí que me pilló desprevenida. No me esperaba que él alguna vez…

Negué con la cabeza, no me incumbía en absoluto. Tenía que dejar de pensar esa clase de cosas; él era solo un ente malvado, no mi amigo, ni mucho menos algo más.

Le tocaba hablar a Leviatán, lo que significaba que iríamos de mal en peor, él solía ser…

—Si alguna vez pensaste en follar con alguien de esta mesa.

Mam, Mel y el propio Leviatán bajaron un dedo. Por el lenguaje físico de Melina y la forma en la que Levi apartó sus ojos de ella, me hice una idea de lo que sucedía ahí. Sin embargo, en lo que respectaba a Mam… Él ni siquiera hablaba con las otras chicas del grupo, y no creía que los estúpidos de sus amigos lo atrajeran. Pero era inútil tratar de interpretar su expresión; cuando estábamos en público, siempre se mostraba frío e indiferente.

Llegó su turno.

—Baja un dedo si —chasqueó la lengua mientras pensaba en qué decir— te arrepientes de algo que hayas hecho en los últimos meses.

Parecía predecible que todos perdiéramos esa ronda: éramos jóvenes, desayunábamos errores.

«Yo quiero jugar con ustedes, ¿puedo?».

A juzgar por las reacciones de los demás, la voz no se escuchó solo en mi cabeza.

—¿Qué ha sido eso? —inquirió Dania.

—Deben de ser los otros grupos molestando, ya se acabó la hora de estudio —respondió Mel—. Es mejor que nos vayamos. Dani, ¿me haces el favor de llevar los libros al encargado?

Melina había disimulado de forma muy hábil frente a nuestros otros compañeros, pero era evidente que había reconocido la voz de Asmodeo nada más oírlo. De algún modo, debía de haber recuperado sus recuerdos sobre él; probablemente había sido cosa del propio As. En cuanto nos quedamos ella y yo solas junto con los chicos, su actitud cambió. Parecía más relajada mientras miraba a un punto fijo más adelante, como si escuchara con atención.

Esta vez, tan solo me llegaban susurros entrecortados de Asmodeo; no lograba descifrarlos. A juzgar por las caras de Mam, Levi y Amon, ellos tampoco. Solo alcancé a escuchar un «espero que estés mejor».

—Muéstrate —exigió Levi tras un rato.

Amon manoteó a ciegas la zona que miraba Melina, pero no encontró nada. Tragué saliva al ver que Mam se colocaba detrás de ella. Aquellos falsos iris grises se convirtieron en un segundo en unos ojos blancos y brillantes. Mel dio unos pasos a la izquierda para alejarse de él y bajó la cabeza.

—Me encanta cómo juegan. ¿Ya les he dicho que lo hacen de maravilla? —preguntó As, levantando la voz para que todos le oyéramos al fin—. Porque tres contra un mortal es muy justo...

—No eres quién para decidir lo que es justo y lo que no —gruñó Mam.

—¿Y tú sí, Avaricia? ¿Cuándo vas a dejar de ocultar tu narcicismo? —siseó—. ¿No vas a parar nunca?

—Es mejor que no te sigas metiendo con nosotros —amenazó Amon.

—Mi única intención es que dejen en paz a mi amiga —se defendió As.

—No seas hipócrita —refunfuñó Leviatán—. Tú no tienes amigos.

—Hasta hace poco pensaba que nosotros lo éramos. Pero los amigos no se hacen daño entre sí.

—Ustedes sigan, por favor —intervine—, hagan como que no estoy aquí parada viendo el espectáculo.

Pero Asmodeo me ignoró.

—Les ofrezco un juego, ya que les gustan tanto: ustedes dejan en paz a Mel y yo les doy un acertijo.

—¿Para adivinar qué? —murmuré.

—Dónde está tu preciado collar, claro.

Decidida a aceptar, miré a cada uno de los chicos en busca de su aprobación. Me percaté de que Mam ni siquiera se había tomado la propuesta en serio. Lo regañé mentalmente. Esa joya era una de las piezas que necesitaban para volver, y estaba dispuesto a renunciar a ella solo por su orgullo.

—Dime —le respondí a As.

—Cabe señalar que soy un sentimental empedernido; entierro mi oro donde nunca lo buscarían, en el mismo lugar donde siempre hemos estado.

«Enterrar».

—¿Dónde se supone que hemos estado? —inquirió Mam.

—Al borde de quemarnos, tú conoces el sitio —le contestó el otro demonio—. Donde no hay calma ni tormenta.

Luego se marchó y, por primera vez, atisbé la borrosa figura humana de Asmodeo. Tal vez era la que había usado para presentarse ante Melina, la que usaría conmigo si quisiera traumatizarme o, citando sus propias palabras, «enamorarme».

Era fácil detectar cuándo desaparecía. La sensación era parecida a lo que sentías al quitarte una prenda apretada: volvías a respirar.

Leviatán se fue sin decir nada y Amon lo siguió corriendo.

Solo quedábamos Melina, Mam y yo en torno a la mesa. Cuando él fue hasta donde estaban mis cosas y las empezó a recoger en silencio, la bruja aprovechó la distracción para huir y dejarnos a solas.

Era muy caballeroso por su parte ayudarme con mis papeles sin que yo se lo hubiese pedido, en especial cuando estaba tan enfadado conmigo. Yo sabía que no tenía derecho a decirme con quién podía juntarme o no, pero, al mismo tiempo, debía admitir que no había sido muy inocente al hablar con un ángel a sus espaldas.

Tragué con fuerza al notar su mirada fija sobre mí. Alcé la vista y él esbozó una sonrisa tímida cuando me perdí en sus ojos grises.

—Siento no haberme acercado en el momento en que apareció As. Parecía que podías manejar la situación.

—¿Eso piensas? —Fruncí el entrecejo.

—Eres valiente, Val. No necesitas ningún guardián que te proteja.

—Qué irónico, lo que yo suelo pensar cuando nos encontramos en este tipo de escenarios es que no tengo ninguna oportunidad.

—¿De qué?

—De nada. Es absurdo pensar que un ser insignificante como yo podría defenderse. —Me crucé de brazos.

—Val —se acercó y posó su mano en mi hombro—, ¿no recuerdas el valor que demostraste los primeros días, nada más conocernos? ¿Desde cuándo no confías en que puedes con todo?

«No lo sé, no lo recuerdo. Agus dijo que tengo que ser más cuidadosa a la hora de protegerme de ustedes».

—Eres tan fuerte y valiosa como un diamante. —Acarició la parte baja de mi mejilla—. No necesitas a nadie más que a ti.

—¿Estás enojado? —murmuré.

Él respiró pesadamente.

—¿Por qué debería estarlo?

—No lo sé. —Me encogí de hombros—. Actúas diferente.

—Hum. —Arqueó las cejas—. No, no lo estoy.

Mi teléfono vibró en ese momento: era una notificación del chat grupal que tenía con Dania y otras amigas; me insistían en que volviera a clase de una vez.

Le agradecí a Mam que hubiera recogido mis apuntes, pero preferí cargar con ellos yo misma, dado que algunos escondían ideas o teorías que me había montado mientras investigaba sobre demonología.

Me interesaba la historia de Melina; yo me había visto inmersa en aquel mundo paranormal por accidente. Sin embargo, su caso no era similar: ella sabía manipular las energías y, además, Asmodeo la había llamado «amiga».

¿Podía un ente sin sentimientos entablar una relación de afecto, simpatía y confianza con un mortal?

21

Los momentos felices

Al finalizar el día de clases, Amon me llevó a un sitio donde nadie pudiera vernos.

No era la primera vez que me teletransportaba, ya lo había hecho con Mam en otras ocasiones, así que había dejado de resultarme extraño. Además, no iba a criticar una herramienta que, de hecho, era bastante útil para el día a día.

Estábamos en los alrededores del convento y no era un momento de mucha actividad, así que no había ningún trabajador cerca, lo cual nos venía bien.

Por precaución, nos ubicamos debajo de uno de los árboles alejados de la entrada. Hasta ese momento jamás me había visualizado teniendo una conversación seria con el pelirrojo.

—¿Qué piensas del acertijo que nos dijo Asmodeo? —preguntó interesado—. Por cierto, ¿llegaste a verlo en esta ocasión?

—Más que otras veces. —Asentí con la cabeza—. Aunque creo que es porque Melina estaba allí y As permitió que ella lo viera, así que capté un atisbo de su figura por casualidad.

—Las cosas no funcionan así —suspiró.

—Bueno, perdona, explícame entonces, genio.

—¿Te han dicho alguna vez que eres muy ruda? —Se llevó una mano al corazón—. Me asustas.

—Ve al grano —insistí.

—Cuando un demonio no quiere que lo vean, debe ocultarse del todo. No puede elegir mostrarse ante personas específicas. Pero lo que sí puede hacer es elegir mostrarse solo ante…

—¿Ante quiénes?

—Ante personas con ciertas características especiales, como es el caso de Melina. Digamos que As eligió que solo pudieran verlo personas con unas… —se humedeció los labios— capacidades desarrolladas.

No tenía ni idea de a dónde quería ir a parar con aquello.

—Llamémoslo tercer ojo —continuó—. Es una percepción más allá de lo que podría ver un humano ordinario; algo espiritual, digamos.

—Y Melina lo tiene porque se dedica a las prácticas oscuras, vale. ¿Y?

Amon me miró en silencio como si fuera idiota. No entendí por qué hasta que caí en la cuenta de un pequeño detalle:

—¡Espera! ¿Por qué pude verlo yo, entonces? —inquirí confundida.

—Ese es el problema.

—Joder, otro problema no, por favor.

—¡No! —Extendió las manos como si quisiera apaciguarme—. No es malo, es fantástico. Increíble, de hecho, pero asumo que tú no quieres esto.

—¿El qué? ¿Tener el tercer ojo?

—Exacto. Sin embargo, no está todo perdido. El hecho de que solo hayas visto un atisbo indica que aún no has llegado al punto de no retorno: puedes elegir si quieres retroceder y perder el tercer ojo del todo o…

—¿O?

—Adentrarte.

—El tercer ojo me haría más sensible a ustedes, ¿no?

Asintió lentamente.

—Entonces no lo quiero.

—¿No quieres ser sensible, Val? —sonrió—. ¿A qué le tienes miedo?

—A tu cara. No cuestiones mis decisiones.

—No lo estaba haciendo. —Puso las manos en alto—. Pido perdón.

—Tonto.

Se puso en pie y se echó la mochila a la espalda.

—Vamos.

Por la dirección que tomó, supuse que íbamos a adentrarnos en el pequeño bosque donde se encontraban el jardín y el invernadero del convento. El crujido de las ramas y las hojas secas bajo mis zapatos fue el único sonido que se escuchó en todo el trayecto.

El aroma era exquisito, la energía que me transmitía la naturaleza me hacía sentir mejor que cualquier otra cosa en el mundo, era inigualable.

La tierra se ablandó cuando nos acercamos al jardín; las flores que yo solía atender cuando aún vivía allí se habían marchitado.

Amon se dirigió directo al sendero que conducía al invernadero.

La puerta se había quedado abierta, así que entró sin ninguna dificultad. Me puse nerviosa al imaginar las razones que podía tener para querer colarse ahí. Entré tras él para vigilar sus movimientos; parecía estar buscando algo concreto. Se detuvo enfrente de unos estantes donde había un par de plumas blancas, accesorios plateados y tinta negra.

—¿Qué haces? —cuestioné.

Los objetos flotaron en el aire. De forma casi artística, su palma abierta los aguantaba sin tocarlos. Luego cerró el puño y todos los elementos que había reunido se arrugaron y, en cuestión de segundos, cada uno de ellos se convirtió en una llama de fuego intensa.

—Ahora sí —farfulló.

—¿Por qué hiciste eso?

—Por más insensible que pueda ser Mam, es mi amigo. —Se encogió de hombros—. Uno hace cosas por sus amigos.

—¿Cosas como destruir los objetos del enemigo?

Él abrió mucho los ojos.

—¿Enemigo?

«Mierda».

—Es un decir —me excusé—. De todas formas, no creo que los amigos hagan esta clase de cosas realmente.

—Perdona, no sabía que fueras experta en tener amigos.

—Lo soy.

—¿Sí? Vale. Entonces, dime, ¿hasta dónde llegarías tú por un amigo? Por Mam, por ejemplo. Porque sois amigos, ¿no?

—¿Qué? No entiendo a qué te refieres.

—Me refiero a que los amigos no se miran así, y lo sabes. Que no diga nada sobre vosotros no significa que no me dé cuenta.

Me quedé boquiabierta. No quería discutir aquello con Amon. Además, sabía que solo estaba tratando de distraerme.

—¿Por qué calcinaste las cosas de Agus? —dije intentando regresar al tema principal.

—Precaución —respondió.

—No tienen de qué preocuparse.

—Val, quizá los otros te subestimen, incluso puede que tú misma lo hagas, pero yo no me fío de la sumisión de alguien que les hizo firmar un contrato a tres de los demonios más poderosos del infierno.

—No soy peligrosa, Amon.

—Los sentimientos lo son.

—Pues yo no tengo sentimientos —sonreí—. No será un problema.

—Pero nosotros sí los tenemos. —Desvió la mirada—. Y eso sí que puede ser un problema.

Cuando volví a casa con Mam, mi madre estaba reorganizando la distribución de los muebles, por lo que nos mandó al piso de arriba nada más vernos.

Empezaba a darme pánico quedarme a solas con cualquiera de ellos.

Tuve la sensación de que Mam estaba a punto de decirme algo cuando mi celular vibró en mi bolsillo.

Lo saqué con una mano y, al ver quién me llamaba, giré la pantalla. Pero no fui lo bastante rápida; estaba casi segura de que Mam había alcanzado a ver la foto de Agus.

—¡No puedo hablar mucho, perdona! —dije al descolgar.

—No pasa nada. —Su voz sonaba entrecortada—. Solo quería saber si habías podido salir a despejarte un poco.

—Sí, hoy por la tarde.

—¿De qué hablan? —se entrometió Mam.

—No te incumbe. —Esta vez la voz de Agus se escuchó perfectamente.

—Perdona, creí haberle preguntado a Val.

Corté «accidentalmente» la llamada y apagué el teléfono de inmediato. Que pelearan a través de la línea no nos ayudaría a ninguno, y enfadar a Mam tampoco. Además, era imposible hablar con Agus cuando los demonios andaban a mi alrededor.

—Qué simpático el ángel, ¿no? —comentó Mam.

—Tampoco es que tú seas demasiado agradable. La escasez de dulces te está amargando.

—Tienes razón; hace días que no compro.

—Pues deberías —espeté, tratando de zanjar la conversación.

—Pensé que con tener a alguien dulce cerca bastaba. —Chasqueó la lengua.

No supe qué contestar a eso, así que fingí bostezar para ver si pillaba la indirecta y se marchaba.

Lo hizo.

Subió al ático y yo me encerré en mi habitación. Me recosté sobre la puerta nada más cerrarla.

Necesitaba urgentemente una distracción, así que me puse a examinar mis estanterías en busca de algo que hacer. Reparé en un álbum mediano repleto de fotografías antiguas. Lo saqué y me lo llevé a la cama para ojearlo allí.

Las imágenes eran de muy buena calidad, permitían ver hasta el más mínimo detalle captado en ellas.

Nunca me había gustado demasiado que me hicieran fotos, pero mamá insistía en que los recuerdos felices eran lo más preciado que podía tener una persona. Así que ¿por qué no inmortalizarlos en una imagen?

Me acerqué a una de las fotografías que más me gustaban de aquel álbum: en ella, aparecía yo de niña en uno de mis lugares favoritos, la feria. Me encontraba en un pasillo oscuro cerca del laberinto de espejos, junto a un puesto de baratijas; por aquel entonces, me fascinaba cualquier cosa que brillara. Estaba feliz porque mis padres me habían comprado un collar precioso, y mis manitas lo sostenían con recelo. Era bonito verme sonreír de un modo tan honesto, aunque me faltaran un par de dientes.

De pronto, fijé mi atención en la joya de nuevo. Tenía tres piedras de colores: una amarilla, una roja y…

Mi mano viajó a mi cuello; el collar de la fotografía era bastante parecido al que me habían dado los chicos, por no decir idéntico.

Solté una risita nerviosa y negué con la cabeza. No podía ser, me estaba imaginando cosas.

—¿Buscas esto?

Elevé la mirada. Al otro lado del cuarto, había un chico sentado en la silla de mi escritorio. Sostenía mi collar en una mano y una sonrisa amplia en el rostro. Era atractivo. Supuse que todos los demonios lo eran en su forma humana.

Pero, por encima de cualquiera de sus rasgos, destacaban sus brillantes ojos rojos.

No parecía tener intención de pelear. Caminó hasta la cama despacio, analizando mi reacción. Yo me negué a mostrar debilidad. Si algo había aprendido en este tiempo era que eso no me serviría de nada con un demonio; no mostraban piedad.

—Sí, de hecho, es exactamente lo que busco —respondí serena.

—¿Por qué?

—Lo necesito.

—¿Quién te ha dicho eso?

—Entiendo que tengas dudas, Asmodeo —me mordí el labio inferior—, pero no es momento de ponerse a charlar.

—¿Y cuándo lo es? ¡Valentine! —exclamó—. Siempre es momento de charlar y de cuestionarse las cosas. Porque ese es el problema: ni siquiera estás segura de por qué lo quieres.

—No me interesa hablar contigo.

—Debes aprender a cuestionar todo lo que veas, ¿sabes? Quienes se queden con la verdad que les cuentan vivirán cegados, y pensaba que a estas alturas todo el mundo sabía que no existe una verdad absoluta.

—Coincido, no existe una verdad absoluta, y por eso no voy a creer lo que digas.

—Pero ¿sí vas a creer lo que digan ellos? —resopló—. ¿Qué clase de persona no se cuestiona lo que le dicen unos seres infernales?

—No me baso solo en lo que me cuentan ellos; también tengo ojos y oídos. Sé lo que he visto y lo que he escuchado. Hay cosas que no se pueden fingir ni falsificar. —Me encogí de hombros.

Puso los ojos en blanco con irritación y saltó hacia mí, provocando que me pegara a la cabecera de la cama.

—¿De qué color son mis ojos?

—As, déjame sola.

—¿De qué color son?

—Rojos.

En lo que tardé en parpadear, cambiaron a un tono gris perla.

—¿Qué pretendes con esto? ¿Que te aplauda por el truco?

—¿Qué ves aquí? —Extendió la mano para mostrarme el collar.

La gema dorada del centro había sido reparada. Tanto esa como la roja habían perdido parte de su brillo. Faltaba la negra.

—El collar. Si vas a hacer aparecer otro objeto…

—¿No se te ocurre otra forma de llamarlo? —me interrumpió.

—¿Qué?

—Al collar. —Levantó una ceja y repitió—: ¿Se te ocurre otra forma de llamarlo?

—Gargantilla, cadena… —Me encogí de hombros de nuevo.

—Cadena —recalcó—. Curioso, ¿no?

—No tiene gracia.

—¿No te has sentido encadenada últimamente? —Me ofreció el collar—. Míralo de cerca. Es una cadena porque está hecha de eslabones.

—Es solo un collar.

—Oh, claro, y por eso los demonios más poderosos del infierno se están peleando por él. Lo que sabes sobre esta joya no es la realidad; lo que sabes sobre mí no es la realidad. —Exhaló—. Porque el conocimiento es poder, y ellos no quieren compartirlo.

—Si me disculpas, estoy agotada. En serio, este no es momento. ¿Cómo es que no se han dado cuenta de que estás aquí?

—Porque soy un gran estratega. Piénsalo, podría matarte ahora mismo y ninguno llegaría a tiempo para salvarte.

La situación dejó de parecerme divertida justo en ese instante.

—No te interrumpo más. —Se levantó—. Yo no te impongo nada, es una propuesta: si quieres cuestionar la poca información que tienes, estaré cerca.

—¿Por qué viniste a decirme esto?

—Porque yo sí soy sincero, Val. Y porque te has convertido en una pieza importante del tablero desde que te pusieron esas cadenas.

—Yo necesito el collar y tú me necesitas a mí —concluí.

—Tanto como necesitas que te quiten ese peso de encima.

O los chicos realmente me ocultaban demasiado o Asmodeo era un maestro de la manipulación. Por alguna razón, la primera opción empezaba a parecerme la más probable. Así que hice acopio de valor y admití:

—Creí que actuarías diferente.

—No tengo nada contra ti —me aclaró—. Eres una pieza de ajedrez que alguien puso en el tablero, nada más.

—Hablas demasiado hasta que te decides a dar tu opinión —balbuceé.

—Escuchas poco. ¿Sabes cuál es tu problema? Los límites que te pones te ciegan: límites al pensar, al hablar, al sentir... Negar las cosas solo las intensifica más.

—Yo no estoy negando nada —me defendí.

—Reprimir la atracción es una bomba de relojería. Suéltate, libera eso que estás tratando de contener. —Chasqueó los dedos—. O las cosas podrían ir a peor.

—Vete.

Una fuerza invisible me empujó contra el cabecero. Me quedé petrificada al verlo inclinarse sobre mí.

Para mí sorpresa, me dio un beso en la frente.

—Dulces sueños, los necesitarás para sobrellevar la amarga realidad a la que te estás exponiendo.

22

El infierno en su más pura esencia

Algunas mañanas, como aquella, me despertaba y me olvidaba de quién era por unos segundos. Esos instantes en los que no recordaba la oscuridad que me rodeaba eran la gloria.

Cuando me lavé la cara, me pasé la toalla dos veces por la frente para borrar cualquier reminiscencia de la noche anterior y del beso de As. Al alzar la vista, no reconocí a la persona parada enfrente de mí en el espejo.

Salí del baño y me encontré con Leviatán en el pasillo. Eran las cinco de la mañana, por lo que no esperaba toparme con nadie, y menos con él, que vivía en otra casa. La habitual profundidad aterradora de su mirada había sido reemplazada por un vacío desolador. Unas bolsas violáceas se marcaban bajo sus ojos.

Estaba completamente empapado, con el largo cabello oscuro pegado a la cara y la ropa negra adherida al cuerpo. El cuello de su camiseta estaba algo dado de sí, y dejaba ver un nuevo tatuaje que se sumaba a los muchos que ocultaba bajo la tela; parecía un dragón hecho en tinta roja.

—¿Qué te pasa? ¿Qué hiciste? —pregunté preocupada.

—Quería hablar con él —exhaló—. Lo intenté toda la noche.

—¿Con Asmodeo?

Asintió.

—Estás chorreando —recalqué.

—Ya sabes que la tierra no es mi medio… Me desenvuelvo mejor en el agua. —Me sonrió—. Hice lo que pude, no quería pasar otra noche sin hablar con él.

Tragué saliva. Siempre me había considerado una persona empática y, ahí de pie frente a él, podía sentir su desesperación y su profunda añoranza.

—¿Lo extrañas? —me atreví a preguntar—. ¿Quieres hablar?

—No, lo siento.

—¿Quieres agua? —ofrecí sin saber qué hacer—. ¿Qué quieres?

—No lo sé, sentirme como en casa.

Aún apoyada en el marco de la puerta del baño, tuve una idea. Teníamos una tina a la cual casi no le dábamos uso. Era perfecta para hundirse en el agua y lo más cercano que tendríamos nunca a una piscina.

—Ven conmigo. —Me giré hacia el baño de nuevo y le hice un gesto para que me siguiese.

Sus cansados ojos se encontraron con los míos y arrastró los pies hasta llegar al borde de la tina. Di media vuelta para cerrar con llave la puerta mientras él abría el grifo.

Las luces estaban apagadas, pero no le importó. Se metió despacio y con cuidado de no derramar el agua. En cuanto su ropa comenzó a flotar a su alrededor, su respiración se calmó.

Nos observamos el uno al otro, viendo más allá de lo físico, viendo lo que éramos en realidad. El cansancio que sin duda se apreciaba en mi rostro no era ni una fracción del que se reflejaba en los ojos de Levi. Había sido una egoísta al pensar que yo era la única que luchaba cada día por mantenerse a flote.

No me había detenido a pensar en los demás… Y menos en él, que parecía siempre tan fuerte e invencible. Aquella dura fachada de roca parecía tener tantas grietas como yo cicatrices.

Una larga exhalación brotó de entre sus labios.

—Gracias.

Me senté en el resbaladizo borde de porcelana, sintiendo que una nueva calma se instalaba entre nosotros.

—¿Qué le dijiste? —murmuré.

—Que, si lo atrapaban, yo no iba a atacarlo.

—Pero es malo, ustedes lo han repetido mil veces. Es un villano.

—Sí, pero alguna vez fue mi amigo. Además, no sería una pelea justa.

—¿Por qué dices eso?

—Mam es demasiado poderoso, cada hora que pasa en la Tierra lo hace más capaz. As es el más inteligente, por decirlo de alguna manera. Sé que en algún momento el juego del gato y el ratón acabará.

—Pensé que lo odiabas.

—Lo odio.

—No sé cómo serán las cosas en el infierno —carraspeé—. Pero aquí no solemos hacer tantos esfuerzos solo para hablar con alguien a quien odiamos; ni siquiera le dirigimos la palabra si podemos evitarlo. Sin embargo, lo que tú hiciste esta noche suena a algo que yo haría por mis seres queridos.

—Me arrepiento de lo que hice —susurró.

—¿Qué?

—No me debería haber enojado y no debería haberme marchado sin más. Vivimos un par de miles de años juntos y al primer error que cometió le di la espalda. —Su sonrisa era triste, forzada—. Quise cambiar de grupo de amigos igual que si fueran calcetines. ¡No esperaba que se volviera loco!

—Leviatán.

—Si lo atrapan, van a acabar con él.

—¿Y no quieres eso por…?

—No lo sé. No es alguien que haya perdido la cabeza, lo juro. A veces creo que lo único que quiere es que las cosas vuelvan a ser como antes entre nosotros, y no lo culpo.

Mis ojos se abrieron de par en par y me quedé sin palabras. Ellos eran seres inmortales, no creía que…

—¿Quiénes van a acabar con él? —indagué.

—¿Quiénes no? —bufó—. Tiene la corona de la avaricia y un collar de elementos consigo. Las cadenas que tú tenías y que él posee ahora le impedirán ser libre en cualquier momento. No quiero eso.

—Pero —el nerviosismo consumía mi cuerpo— es una persona mala, es malo. ¿Por qué te preocupas?

—El concepto de bien y mal depende de cada persona.

—¿No hay nada que se pueda hacer para que no tenga ese final?

—Supongo que no. —Sacó un objeto de su bolsillo—. Me dio mi pieza en este juego de ajedrez.

Levantó la vista para mirarme.

—Se está haciendo tarde, pronto será hora de que vayas a clases, ve a prepararte.

—¿Mam no puede ayudar? Sé que ustedes no se llevan bien, pero yo podría...

—Avaricia y los otros nunca nos entenderán a As y a mí. Pertenecemos a las tinieblas, ellos siempre estuvieron en la luz —suspiró—. Mam nunca lo entendería, tú no lo conoces.

—Pensaba que su política era que todos los demonios son iguales, que los que se regían como si fueran parte un reino eran quienes habitan en el cielo.

—Entre el cielo y el infierno hay una línea tan delgada como un cabello. Además, siempre hay quienes sobresalen. ¿O me vas a negar que incluso tú tienes favoritos?

—No lo niego, pero tampoco es mi culpa. ¡Es el que mejor me ha tratado! ¿Cómo no iba a preferirlo?

—Pues claro que te trata bien, quiere que lo admires y lo adores como hacen todos los que lo rodean.

—¿A qué te refieres con eso?

—A que está acostumbrado a ser el centro de atención. Debe de joderle no ser el centro de tu vida también. Eso es lo único que quiere, nada más, no tiene sentimientos.

—Leviatán...

—Déjame solo. Tu padre se despertará pronto y querrá saber dónde andas.

Eso era todo lo que necesitaba para salir corriendo. Me dirigí a la puerta con las piernas temblorosas. No me esperaba nada de lo que había ocurrido esa mañana; sentía que me habían echado un balde de agua fría por encima.

—¿Val?

—¿Sí?

—Gracias por esto, eres un encanto.

Esa mañana en el instituto, nos encargaron que hiciéramos un proyecto grupal que combinara las finanzas con las artes. Se nos ocurrió crear una empresa que se dedicase a las exposiciones de cuadros y su subasta, un clásico. Dania aceptó al instante: le encantaba la idea.

Amon llegó junto con Mam minutos después. El profesor los regañó diciendo que les bajaría puntos por el retraso y tuve que morderme el labio para no soltar una carcajada. Dudaba que a los príncipes del infierno les importara su calificación final.

Aun así, ellos se sentaron y fingieron ser adolescentes normales.

Me percaté de la afinidad que existía entre Dania y Amon. Tenía bastante sentido; de hecho, sus personalidades explosivas combinaban a la perfección. Incluso me habría atrevido a decir que Dani se hubiera llevado muy bien con Levi también, de haber pasado más tiempo juntos. Ella era una persona extremadamente sociable, mucho más que yo.

Me puse a trabajar con Mam en un diseño rápido. Desde la primera clase de Pintura en la que había dejado a todo el mundo anonadado, había seguido realizando obras que habían hecho las delicias de nuestros compañeros. No había fallado ni una sola vez.

Nos acercamos hasta que nuestras pieles se tocaron. Teníamos que trabajar en la misma mesa, y la única que había disponible era minúscula. Nuestros nudillos chocaban constantemente mientras realizábamos nuestros trazos en el mismo papel.

Estuvimos así hasta que el maestro vino a separarnos.

—Disculpen, jóvenes, esto es una clase, respeten la distancia.

—Estábamos haciendo lo que pidió, no veo el problema. —La voz autoritaria con la que Mam se dirigió a él hizo que me moviera incómoda en el asiento. Temía que me causara problemas.

El profesor no respondió, pero no pareció gustarle aquello. Cuando se marchó, susurré:

—Mam, es el profesor, lo que hagan sus alumnos le incumbe, y yo soy una alumna. Si dice que nos separemos, nos separamos.

—Lo siento. —Bajó la cabeza al cuaderno y vi cómo su sonrisa se ensanchaba—. No conocía esa parte tan sumisa de ti.

—¿Qué dijiste?

De inmediato dejó caer su lápiz sobre el papel; su mirada se encontró con la mía. Su expresión era tan divertida como amenazante.

—¿De verdad quieres que lo repita, Valentine?

—No, lo que quiero es que, si vas a quedarte conmigo, seas de ayuda, gracias.

—Qué agradable, muy humilde. —Se mordió el labio inferior—. ¿Desea algo más, mi señora?

—No, con eso es suficiente.

—¿Segura? —Se inclinó sobre mi hombro—. ¿Cuál va a ser la temática?

—¿Podemos hacer algo mágico? —pidió Dania—. Mi hermano me habló de sus teorías de fumado el fin de semana y no se me van de la cabeza.

—¿Magia como brujas, hechizos o demonios? —pregunté.

—Los demonios me llaman la atención. —Nadie había pedido la opinión de Amon y, sin embargo, ahí estaba, dándola—: ¿Podemos hacerlo de los pecados capitales? Así es más fácil de repartir; cada uno podría pintar uno distinto.

—Es una idea creativa, la apoyo —aceptó Dania.

«Me cago en mi vida».

—No obstante, Val y Mam son nuestros brillantes, talentosos e increíbles artistas —agregó. Ella sí que sabía cómo hacer que la gente dijera que sí a lo que quisiera—. ¿Ustedes qué opinan? Yo creo que sería excelente para nosotros como equipo, y estoy segura de que lo pasaremos genial.

—Yo no tengo ningún problema —respondió Mam.

—Lo que quieran. —Me forcé a parecer receptiva—. A mí me gustaría hacer la de la Ira y despellejar a Amon.

Una de nuestras compañeras me lanzó una mirada aterrada. Dar malas impresiones era mi pasión, entre otras muchas cosas desastrosas.

Me recosté en el respaldo de la silla. Quedaban escasos minutos para que acabase la clase. Ya era hora: me dolía la cadera de estar tanto tiempo sentada.

Justo entonces, un aire fresco acarició mi mejilla como si fuera una suave pluma. De pronto escuché la voz de Agus, pero a él no lo veía por ninguna parte. ¿Por qué se escondería de los demás?

«Hola, Val», me saludó, y, al ver que los otros no reaccionaban, comprendí que solo yo podía escucharlo.

«¿Qué haces?», pensé, solo para confirmar que, efectivamente, nos estábamos comunicando de esa manera.

«Perdona que me presente de este modo tan informal, pero tenía que hablar contigo».

«¿Ocurre algo malo?».

«Para nada, lo que pasa es que es nuestra oportunidad. Las vibraciones que me transmite Avaricia son positivas y débiles, tienes que actuar».

«¿Qué debo hacer?».

«Lograr que te transmita sus energías y obtener información acerca de cómo atacan para así saber protegerte».

«No creo que pueda conseguir eso, no tenemos tanta confianza».

«Entonces, genérala. ¿Nunca has tratado de engatusarlo al quedarte a solas con él?».

«No, me pone nerviosa. Y que estés hablándome de esta manera también».

«Si no confrontas los candados, nunca podrás liberarte de las cadenas, Val. Piensa en esto como si fuera la búsqueda de una llave: cuanto más sepamos, más fácilmente escaparemos».

«¿Escapar de qué?»

«¿Cómo que de qué?». Oí una ligera risa. «¿A qué crees que te han atado?».

«¿A ellos?».

«Exacto, pero es que ellos son el infierno en su más pura esencia. Los lugares a donde pertenecemos reflejan lo que somos; ¿qué crees que son?».

«Monstruos».

«No, Val, no lo son. Los monstruos tienen compasión porque alguna vez fueron mortales. Míralos a la cara, húndete en sus ojos y dime: ¿crees que tienen compasión?».

«Es curioso que digas eso, porque otras personas de otros bandos me han dicho prácticamente lo mismo».

«Analiza cómo mueves tus piezas».

—¿Te gusta este diseño? —me preguntó Mam, tendiéndome su hoja.

—Me encanta. —Me acerqué a él—. Tienes ideas hermosas.

—Son hermosas porque están inspiradas en ti.

—Eres demasiado dulce para ser un demonio. —Puse los ojos en blanco, intentando no sonreír.

«En el fondo, sabes que no estás hablando con una versión real de él», interrumpió Agus en mi cabeza; era como si mis pensamientos intrusivos hubieran cobrado vida. «Nadie es tan perfecto».

—Hablando de eso: traje caramelos hoy, ¿quieres? —me ofreció Mam, buscando en su mochila.

«Encuentra un lugar donde tener algo de intimidad, pregúntale sobre sus tácticas de ataque para así poder contrarrestarlas. Lo importante es averiguar sus debilidades. Porque él conoce las tuyas, y sabes que no dudará en usarlas». De pronto, la voz de Agus me resultó un tanto siniestra.

—No tengo apetito, gracias —le respondí a Mam.

Debía concentrarme, el plan estaba claro. Pero tener a dos personas hablándome a la vez era abrumador.

—¡Pueden retirarse! —anunció el profesor—. Recuerden que esta semana la feria estará en la ciudad; si van, no olviden pasarse por nuestro puesto de juegos.

—A ti te encanta la feria, ¿verdad? —recordó Mam—. ¿Quieres ir conmigo?

No recordaba haberle dicho que me gustaban ese tipo de eventos, pero estaba en lo cierto.

—Sí, me gustaría.

—¿Hablas en serio?

—Con la condición de que nos quedemos solos. No quiero soportar a Amon.

—Si nos quedamos solos, parecerá una cita. —Su tono era provocador.

Era mi culpa por estar mirando sus labios; ni siquiera sabía cuándo había empezado a hacerlo.

—¿Eso es malo?

—¿No te emociona averiguarlo?

23

Si tan solo hubiéramos estado preparados

Cuando salimos de clase, descubrí que aún nos quedaba una hora de estudios extracurriculares. Sin embargo, yo no tenía energía para aprender nada nuevo; mi cabeza ya estaba invirtiendo demasiados esfuerzos en procesar mi vida personal.

Así que me despedí de Dania y me escaqueé con la idea de irme un poco antes a casa. Ella me había dicho que su hermano iría a recogerla a la salida, así que podía irme tranquila sabiendo que no necesitaba transporte de vuelta ni se volvería sola.

Me descubrí a mí misma anhelando tener un hermano como Aaron, alguien que me cuidara como él cuidaba a Dani. En cambio, todo lo que tenía era una familia alocada y tres demonios a mi cargo.

Estaba guardando mis cosas en la mochila cuando escuché el eco de los tacones de Melina repiqueteando por el pasillo. Cuando alcé los ojos en su dirección, ella me lanzó una mirada cargada de significado y luego miró la puerta de la sala de delegados. Tuvo que hacerlo un par de veces más hasta que lo capté: quería que la siguiera.

Apresuré el paso y fui tras ella. No tenía ni idea de qué podía querer.

Una vez dentro, comprobó por el ventanuco de la puerta que no nos hubieran visto. El suspiro de alivio que soltó me tranquilizó hasta a mí.

Cuando se volvió, su forma de actuar cambió radicalmente. La confianza se convirtió en preocupación. Encendió las luces de la ordenada sala y me examinó de arriba abajo.

—¿Estás bien? —quiso saber—. Ya me enteré de lo que pasó contigo.

—Sí, supongo que sabes cómo va este tema mejor que yo. Así que no estoy muerta de felicidad, pero tampoco estoy muerta. Algo es algo.

Un silencio fugaz se instaló entre nosotras. Jugueteé con mis dedos antes de preguntar:

—Él, Asmodeo… —pronuncié su nombre con miedo—. ¿Tú sabes algo de él?

—Sé de todo un poco. —Apartó la silla de la mesa—. Quería ofrecerte algo a cambio de la amabilidad que demostraste conmigo el día del ritual. E imaginaba que debías de tener muchas dudas.

Aquel día en el bosque, yo la había ayudado de manera desinteresada, por una cuestión de empatía. Que quisiera devolverme el favor ahora fue una grata sorpresa.

Se sentó a la mesa de reuniones y, con un gesto, me invitó a sentarme frente a ella. Apoyó las palmas de las manos sobre la madera y me indicó que la imitara. Obedecí, ansiosa por oírla. Me dio la sensación de que la superficie plana temblaba ligeramente bajo mis dedos.

Meli fijó la vista en mi cabello por unos segundos y frunció el ceño. No me miraba a la cara.

—Dime qué quieres saber.

—Háblame de Asmodeo —pedí con timidez.

—Príncipe del infierno, pecado capital de la lujuria, de carácter tranquilo hasta hace unos años. Fiable para trabajos oscuros, digamos que no es problemático.

Si As no era de los problemáticos, esperaba no conocer nunca a los que sí lo eran.

—¿Qué pasó hace unos años?

—Los jóvenes del infierno suelen llevarse bien, no tienen opción. —Ladeó la cabeza—. Pero una pelea entre él y Envidia, a quien tú conoces como Leviatán, hizo que se formaran dos bandos. Nadie sabe qué pasó entre ellos, ni siquiera sus sirvientes más cercanos.

—¿Cómo conociste este mundo?

—Toda mi familia está metida en él, los conocimientos se transmiten de generación en generación —comentó sin más—. Empecé a trabajar con distintos entes cuando tenía catorce años. ¿Y tú?

—Como imaginarás, fue un accidente.

—Val —dijo incrédula—, el universo no permite accidentes. Cada reacción tuvo una acción antes, una razón de ser. ¿Cómo pasó?

—Bueno, yo estaba en Ylenol…

—¡¿Hiciste una invocación en un convento?! —exclamó—. ¿Con esa inmensa carga de energía? ¿Estás loca?

No, pero ese día estaba aburrida.

—Sí, básicamente. Luego ellos aparecieron. Fin.

—Es imposible que invocaras a tres demonios de una sola vez. —Sus ojos se entrecerraron—. Sobre todo si no tenías ninguna experiencia. Lo cual quiere decir que no lo hiciste sola.

Temblando, empecé a repasar mentalmente los sucesos de aquel día mientras Melina continuaba:

—El portal por donde ellos escaparon del infierno debía de seguir siendo funcional; sin embargo, por algún motivo lo cerraron, decidieron mantenerte a su lado y te dejaron vivir. —Tragué saliva, pero no la interrumpí—. Perdona que sea tan cruda, pero lo cierto es que no es habitual que pasen cosas de esta magnitud.

—Accedieron a firmar un contrato y me dieron un collar. Más allá de eso, no sé mucho ni entiendo qué pudo pasar. —Me encogí de hombros—. Ese es el problema.

—No me mientas. Así solo complicas las cosas.

—¿Mentirte? —me sorprendí—. ¿Cuándo te he mentido?

—Una persona que «no sabe mucho» no tendría un complot aparte con un ángel ni alta sensibilidad a la magia. Ni tampoco tendría el dominio que tú tienes sobre esos demonios. —Levantó la mirada—. Puedo ver tu aura, es violeta e increíble.

—No te he estado mintiendo, realmente no sé nada. Comparada con ellos, soy un ser insignificante.

—Nunca te compares con el exterior. —Negó con el dedo—. Compárate contigo misma. Tu yo del pasado y tú sois mujeres distintas. Los avances que hacemos son mucho más visibles si miramos hacia dentro, y no a nuestro alrededor.

No supe bien qué contestar a aquello, así que traté de volver al tema que nos ocupaba en un principio:

—Dijiste que sabes un poco de todo, y yo tengo muchas dudas. ¿Serías tan amable de responderme qué debería hacer? ¿Cuál es el bando bueno? Estoy cansada de sentirme confundida.

—Tienes que hacerle caso a tu instinto. —Pegó su espalda al respaldo de la silla—. ¿Quién te ha dicho que hay un bando bueno y uno malo? Eso son cosas que debes definir por ti misma —suspiró—. Además, las personas viven vidas distintas, reciben enseñanzas diferentes y tienen perspectivas desiguales que las llevan a tomar sus decisiones en función de lo que consideran que es lo correcto. Pero lo que es correcto para una persona puede no parecértelo a ti. Eso no está mal, hay que saber que no tenemos la verdad absoluta.

—Algo parecido me dijo Asmodeo cuando trataba de convencerme de que no era tan malo. Pero lo que él hizo… Inculpó a sus amigos de un robo solo por venganza; he visto cómo los trata ahora. Hay cosas que son objetivamente malas, ¿no?

—¿Acaso sabes los motivos precisos que llevaron a Asmodeo a querer la corona o solo asumes que es avaricioso por naturaleza? ¿Has escuchado ambas versiones de la historia? ¿Cuánta fe ciega posees en unos seres a los que apenas conoces?

—No… No tengo respuesta para muchas de esas cosas —admití—. Lo único que tengo claro es que me siento en peligro constante.

—Uno tiene miedo cuando no tiene control, Valentine. Y para tener el control de una situación hay que hacerse las preguntas correctas. Tú no te las estás haciendo. Lo estás viendo todo a través de un prisma egoísta.

—¿Cómo puedo tener el control de la situación si casi no me entiendo a mí misma ni mis propios sentimientos? —dije frustrada mientras pensaba en Mam, en Agus; en Levi y Asmodeo y su contradictoria relación.

—Eso es más que comprensible, teniendo en cuenta de quienes te rodeas a diario.

—¿Qué tiene que ver eso?

—Los demonios sueltan energías. Es normal que en algún momento hayas actuado de forma violenta al estar en compañía de Amon; es posible que estés tomando decisiones mirando solo por ti misma desde que pasas tiempo con Mam. —Chasqueó la lengua—. Incluso puede que hayas envidiado a otros, dado que convives con Leviatán.

Recordé cómo me había sentido hacía apenas un rato, al comparar la familia de Dania con la mía.

—Y hace poco llegó As. Lujuria. —Uní los cabos sueltos—. Lo que me faltaba, nuevas debilidades.

—Eres bastante negativa —comentó Mel—. Todo ser existente tiene debilidades. Aunque supongo que ya lo sabes, dado que estás tratando de explotar las de ese trío.

Se me secó la boca y me pasé la lengua por los labios, nerviosa. Los latidos de mi corazón se descontrolaron. No me esperaba que Melina hablara de un modo tan directo; me preocupaba que estuviera al tanto de lo que yo estaba haciendo.

—No me entrometo donde no me llaman —me tranquilizó—. Solo te aconsejo que tengas cuidado. A nadie le gusta que jueguen con sus puntos débiles, es peligroso. —Se detuvo un momento, como para medir sus siguientes palabras—. Y me atrevería a decir que nunca había visto nada igual. Ningún humano había llegado a crear un vínculo así. Si fueras tan simple como dices ser, no estarías aquí.

Sonó el timbre del instituto. Al parecer, al final iba a salir al mismo tiempo que mis compañeros.

Me aparté de la mesa.

—Gracias, Melina, no voy a olvidar esto.

—Cuidado con lo que haces.

—Lo tendré. Cuídate, Mel.

—No es fácil encontrar sororidad en este mundo, así que, cuando veo una oportunidad como esta, la tomo. —Abrí la puerta—. Y sería una pena perderte.

La cena con mi familia fue tranquila. Estar con mis padres me calmó y, por primera vez en mucho tiempo, aprecié lo que tenía con ellos. Sabía que los dos me comprenderían y me ayudarían si les contara mis problemas, fueran los que fuesen.

Mi padre siempre había sido un pilar muy importante para mí, y gracias a él no me había sentido sola ni un segundo de mi vida. Quizá por eso había heredado su carácter intenso y su paciencia inexistente.

Además, apreciaba que mi madre se interesase por lo que hacía a lo largo del día, aunque no hubiera mucho que pudiera contarle.

Sin embargo, seguía sin estar cerca de ser la hija que ellos creían que era: me había escapado para ir a fiestas cuando aún vivía en el convento, hacía cosas que no debía, les mentía y les ocultaba información… Aun así, salvando todo eso, la convivencia estaba yendo de maravilla. Por eso me costó tanto decirle que no a mi padre cuando me propuso ir a la feria.

Me excusé diciendo que tenía demasiadas tareas debido a los exámenes y los proyectos finales, por no hablar de que «había crecido»: ahora tenía otros intereses. Sabía que, con la inminente llegada de la universidad, mi padre veía aquella ocasión como la última oportunidad que tendría que ir conmigo. Yo también lo veía así; era complicado.

Más aún si teníamos en cuenta que no había aceptado porque ese mismo día planeaba escaparme para tener una cita con Mam.

Estaba claro que iba a ir al infierno por A o B, pero, mientras esperaba, me ahogaría en el jugo de manzana casero que habíamos preparado esa noche.

—¿Te estás adaptando bien a la ciudad, Mam? —le preguntó mi madre mientras cenábamos.

—Estoy en ello —afirmó él—. Todo el mundo es muy amable.

—¡Ay! Qué adorables son los extranjeros, ¿no lo crees, amor?

Pero mi padre no era de la misma opinión.

—Pues yo no vi que tuviera ninguna dificultad para enredar a nuestra hija con sus palabras, así que no lo definiría como adorable, sinceramente.

—Val ya va a ir a la universidad —exclamó ella—, no es una niña. Nadie va a enredarla.

«Con los fetiches que tiene Mam, yo no estaría tan seguro», se burló Amon dentro de mi cabeza.

Di un brinco en mi silla; el volumen de su voz había hecho que sonara como si estuviera cerca. Siempre le parecía muy gracioso asustarme y decir tonterías, y esa noche, al parecer, había decidido combinar ambos hobbies.

La manera en la que Mam se sobresaltó igual que yo, quitando sus manos de la mesa por acto reflejo, me hizo reír. Yo había asumido que su amigo solo había dicho aquello por joder, pero, si ese hubiera sido el caso, Mam no se habría ruborizado de ese modo.

Me llevé una mano a la boca sorprendida. Nuestras miradas se encontraron por unos milisegundos tras los que demostramos que no éramos tan valientes como fingíamos ser, pues bajamos la cabeza al instante. Él se aclaró la garganta.

—Debería buscar a alguien como el hijo del vecino... —repuso mi padre—. Ese pelirrojo es buen futbolista.

«Ay, Val, ¿tu padre está soltero?», murmuró Amon.

«Por favor, ten un poco de decencia», lo reñí.

—Por cierto... Sobre mi estadía, me tomé el atrevimiento de depositar la renta en la cuenta familiar antes —dijo Mam en un pobre intento de cambiar de tema.

—¡Encima atrevido! ¿Ves por qué tener a este chico en nuestro hogar es un peligro?

Deseé que alguien me sacara de ahí.

«Amo sus cenas, adóptenme», dijo Amon entre risas.

«Lo que voy a adoptar son medidas violentas para hacerte callar».

«Eso no es muy *family friendly* de tu parte, monja».

«Mam, ¿puedes silenciarlo?», rogué.

«Sus deseos son órdenes».

Me reí por lo bajo cuando dejé de escucharlo. Conociendo a Amon, debía de estar parado en una esquina de la habitación con los brazos cruzados, enfurruñado mientras escuchaba nuestra conversación.

Por su parte, Levi no parecía andar cerca, aunque me habría gustado saber algo de él. Después de lo ocurrido esa mañana, quería ver cómo estaba.

La noche pasó sin más, las complicaciones fueron disminuyendo, y llegó el momento de prepararme para mi cita con Mam en la feria.

Ya en mi cuarto, hurgué entre mi caja de maquillaje mientras intentaba que Amon no tocase nada.

Al aplicarme la sombra, noté que se estaba riendo de mí y endurecí mi expresión.

—¿Puedes comportarte?

—No, gracias por preguntar.

—Dios, dame paciencia —dije entre dientes.

—Diosa —corrigió—. Por cierto, no tienes por qué pagar tus nervios conmigo. Yo ni siquiera voy a ir. Ojalá pudiera, pero no tengo cita.

—Puedes ir solo, no seas dramático.

—Opino lo mismo que Val —murmuró Levi, apareciendo de pronto—. Yo he estado por mi cuenta toda la vida y no pasa nada. Uno siempre está por su cuenta cuando eres como nosotros.

—¡Oh, por favor! —exclamó Amon—. Leviatán, ¿no miras las redes sociales? Eres literalmente el gótico emosentimental que buscan las personas con problemas paternales de todo el mundo.

—¡No seas grosero! —lo interrumpí—. Nadie necesita a otra persona para ir a ningún sitio, punto.

—Sí, pero ir con mi novio o mi novia sería el triple de divertido —rebatió Amon.

Paré de maquillarme y bajé la brocha sobre el colchón sin apartar la vista de él. Me devolvió la mirada y frunció el ceño, confundido.

—¿Qué pasa?

—Diste dos opciones. —Negué con la cabeza—. Lo siento, eso no me incumbe, solo que no sabía que eras bisexual.

—¿Qué dices? —Tomó otra de mis brochas y empezó a mordisquear el mango. Aún con ella en la boca, dijo—: Nosotros no usamos etiquetas.

—Ninguno de nosotros, nadie en el infierno —aclaró Levi.

—En fin, ¿no deberías terminar de vestirte? —indagó Amon, al tiempo que se ponía en pie para ajustarse la campera—. Hace frío para ir con ese vestido.

—El frío es mental, el glamour no.

—A él no le importará cómo te arregles, pareces un espantapájaros de todas formas.

—Y por eso me arreglo para mí y nadie más. —Saqué la lengua—. Silencio.

Terminé de maquillarme, me puse un abrigo encima del vestido de tirantes y me ajusté las botas antes de salir de la habitación. Al pasar frente al espejo, me llevé la mano derecha al cuello: el collar habría quedado perfecto con ese atuendo.

Cuando llegué a la mitad del pasillo, Mam bajó del ático. Tenía el cabello desordenado, una camisa oscura con los últimos botones desabrochados y unas gafas con forma de corazón colgando del bolsillo. Su embriagador perfume inundó el espacio, y sus joyas doradas destellaron con la tenue iluminación.

Sus brillantes ojos se tomaron el tiempo de analizarme de pies a cabeza, deteniéndose en mi boca. Sonrió y me vi en la necesidad de humedecerme los labios. En una muestra de caballerosidad, me ofreció su mano para bajar las escaleras. Yo acepté algo dudosa, y sentí un escalofrío en cuanto nos tocamos.

—No pueden oírnos. Me la estoy jugando mucho al salir a las once sin permiso —susurré.

—Hey. —Mam se acercó a mi oído para hablar y su aliento caliente rozó mi cuello—. No te preocupes, no nos verán. Te veo muy nerviosa, y esta es solo otra noche más, ¿no?

—No te hagas ideas raras.

—Seguro que para alguien que se ha escapado tantas veces y ha hecho tantas travesuras esto no es nada.

—Detente antes de que me arrepienta de haber aceptado.

—No se aceptan devoluciones. —Puso ambas manos en alto.

—Espero que la feria esté buena este año —dije cambiando de tema.

—Y yo espero que esté a tu altura.

Habría estado bien que alguno de nosotros hubiera estado preparado para ese nivel de altura en concreto.

24

La cita

Las luces de colores resaltaban entre la niebla desde lejos, la música resonaba en cada rincón.

La tierra estaba resbaladiza, así que me sujeté fuerte del brazo de Mam para no caerme. Era consciente de que mis habilidades y mi suerte no eran las mejores del mundo.

Fui directa al puesto de manzanas caramelizadas. Hacía casi un año que no probaba una. Estaba abriendo mi bolso para sacar mi billetera cuando la mano de Mam me detuvo delicadamente. Bajé la vista y vi cómo hacía aparecer un billete de bastante valor para luego ofrecérselo al vendedor.

—Déjame el dinero a mí.

Pero una parte de mí me decía que, moralmente, no debería aceptar.

—Val, el dinero está en mi sangre, mi nombre significa «riqueza» —dijo como si me hubiera leído la mente—. No me afecta gastarlo. Además, me lo devuelves con tu lealtad.

Él se compró otra manzana igual y nos sentamos a observar la feria mientras nos las comíamos. Bajo la luz de la luna distorsionada por las nubes, los jóvenes iban de aquí para allá corriendo entre los puestos. La música se volvió lenta.

Sus ojos se clavaron en los míos y vi cómo se dilataban sus pupilas. Estábamos peligrosamente cerca.

—Te gustan demasiado las cosas dulces —comenté al ver la manzana mordida en su mano.

—No es algo habitual en los demonios —me explicó—. Pero a mi guía le encantaban, y se me pegó la costumbre. En realidad, ni siquiera necesito comer.

—¿Quién era tu guía? ¿Cómo funciona eso?

—Se llama Ba'alzebú —empezó—. Y un guía es como un padrino cuando estás en el proceso de formación para convertirte en un demonio ejemplar.

—¿Tú lo eres?

—No sé. —Se encogió de hombros—. Dicen que soy el mejor.

—Hum. —Le di el último mordisco a mi manzana y, aún con la boca llena, exclamé—: Suspenso en humildad.

—Humildad es mi segundo nombre.

—Pareces muy seguro de ti mismo.

—Tengo que estarlo —suspiró—. Todo el mundo ha tenido unas expectativas muy altas para mí desde que era pequeño. No podía no cumplir con los requisitos del puesto.

—¿Es complicado? —Me recosté en su hombro mirando la noria.

—Mucho, tuve que dejar de lado mi círculo social para atender mis responsabilidades. Era agotador —confesó—. Deposité gran parte de mis poderes en la corona para no tener que cargar con esa energía todo el tiempo. Bueno, y en la gema dorada del collar.

La corona. ¿La misma que había robado As? ¿No era de Lucifer, es decir, del rey?

«No, debo de estar confundida…».

—¿Qué son las gemas, exactamente?

—Son una conexión con los demonios a los que representan. Por eso la mía es dorada. Pueden debilitar o controlar al demonio cuyo poder contienen.

—Es una gran responsabilidad. Fue arriesgado darme el collar a mí. —Los trabajadores de la noria dejaron pasar a una nueva tanda de gente—. ¡Mira, ya podemos subir!

—Te lo dimos porque confiamos en ti. Yo confío en ti. —Se levantó—. Vamos.

—Espera. Antes quiero un helado; siempre quise comerme uno en mitad de la madrugada, pero no me dejaban.

—Déjame entender: ¿no comes helado de madrugada, pero sí haces hechizos sin la más mínima experiencia?

—Mi rebeldía tiene un límite. Por ahora estaría bien que te callases y me comprases uno.

Lo dije con tono de broma, pero aun así lo hizo.

La noria era la atracción más alta del festival, incluso más que la montaña rusa. Las líneas de luces que decoraban cada uno de sus radios dibujaban arcoíris con su movimiento. Había muchos asientos, pero pocas personas en la fila, y cada cabina tenía sitio para dos.

Bajaron la última barra de seguridad frente a nosotros. La canción en los altavoces cambió a una romántica en inglés, y yo me maldije internamente por entender la letra, consciente de que Mam también lo haría. Respiré hondo cuando bajaron la palanca y nuestro asiento empezó a tomar altura. Exhalé al llegar al punto más alto de la noria.

Desde allí podían verse unos destellos lejanos, el frondoso bosque de la ciudad, un par de estrellas rebeldes, la luna y el resto de la feria. Aquellos detalles eran pequeñeces comparados con la vista que tenía a mi izquierda.

Su rostro perfecto estaba ligeramente sonrosado, las comisuras de sus labios se curvaron hacia arriba en cuanto me giré hacia él. Se pasó una mano por el cabello para peinarse hacia atrás, y me percaté de que en el estrecho espacio de la cabina apenas tenía sitio para retroceder o apartarme.

—La vista es hermosa, ¿no crees?

—Podría estar mejor —bromeé.

—Concuerdo. —Se metió la mano en el bolsillo de la camisa—. Sin embargo, vine preparado.

Había traído una flor consigo; sus pétalos blancos parecían tener vida, el polen en su centro destacaba con un tono amarillo tan intenso como el del cabello rubio de Mam. Me la ofreció y yo me quedé tan impactada que no fui capaz de reaccionar. Él me colocó el pelo detrás de la oreja y luego depositó la flor con cuidado justo encima. Al retirar su mano, sus nudillos acariciaron mi mejilla; noté el tacto frío de sus anillos.

—No tenías por qué hacer esto. Va a marchitarse.

—No. Esta no lo hará, esa es la cuestión.

—¿Es una flor inmortal?

—Se podría decir que es una flor que durará tanto tiempo como yo seguiré admirándote.

Incliné la cabeza en su dirección y él se acercó a mí. Estábamos pegados; tanto que nuestras narices chocaban. No nos movimos más que eso, y sentí su aliento sobre mis labios.

Abrí ligeramente la boca por instinto.

Lo miré a los ojos y él me devolvió la mirada, pero, nada más hacerlo, retrocedió. Como un cobarde asustado.

Le di permiso para que escuchara mis pensamientos; me daba pavor hablar.

«Gracias por el regalo, lo aprecio».

«No es nada, pensé que te gustaría».

«Me gusta».

—Este lugar es bastante tranquilo —comentó Mam en alto—, ¿no crees?

—Demasiado, pero no me hace olvidar los peligros de tener a Asmodeo rondando a nuestro alrededor.

—No deberías preocuparte todo el tiempo por ese tema, voy a encargarme de ello.

—¿Cómo vas a «encargarte»?

—Primero que nada, Asmodeo te necesita a ti, y no dejaremos que se acerque. Segundo, lo podemos atraer con un portal de agua, cosa que a Levi se le da bien. Y, además, él solo no podría vencerme en un combate a mí, y mucho menos a los tres juntos.

—¿Tan seguro estás?

—Mientras mi corona exista, en cuanto esté cerca de mí, me transferirá toda mi fuerza y todos mis poderes de vuelta. Cosa que As no sabe.

—¿Y qué puedes hacer con ese poder?

—Encerrarlo, acabar con él y con este jueguito de ajedrez que se ha montado.

—Ah, justo lo que dijo Agus.

El movimiento de la noria se detuvo. No asimilé mis palabras hasta que vi su expresión de asombro, que rápidamente se tornó en una de dureza y seriedad. No había forma de explicar por qué Agus sabía de Asmodeo y de nuestros problemas con él.

Me percaté de la tensión en su mandíbula, el tiempo dejó de avanzar. Quise decir su nombre, pero entonces Mam se convirtió en una sombra y desapareció.

La noria volvió a funcionar, esta vez sin él a mi lado. Examiné el terreno más abajo y lo vi caminando cerca de los puestos de joyería. Tuve que esperar a que mi cabina llegara al suelo para poder bajar. Maldecía cada segundo que pasaba porque sabía que, cuanto más tiempo transcurriera, más me costaría encontrarlo.

Mierda, ¿por qué había tenido que mencionar a Agus? Mel debía de estar drogada cuando había insinuado que yo no era una completa inútil. Parecía que solo sabía cagarla.

Corrí en la dirección en la que lo había visto alejarse. La tierra seguía resbalando, así que no podía apresurar el paso demasiado en ciertas zonas. Choqué con un par de señoras que me miraron mal. Me sentía perdida entre tantos focos.

Me costaba respirar, y el estúpido abrigo que me había puesto me estaba agobiando. Por no hablar del helado, que había empezado a derretirse en mi mano. Agotada, me recosté en un poste cuando llegué a un espacio sin salida: era un rincón solitario sin iluminación entre los puestos de dulces.

Me froté la cara con ambas manos. Era evidente que Mam no había ido por ahí, y yo había perdido el tiempo y las energías para nada. O eso creí hasta que mi vista se enfocó y vi su sombra a unos metros. Se materializó al instante.

—Mam —dije sin aliento—, lo siento, estaba asustada y quería tener más información sobre ustedes, y no me decían nada, así que…

—No te preocupes, da igual.

—Lo siento.

—No estoy enfadado. Si estabas buscando sentirte segura, lo respeto. Aunque me hubiera gustado que me preguntaras a mí, la verdad.

Así que era por eso… ¿Porque no había sido el primero en mi lista? ¿A esto se refería Levi al decir que Mam estaba acostumbrado a ser el centro de atención?

El silencio se llenó con el sonido de mi respiración agitada; había hecho mucho esfuerzo tratando de seguirlo hasta este rincón abandonado de la feria. El calor allí era asfixiante.

Las bolas del helado seguían derritiéndose sobre mis dedos; me había manchado la cara, el cuello y el escote al correr. Quería lavarme antes de quedarme pegajosa, por lo que tendría que hablar rápido. Y debía crear una buena distracción para evitar volver al tema de Agus; si ser el centro de atención era lo que Mam quería, podía darle eso.

—La forma en la que me mirabas en la noria… —susurré.

—¿Qué pasa con eso? —preguntó con tono desinteresado.

—Nada. —Se me escapó una risa nerviosa—. Tonterías mías. Solo es que, por un instante, pensé… algo diferente a lo que estabas pensando tú, seguro.

—¿Diferente?

—Digamos que pensé en cosas en las que no debería pensar —contesté.

—¿Qué cosas? —indagó con tono autoritario.

—Nada… Ya lo hablaremos en otro momento.

Di media vuelta buscando irme; parecía que había logrado que se olvidara de todo lo relativo a Agus, y no tenía intención de alimentar más su ego.

—No. Dímelo ahora. ¿Qué cosas? —insistió.

—Nada —repetí, al tiempo que me giraba para mirarlo.

Fruncí las cejas extrañada: Mam ya no estaba ahí. Confusa, me volví de nuevo para retomar mi camino y me encontré con él a escasos centímetros de distancia. Levanté las manos por acto reflejo y mis palmas chocaron con su abdomen. Nuestros ojos se encontraron.

—¿Cosas como besarme, Valentine? —cuestionó sonriente.

Me fallaron las palabras, sentí que un calor desmesurado invadía mis mejillas.

—Yo no…

En ese instante, esa noche pasó a ocupar el puesto número dos dentro del top diez de cosas inesperadas que me habían ocurrido en la vida.

—¿No querías besarme? —susurró, y su mano viajó a mi cuello—. ¿No te apetece?

Negué con la cabeza, un poco mareada. Por supuesto, estaba mintiendo, pero aun así traté de negarlo. Aquello estaba mal, no era parte del plan.

—Una lástima, porque yo sí quería besarte.

La yema de su pulgar acarició mi piel, acaparando toda mi atención. Eché la cabeza hacia atrás y me perdí en el placer de su tacto. Sonrió, pero no se acercó más.

—Pero tú no me has dado un sí y, aunque normalmente me gusta tomar la iniciativa, cuando tú estás de por medio me convierto en un cobarde.

—Mam.

—¿Sí?

—Bésame.

—¿Segura?

Posó su otra mano en mi cintura y hundió los dedos con fuerza. No pude evitar dar un respingo.

—Bésame, por favor.

Deslizó mi abrigo sobre mis hombros hasta que este cayó al suelo, dejando al descubierto más piel para que él acariciara.

Lo siguiente que sentí fueron sus manos aferrándose a mí, levantándome en el aire hasta que mi espalda golpeó contra una superficie sólida. El poco control que había recuperado sobre mi respiración se esfumó. Pegada a la pared, rodeé su cadera con las piernas buscando una forma de sujetarme, pero, cuando levanté las manos para apoyarlas sobre sus hombros, él sostuvo mis muñecas, inmovilizándome. La sensación fue tan placentera que cerré los ojos; lo último que vi fue su amplia sonrisa.

Sus labios rozaron los míos y luego desaparecieron. Elevé el rostro buscándolos de nuevo, pero no los encontré. Pensé en abrir los ojos para ver por qué se había alejado, pero, en ese instante, una sensación caliente y húmeda recorrió mi cuello. Primero besó las zonas en las que me había manchado de helado. Después todas las demás. Se tomó su tiempo: a ratos me hacía cosquillas, a ratos me hacía estremecer. Sus movimientos eran delicados y estudiados.

Tragué saliva con fuerza cuando su boca bajó un poco más. El impulso de mirar era demasiado fuerte; quería verlo mientras hacía aquello.

Pero Mam pareció percibirlo.

—No —dijo antes de que pudiera abrir los párpados siquiera.

Quise responder, pero entonces notaría lo diferente que sonaba mi voz. El poco control que tenía sobre mis propias palabras en esas condiciones.

Me pegó más a la pared y su boca se juntó con la mía. Succionó mi labio inferior. Yo traté de corresponderle como pude mientras sentía cómo la calidez de su lengua se mezclaba con el frío residual del helado en mi boca. Apenas me daba tiempo a tomar aire. Lo mordí con suavidad; parecía estar hecho de caramelo.

—He querido hacer esto desde el primer día en que te vi —jadeó.

—¿Besarme?

—Tenerte —murmuró sobre mi piel—. Probarte, tocarte.

Ahogué un gemido cuando su lengua rozó la mía; me daba la sensación de que me estaba devorando con cada mínimo movimiento. Tiró suavemente de mi cabello para apartarme, sus pupilas se dilataron.

—Menos mal que no querías besarme —susurró en tono de burla.

—No lo arruines —advertí.

—No hay problema. Si lo arruino, lo vuelvo a hacer hasta que salga bien.

—Qué perseverante —suspiré.

—Eso sí que no te lo voy a negar. Nadie que se rinda con facilidad habría sido tan paciente ni se hubiera controlado tanto.

¿Eso era controlarse? ¿Se refería al tiempo que había esperado para hacer aquello? ¿Se refería a mí? Las mariposas en mi estómago pasaron a ser dragones.

Mi corazón latió desesperado, me solté y bajé al piso. Avergonzada, intenté recolocar la flor detrás de mi oreja, que se había enredado con los mechones de mi cabello.

Estaba muy nerviosa, pero debía ver el lado bueno de la situación: al menos estaba segura de que lo había distraído. Si había logrado evitar el drama tras haber metido la pata con lo de Agus, entonces podía hacer casi cualquier cosa. Me sentía capaz.

Tomé su mano con decisión y Mam dio un pequeño respingo, extrañado, pero de inmediato pareció complacido.

En lo que íbamos a la salida, tuve la sensación de que estaba huyendo de algo. No quería pensar en lo que había pasado, porque, sí, nos habíamos besado, pero yo no había sentido amor, solo deseo. No me iba demasiado el romance en general; supuse que lo que estaba sintiendo podría describirse más bien como una explosión de sensaciones.

Jugueteé con los dedos de mi mano libre, intentando no revivir la escena. Aún sentía el calor de su piel, pero el frío hizo mucho por despejarme.

Recorrimos el camino de vuelta como si estuviéramos en un velatorio. Ninguno habló y ambos íbamos con la cabeza gacha. Creí que, si lo miraba, me robaría el alma.

Nuestras manos sudorosas no se soltaron. Parecíamos niños de primaria; no era mi primer beso y, sin duda, tampoco el suyo. Ni siquiera era mi primera vez besando a un ente superior, y apostaría a que él ya había besado a algún otro mortal antes. Pero, mierda, la tensión quemaba a cada paso.

¿De verdad era posible que aún siguiera habiendo tensión? Creía saber lo que era el enamoramiento, y no me parecía que fuera lo mismo que había entre nosotros. Me preguntaba si era solo mi sensación.

Empezó a formarse una tormenta y Mam se ofreció a teletransportarnos, pero me negué. Necesitaba tiempo para despejarme.

Poco después, las pequeñas gotas de nubes pasajeras nos cayeron encima. Las calles estaban desiertas, no tenía idea de qué hora era. La luna había desaparecido; se había marchado por completo y nos había dejado a nuestra suerte en la oscuridad.

¿Por qué resultaba tan aterradora la oscuridad? Al fin y al cabo, los peligros podían aparecer a plena luz del día, incluso si estabas rodeado de gente.

Me vino el recuerdo del día en el que Dania me había entregado aquel libro en clase, el que supuestamente le había dado Agus. Pensé en cómo todo mi sufrimiento había desaparecido en cuanto había olido ese aroma a lavanda tan similar al perfume de Mam.

—¿Recuerdas la vez que vomité una cosa extraña?

—¿Cómo no recordarla?

—Tú hiciste algo por mí. —Ni siquiera lo pregunté, era una afirmación—. Me transmitiste paz.

—¿Cómo sabes que fui yo?

—Lo asumí; estabas enfrente y fue como si tu olor habitual se intensificara. Hiciste algo, pero ¿el qué?

—No todos los demonios somos malos. —Carraspeó—. Algunos te harán daño, pero otros te ayudarán. Aunque no es algo que yo suela hacer, me pudo la preocupación.

—Vale, pero… ¿cómo me ayudaste?

—Te di el poder de afrontar cualquier mal que pudieras tener dentro.

—¿Estás diciendo que tengo poder? ¿Ya no soy una humana normal?

—Val, nunca fuiste normal, comencemos por ahí —se mofó—. Pero sí, lo tienes. Aunque desaparecerá en cuanto consiga el collar y me vaya. No te preocupes por tu vida futura.

—Levi tiene su gema. ¿Lo sabías? —Él asintió—. ¿Y tienes idea de dónde buscar el resto del collar?

—Sí, yo también escuché el acertijo de As. El collar está cerca, pero no quiero dar un paso sin analizar el terreno antes.

—Creo que está en el convento —comenté—. No sé, me dio esa sensación desde el principio. Y sospecho que Amon piensa igual, porque me llevó allí enseguida después de que habláramos con Asmodeo ese día.

—Quién lo diría. —Se detuvo para secarse las gotas de la cara—. Las grandes mentes piensan igual; esa era mi teoría también.

—¿Eso significa que irás a ver si está ahí?

—El collar te necesita a ti, y no iré antes de que estés lista. Aunque ya lo estás en parte: ves las cosas con más claridad. —Señaló mi frente—. Con otra perspectiva.

—Amon me comentó lo del tercer ojo, aunque creo que me lo tomé de un modo un poco literal. Es más bien una metáfora, ¿no?

—Es lo que tú quieres que sea —sentenció—. Solo debes creer en ti, cosa que te vengo repitiendo desde que te conocí.

—Eres muy dulce.

—Tú sí que lo eres.

A ratos me era imposible asimilar que el mismo joven brillante que se enojaba por la comida y hacía pucheros ahora pareciera tan seguro de sí mismo e imponente.

Esa madrugada, se había abierto una puerta entre nosotros: Avaricia me había dado su completa confianza y su fe sin tener las mías. Yo sabía que, si bien Mam era encantador, tenía un corazón tan duro como los cimientos del convento. Podía gustarme, pero no me fiaría.

Al llegar a casa, un rayo cayó tan cerca de nosotros que el estruendo fue ensordecedor. Me sobresalté, pero, por fortuna, él estaba cerca y me rodeó con sus brazos. Fue un momento bonito, aunque me aparté rápido después de agradecérselo. Mam era, definitivamente, encantador. Supuse que estaba más cerca que nunca de elegir un bando.

Subimos los escaloncitos hasta la puerta de entrada. La velada habría sido perfecta si, al tocar el picaporte, no me hubiera percatado de algo raro: la luz del comedor estaba encendida, la de la sala también. Y no era ni cerca la hora de levantarse.

La puerta se abrió y me encontré de golpe con mi madre.

25

Todo

—Valentine Stamon —suspiró mi padre—. ¿Dónde estabas?

—¡¿Qué demonios haces volviendo a esta hora?! ¡Son casi las seis de la mañana! —exclamó mamá—. La gente normal se levantará en un par de horas para desayunar y tú estás volviendo de Dios sabe dónde.

«Diosa», corregí en mi mente. Si lo hacía en voz alta, probablemente moriría.

—Bien —carraspeó mi padre—, repasemos: está lloviendo, hace frío, solo llevas ese vestido y traes el labial corrido, hueles a humo, vienes a estas horas y con un chico, sin haber pedido permiso para nada. ¿Algo más?

No tenía ni la más mínima idea de qué podía decir. Lamentaba tanto que Mam tuviese que aguantar esa escena… Me moría de vergüenza.

Pero entonces él decidió intervenir:

—Calma —dijo—. Hay una explicación.

No, no la había, ese era el problema.

—¿Por qué no nos preguntaste, Val? —cuestionó mi madre—. Nunca te hemos negado una salida. Es peligroso que vayas a una fiesta de adolescentes y nosotros no sepamos ni siquiera que te has marchado de casa.

—No era una fiesta, era la feria —expliqué—. Y, de todas las veces que me he escapado, esta ha sido la más calmada. No hay razón para alarmarse.

—¿Te has escapado más veces? —La cara de mi madre era aterradora.

—¿Fuiste a la feria sin mí…? —Mi padre habló con un tono bajo que me partió el corazón en dos.

—No es lo que parece, es que, si se lo decía, no me habrían dejado ir con Mam.

—Siempre hemos tenido una relación comunicativa. —Mamá apartó la silla de la mesa para sentarse—. Nunca tuvimos secretos. ¿Qué pasa, Valen?

—¡El Mayoneso es el problema! —vociferó mi padre—. Te lo dije. Ella no hacía estas cosas antes, este muchacho la ha corrompido.

«Por la Diosa», oí que decía Amon desde alguna parte. Luego, con tono de mofa, añadió: «¿Se han corrompido el uno al otro?».

—Tiene razón, yo soy el problema —admitió Mam—. La convencí, no es su culpa.

¿Qué? Pero… aquello no era cierto.

—Lo sabía: sacando a mi niña de madrugadas. Sabía que los de tu tipo eran peligrosos.

—No —interrumpí—. Independiente de lo que sea Mam, yo tomé mis propias decisiones. Si bien estuvo mal no decírselo, debería poder juntarme o salir con quien quiera sin que lo juzguen. Ya no soy una niña, papá.

—Pero ¡te está llevando por el camino del mal! ¡Tú eras la pureza personificada!

—Nunca voy a aprender si no me dejan equivocarme, y la idea de pureza me incomoda, como cuando estaba en el convento.

—¿No te gustaba estar en el convento?

—No. Me quedé allí porque era lo que ustedes y el servicio comunitario habían decidido, pero, ahora mismo, no creo que sea algo que me represente. No creo que encuentre la paz que busco en un centro de adoración.

—Está bien —cedió mi padre—, lo lamento. Pero… no me habías hablado de ello.

—Lo sé, tenía otras cosas en mente.

—De igual forma, debes de saber que, por más que tengamos nuestras opiniones, te habríamos dejado ir a la feria si lo hubieras pedido. Aunque no habríamos permitido que llegaras tan tarde, claro —suspiró—. Y, si esta es la razón por la que rechazaste ir conmigo, no tenías por qué.

—Papá, lo siento…

—No pasa nada. Era nuestro último año, podríamos haber ido los tres.

No supe qué decir.

—Es bastante tarde —intervino mi madre al ver la luz del sol que entraba por la ventana—. Ve a dormir unas horas al menos. Que sepas que estás castigada.

Me esperaba algo peor.

—Y vas a encargarte de Luna, además de otras cosas que ya te diremos.

—Bien —respondí.

Sin embargo, antes de que pudiéramos irnos, mi padre tuvo que soltar uno de sus comentarios:

—¿Algo qué decir, engendro de Satanás? —dijo mirando a Mam—. ¿Acaso eres un ser del infierno que ha venido a sembrar el caos en nuestro hogar? Mayonesa barata.

—Yo jamás he querido sembrar el caos en ningún lugar, señor. Le pido disculpas —se excusó el demonio—. Buenas noches.

«Qué mal miente».

Pero entonces procesé sus últimas palabras y miré el reloj.

—No tiene caso que duerma —declaré—, tengo que ir al instituto en un par de horas.

—Falta a las primeras clases, no puedes ir así.

No merecía a mi familia: ellos eran demasiado comprensivos y yo era demasiado problemática; les había metido a cuatro demonios en casa.

Una vez en mi cuarto, me recosté en la cama a pensar. No podía dormir, no tenía ganas ni sentía la necesidad de hacerlo, lo cual era extraño, pues no me había sentido así desde que había perdido el collar. Aproveché el tiempo para terminar mis deberes, aunque no podía dejar de pensar en las palabras de mi padre; no debería haber rechazado su invitación de ir a la feria juntos. Había estado fatal por mi parte.

«Meh, voy a ir al infierno de cualquier manera».

—Estoy armando los conceptos para saber qué materiales necesitamos —explicó Dania—. ¿Pueden decidir a quién van a pintar cada uno?

Repasé los ejemplos impresos de los siete pecados que había traído; algunos me resultaron más agradables de lo que esperaba. Escogí a un par de los que no sabía nada para mis compañeras. Cuando llegué a la representación de Amon, una sonrisa maliciosa se dibujó en mi rostro.

—Descartemos este, está feo —propuse.

—Tenemos bastante pintura roja, Val, no creo que sea buena idea —repuso Dani.

—¡Yo lo pinto! —Amon me arrebató la hoja—. Valentine tiene dedos torpes, lo haría fatal.

—No estoy segura de que debamos incluirlo —insistí—. Es horrible.

—Tú también, y aun así tus padres te dejaron nacer. —Me sacó la lengua—. Anótame a mí para este, Dani.

Había perdido ese asalto. Mierda.

Me detuve un segundo al ver la hoja de Mam. En aquella representación concreta, se lo veía bastante incómodo en su trono, con expresión seria y los ojos vacíos. Tenía un montón de personas alrededor adorándolo, y tal vez fuera mi sensación, pero no se apreciaban su vitalidad y su felicidad habituales. Aun así, no se podía negar que sí parecía haber nacido para el puesto; incluso tenía un par de diablas secuaces consigo.

Pasé a otra imagen. La figura de Asmodeo apareció frente a mis ojos. Tenía la misma mirada rojiza de siempre, una amplia sonrisa y a alguien sentado en su regazo, aunque, debido a la mala calidad de la impresión, no pude distinguir si era hombre o mujer. A diferencia de Mam, él sí parecía disfrutar sentado en su gran silla, y también había esclavos a sus pies. Podría haber jurado que sentía su densa energía incluso a través de la imagen, y que mi mente reproducía su risa.

Era imponente, no podíamos excluirlo del proyecto.

—Se nos acaba el tiempo —se quejó Mel—. Tengo que irme, tomaré cualquiera. —Agarró la última hoja que yo había separado—. Lo tendré en unas semanas.

—Bien, los dividiremos por colores, y ya casi no nos queda negro, así que quitaremos alguno que lo necesite en mucha cantidad —farfulló Dania—. Tengo otras clases, y tú igual, Val.

—Perdona, mi cabeza anda en las nubes.

—Se nota, ayer no respondiste ningún mensaje.

—Lo siento.

—Es normal, supongo, aunque me gustaría saber qué te tiene tan ocupada. Estás muy misteriosa.

—Te lo compensaré.

Sonó el timbre y todos se pusieron en marcha. Cuando por fin estuve sola, no me encaminé hacia mi próxima clase, sino hacia uno de los pasillos donde creía que podía encontrar a Agus. Tenía intención de comentarle toda la información que había descubierto la noche anterior.

No di con él, así que fui al jardín y la azotea, pero tampoco tuve suerte ahí. Al final, por falta de opciones, entré a la biblioteca. Lo encontré leyendo un libro sobre espiritualidad, escondido en la esquina de uno de los sofás grandes. No quise interrumpir su concentración, de modo que me acerqué con pasos lentos. Sin embargo, él elevó su mirada cuando aún me encontraba a unos metros de distancia.

—Buen día —saludó sonriente—. Te ves diferente. ¿Un cambio de imagen? Te sienta bien.

—Gracias… Pero no me cambié nada, lo único que tengo son ganas de desaparecer. —Me senté a su lado.

—Qué raro, yo no lo percibo así. ¿Qué anduviste haciendo estos días?

Sentía que esa era una de las cosas que debía comentarle con calma.

—Lo normal, ya sabes: intenté recopilar información para protegerme, hablé con una bruja, me besé con Mam… Lo importante es que conseguí la información.

—¡¿Qué dijiste?!

—Esto… —Tragué saliva—. Tuve una cita con Mam. Y pasó.

—Es una broma, ¿verdad?

—No lo es.

Se alejó unos centímetros sin despegar sus ojos de mí y, justo en ese instante, apareció Mel con un montón de libros encima. No era raro encontrarla siempre por la biblioteca estudiando o leyendo.

Sonrió al verme y dejó sus cosas en un estante para acercarse a donde estábamos nosotros. Me pregunté si Agus sabía que era una bruja. Si no era así, me preocupaba lo que podría llegar a pensar de ella, dado que en la cultura popular las brujas no eran algo demasiado religioso ni estaban muy bien vistas. Si era potencialmente peligroso para Melina que él lo supiera, no la quería exponer.

Se detuvo al llegar al borde del sofá. Parecía incómoda. ¿Sería por él? Tal vez debería pedirle a Agus que se marchase.

—Val, ¿qué hiciste? ¿Qué te pasó? —preguntó nerviosa—. Lo siento, noto una energía muy extraña en ti.

—No hice nada ni me pasó nada.

Se unió rápido a nuestra pequeña reunión, y mis miedos se dispersaron.

—No le pasa nada —dijo irónicamente Agus—. Se «besó» con Avaricia.

Melina abrió tanto la mandíbula que pensé que iba a rozar el suelo. Nunca había visto a nadie tan aterrado con tan pocas palabras.

—¿Por qué hiciste eso?

—Tenía que hacerlo para lograr mis objetivos —mentí.

—Uf… —Echó la cabeza atrás—. Yo venía a decirte que no hicieras nada, que puede que pronto surja la oportunidad de que se vayan.

—Fue un beso, ¿por qué el espanto?

—¡Porque no es algo que esté en la naturaleza de los demonios, en especial la de Avaricia! Además, no lo esperaba de ti, después de todo lo que hablamos… ¡Parece que de pronto hayas cambiado totalmente!

—Yo no he cambiado.

—Los cambios lentos son difíciles de notar —musitó Agus—. Sin embargo, en ti lo veo claramente. Me preocupas, Val.

Mel arrugó los labios y me lanzó una mirada apenada.

—Lo siento, pero me parece peligroso lo que puede hacer Mam contigo —admitió sin mirarme a los ojos—. No vivimos en un cuento de hadas, ningún demonio se enamora y pone el bienestar de alguien por delante del suyo propio. Quizá quiere algo de ti.

—Todos quieren algo de mí. Estoy harta de ser la pieza que buscan para completar sus planes y no una compañera. —Me giré hacia Agus—. También estoy harta de que me digas qué está bien y qué no.

—Estás actuando como una inmadura, Val. Si estás recibiendo ayuda es precisamente porque la necesitas. ¿Ni siquiera notas la repentina necesidad que te ha entrado de ponerte de su lado?

No me estaba poniendo de ningún lado, es que me sentía cansada de estar en medio del campo de batalla.

—Lo que tú digas. —Tomé su libreta—. Te escribiré aquí lo que averigüé, tengo otras cosas que hacer.

—Espero que estés segura del bando que escogiste —siseó mientras yo escribía—. Porque no hay vuelta atrás; a ellos no les gustan los traidores.

—Agus...

—Y a mí no me gustan las verdades ocultas. No tienes por qué negarme lo que ya sabemos: no fue solo un beso. —Me agarró el rostro con una mano cuando me incorporé—. Pero eso se puede remediar.

Miré a un lado. Melina parecía tan incómoda que, en cuanto establecí contacto visual con ella, se lo tomó como una invitación a marcharse y escapó. La idea de quedarme a solas con Agus en ese espacio no me intimidaba. Sentía más bien una curiosidad extrema por lo desconocido, por lo que podría pasar.

—¿Remediar?

—Sí —susurró.

No me retiré; la forma humana de Agus era atrayente y cautivadora, y poseía un carisma de otro mundo. Entre nosotros quedaba una química extraña, unos sentimientos fuertes que no supe identificar. Y, cuando me había besado esa otra vez, había sentido que su contacto era humano, natural.

A centímetros de mi piel, su aliento fresco chocó con mi boca. Y entonces él me dijo algo en un tono muy bajo:

—Actúa tranquila, perdona. Te lo explicaría si pudiera, aunque seguro que lo captas enseguida.

—¡Qué espabilados nos levantamos! —exclamó Amon entre risas. Di un salto por la sorpresa—. Permiso, venía a leer.

—Buenas tardes, Amon —carraspeó Agus—. Y Mam. Disculpen, estábamos ocupados.

—Ya lo vemos —respondió Mam.

—¿Quieren algo? —interrogué—. ¿Por qué no están en clase?

—Lo mismo digo —añadió Amon—. No soy yo el que quiere graduarse.

—Graduarse. —Agus chasqueó los dedos—. Cierto, tengo que ayudar a un amigo con su proyecto. Tendríamos que organizarnos para nuestras reuniones, estas fechas están sobrecargadas.

El ángel salió de la biblioteca, y la mirada de Amon alternó entre sus dos únicos acompañantes: Mam y yo. Asustada, observé la mesa por si la libreta de Agus seguía ahí, pero, audaz como siempre, él se la había llevado.

Me mordí el labio inferior esperando que alguno de los dos dijera algo. Mam ladeó la cabeza en dirección a la salida para indicarme que debíamos irnos. Tardé un segundo en comprender a dónde, pero entonces recordé la conversación de hacía unas horas, cuando me había comentado que sabía dónde podría encontrarse el collar.

Salimos al pasillo y nos detuvimos justo antes de llegar al patio. Donde antes colgaban los pósters de la fiesta de Halloween, ahora había un espejo gigante con decoraciones: un par de flores en las esquinas, adornos de colores rojos por la inminente llegada de la Navidad…

Mam tomó mi muñeca y me obligó a ir hasta un sitio vacío del patio. No emití una sola palabra.

—Voy a ir a buscar el collar ahora, acompáñame.

—Las cadenas, querrás decir —contraataqué—. El collar está hecho de cadenas.

—Y de gemas que tienen poder sobre varios de nosotros —me recordó—. No estoy ciego. Sé lo que has estado haciendo.

Se me cortó el aliento.

—¿Qué sabes?

—Todo. —Chasqueó la lengua—. Agradecería que a partir de ahora tus jugadas no implicaran tener que besarte con cierto personaje alado. Pero supongo que no me incumbe lo que hagas en tu tiempo libre.

—Mam, yo…

—Tú me vas a ayudar a encontrar el collar porque tenemos un contrato —me interrumpió con frialdad—. Y apúrate, que no estoy de muy buen humor.

—¿Qué quieres decir con «todo»? —indagué helada.

Sonrió de medio lado y arqueó una ceja. Sus pupilas desaparecieron y, aunque odiaba los clichés que decían que el mundo exterior desaparecía cuando mirabas a los ojos de tu media naranja, todo lo que había a mi alrededor se esfumó por completo al sostener la mirada de Mam.

—Cada pequeño pensamiento —afirmó—. Y no es porque haya violado tu privacidad, es porque te conozco bien.

—No tanto como crees. —Retrocedí—. Si quieres recuperar tu estúpida joya, deberíamos estar ya en camino, y no aquí.

26

Gracias por no haberme matado

Una vez en el convento, inspeccionamos cada ladrillo mohoso que sostenía la estructura. Intenté pensar como lo haría As para saber dónde podría haberlo escondido, pero no me sirvió de mucho.

Amon nos acompañó, aunque sirvió de apoyo moral más que otra cosa, pues lo único que sugirió fue quemar el lugar entero; decía que la joya sobreviviría al incendio igualmente.

Quemar monjas no era lo mío, quizá la próxima vez.

Los pasillos estaban silenciosos. Percibí en ellos una fuerte energía que no había sentido nunca antes. Aunque, claro, si no dejaban de llegar seres infernales y celestiales, tampoco era de extrañar. No se podía negar que aquel sitio tenía una inmensa carga espiritual.

Rebusqué entre las cajas de mi vieja habitación, pero no tuve éxito. No sabía en qué estábamos pensando; no habría tenido ningún sentido que estuviera allí.

—Si fueras un collar, ¿dónde te esconderías? —inquirí.

—En un armario —respondió Mam—. O en una caja.

—No lo sé, nunca he tenido el placer de ser un collar —ironizó Amon.

—¿Me das un bombón, Amon? —le pidió Mam.

—Pfff, pensé que ya habías besado a Val ayer.

Ambos nos giramos hacia él al instante. La tensión se desplegó en un solo segundo mientras el pelirrojo retrocedía lentamente hasta la puerta.

—¡Era un chiste! ¡Lo juro! —Puso las manos en alto—. Ya los saco, los dejé en mi mochila.

—Muy gracioso. ¿Quieres un premio por tu broma?

—¿Te levantaste con ganas de morir hoy? —amenazó Mam.

—Ay, quédense solos, entonces. —Amon se cruzó de brazos—. Voy a traer los dulces y vengo.

Negué con la cabeza en silencio aguantándome las ganas de reír y seguí con la búsqueda.

Revisamos todos los sitios posibles para no dejar ni un rincón sin inspeccionar. Nuestro enemigo era escurridizo; si él mismo se ocultaba tan bien entre las sombras, no quería ni imaginar lo hábil que podía llegar a ser a la hora de esconder un simple collar.

Se nos ocurrió salir al exterior: el jardín con sus estatuas y el buzón también eran posibles escondites. Me puse a abrir los cajones de donaciones uno por uno al mismo tiempo que Mam caminaba en círculos por el patio.

—Me gusta cuando comes dulces —sonreí—. Lo encuentro muy tierno.

—¿Tierno? ¿Un demonio? ¿Tú oyes lo que dices?

—No me juzgues, está claro que soy demasiado inocente. Pero supongo que siempre me ha parecido una de las cosas que te hacían menos detestable.

—Ah, ¿soy detestable ahora?

—En demasía.

Lo escuché reír de fondo. Le hacía gracia mi odio. No podía haber estado más equivocada al empezar a fiarme de él, era como todos los demás.

—Te dije que los comía porque era algo que había heredado de mi guía... —comenzó—. Pero no es solo eso. Durante mi periodo de aprendizaje, Ba'alzebú me los daba como premio. Eran una de sus cosas más preciadas, así que, de esa forma, nos demostraba amor. —Hizo una pausa—. Supongo que los consumo por adicción a ese sentimiento... cuando lo necesito.

Me detuve al oírlo, aunque no me volví para mirarlo.

—Eso es un poco triste, en realidad.

Nos movimos a otra zona. Aún quedaba mucho por explorar, incluidos el bosque y el invernadero. Yo no creía que nuestra búsqueda fuera a dar su fruto, pero era lo mínimo que podía hacer por ellos, por honrar el contrato.

Mi mente trataba de convencerse de que todo este esfuerzo lo hacía porque había firmado un trozo de papel, y no porque lleváramos meses viviendo juntos o porque los considerara casi amigos. No, no, nada de eso. En el fondo, aunque me molestaba que fueran tan egoístas y solo pensaran en sí mismos, yo no era muy diferente.

—Dijiste que lo sabes todo, ¿no, Avaricia?

—No me llames así, suena muy formal.

—Como sea. Entonces, dime: ¿sabías que los oí platicando sobre su plan y sobre mí en las primeras semanas?

—Sí, pero no me importa.

—¿No te importa? —pregunté ofendida—. ¿Cómo que no te importa?

—No dijimos cosas relevantes, no pasaba nada si lo escuchabas o no.

La única razón por la que no me ponía a gritar era porque las monjas me iban a oír, y porque no quería interrumpir la paz de los pocos animales que rondaban por los alrededores. No obstante, el comentario de Mam fue como una cubeta de agua fría arrojada a mi cara.

—Dijeron que yo era parte de su plan.

—Sería raro que no fuera así, todos estamos conectados por alguna razón, la sepamos o no. Incluso si no queremos que sea así, es parte del destino.

—¡También dijisteis que tú mismo ibas a encargarte de mí!

—Para ver si podía hacer que siguieras con vida —admitió con una serenidad que me erizó la piel.

—Vaya, ¡pues muchas gracias!

—¿De nada?

—¡Gracias por no haberme matado! —vociferé—. ¿Quieres que te aplauda?

—No, pero soy un ser sin sentimientos humanos y que por entonces no te conocía de nada. Creo que habría que valorar el hecho de que me enfrenté a la voluntad de mi equipo incluso en esas circunstancias —explicó—. Por no mencionar que en esos momentos el líder era Levi, y a él no le caen muy bien los humanos, que digamos.

—¿En contra de tu equipo?

—Si escuchaste lo suficiente, notarías que ellos no se mostraban muy receptivos siquiera a la idea de tenerte cerca, dado que eso podría suponer un problema.

—Lo oí, pero no lo vi de esa manera.

—¿De una manera en la que yo no parezco el malo, quieres decir?

—¿Me vas a negar que eres malo?

—No.

Cuando sus respuestas eran tan directas, me sentía como si Mam estuviera interponiendo escalones entre nosotros; los construía sobre argumentos sólidos y eran otra forma de acercarnos.

—Con la visión del bien y del mal que tú tienes, es indudable que soy bastante malo. —Su voz me llegaba desde algún sitio cercano, habría podido jurar que estaba a mi lado—. Una vez dijiste que era demasiado bueno y perfecto para ser humano, pero ahora dices lo contrario. Qué complicado es encajar en tus estándares.

—Yo… —Pero sus palabras me quitaron un pedazo de la venda que cubría mis ojos—. No pensé siquiera que quisieras encajar en mis estándares.

—Solo quería caerle mejor a la única amiga que tuve jamás.

—No hables en pasado, sigo siendo tu amiga.

—No es muy de amigos pasar del odio al amor y viceversa de un día para otro. Tampoco es muy de amigos asumir cosas sin preguntar.

—Eres insoportable cuando te pones así. —Puse los ojos en blanco—. Aunque seguro que tú piensas igual de mí.

—La verdad es que para mí eres muy soportable todo el tiempo… Incluso deseable, me atrevería a decir.

Lo miré; su rostro estaba a pocos centímetros del mío, y pude ver sus ojos a la perfección. Veía mi propio reflejo en ellos. Estaba sonriendo de oreja a oreja.

—No hagas eso, lo detesto —dije alejándome.

—¿El qué?

—Usar esa habilidad que tienes para hacerme cambiar de opinión. No es divertido; me hace sentir idiota por no haber visto el panorama de esa manera antes. Lo peor es que luego no puedo ignorarlo.

Mam se carcajeó y, mientras me reía con él, percibí un destello entre las flores blancas. Me acuclillé a examinarlas mejor: entre sus raíces, cubierto de fertilizante y pétalos, yacía el collar. Metí la mano para tomarlo y me clavé unas cuantas espinas, pero al final lo agarré. Le grité a Mam que viniera y su expresión se llenó de alegría.

Más allá de la suciedad, estaba intacto. O eso pensé hasta que me fijé en el sitio donde solía tener las gemas: ya no solo faltaba la negra de Levi, sino también la dorada. Solo quedaba la roja. Sí, Asmodeo nos había devuelto las cadenas (de hecho, ahora que lo pensaba, había sido demasiado fácil encontrarlas, considerando lo retorcidos que eran sus juegos), pero antes había arrancado lo que más ansiábamos encontrar: la gema que albergaba el poder de Mam.

Este tomó el collar cuando yo se lo ofrecí con la mano temblorosa. Al instante, sus ojos se encontraron con los míos.

—Lo encontraste —dijo—, qué gran investigadora eres.

—¿Gracias? —Fruncí el ceño—. Pero le falta una pieza.

—Lo noté. —Cerró con fuerza el puño.

—¿Es muy grave que le falte tu parte?

—Significa que el collar ya no tiene el control que solía tener sobre mí. Aunque, viendo el lado positivo, hemos recuperado la gema de Amon y la de Levi; solo falta una para que las cosas vuelvan a la normalidad. Bueno, eso y mi corona.

—Oh, cierto. Vi en las imágenes que imprimimos para el trabajo que tenías una corona, y también un par de personas de confianza contigo.

—No son personas de confianza, son socios, por decir así. O, mejor dicho, socias. Su desempeño y su estatus en el infierno dependen de mí, imagino que me estarán esperando. Por eso debemos resolver esto cuanto antes.

—¿Cómo van a volver, suponiendo que logren conseguir lo que necesitan?

—Como vinimos, por un portal.

Me invadió un sudor frío antes de hacer mi última pregunta de la jornada; si no la hacía, no me quedaría tranquila.

—Si tuvieras la oportunidad de acabar con As por las cosas que te hizo, ¿lo harías?

—Sí.

Dania ofreció su casa para que nos reuniéramos presentar los dibujos de la subasta; así no gastaríamos en locales. Vivía sola con su hermano, así que tenía mucho espacio disponible para nosotros.

Fuera como fuese, yo debía llevar mis materiales preparados.

Encerrada en mi habitación, extendí el lienzo. Planeaba imitar la imagen de referencia que habíamos impreso. No importaba cómo quedara o si no se parecía realmente. ¿Quiénes eran los compradores para juzgar?

Mam y Amon se ofrecieron a ayudar, mientras que Levi no se animaba a moverse de la cama. Desde que habíamos traído el collar, se había dedicado exclusivamente a limpiar cada uno de sus eslabones hasta la saciedad. También le había vuelto a incrustar su gema.

As andaba muy callado. Lo cual era peligroso, sin duda alguna.

Saqué mis pinturas; tenía curiosidad por ver cómo se pintaba Amon a sí mismo.

—¿Qué necesitas, Amon? —pregunté—. Estás mirando a la nada desde hace seis minutos.

—Es que no sé por dónde empezar.

—Dímelo si necesitas ayuda. Después de todo, es mi proyecto.

Aun así, yo tampoco estaba prestando atención a mis trazos; estaba demasiado ocupada pensando en todos los interrogantes que se me habían planteado en los últimos días.

—Listo. —Levi mostró el collar reluciente—. Póntelo.

—Puedes decirlo sin que suene como una orden, ¿sabes? —lo interrumpió Mam.

—Déjalo, por cosas como esa se ha quedado sin retrato en el proyecto —se burló Amon.

Me levanté a recoger la joya. Yo entendía que no decían aquellas cosas en serio, pero me daba la sensación de que bromeaban demasiado con Leviatán sobre asuntos que a él no le hacían ninguna gracia. Era obvio que la amistad entre Amon y Mam era más fuerte, y, sin percatarse, a menudo le hacían de menos.

Le di las gracias y fui directamente al espejo para ponérmelo.

—No me importan sus estúpidas pinturas —bufó Levi—. Limítense a no hacer mucho ruido.

—Con lo egocéntrico que eres, seguro que te habría gustado tener una. —Amon le mostró el dedo corazón—. Pero no pintamos emos.

—¡Basta! —grité—. No me dejan concentrarme.

—¿Te lo pongo yo? —ofreció Mam—. El collar, si…, si tú no puedes…

—No hace falta, gracias.

Al ajustármelo y sentir su peso, me invadió una sensación reconfortante. La misma que había tenido siempre que lo había llevado puesto en el pasado; era como si la joya estuviera completa. Como si en alguna parte estuviera ese pedazo que le faltaba, aunque yo no pudiera verlo.

—Tengo una duda.

—¿Sí? —respondieron al unísono.

—¿Qué pasa con ustedes si As gana? Es absurdo que nos haya entregado el collar, tengo un mal presentimiento.

—Depende, pero si consiguiera destruir las joyas o dominarlas, o si nunca logramos aclarar la verdad en el infierno…, supongo que estaríamos condenados —explicó Amon.

—¿Y conmigo? —insistí—. ¿Qué pasaría conmigo?

—No dejaré que te pase nada —contestó Mam.

—Ya, pero si por alguna razón no puedes protegerm…

—Lo haré —me interrumpió—. Da igual si desaparezco antes, volvería aquí solo para sacarte de este caos.

—No tienes que intentar salvar a todo el mundo constantemente, ¿sabes? Está bien no ser quien cargue siempre con el peso de los demás. Deberías tener a alguien en quien confiar y que pueda hacer lo mismo por ti.

—¿Y quién sería esa persona? ¿Tú? —preguntó entre risas—. Si es así, estoy a salvo entonces.

—Sí —afirmé riendo—. Yo te salvaré.

27

Los cuadros del infierno

As debía de tener alguna razón para darnos el collar… Debía de haber algo que no estábamos viendo.

¿La cita con Mam había sido real o él también estaba tratando de sacarle partido a la situación de algún modo? A fin de cuentas, yo había aprovechado para obtener información de él…

¿Y si Agus y Mel tenían razón y yo estaba del lado equivocado? No, no estaba de ningún lado, yo solo estaba tratando de sobrevivir.

—Val —me llamó Dania a través del teléfono—, ¿me estás escuchando? ¿Ya te lavaste la cara?

—Estoy despierta —aseguré—. Es que me quedé hasta tarde pintando.

—Al menos ya los tenemos. Es odioso que esta parte no sea ni un cuarto del trabajo. De hecho, solo es la base sobre la que se sustentarán nuestros estudios.

—Sí… —Bebí un sorbo de mi chocolate con leche—. Las vas a exponer en tu casa mañana por la tarde, ¿no? ¿En el mismo sitio donde tu hermano vendía sus pinturas?

—No, «vas» no, «vamos». Vamos a hacerlo juntas —corrigió—. A ver si aprovechamos para hablar, que no compartimos casi nada este año.

—Oh, sobre eso… —Tragué saliva—. No podré ir.

Me levanté a comprobar que las pinturas estuviesen en buen estado para entregárselas. Primero revisé la mía, que había perdido parte de su saturación, aunque al menos se parecía bastante a mi idea original.

—¿De qué hablas?

—Estoy castigada, me escapé.

—Tú siempre te escapas, no tiene sentido.

—Es complicado. —Me moví para observar el cuadro de Amon—. Pero no puedo ir. Y probablemente tampoco pueda estar mucho contigo hoy. Pensaba llevarte las pinturas y volverme.

—Valen.

—¿Sí?

—Si lo que quieres es cortar la amistad, puedes decírmelo —farfulló—. Desapareces constantemente, no me escribes en días y, cuando lo haces, es para hablar de temas del instituto o de ti. Casi no compartimos actividades. Siento que solo quieres alejarte de mí.

—Dani, no es eso.

—Ya solo te juntas con otras personas, y eso está perfecto, no tienes por qué estar con las mismas de siempre si no quieres, pero dímelo, no es agradable sentirse ignorada.

—No te estoy ignorando, es solamente que tengo muchos líos en la cabeza.

—¿Esos líos que solo me cuentas a la mitad o los que directamente me ocultas?

El teléfono se me resbaló de las manos.

—Veo que andas bastante ocupada escapándote y conviviendo con otras personas, tómate tu tiempo. Únicamente te recuerdo que la subasta es para un proyecto escolar que, por cierto, estoy haciendo prácticamente sola porque soy consciente de que tienes problemas.

—Dania, espera, no cortes —rogué—. Conseguiré ir, siento no haber estado ayudando, no tengo excusa. ¿Nadie te ha echado una mano?

—Apenas. Tus primos no parecen muy interesados y tú ni apareces.

—Estaré allí.

—Eso no arreglará las cosas, Valentine. Pero gracias. Lo aprecio.

Cortó la llamada.

Le eché un vistazo a la cama; había olvidado que los chicos estaban ahí. Me resultaba incómodo que hubiesen escuchado mis problemas tontos de adolescente, pese a que me había visto en situaciones peores frente a ellos.

Volví a centrarme en los cuadros para disimular y algo me resultó llamativo en el de Amon: no tenía la tonalidad intensa que me había esperado, y apenas había referencias a cosas sangrientas; tan solo mostraba una especie de bestia de ojos dispares enfadada en medio de la nada. No estaba destruyendo nada, ni siquiera se movía. Me pareció perturbador: la había pintado él mismo y, sin embargo, parecía una perspectiva de un espectador que lo estuviera viendo desde fuera. ¿Se veía a sí mismo como ese monstruo? ¿Con toda esa fuerza, pero sin saber qué hacer?

—Modifica esto —le ordené—. No llama la atención, parece atrapado.

—¿Qué quieres que le ponga?

—¿Detalles? Está demasiado vacío, agrégale un fondo.

Pasé al de Mam. Sabía que me encontraría con una obra digna de los mejores pintores de la historia: su don artístico acaparaba todas las áreas de la creación.

Lo miré a él antes que a su dibujo, me sonrió y me esforcé en no devolverle la sonrisa. Era demasiado temprano para encontrarlo encantador.

La forma en que se había retratado a sí mismo no me sorprendió: llevaba sus joyas, que eran el triple de doradas que él, y su expresión no transmitía ninguna emoción. Era solo un joven lindo con muchas cosas alrededor. Eso no significaba que no me gustase su trabajo; en realidad, era mejor que el del resto del grupo.

—Cuando te pintan otros sueles estar rodeado de gente, cuando lo haces tú, apareces solo —comenté.

—Es que estoy solo —afirmó—. Esa gente no significa nada para mí.

—Por la Diosa —rio Levi—. ¿Hay alguien en la existencia que signifique algo para ti?

—Sí —contestó Mam al instante.

Deberían dejar de responder preguntas con sí o no, por el bien de mi estabilidad mental.

—Lo hiciste bien —le felicité—. Gracias, Mam.

—Di que es tu favorito y ya —se quejó Amon mientras retocaba su lienzo.

—No tengo favoritos.

—Yo creo que sí tienes uno —dijo Mam—, solo que no está en esta habitación.

«¿Está hablando de Agus?».

—¿Y eso a qué viene? —inquirió Leviatán—. ¿Estás celoso, Mam?

Este estuvo a punto de responder; sus labios se movieron, solo que de ellos no brotó sonido alguno. Mi corazón se detuvo.

—¡Val, vas a llegar tarde! —gritó mi madre.

«Gracias a la Diosa».

Al día siguiente, en vista del mal tiempo, mi padre se ofreció a llevarnos en su auto a casa de Dani. A cambio, me puso la condición de quedarse allí. Yo no me negué; después de todo, cuanta más gente hubiera, mejor. Además, ya contábamos con Aaron como adulto encargado, así que podrían repartirse la responsabilidad.

Cuando llegó Agus, le conté las novedades de los últimos días. Se alegró de que tuviese de vuelta mi collar, porque, a pesar de que seguía pasando casi todo mi tiempo con los chicos, aquello era preferible a que lo tuviera Asmodeo. Por no hablar de que, mientras yo lo poseyera, tendría cierto control sobre ellos.

Por un segundo, una idea atravesó mi mente: si realmente lograba tener al menos un ápice de influencia sobre Mam, quizá podría detenerlo antes de que le hiciera algo a As.

O no. ¿Por qué tendría yo que mostrarle piedad a Asmodeo?

Para cuando me quise dar cuenta, ya estaba llevando materiales al cobertizo donde colocaríamos los cuadros.

Todos estábamos allí. Incluso Leviatán había venido, aduciendo que, al tener de vuelta las gemas, no podíamos bajar la guardia. Pero la tensión era palpable en el ambiente, sobre todo entre él y Mam.

Mientras los otros conectaban las luces navideñas que íbamos a usar de adorno, yo terminé de organizar mis apuntes sobre lo que diría. Me tocó convencer a unos cuantos estudiantes y amigos para que viniesen a comprar. No fue sencillo: si bien los precios eran un chiste en comparación con los que alcanzaban las obras de arte reales, no había muchos fanáticos de la temática, en especial en esa ciudad tan agnóstica.

Cada uno de los presentes teníamos una tarea concreta asignada, pero, en cuanto terminé mis llamadas, me dispuse a ayudar en otro sector.

Sin embargo, antes fui a lavarme la cara con la intención de refrescarme un poco. Al mirarme al espejo, por un momento no reconocí mi rostro, y me pareció ver una sombra oscura que pasaba corriendo por detrás de mí. Di media vuelta para investigar qué era, pero no vi nada. Quise convencerme de que había sido un efecto óptico sin más.

Intenté calmarme, pero, cuando alguien empezó a golpear la puerta, perdí los nervios de nuevo y ahogué un grito. Los golpes no se detuvieron; no eran violentos ni escandalosos, simplemente me había puesto algo paranoica sin razón aparente.

—¿Hay alguien? —preguntó una voz femenina—. ¿Disculpe?

Abrí la puerta y me topé con Melina, que sonrió aliviada nada más verme. Sentí que mi alma volvía a mi cuerpo.

—Perdona, no sabía que estabas dentro.

—Ya salgo, lo siento —mascullé—. No sabía que vendrías, pero me alegro de verte.

—Lo dije en el grupo. Planeo comprar mi propio cuadro; me gusta el ser maligno que me tocó.

—Perfecto, entonces espero que disfrutes la noche.

Me alejé mientras me repetía a mí misma que lo del espejo había sido producto de mi imaginación. Si no lograba tranquilizarme y hablar con claridad, era probable que asustara a los invitados.

En medio de la vorágine, mi mejor amiga controlaba hasta el más mínimo detalle a su alrededor. No me cabía duda de que había elegido cuidadosamente el ángulo de las luces, la posición de las pinturas e incluso la manera en la que íbamos a registrar los pagos.

—Hey, ¿cómo vas? Falta media hora —le recordé—. Todo quedó precioso… gracias a ti.

—Ajá… —Miró a otro lado, ignorándome—. ¡Mam, Agus! ¿Pueden encargarse de traer la mesa de aperitivos?

Ambos vinieron rápido hasta nosotras, serviciales. Me maravilló que no se negaran a realizar tareas humanas por nuestro grupo o, más específicamente, por mí, que era el único punto de enlace que tenían con los demás.

Para Dania, era lo más normal del mundo llamarlos para pedirles ayuda, mientras que yo lo encontraba incómodo. Aunque, claro, yo había provocado que fuera así.

Mam se dirigió a un lado de la mesa, pero, antes de que pudiera llegar hasta ahí, Agus se colocó en ese mismo extremo. Desde mi punto de vista, había parecido evidente que se había apresurado a tomar el mismo lado que Mam iba a escoger; sin embargo, el ángel nunca buscaba problemas, así que debía de haber sido una coincidencia desastrosa. Una que condujo a una conversación extremadamente tensa:

—Hola —empezó Agus—, es un gusto saludarte por segunda vez, ya que la primera no me respondiste.

—Perdona, suelo usar los nombres para eso, y eres tan irrelevante que no recordaba el tuyo —replicó Mam.

—Oh, ¿no los han presentado? —se entrometió Dania—. Pensé que Val lo habría hecho

—No, Dani… —murmuré.

—Vaya. Bueno, coloquen la mesa por allá. —Mi amiga señaló con un dedo—. Creí que ya se conocían. Cuando acaben lo que les pedí, los agrego a algún chat para que puedan hablar.

—No hace falta, seguro que podemos aprovechar esta noche —dijo Agus al tiempo que empujaba con brusquedad la mesa para indicarle a Mam que se moviera.

La colocaron en su sitio y Dania suspiró.

—Listo, creo que eso era lo último. —Luego se volvió hacia mí—: Te esperaré en la entrada.

Yo me apresuré a ir tras Agus y Mam. Mi sexto sentido y el sentido común me decían que, si efectivamente hablaban, ni ellos ni yo saldríamos bien parados.

Unos metros más adelante, la intensidad de su intercambio de miradas auguraba problemas. Me replanteé mi vida antes de inmiscuirme.

—Gracias, ya pueden… —busqué una palabra inofensiva— dispersarse.

—Yo siempre ando disperso, ya deberías saberlo —respondió Agus.

—¿Te irás ya? —inquirí.

—En un rato, tenemos que hablar un poco.

—¿De qué? —indagó Mam.

—La conversación es entre ella y yo —le contestó el ángel—. No tengo por qué decírtelo.

—Está bien, no me lo digas tú. —Mam se giró hacia mí—. ¿De qué tienen que hablar? Si no te incomoda decírmelo, claro.

Ambos platicaban con amplias sonrisas, aunque ninguna era genuina.

—No te interesará —intervino Agus de nuevo—. Son temas de seres de luz: la seguridad de Val, nuestros besos, etcétera. —Hizo especial hincapié en la palabra «besos», en plural.

La boca de Mam se redujo a una línea fina, su mirada se enturbió.

—Buenas.

Nunca creí que agradecería tanto la existencia de Leviatán.

—¡Levi! —exclamé—. Ya colgamos los cuadros, ¿quieres ir a verlos?

—Como desees. —Su mirada saltó de Mam a Agus—. Vamos. Por cierto, Mam, ve a cuidar de Amon.

—Se puede cuidar solo —dijo su amigo antes de marcharse.

Tomé de la mano a Levi para alejarlo de allí y fingí enseñarle las obras por si alguien nos observaba. Quedaban minutos para la apertura «oficial»; si bien ya estaban más de la mitad de los que habían confirmado su asistencia, queríamos hacerlo formal. Incluso habíamos obligado a Amon a ponerse traje.

—Dijeron que no iban a incluirme —se quejó Leviatán, interrumpiendo el hilo de mis pensamientos.

—¿Incluirte? —Me giré confusa—. No lo hicimos… —Dejé la frase a medias.

Se me cortó la respiración al ver un lienzo gigante con la figura de Leviatán. En el dibujo, el príncipe de la envidia se sentaba de lado en su trono, vestía su camisa negra habitual y mostraba a todo color sus tatuajes: una serpiente, una luna, dagas, espinas, corazones y dragones… Quien fuera que se hubiera pasado la noche pintando se merecía un regalo de parte de Levi, pues habían resaltado sus músculos y la belleza de su piel en cada centímetro; parecía un dios. Tampoco habían olvidado la importancia del agua ni las referencias a criaturas marinas.

Nuestra excusa para no incluirlo en el proyecto había sido sincera: no nos quedaba apenas pintura negra. Por eso supe que aquel retrato no lo había hecho ninguno de nosotros. Además, el manejo de las luces y la imponente presencia de las sombras permitían deducir que lo había pintado alguien que no veía la luz muy a menudo.

Fuera como fuese, esa pieza eclipsaba a las demás sin esfuerzo.

Nadie era tan bueno. No conocía a nadie que pudiera haber hecho aquella obra maestra.

—Ya son las ocho —anunció Levi—. Debes ir a recibir a la gente.

—Sí, es que he cortocircuitado —murmuré.

—Les quedó bien —admitió—. Como si me conocieran... Tal vez se lo compre. Le voy a robar dinero a Mam.

—Me alegro de que te guste.

—Si no pareciera que tiene tintes sexuales, me habría gustado conocer a quien lo hizo.

No podía haber aparecido de la nada, alguien del grupo debía de haberse confundido de sujeto a la hora de hacer su pintura...

Aunque en el fondo sabía que las probabilidades de que aquello fuera cierto eran nulas. Tenía la mente en otro lado, no podía concentrarme.

Sin embargo, por fin la gente empezó a entrar y yo me apresuré a darles la bienvenida. Dania no se quedó atrás, y vi que mi padre me lanzaba una mirada de aprobación desde fuera. Aquello atenuó mi nerviosismo y respiré hondo para tranquilizarme; solo eran compañeros de clase y extraños, nada con lo que no pudiera lidiar.

Entre las manos que estreché, una en particular hizo que sintiera una leve descarga; lo ignoré antes de que mi imaginación empezara a volar y levanté la vista para regalarle una sonrisa forzada a la persona en cuestión. Me encontré con un joven ataviado con un traje oscuro con brillos, a pesar de que no habíamos exigido vestimenta formal. No me soltaba la mano y, por culpa de su sombrero, no lograba verle el rostro.

Se lo quitó al fin, y toda la estabilidad que yo había conseguido reunir se desmoronó en un segundo. Lo peor fue que no se movió, no actuó de manera extraña, simplemente se limitó a susurrar:

—Valentine Stamon, por fin logramos coincidir en un evento. Siento presentarme sin invitación. —Al retirarse el sombrero, algunos cabellos blancos con raíces negras cayeron sobre su cara—. Es un placer —rio.

No pude articular palabra.

—¿Qué pasa? —La sonrisa de Asmodeo mostró sus afilados dientes—. ¿No es mi presencia una bendición?

Parpadeó con lentitud hasta que sus pupilas se convirtieron en dos círculos rojos intensos; se peinó con la mano que aún tenía libre y observó de reojo al resto de los presentes. De algún modo, su serenidad lo hacía aún más bello.

—Quita esa cara, no muerdo mucho. —Me dio unas palmaditas en el hombro—. No te asustes.

Sin dejar de mirarme, sacó una cajetilla de cigarrillos y se colocó uno entre los labios mientras guardaba el resto de nuevo. Chasqueó los dedos una vez y creó una pequeña llama que utilizó para encender el pitillo. Se movía con una fluidez que encerraba cierta artisticidad.

—Te invito a entrar después de mí, la noche estará entretenida —exhaló—. Será una buena reunión.

28

Lo que todo demonio quiere

Nunca me había sentido tan cerca de la muerte como cuando lo vi caminando en dirección a los otros invitados. Mi expresión de terror debió de ser tan evidente que Leviatán se acercó a ver cuál era el problema.

—Parece que hayas visto un fantasma, ¿qué ocurre?

—Nada —negué asustada—, ve con los chicos. Tengo algo que hacer.

—No quiero —resopló—. No después de haberte visto hablando con Asmodeo hace tan solo un minuto.

—¡¿Qué?! ¡¿Lo sabes, entonces?!

—¿Qué te dijo? No hace falta que lo ocultes. —Tomó mi brazo y tiró de mí para alejarme unos metros de la multitud.

—Tengo que ir al evento, me están llamando, por favor.

—Él fue quien trajo esa pintura, ¿verdad?

—¡No tengo ni idea! —Me solté con brusquedad—. ¡Tengo otras responsabilidades, no sé cómo van a arreglárselas con As, pero no cuenten conmigo!

Mi corazón latió como si fuera a escaparse de mi pecho. Dania me estaba llamando desde hacía minutos, y yo solo podía pensar en el peligro que nos rodeaba. No es que me sintiera del todo segura con ningún demonio, pero, si era honesta, As era el último con el que deseaba encontrarme.

Arrastré mis pies hasta el centro del cobertizo. A esas alturas, ya me había olvidado de lo que tenía que decir para presentar los cuadros. Me limité a ser el apoyo moral de Dani, la verdadera capitana del grupo.

Observé el espacio a mi alrededor; sin embargo, Asmodeo había desaparecido. Imploré a todos los ángeles para que no se encontrase con los chicos.

Era imposible que esta noche saliera bien.

Al menos mi padre dijo que se llevaría mi cuadro; si bien no le convencía la temática, quería apoyar nuestro proyecto.

Cuando terminé de balbucear tratando de explicar lo que representaba mi obra, Dani tiró de mí para llevarme a un lado. Me conocía lo suficiente como para notar que estaba actuando por pura inercia.

La música cambió a una canción lenta, las luces adoptaron tonos cálidos. Nos acercamos a la mesa de los aperitivos para que ella pudiera interrogarme y, con cada paso que dábamos, mi cabeza repasaba las excusas que daría una persona normal. Mentirle era cada vez más complicado.

—Val, ¿te dio ansiedad? ¿Estás muy nerviosa? —indagó Dania.

—Yo… —Llevé mi mano a una fruta cualquiera sin despegar mis ojos de los suyos, intentando volver a la realidad—. Estoy confundida, no pasa nada.

Una mano chocó con la mía en el plato. Me arrebataron mi trozo de sandía.

—¿Saben que las semillas de sandía son un afrodisiaco natural? —comentó la misma voz masculina que me había saludado antes—. Se las recomiendo.

La energía que irradiaba Asmodeo era tan chocante que despertó sensaciones confusas en mi cuerpo. Le dio un gran mordisco a la rodaja de sandía e hizo que el jugo rosado se derramara entre sus labios y rodara por su barbilla. Aún sostenía el resto de su cigarrillo en la mano.

Con un poco más de calma, observé otros detalles en los que no había reparado antes, como el arete en su oreja.

—¿Buenas? —preguntó Dania.

—Buenísimas —respondió él.

—No te había visto antes, ¿de dónde vienes?

—De la cárcel.

—¿Qué acabas de decir?

—Ya saben, es que mi cuerpo es un delito.

Eso hizo reír a Dania, pero yo no estaba como para captar el chiste. Tenía el mismo ánimo que si estuviera en un velatorio.

Oímos que Aaron llamaba a su hermana: al parecer, el gato había mordido a su amigo pelirrojo.

Mi amiga se alejó y yo jugueteé con mis dedos para aliviar la tensión. Me froté la cara, sintiéndome frustrada porque las cosas se hubieran puesto en nuestra contra tan rápido.

No quería que Asmodeo y los chicos se encontraran. Estaba al borde del colapso.

—Relájate, parece que te vas a ir de este plano terrenal —se burló él—. ¿Qué pasa? ¿No puedes con tantas cosas?

—As…

—Quiero unas gafas de corazón —comentó—. Tendré que salir de compras. Pero antes necesito patear a Leviatán, ¿sabes dónde está?

Negué con la cabeza.

—Que no me lo quieras decir puede jugar en tu contra —amenazó—. Pero no esta noche, hoy solo vengo a tener lo que todo demonio quiere: superioridad.

—¿Estás bien? —Por alguna razón, fue lo único que se me ocurrió preguntar.

—Eso deberías preguntárselo a tus amiguitos. —Abrió su bolsa y sacó una corona—. Ya verás cómo vienen enseguida, ve. —Se la puso—. Cuéntales quién vino a visitarlos.

El hecho de que desapareciera frente a mis ojos me inquietó aún más.

Fui al lugar en el que los chicos estaban esperando a que terminara el evento; tenían prohibido entrar en la zona de exposición. Había sido idea mía, y lo había hecho pasar por una medida de seguridad, pero la realidad era que me sentía incómoda hablando de sus retratos y describiéndolos delante de ellos. Me daba miedo decir algo equivocado y que lo oyeran.

Amon se encontraba sentado en el césped y mirando hacia arriba para escuchar con atención lo que fuera que Mam le estuviera relatando. Este hacía gestos con las manos para acompañar su explicación. Ambos estaban muy metidos en su rollo, mientras que Levi se encontraba a su lado en silencio, con un termo pequeño de agua.

Mam giró ligeramente la cabeza al sentir mi presencia. Me percaté de que estaba sudando tanto que la ropa se adhería a su piel; probablemente se debía al calor, las luces y el hecho de que su temperatura corporal normal ya era bastante cálida. Al darse cuenta de que lo observaba, hizo como si me enviara un beso con la mano.

—¿Ya terminaste? —preguntaron todos al mismo tiempo.

Con mi tacto habitual, solté:

—As apareció, entró a la casa y anda dando vueltas por ahí.

Fue como si hubiera hecho explotar una bomba en sus caras. Menos en la de Levi, claro; él ya lo sabía.

La manera en la que Amon endureció su expresión y se levantó hizo que el pelirrojo adquiriera una apariencia más siniestra y peligrosa de lo normal; había dejado atrás todo rastro del adolescente que fingía ser. Estiró la mano y un objeto apareció en su palma con rapidez. Solo alcancé a distinguir el brillo de su filo, pero pude deducir que era una daga.

—Ten cuidado. —Mam se acercó a mí—. ¿Quieres quedarte conmigo mientras lo encontramos?

—No creo que se esté escondiendo.

—Quédate conmigo —pidió a centímetros de mi mejilla.

—Me preocupa más lo que pueda pasar con los demás. Ahí dentro hay mucha gente a la que quiero.

—Búscate un escondite, haré lo posible por no arruinar esta noche para ti.

En cuanto me soltó, sus uñas se convirtieron en garras y el gris de sus ojos desapareció para dar paso al blanco. Él sonrió ante el peligro.

Los tres amigos se miraron. Amon jugaba con el arma entre sus dedos como si fuera un lápiz. Mam agitó el dedo índice en el aire para trazar una figura que reconocí gracias a los libros que Agus me había dado para leer. Era un círculo con algunos detalles dentro, y era un símbolo de protección que evitaba que nadie saliera o entrara de un lugar concreto. Comprendí que pretendían encerrar a Asmodeo dentro…, pero, al hacerlo, encerrarían también a los invitados.

No podía permitirlo. Con el poco coraje que me quedaba, tomé su mano, aunque no distinguía dónde acababan sus dedos y dónde empezaba su hechizo, y me daba cierto repelús tener que tocarlo en ese estado demoniaco.

—Para. Si hacen esto, van a poner en peligro a todo el mundo y van a arruinar la subasta —expliqué—. ¡Mam, esto es importante para mí! Mi año depende del proyecto final. ¡Y mis seres queridos están ahí!

—Val —suspiró—, lo siento.

Movió su mano derecha como si fuera a hacer otro hechizo y, cuando fui a detenerlo, usó la izquierda para terminar el primero sin que yo tuviera tiempo de evitarlo.

—¿Qué? ¡No! Esperen un segundo, las personas se van a asustar. Mi padre está aquí, y…

—Valentine —me interrumpió Amon—, con todo el amor del mundo, nosotros también tenemos problemas importantes, cosas que hacer y situaciones de vida o muerte que resolver.

—¿Cosas como hacerle daño a As, por ejemplo?

Sentí que sus ojos se posaban lentamente en mí; arqueó una ceja.

—¿Qué dijiste?

—Eso, que lo que quieren es dañar a As —repetí—. Es comprensible, les robó y los inculpó. Pero mi familia y mis amigos están ahí, ¿cómo piensan solucionar eso?

—Te voy a ser sincero: me importa una mierda —intervino Levi de mala gana—. Lo que ocurra con este lugar o cualquier individuo que haya dentro no me puede importar menos.

Mi boca se abrió un poco por la sorpresa.

—Si me disculpas… —Mam se liberó de mi agarre con cuidado. Aun así, sentí un ligero pinchazo cuando sus garras me rozaron—. Tengo asuntos que atender.

—Tenemos —corrigió Levi.

—¿Puedo quemarlo todo ya o espero para desatar mi ira más adelante? —farfulló Amon—. Esa rata blanca no saldrá de aquí.

—¡¿Qué?! Mírense, están actuando como… —«Demonios». Como lo que eran—. Villanos.

Cualquier otro habría dejado que se fueran, habría ido a refugiarse o a esperar que el caos cesara. Era lo lógico. Pero, por supuesto, yo no era cualquiera, y mis actos los regían mi interior, mis ansias y mis impulsos.

Corrí y sujeté el brazo de Mam. Me quemé nada más tocarlo, pero no lo solté. Utilicé todas mis fuerzas para detenerlo y hacer que se girara para mirarme.

Sus ojos no reflejaban nada: ni emociones ni mucho menos algún detalle que me permitiera saber cuánto me la estaba jugando en ese momento. Cada vez que Mam se mostraba en su forma demoniaca, yo me replanteaba quién era en verdad. Y esta vez tuve que admitir que apenas lo conocía realmente; solo lo que él me había dejado ver. Aun así, lo conocía lo suficiente para saber que no debía tener miedo.

—Van a hacerse daño —advertí.

—Tienes poca fe: yo siempre consigo lo que quiero, nunca pierdo —aseguró—. Asmodeo no es rival para mí.

—Eso es cierto —afirmé—. Pero tú sí eres tu peor rival, Mam. No estás usando la razón. El hecho de que él tenga tu corona te trastoca la cabeza.

—Esta es la primera conversación seria que tenemos. Qué bonito.

—Lo sé. Como también sé que no hay forma de que esto no sea una trampa. Confía en mí.

—¿Cómo? ¿Igual que tú confías en mí y luego vas por ahí aliándote con ángeles? —Lo dijo lo bastante bajo como para que los otros no lo escucharan.

La adrenalina recorría mis venas, toda mi concentración estaba puesta en no soltarlo. Si no hubiera sido por eso, su ataque sorpresa me habría derribado.

—Tú mismo me dijiste que no confiara en ti. —Claramente, no se esperaba que lo rebatiera con sus propias palabras—. Lo repetiste varias veces para luego contradecirte. ¿Ahora pretendes decirme que sí es seguro estar de tu lado?

—Sabes con certeza que ningún lado es seguro.

—Me alegra que seas consciente de ello. Entonces sabes por qué no confío en nadie. Ustedes no son más importantes que la gente a la que quiero.

—Pensamos igual, Valentine. Somos dos personas egoístas, avariciosas, altaneras y desconfiadas mirándose frente a frente. —Llevó su pulgar a mis labios.

—Te veías bastante adorable al inicio.

—Lo mismo digo. —Exhaló, como queriendo liberar la tensión de su interior—. Somos lo que somos. Y tienes razón: te avisé que no debías confiar en mí, que no era tu única opción ni la más acertada, y fui sincero.

—Y yo te estoy avisando que buscar a As es un suicidio. También estoy siendo sincera.

—Como puedes ver, ninguno escucha al otro. —Sonaba enojado, de algún modo—. Cuídate. Cuídate mucho, y no vayas al infierno si yo aún no estoy allí. —Se inclinó para depositar un beso en mi mejilla—. Te quiero. Volveré.

—Estás fatal.

—Estamos.

Esa costumbre de dejarme helada con respuestas cortas y secas me sacaba de quicio.

Mam me soltó, y el brillo de su mirada desapareció junto con él y sus dos compañeros. No era el primero que me dejaba con la palabra en la boca esa noche.

Iba en busca de Dania cuando me topé con mi padre en el camino. Parecía angustiado y llevaba el teléfono pegado a la oreja. Fui a hablar con él, pero me detuve al oír su tono de preocupación. Estaba acelerado y parecía querer salir corriendo de allí; solo se detuvo al percatarse de mi presencia.

—Hija —me llamó—. Creo que no puedes volver a casa ahora mismo.

—¿Por qué?

—Hubo un pequeño incidente. No te preocupes, ya llamaron a los bomberos y yo iré ahora.

—¡¿Bomberos?! ¿Qué pasó?

—Nada. —Tragó saliva—. Hablaré con el hermano de tu amiga a ver si te puedes quedar aquí en lo que apagan el fuego.

«Fuego».

Sin duda, en los minutos que habían transcurrido desde que había perdido a los chicos de vista, había ocurrido algo gordo. Inmenso.

—¿Quiénes estaban en casa?

—Por fortuna no hay heridos —buscó tranquilizarme—. Pero no puedes ir, no te preocupes, no es grave.

—Tu cara no dice lo mismo.

Un incendio… en mi casa. Con razón no había logrado encontrarlos; se habían ido. Asumir que habían sido ellos era precipitado e insensato y, aun así, la opción más obvia.

—¿Vas a irte ya?

Parte de mí se preguntó si podría siquiera salir de allí. No sabía si el hechizo protector de Mam seguía funcionando.

No conseguía reaccionar, me sentía como si estuviese flotando sobre la tierra. Estaba angustiada por mi madre y por

Luna, sí, pero la noticia había sido tan repentina que aún no la asimilaba. Sentí que mi entorno empezaba a distorsionarse: las personas charlaban, quitaban las pinturas, salían tan campantes en sus automóviles…

Bien, eso respondía a lo del hechizo. No obstante, todo aquello parecía estar ocurriendo muy lejos de mí. No oía nada, la boca de mi padre se movía rápido mientras hablaba con Dani y su hermano. Mi mejor amiga abrió los ojos como platos y se giró abruptamente en mi dirección. Corrió hasta abrazarme, pero no le devolví el gesto. La cabeza me pesaba.

Habían quemado mi casa sin tener en cuenta si mi familia estaba dentro o no. Del mismo modo que no les había importado nadie dentro de ese evento, ni siquiera yo, que había cambiado mi vida solo para adaptarme a la de ellos.

Habían destruido todo a su paso desde su llegada; incluyendo la forma en la que yo veía la realidad.

Sentí que los brazos de Dania me sujetaban con fuerza y cerré los ojos. Perdí el equilibrio y, en el momento final antes de perder la consciencia, unas manos que no eran las de Dani rozaron mi nuca, justo la parte en la que se cerraba el collar. Creí que me lo quitarían; sin embargo, subieron hasta mi coronilla.

Como si yo no fuera más que una mascota, el desconocido me dio tres suaves palmaditas a modo de felicitación. Su tacto fue el empujón que necesitaba para desmayarme. Sabía a quién pertenecían esas manos.

Pero, si As me felicitaba, ¿qué había pasado con los chicos?

29

Parecía muy divertido hasta ahora, ¿no?

Desperté sintiendo que me quemaba.

Hacía un calor asfixiante, me habían puesto demasiadas sábanas encima. Reconocí la habitación de Dania al instante por la decoración. El reloj de la mesilla marcaba las 03.33 de la madrugada. Las luces estaban apagadas, pero, al ver el brillo de la pantalla de su celular, asumí que ella estaba despierta.

Me acomodé en la cama de invitados.

—¿Qué haces? —indagó en voz baja—. Hace un rato estabas tiritando.

—¿Tiritando? ¿Yo?

—Sí, fui a buscar una manta de lana porque creía que te ibas a congelar. Fue mi culpa por querer dejar la ventana abierta.

—No es tu culpa, no pasa nada, gracias.

—Puedes beber de esa taza si no consigues dormir. —Señaló el piso—. Descansa.

Me arrastré hasta el borde de la cama: la taza blanca que había señalado Dani contenía una sustancia de un color y una consistencia similares a los de la poción que me había dado Mam hacía unas semanas.

—¿De dónde sacaste esto?

—Mam me la dejó antes de irse. —Bostezó—. Dijo que quizá te vendría bien; lo noté preocupado.

—¿Preocupado? ¿Por mí? —pregunté incrédula.

—Claro, Val, se nota que te aprecia. Ojalá yo me llevara así con mi familia.

—¿Ha llamado mi padre? ¿Sabes si ya puedo volver a mi casa?

—Le preguntó a mi hermano si podías quedarte aquí; si llama, Aaron te despertará. Seguro que ha sido un susto y ya —trató de consolarme; sin embargo, noté el momento en el que dejó de creerse sus palabras mientras hablaba—. Nos informarán pronto.

Me recosté mirando al techo. Me preocupaban mi casa y mi familia, y, siendo sincera, también me preocupaban los chicos. No pude conciliar el sueño, los pensamientos retumbaban en mi cabeza, cada vez más cargados de culpa.

Oculté mi terror de Dania, pero, atrapada bajo las sábanas, yo no tuve forma de escapar de él.

Agité la poción: el líquido ya se había enfriado, aunque no había perdido su agradable sabor. Incluso con todos los problemas que Mam tenía en ese momento, con el peso de ser el líder de su grupo y tener que defenderlos a todos, con su superioridad suprema como príncipe del infierno, se había detenido a pensar en mi bienestar y a dejarme ese detalle.

Yo era consciente de que, en cierto sentido, él me apreciaba; era más blando conmigo y buscaba mantener el equilibrio en lo que a mí respectaba; incluso sabía bien que se sentía atraído por mí, pero no había razón para creer que las cosas iban más allá de eso…, ¿verdad? Me había dicho que me quería, sí…, pero había asumido que hablaba en términos de amistad.

Me preocupaba que no hubiera vuelto, y pasé horas sumida en mis pensamientos hasta que, viendo que no lograría dormir, me puse a revisar las últimas fotos de mi teléfono: en ellas salían las pinturas y nosotros preparando las cosas; una sonrisa se dibujó en mi rostro. Lo habíamos pasado genial en un principio, y me alegraba de que Dania pudiera disfrutar de su último año a pesar de los altibajos.

Me quité el collar: ahora sí que notaba la ausencia de la gema amarilla. Me concentré en ese espacio vacío, en imaginar lo que podría hacer al tenerla. Tenía la sensación de que me sentiría más tranquila si lograba manejar el poder que tenía entre las manos, así que me esforcé por conectarme con las gemas sin tener ni idea de si funcionaría o no.

Apreté el colgante con fuerza contra mi pecho. Mis latidos se acompasaron con un leve parpadeo de luz que proyectaban las piedras, y entonces estas comenzaron a cambiar de temperatura. No las solté, respiré hondo y, aún con los ojos cerrados, puse toda mi voluntad en relajarme y resguardar el calor. No fue fácil. Mi corazón se descontroló cuando escuché sus voces desde algún lugar lejano.

—¿Qué quieres que hagamos? Se metió en el pasillo entre la tierra y el infierno, ya lo arruinaste. —Reconocí el pesimismo de Leviatán al instante.

—Escúchame: mantén la calma, entraremos mañana. Ahora estoy herido, no podría ayudar —repuso Mam.

«¿Herido?».

—No va a moverse de allí —agregó Amon—. Si entra con tu corona, lo notarán. Así que está esperando oculto en la oscuridad a que vayamos hasta él. ¿Alguno de nosotros se desenvuelve bien sin luz?

—Es una trampa, él nunca lo pondría tan fácil —especuló Levi.

—Tenemos que volver. El hecho de que haya sido capaz de romper el hechizo de protección ya es suficiente prueba de que no es el mismo As que solíamos conocer. —La voz de Mam se oía algo distorsionada—. Espero que no le haya arruinado nada a Val.

El calor del collar aumentó. Paralizada y en silencio, traté de soportar la sensación, con la esperanza de que desapareciera pronto.

—Dijiste que no te importaba, y…, ufff, no me gustaría ver cómo te comportarías si lo hiciera —se burló Amon.

—No me cuestiones. —Su risa fue contagiosa. No lo dijo de la manera autoritaria en que hablaba a veces, sino de un modo amable—. Cállate.

Al parecer, no estaba fingiendo tanto cuando aparentaba ser «bueno».

No fui consciente de que me había quedado dormida hasta que Dania me sacudió un poco para que saliera de la cama la mañana siguiente.

Por esa manía suya de no cerrar la ventana, los rayos del sol caían justo sobre mi cara. Aún iba vestida con la ropa del día anterior, arrugada y manchada.

Me habló y yo asentí sin haber entendido bien qué decía. La seguí cuando salió del cuarto, aunque habría agradecido que su casa no fuera tan grande ni tan complicada de transitar. Tenía que caminar con cuidado para no chocar con ninguno de los muchísimos muebles y objetos repartidos sin orden por las salas y los pasillos.

Dejé que se adelantara al baño y me quedé mirando una de las mesas: sobre ella, descansaba un gran plato rodeado de velas blancas sin encender, cristales, dos cuadros de fotos tapados con tela negra y, delante de estos, unas hierbas. Sentí curiosidad por saber qué ocultaba aquella tela, y me pareció peculiar que el plato tuviera restos de comida.

De golpe, la luz de la sala se encendió y me detuve en seco.

—Buenas —saludó el hermano de Dani.

—Hola, Aaron —balbuceé.

—Disculpa, pero esto es mío. Son objetos frágiles, así que agradecería que no toques nada.

—Claro, perdón, me llamaron la atención, lo siento.

—No pasa nada. —Puso la mano en mi espalda para guiarme en la dirección opuesta—. Todos tenemos curiosidad a veces. Cuando terminen de prepararse, el desayuno está en la mesa.

Corrí a cambiarme con la ropa que Dani me había prestado. Me había puesto roja de la vergüenza; ¿quién me mandaba curiosear en cosas ajenas? Así era como había acabado metiéndome en todos los problemas en los que estaba ahora.

El día transcurrió sin emoción. Esperé ansiosa que alguno de los demonios se presentara diciendo que no les había pasado nada, aunque fuera mentira, pero eso no sucedió.

Entregamos los datos de la subasta y Melina nos felicitó por haber hecho el evento bien. Rellené los datos faltantes y unos cuantos papeles de nuestro proyecto con tranquilidad, aunque las sillas vacías a mi alrededor me hacían sentir extraña. Pero no era momento de sentimentalismos; debía concentrarme en mis deberes. Los hice de forma mecánica y siempre pegada al teléfono, esperando unas noticias de mi padre que no llegaron.

Utilicé mis tareas para mantenerme ocupada y escapar de mis pensamientos, así que logré adelantar mucho trabajo. En un momento dado, me detuve un segundo a contemplar mi carpeta: sería la última que tendría, y ese proyecto sería el último que haría con Dania, aunque habíamos acordado entrar a la misma universidad...

Evité recrearme demasiado en aquello: era lo último que necesitaba en ese instante, así que regresé a mis actividades y, casi sin darme cuenta, las clases terminaron por el día.

Por fortuna (y en contra de lo que mi padre había ordenado) convencí al chofer del autobús para que me dejara cerca de mi casa, en lugar de en la casa de Dania. Iba a volverme loca si no lo veía por mí misma; en parte, quería convencerme de que había sido una falsa alarma y de que la palabra «incendio» era solo una exageración.

Un ligero olor a humo impregnó el aire incluso antes de que me acercara a mi hogar. Me detuve de golpe al verlo: no había sido ninguna exageración; de hecho, era más grave de lo que me habían contado. Aún quedaban cenizas y escombros, el piso de arriba estaba completamente destrozado, en especial la zona de mi habitación y el ático.

Pisé entre los restos para llegar al jardín y comprobé que el árbol y varias plantas habían quedado carbonizados. Dudé antes de subir al piso de arriba: si la estructura estaba muy dañada, era probable que algo me cayese encima. Pero tenía que hacerlo.

Al llegar al lugar que había ocupado mi cuarto, me encontré con mi espejo; se había roto y, sobre su superficie, había quedado marcada la sombra de un hombre con cuernos.

El olor era insoportable. Terminé saliendo rápido y me alejé varios metros. Si tras solo unos minutos yo me había sentido tan mal, ¿cómo lo habrían pasado quienes aún se encontraban dentro cuando todo había ocurrido?

Marqué el número de mi padre y, aunque cada vez que hablábamos evitaba darme una respuesta directa y meterse mucho en el tema, esta vez no le dejé opción.

—¿Cómo…? —carraspeé—. ¿Cómo están?

—Recuperándose, estables. Pudieron salir a tiempo, aunque tu madre inhaló mucho humo y la perrita se lastimó por saltar desde muy alto.

—¿Qué vamos a hacer? ¿Dónde vamos a quedarnos cuando se recuperen?

—Val… —Permaneció callado al otro lado de la línea durante mucho rato—. No lo sé, estoy haciendo lo que puedo, por ahora solo quédate con tu amiga, por favor.

—Empezó en mi cuarto. —No era una pregunta, sino una afirmación.

—Sí —confesó—. En un cajón con libros. Nadie supo decirme cómo empezó, solo que se expandió rápido y arrasó con todo.

Sentí una presión en el pecho, pero logré no romperme ni echarme a llorar.

—Quiero ir a visitarlas.

—No puede entrar más de una persona. Y, además, ya estamos a punto de salir, se están recuperando con rapidez. Tú solo quédate allá, no hay nada que puedas hacer. Pronto estaremos juntos otra vez, no fue tu culpa.

Pero sí que lo había sido, estaba segura.

La escena parecía sacada de una película de terror; una en la que yo no quería participar. Di media vuelta con ganas de echar a correr, pero choqué contra algo o, mejor dicho, alguien.

—As...

—El mismo —sonrió de medio lado—. ¿Cómo andas? Veo que algo quemada.

—Tú hiciste esto.

—Todo parecía muy divertido hasta ahora, ¿no? Es fácil mover piezas en el tablero cuando no tienes nada en juego. —Tomó mi rostro, aunque no como lo había hecho Mam en otras ocasiones: fue brusco y sus uñas se clavaron en mi piel—. ¿A que es muy divertido meterse en una partida a la que nadie te invitó y ver los puntos de vista de ambos lados?

—¡Suéltame!

—Aunque grites, nadie me verá. Así que, si no quieres quedar como una loca, te recomiendo que te calles. —Me levantó hasta que nuestros ojos estuvieron a la misma altura—. ¿Quieres recuperar tu vida de antes o quieres interferir en el juego? Porque no puedes hacer ambas cosas, y es obvio que, si juegas con demonios, vas a quemarte.

—Estás podrido.

—Se llama tener carisma y hacerse notar. —Me guiñó un ojo.

—¿A qué viniste?

—A darte este consejo; soy tan bueno que voy a ofrecerte el secreto para tener una vida larga y feliz. —Se acercó a mi oreja—. Quedarse apartada, no entrometerse y nunca ir en mi contra.

—Voy a apoyar a los chicos quieras o no.

—¿Incluso si eso te cuesta caro? —Me soltó de golpe y yo caí al suelo—. Te lo diré de forma más simple: si no haces nada, ganas. Si me das lo que quiero, ganas. Si abandonas el juego, ganas.

—¿Qué pasará si no hago nada de eso y pierdo?

—¿Ves eso? —Señaló mi casa—. Ese es un movimiento en falso. Soy silencioso y sé más de ti de lo que te gustaría. No puedes darte el lujo de perder.

Un breve pensamiento atravesó mi mente, uno que se preguntaba si el mal acabaría una vez que Asmodeo tuviera lo que quería de mí. Después de todo, él era el más nocivo de entre todos los peligros que me rodeaban.

—Puedo revertir los destrozos que causo; digamos que sería como hacer un «milagro». —Dibujó unas comillas en el aire con los dedos—. Puedo darles salud a tus seres queridos, una casa nueva, darte a ti buenas notas o lo que desees. El único requisito es no que no te acerques a Mam cuando vuelvan de la trampa.

—¿Por qué él?

—¿No te enseñaron que el perro se cansó de la curiosidad del gato y lo destripó? —lo meditó por un instante—. Bueno, debe de ser un dicho del infierno. Espero que uses bien esto. —Posó su mano en mi cabeza—. Tengo que irme.

Cualquier duda que hubiese podido albergar con respecto a su verdadero carácter se esfumó por completo en ese instante. Había sido una estúpida al no querer que Mam acabara con él; era muy probable que sus razones estuvieran más que justificadas.

Miré al suelo mientras se me nublaba la vista por las lágrimas. Me esperaba un largo camino de vuelta hasta casa de Dani, aunque, siendo sincera, no me apetecía ir a ningún sitio, solo desaparecer.

Pero quienes desaparecieron de verdad fueron los chicos.

Pasé días sin saber nada de ellos y sin escuchar sus voces. Días en los que, además, mis seres queridos estuvieron mal, mi hogar destrozado y mis esperanzas por el suelo.

Llegué a la conclusión de que, por más horrendas que fueran las palabras del príncipe de la lujuria, eran ciertas. Hasta el incendio, ninguna de mis acciones había repercutido realmente en mi vida. Sí, había tenido que convivir con el trío, pero ellos habían perdido la capacidad de volver a su hogar, de controlar su poder en su totalidad, de vivir su vida normal. Y aun así se habían acostumbrado a la mía sin apenas oponer resistencia.

Cuando volví a revisar las fotografías de la exposición, la pintura de Amon cobró sentido. Él era una bestia con mucha fuerza que no tenía nada a lo que atacar y que solo se sentía viva al hacerlo, al recibir la orden de destruir. Se había estado autolimitando en la Tierra, pero, en cuanto supo que debía pelear el día de la subasta, su reacción fue instantánea. Era como si lo hubiera estado esperando, como si estuviera... entrenado para ello.

Esa era la palabra para describirlos: estaban entrenados para ser así, y habrían sido seres hermosos y agradables de no haber estado constreñidos por lo que se esperaba de ellos. Mam era la más clara prueba de ello: no era lo que quería ser, sino lo que debía ser.

30

Si eres valiente

Mam

Después de haber conocido la claridad que le otorgaba el sol al mundo terrestre, el cambio a los oscuros pasillos de mi hogar fue un golpe duro.

Me concentré en encender un fuego, una luz que al menos pudiera mostrarme la ubicación de mis compañeros. Nos encontrábamos en un sitio bastante bajo en el plano, y Asmodeo no iba a dejarnos una sola oportunidad de atraparlo. Era una trampa bastante obvia, como ya me había advertido cierta persona.

Me preocupaba la diferencia temporal entre el infierno y la Tierra: mientras que aquí no había pasado mucho rato, allí debían de haber transcurrido varios días.

Estaba deseando volver para darle la razón a Val. Lo cual era todo un privilegio para ella, pues no era muy habitual que admitiese que me había equivocado… Pero lo había hecho; una simple mortal había sido más precavida y más inteligente que yo.

De pronto, me hizo gracia que Valentine afirmara ser normal, teniendo en cuenta que había llegado a saber más de estrategias que nosotros mismos. Chica lista.

Ese pensamiento habría sido más reconfortante si me hubiera encontrado en otra situación; sin embargo, la negrura en la que estábamos sumidos no solo significaba que no podíamos ver, sino también que éramos una presa fácil para cualquier esclavo de la oscuridad que pasara por allí. Yo me había pasado mis primeras décadas de vida encerrado en cuartos oscuros, con los ojos vendados y privado de mis poderes. Me había ganado mis habilidades a pulso. Sin embargo, no podía decirse lo mismo de mis compañeros; para ellos, aquel tipo de combate a ciegas era nuevo, y ese era el problema.

Era curioso ver cómo, ante la misma situación, cuatro demonios que habían sido criados y entrenados en el mismo lugar actuaban de maneras tan distintas: mientras que yo buscaba canalizar luz y hablaba con la mayor calma posible, Amon solo destruía todo lo que encontraba a su paso y gritaba para mantenerse alerta, al mismo tiempo que Leviatán, por su parte, se limitaba a recorrer con libertad el terreno.

Hubo un instante durante el que dejé de sentir la presencia de Asmodeo, y eso no me dio buena espina, pues sabía que él no había escapado a este lugar específico por azar. Nada de lo que As hacía era casual; todo estaba medido al detalle, sin importar que yo no quisiera ser partícipe de sus juegos. Yo solo quería volver a la normalidad.

De repente, sentí su presencia de nuevo y escuché su voz:

—Estás haciendo un papel lamentable —comentó.

Al ver que ninguno de los otros reaccionaba, supuse que solo lo oía yo.

—¿Por qué no te muestras? —lo reté.

—Siempre tan seguro de ti mismo. —Rio—. ¿Has estado entrenando? Te ves más atlético, más fuerte.

—Te lo agradezco, es todo gracias al hecho de que tengo que cargar con el peso de ser el líder de este grupo y con la responsabilidad de arreglar las tonterías de todos ustedes.

—Así que crees que son tonterías —respondió. Me aparté al percibir que trataba de arrojar un objeto en mi dirección—. Nunca van a entenderlo; si lo hicieran, habríamos sido buenos amigos.

—¿A qué viene eso? ¿Esperas que te compadezca? Estoy seguro de que no te temblará la mano si tienes que deshacerte de nosotros. Estás hecho de la misma pasta que Levi; ustedes solo miran por sí mismos.

—Por favor, nómbrame a dos personas que te importen.

—Amon, mis socios del reino, mi guía, Va… —Un último nombre se quedó atascado en mi lengua; opté por no decirlo.

—Es irónico que aun así no lo entiendas.

—Mira, ¿y si hacemos un trato? —Por fin logré que mis garras se cubrieran de fuego. El resplandor fue extendiéndose—. Solo dame la corona, y así te ahorrarás un enemigo muy poderoso. Sé que no me subestimas.

—Lo que sé es que ni siquiera debería acercarla a ti, Avaricia. Así que lo lamento, pero no estoy abierto a negociaciones.

—¿Cómo sabes eso?

—Me lo dijo un pajarito.

—Una vez más: muéstrate si eres tan valiente. —Me acuclillé sobre las piedras—. Vamos a resolver esto como seres competentes.

La negrura se transformó en ese primer pasillo entre mundos, y enseguida vi cómo varios sirvientes de Asmodeo rodeaban a Amon en lugar de a mí. Tan tramposo como siempre, As había ordenado que fueran a por él porque lo consideraba el más inexperimentado de los tres, la pieza más débil en ese retorcido tablero mental que se había montado. Sin embargo, ese pelirrojo era mucho más que chistes tontos, y no tener en cuenta que se trataba del mismísimo pecado de la Ira podía ser un movimiento suicida. En especial con lo preparado que estaba Amon para este tipo de eventos.

Al girar a mi derecha, vi que Levi estaba rodeado de espinas, nada más. Asmodeo podía ser muy cruel y autoproclamarse invencible, pero tenía suficiente corazón como para no permitir que a su «amigo» lo tocara el filo de una espada.

Sus malentendidos habían sido uno de los motivos principales que nos habían llevado a esta situación, y, pese a que yo podía llegar a comprender lo sucedido, eso no haría que lo perdonase. Jamás perdonaría a nadie que pusiera en peligro a quienes yo apreciaba.

Cuando vi que Amon no podría detener una lanza que iba en dirección a su cabeza, me teletransporté frente a él. No pude pararla, solo le serví de escudo. Mal momento para estar en mi forma humana: el arma no estaba muy afilada, pero la fuerza con la que había sido arrojada hizo que se clavara en mi pecho, aunque no a demasiada profundidad.

Gemí de dolor e intenté no centrarme en la herida: debía tener la mente despejada para poder realizar hechizos, y en ese momento estaba tratando de crear una barrera que nos resguardara.

Me enfadé al comprobar que, pese a no tener tantas complicaciones como nosotros, Leviatán se había enredado tanto en su propia trampa que le resultaba imposible ayudarnos.

—Tienes complejo de salvador —se burló As.

—Creo que a estas alturas no te tengo que recordar que estoy dispuesto a proteger todo lo que tenga que ver con mi entorno —espeté—. ¿Tanto te asusto que me quieres quitar de en medio de cualquier forma posible?

—No te creas tan importante.

—Lo soy. No es casualidad que la riqueza gobierne el mundo y que la lujuria, sin embargo, sea un pecado que la gente oculta. —Me reí—. Muy bajo por tu parte eso de mandar a tus sirvientes a defenderte, por cierto.

—¿Tengo que perforarte para que te calles?

—Tendrás que cortarme la lengua si quieres que deje de decir verdades.

En el mismo segundo en el que esa frase escapó de mis labios, un par de garras rozaron mi mejilla.

—No me des ideas.

Mi ego me rogaba que contraatacara, pero notaba cómo el nerviosismo empezaba a hacer mella en Levi y Amon, así que puse más empeño en crear la barrera. Una vez hecha, arrastré a mis dos compañeros tan rápido como pude al interior.

Más allá de lo que a mí me apeteciera hacer con Asmodeo, era mi deber mantener a mis amigos a salvo; me lo tomaba como una especie de responsabilidad personal.

Y As había tenido la insolencia de atraernos hasta aquí solo para analizar nuestras capacidades; podría haber jurado que ni siquiera había intercambiado una palabra con Levi o Amon. Ahora que sabíamos que no íbamos a obtener nada más de él, no tenía sentido que nos quedáramos.

—Mam, estás lleno de heridas. ¡Tu rostro! Mierda. —Jadeando, Amon empezó a enumerar todas las cosas que ya empezaban a dolerme.

—¿Puedes sacarnos tú de aquí? Puedo contribuir —se ofreció Levi.

—Estoy bien. —Fingí serenidad—. Cálmense, ahora volveremos. Tal vez allá esté todo en paz.

El cambio fue rápido. Las luces de colores que habían adornado las casas la última vez que habíamos estado allí empezaban a ser retiradas, por lo que asumí que habían pasado las fiestas.

La primera sorpresa de muchas fue descubrir que el sitio donde yo había estado viviendo se encontraba ahora deshabitado; el fuego se había adueñado de un sector de la casa, y no tenía ninguna duda de quién lo había provocado.

Les pedí espacio a Levi y Amon para ser el primero en subir a ver qué había ocurrido. Empecé por el cuarto de Val; lo que quedaba del espejo tenía dibujada la silueta de un hombre con cuernos. El resto había sido consumido por el fuego, a excepción de un pequeño tablero de ajedrez. Era su forma de dejar su firma, de burlarse del dolor que había causado. Lo pisé hasta aplastarlo por completo.

El incendio no había consumido el hogar entero, solo ese piso y esa habitación en concreto. Sin embargo, a juzgar por las marcas en otros sectores, habían sido llamas con vida propia que habían buscado afectar a quienes estuvieran dentro. Era Asmodeo en su más pura esencia.

Me pregunté si aquello sería difícil de arreglar; mis poderes y mi dinero podrían contribuir.

Los chicos también se sorprendieron al ver la escena; era digna de una película de terror. Me concentré en la conexión que nos unía con Val a través del collar para localizarla; que le faltase mi gema no era un gran impedimento, realmente. El tipo de lazo que por alguna razón se había formado entre nosotros la había sustituido. Por eso As habrá querido eliminarla de la partida.

No logré escuchar la voz de Val con claridad; sin embargo, sí reconocí la voz de la persona con la que hablaba: era Dania. Debía de haberse quedado en el mismo sitio en el que la habíamos dejado, en casa de su amiga. Deseé que su familia también estuviera a salvo.

—¿Tienes caramelos? —preguntó Amon.

—No, y, si los tuviera, no los compartiría.

—Tienen que dejar de drogarse, no es sano —se burló Levi.

Ignorándolo, tracé un pentagrama en el aire con mi dedo índice. Visualicé la casa de Dania y me abrí paso a través del portal que acababa de crear. Llegamos frente a la puerta y me atreví a dar tres golpes suaves sobre la madera.

Un joven me abrió casi al instante.

—Buenas tardes. —Me escudriñó con rapidez—. ¿A qué se debe la visita?

«¿No va a preguntar quiénes somos? Bueno, lo recordará de otras veces».

—Disculpe, Valentine se está quedando aquí ¿no?

—Acaba de venir de pasar las celebraciones con sus familiares, sí. Está arriba, en el cuarto de mi hermana.

Nos dejó pasar. O, mejor dicho, me dejó pasar a mí; tanto Levi como Amon se mantenían ocultos. Subí las escaleras tan silenciosamente como pude y, al alcanzar el corredor superior, me llamó la atención que hubiera un altar. Sin embargo, seguí caminando hasta el cuarto donde asumí que estaría Val. Antes de alcanzarlo, me pareció ver a Dania en el piso de abajo hablando con alguien.

Al fin me detuve en el marco de la puerta de la habitación y, en lugar de saludar, dije:

—Te extrañé.

Los ojos de Val viajaron directos a mi rostro, se quedó paralizada. Al ver mis heridas, una serie de emociones atravesaron su mirada; emociones que no fui capaz de identificar debido al escaso contacto que había tenido con humanos a lo largo de mi vida.

—Lamento mucho lo de tu casa, Val, puedo comprarte otra si quieres.

Se llevó la mano al cuello por inercia… y la bajó antes de tocar el collar.

—Sal del cuarto, Mam.

—También puedo reconstruir la antigua, reparar las instalaciones, borrarle la memoria al vecindario entero, buscar una solución —propuse farfullando—. De verdad que lo siento, haré hasta lo imposible por…

—Solo déjame sola.

—¿Qué?

—Mírame —exigió—, estoy sana, tengo buen aspecto. Es porque ya no están ustedes.

—Debería haberte escuchado. —Ignoré su petición y me senté en la cama que estaba frente a la suya—. Tenías razón y lo siento, no estuve cuando lo necesitaste.

—Exacto, no estuviste. —Sus palabras eran afiladas—. Esa es la cuestión: no pudieron protegerme, no me sirven.

—¿Debemos servirte todo el tiempo?

—Lo que deben hacer es no arruinarme.

—No sabía que lo hacía.

—Ahora ya lo sabes. —Inhaló hasta inflar su pecho—. De igual manera, no tiene caso que te lo diga, no eres más que un príncipe avaricioso al que solo le importan la atención y su corona —afirmó—. Fue tu decisión ir a por As.

—Lo sé, y me equivoqué, pero no soy la persona que dices.

—Tampoco la que creía conocer —contraatacó—. No olvido que, de una forma u otra, pasé a pertenecerles cuando firmé nuestro contrato.

—Estás dando golpes bajos a un soldado malherido, ¿sabes?

—No te hagas la víctima, Mam, escuché suficiente. He estado a punto de perder mi vida entera por ti, ¿qué has hecho tú por mí?

—Ocultar todo lo que sé que le has revelado a Agus, apostando mi propia cabeza y yendo en contra de mi grupo para que tú no sufras y puedas maquinar contra nosotros en paz.

»Darte la vitalidad que pude para que sanases, hacer lo que estuviera en mis manos para que te afectara lo menos posible cargar con nuestras energías; cada uno de nosotros causa un efecto parecido al que sentiste cuando viste a As en el libro, ¿lo sabías? Y lo que hice fue reprimir todo eso, reprimir en general.

»Otorgarte control sobre nosotros, en especial sobre mí, con una joya milenaria de valor incalculable. Tienes la capacidad de hundirnos, Val; probablemente lo harás, y no pienso tomar represalias. En mi reino, jamás dejé que nadie me tocara siquiera. Quizá fue el impacto de encontrar un alma como la tuya, con tanto potencial y tan poca avaricia, lo que me hizo realizar todas esas acciones. Eso quiero creer.

»Pero no quiero que pienses que te estoy echando en cara nada de esto. Solo estaba respondiendo a tu pregunta.

—Mam. —No fue hasta ese momento cuando entendí lo que pasaba por su mente—. Dame un tiempo a solas, ¿sí?

Estaba aterrada, a un nivel que no había experimentado jamás.

Amon entró justo en ese instante, y Val y yo fingimos que no acabábamos de tener esa conversación, aunque la tensión era visible.

—Hola, tonta, ya vine a joder.

—¿Qué estuvieron haciendo? —balbuceó ella.

—Sobreviviendo, lo cual es algo irónico.

—¿Y Levi?

—Debe de andar por ahí. —Amon ladeó la cabeza—. ¿Qué tramas cuando no estamos a tu alrededor?

—Nada. En un rato vendrá mi amiga, no llamen la atención. Por cierto, mañana iré al convento; no es una invitación.

—¿Porque irías sola? —cuestioné.

—Voy con unos amigos.

—¿Y nosotros no somos tus amigos? —Al decir esto, Amon fingió darle un empujoncito en broma como había hecho tantas veces en el pasado, pero Val no ablandó su expresión, sino que retrocedió.

Tanto Amon como yo nos percatamos de la diferencia en su reacción, y fue como un golpe en el estómago. No solo no se fiaba de nosotros, sino que también creía que éramos capaces de atacarla.

—No —suspiró ella—, gracias.

—De nada —intervino Leviatán, que apareció de pronto en medio del cuarto—. El día que puedas tomar tus propias decisiones sin influencia de nadie, quizá nos empieces a querer en tu vida de nuevo.

—¿Qué estás insinuando? —Val arqueó una ceja, pero entonces reparé en el movimiento acelerado de sus ojos, sus manos temblorosas, su respiración agitada... Tenía los nervios a flor de piel.

—¿Por qué no nos cuentas con quién hablabas antes de que Mam entrara? —pidió Leviatán—. ¿O crees que no nos debes ni siquiera eso?

—Eh...

Nuestras miradas se cruzaron. Levi no era propenso a meterse en discusiones de este tipo. Algo había ocurrido.

—Reconozco la energía de la persona con la que estabas hablando —insistió—. La pregunta es ¿por qué, Val?

31

Siempre he sido yo, traicionándolos

La acusación de Leviatán no fue un dardo lanzado a ciegas. Nada de lo que él hacía lo era.

Miré al lugar donde estaba sentado Mam. Tenía sus ojos fijos en mí, y no se molestó en apartarlos cuando nuestras miradas se encontraron. Ni siquiera se inmutó, como si tuviera derecho a provocarme escalofríos.

—Porque no me siento segura —afirmé—. Porque les tengo miedo. No podía seguir viviendo en paz dentro de la burbuja que habían creado para mí, porque nunca me contaban nada, supuestamente para «protegerme», y luego el desconocimiento me volvía vulnerable.

—Bien. —Mam puso los ojos en blanco; no pude evitar centrarme en la herida de su mejilla—. ¿Sabes qué? Haz lo que quieras mientras no nos perjudique a nosotros.

—¿Cómo era el sitio al que fueron? —pregunté, incapaz de contener mi curiosidad.

—Oscuro, cálido, peligroso. —La cabeza de Amon cayó sobre mi hombro—. Como una fila para obtener un helado gratis, solo que sin recompensa al final.

—No me lo puedo tomar en serio si lo dices de esa forma.

—No te lo tomes en serio; serás más feliz cuanto menos sepas —dijo apartándose de mí—. ¿Ves que Dania lo pase mal? No. ¿Mel, sin embargo? Probablemente sí. El saber te abre los ojos y también las heridas, por lo que ahora eres más capaz, pero también más vulnerable, en contra de lo que piensas.

—Pues quizá no me importe pasarlo mal, en ese caso. Si uno nunca sangra, nunca crece.

—Sé que ahora te sientes invencible —carraspeó—, pero ¿qué vas a hacer con lo que sabes sobre el collar, los demonios o el infierno en unos años? Nada de eso es fácil de olvidar.

—Sobreviviré, igual que ahora.

—El tiempo hace perder sus batallas a sus mejores soldados, Val. Y nadie va a creer lo que digas.

—¿A eso le debo tener miedo? ¿A que la gente me llame loca? Por favor.

—Da igual lo que la gente diga, tienes muchas agallas, ¿verdad? ¿En serio crees que no volverte loca es una opción?

—Me parece muy dulce que tengan en consideración a su prescindible humana —ironicé—. Pero me da igual: no me siento parte de su equipo ni me siento segura, y empiezo a arrepentirme de no haber pedido ayuda antes.

—Ya te lo dije, haz lo que quieras —repitió Mam—. Simplemente no te hagas daño con ello.

Se echó de costado, con cuidado de apoyarse sobre el lado opuesto a donde tenía la herida. Una de sus manos viajó a la parte baja de su pecho.

Dani entró al cuarto y, por su calma, me di cuenta de que ella no podía verlos. Me avisó de que ya estaban listos y fui lo más rápido que pude hasta el auto, ignorando los reclamos de los tres chicos. Teníamos cosas que hacer antes de que acabara el año, y una de ellas era tomar fotografías donde saliéramos naturales.

Agus estaba incluido en el plan, pero, como vivía en el invernadero, él no necesitaría desplazarse.

La luna empezó a ascender en el cielo al mismo tiempo que el atardecer teñía la ciudad con nubes de tonos rosados; el calor tropical que solía acompañarnos disminuyó. Durante el trayecto, traté de aclararme las ideas con la ayuda de mi mejor amiga.

—¿Puedo hacerte una pregunta? Tú que eres psicóloga…

—Aún no he terminado el instituto, Val, es solo la carrera que quiero hacer.

—Sí, lo que tú digas. ¿Es normal tomarse unas «vacaciones» de ser uno mismo? Me refiero a una persona que en el fondo es de una manera, pero que actúa de otra muy distinta a ratos. Lo pregunto por un amigo.

La verdad era que sí lo preguntaba por cierto «amigo», pero no valía la pena tratar de explicarlo.

—Ya veo... —Dani tragó saliva—. Sí, lo es. Cuando no podemos afrontar ciertas situaciones, nos ponemos un caparazón para así protegernos; a veces tardamos años en quitárnoslo.

—¿Eso es malo para la persona?

—Suele serlo, sí.

Permanecí callada el resto del camino. Era toda una suerte que a su hermano no le importase hacernos de chófer personal ni traernos a un convento sin justificación alguna en mitad de la noche. Le dimos las gracias al llegar y observamos la luz trasera de su auto mientras se alejaba unos segundos después.

El convento parecía vacío a esas horas, la mayoría de las luces estaban apagadas y no se oía ni un murmullo proveniente de la iglesia. Ni siquiera en la zona de los cuartos había barullo.

Al pasar junto a las estatuas del jardín, nos encontramos con Agus. Nos estaba esperando recostado en un árbol. Dania fue a saludarlo primero. Supuse que era natural que una persona tan buena se llevara bien con un ángel; me alegraba poder confiar en ellos, al menos.

—No te he visto por los pasillos últimamente. ¿Andas muy metido en tus clases? —indagó Dani.

—Sí, nuestro final de curso es diferente al de ustedes —le respondió—. Por cierto, llegan tarde.

—¡Lo siento! —exclamé—. Es mi culpa, tenía la cabeza en otro lado.

—Allá atrás están las chicas. —Se volvió hacia Dania—. ¿Puedes ir a ayudarlas a montar las sillas?

Ella sonrió y aceptó al instante, aunque yo sospechaba que en realidad no necesitaban ayuda; simplemente, Agus buscaba una distracción para que pudiéramos quedarnos a solas.

—¿Me acompañas a traer velas? —Señaló el almacén.

—Claro.

Aprovechamos la soledad para acercarnos un poco el uno al otro y él rodeó mi espalda con su brazo mientras caminábamos.

Mi mente viajó de forma involuntaria hacia Mam y, por una asociación de ideas, recordé que había algo que no le había contado aún a Agus.

—Se me olvidó comentarte una cosa... sobre el collar —empecé—. Pasó algo extraño hace unos días. Creo que pude contactar con los chicos a través de él, pese a que estaban en otro lugar. Además, sentía como si no le faltara una pieza, como si la gema amarilla no hubiera desaparecido.

—¿A qué te refieres?

—Lo coloqué sobre mi corazón y, solo con concentrarme, mi piel sintió esa gema allí, de manera física.

—¿Cómo si la tuvieras tú? —Arqueó una ceja—. ¿Estás segura?

—Eso intento decir —afirmé—. ¿Por qué? ¿Es algo malo?

—En absoluto.

Abrimos las viejas puertas del almacén: dentro había velas, candelabros, biblias, rosarios y, en general, materiales propios de una iglesia. No obstante, también había otros que no lo eran tanto: péndulos, cristales, tarots y, por supuesto, varios tableros de ouija como el que yo había utilizado para tentar al universo hacía unos meses.

Mientras me acuclillaba para seleccionar las velas, me sobresalté al percibir una sombra que pasaba a mi lado. Pero mi atención volvió a desviarse al instante, en cuanto las puertas exteriores del almacén se cerraron de golpe: no había sido por el viento; claramente alguien las había cerrado a propósito.

Me levanté alerta, las luces se apagaron y me sujeté a lo primero que encontré.

Corrí para escapar por la puerta opuesta, la que daba al interior del convento, y subí por las escaleras hasta alcanzar uno de los pasillos que me sabía de memoria: a un lado se encontraba la sala de reuniones de las monjas (donde siempre quedaba una de guardia), y al otro, el salón que yo misma había utilizado para invocar a los demonios e iniciar todo este caos.

Fui hacia allá. Todo seguía igual: las vidrieras cuidadosamente pintadas, los altares…; todo estaba en perfecto estado. Encendí un cerillo, pero la llama se apagó como si alguien la hubiera soplado. Lo intenté tres veces más, sin éxito.

Se oyeron unos ruidos extraños fuera, pero decidí ignorarlos. Y entonces los pocos candelabros que quedaban encendidos se apagaron también, de modo que quedé sumida en una oscuridad total.

—Creo que es mejor que salgas de aquí —me aconsejó Agus.

«¿Dónde está? ¿En qué momento entró aquí conmigo?».

Lo busqué a tientas hasta encontrarlo y lo tomé de la mano con fuerza para que no nos soltáramos, ya que la idea de quedarme sola y a oscuras en el templo no me hacía ninguna ilusión. Nos adentramos de nuevo en el pasillo y, a medida que avanzábamos, el frío fue erizando más y más mi piel.

Nos detuvimos frente a una ventana abierta, pero estaba demasiado alta como para que fuera viable escapar por ella. Al otro lado, el cielo se había vuelto completamente gris y las ramas de los árboles se movían como si hubiera un vendaval; se avecinaba una tormenta. La hoja de la ventana se cerró de golpe y el vidrio se agrietó.

No se oía nada ni fuera ni dentro.

Como no veía más opción, quise ir hacia el cuarto de reuniones, pero no lo encontré. Tuve la sensación de estar caminando en círculos durante minutos, a pesar de que el espacio no dejaba margen para aquello. Al final, comprendí que faltaba esa puerta; había desaparecido. Solo quedaban el gran salón y el almacén.

Decidí regresar al salón y, justo cuando llegábamos, se escucharon unos pasos. Atisbé una sombra cruzando frente a los coloridos ventanales. Nada más entrar, la puerta se cerró detrás de nosotros.

Estaba a punto de tener un paro cardiaco cuando una voz familiar me tranquilizó:

—¿Qué pasa? —preguntó Mel encendiendo una vela—. ¿Por qué corren?

El alivio que me produjo verla fue mágico; respiré con calma de nuevo.

Ella deslizó el fuego hacia un lado para desvelar quién estaba allí con nosotras, aunque yo misma le podría haber dicho que se trataba de Agus. La figura que iluminó la vela era idéntica a la del ángel representado en varias de las vidrieras: un hombre grande y fuerte con las alas desplegadas.

—¿Estás lista para el espectáculo de esta noche?

Cuando la última palabra salió de sus labios, percibí una ráfaga de aire. Sentí mi cuello desnudo de repente y, antes de que pudiera alzar la mano para comprobar el estado del collar, Agus hizo algo que me dejó perpleja.

Primero guardó sus alas blancas. No llevaba camiseta, por lo que volví a ver el tatuaje del dragón que había visto por primera vez en la piscina aquel día. Estaba segura de que era el mismo; sin embargo, esta vez tenía un color distinto: era negro, en lugar de azul.

Después, sus ojos adoptaron un tono rojo intenso. Y, aun así, esa no fue la parte más aterradora; esta llegó cuando soltó una risa grave y, sin apartar la mirada de mí, su jodido rostro empezó a cambiar. En cada parpadeo veía a alguien distinto: unas veces a Agus y otras a Asmodeo.

Su sonrisa se ensanchó, sus dientes se volvieron afilados. En cuanto percibió mi intención de huir, clavó sus garras en mi brazo. No como juego ni como amenaza, no: literalmente, la punta de sus uñas se hundió en mi carne.

Ahogué un grito, mi corazón amenazaba con escapar de mi pecho. Desvíe la vista hacia Mel, pero él me obligó a mirarlo otra vez.

—Escucha con atención lo que voy a decirte a partir de este segundo. Eres lo suficientemente lista como para que no te mate. ¿O no, linda?

—¿Estás usando la forma de Agus…? —inquirí, notando cómo el dolor y el miedo se mezclaban en mi aliento agitado.

—Por favor, cariño, te creía más inteligente. —Su rostro cambió y volvió a ser mi supuesto ángel de la guarda por un instante—. Agus no existe. Siempre he sido yo.

Me sacudí para liberarme de su agarre y, al hacerlo, eché en falta el sonido de las cadenas del collar chocando entre sí. Porque, por supuesto, la joya ya no estaba en mi cuello.

Los pasos de Melina fueron lentos, pesados. Su expresión era de arrepentimiento mientras pasaba junto a mí con las cadenas y las gemas entre sus manos. Asmodeo me soltó solo para tomar el collar y luego volvió a sujetarme.

—¿Es esto lo último que querías de mí? —cuestionó Mel.

—En efecto —asintió él—. Ahora vete de aquí. Y no vuelvas a hacer tratos con demonios, son muy peligrosos.

Un sabor amargo inundó mi boca mientras la observaba; yo había confiado en ella. Incluso más que en los chicos, que habían pasado medio año conmigo. Y Mel me había quitado el collar en un momento en el que me encontraba tan vulnerable… Ni siquiera era capaz de mirarme a los ojos, pero me pareció escuchar que susurraba un «lo siento» justo antes de desaparecer en la oscuridad.

—Bien —carraspeó As—. Vamos a hacer esto, y tú no vas a intentar nada: vas a llamarlos y vas a decirles que no te sientes bien. Que vengan rápido.

—As, es un convento, hay muchas personas y…

—Por algo escogí esta noche: están todos en un retiro espiritual, solo hay dos personas en el recinto.

—¿Y si no lo hago?

Me colocó ambas manos a la espalda y me ató con una cuerda gruesa. Apretó los nudos con fuerza, sin importar el daño que me hiciera. Después me llevó hasta una silla y me amarró a ella.

Luego solo pude observar mientras él, con el rostro de Agus, encendía varias velas y las colocaba en círculo para después arrojar unas cuantas cenizas en el centro. Todo ello mientras canturreaba con esa macabra sonrisa desplegada en el rostro; estaba tan feliz que sus pasos parecían una danza.

Un escalofrío recorrió mi cuerpo y mis piernas empezaron a temblar cuando pensé en Mam: ya estaba herido; si venía, la cosa solo podía ir a peor.

Pero, cuando Agus volvió a acercarse a mí y una de sus garras se posó sobre mi cuello, supe que no me quedaba otra opción.

Era increíble cómo se podía pasar de amar a odiar a alguien en cuestión de minutos. Me ardió reconocerlo, pero su plan era excelente. Y yo lo había estado ayudando todo ese tiempo.

32

Ahora que somos enemigos

—¿Por qué pones esa cara?

No le respondí; estar allí me estaba consumiendo. Sabía que pronto me vería en la obligación de llamar a los chicos. No tenía alternativa, porque Dania se había quedado en el invernadero, y yo no estaba dispuesta a arriesgarme a enfadar a As cuando la vida de mi amiga estaba en juego.

—Vamos, si cooperas, no te pasará nada malo —trató de consolarme.

Lo que más me molestaba era esa sonrisa cínica que no desaparecía de su rostro. As era extremadamente atractivo en su forma humana, cada parte de su cuerpo parecía hecha a mano por artistas. Aunque, claro, supuse que ese era el objetivo: incitar a su propio pecado.

—No me mientas a la cara —exigí.

—Aunque te mintiera a la cara, no lo notarías. Ni siquiera teniendo todas las pruebas a tu disposición.

—No te lo creas tanto.

—No soy como los demonios con los que has convivido —espetó—. Puede que creciéramos en las mismas condiciones, pero nuestro aprendizaje fue distinto. —Se sentó a observar las velas mientras se derretían. No me miraba a la cara, pero no por incomodidad, sino porque mi presencia era insignificante para él.

—Te enseñaron bien, si lo que pretendían era que fueras el peor monstruo imaginable —murmuré resignada, sabiendo que no lograría nada intentando provocarlo.

—«Nos enseñaron». No solo a mí —corrigió.

—¿Cómo? —cuestioné.

Inclinó la cabeza hacia el extremo derecho del salón, a una zona que el fuego no alcanzaba a iluminar. Una silueta empezó a emerger de entre las sombras, al principio mezclada con la propia oscuridad. Mi cerebro no procesó lo que estaba viendo hasta que la figura estuvo tan cerca que fue imposible no reconocerla.

—Nos enseñaron muy bien —respondió Leviatán.

Si mis extremidades no hubieran estado sujetas a aquella incómoda silla de madera, me habría desmayado de la sorpresa.

Desde que Levi había llegado a la Tierra, no lo había visto sonreír con tanta naturalidad ni una sola vez. Le guiñó un ojo a As, y este pareció recibir un chute de energía con ese simple gesto.

—Hola, Agus —saludó Levi riendo—. Qué nombre tan inocente, pensaste en todo.

«Espera…, ¿él sabía lo de As? ¿Desde cuándo? Y… ¿cuánto sabía, realmente?».

—El objetivo era que no me reconocieras —susurró Asmodeo con el mentón bajo, huyendo de la atención de su amigo con una timidez que me confundió.

—Yo siempre te reconocería; no te soporté durante miles de años para no reconocerte ahora.

Ambos rieron, y pude percibir la complicidad que había entre ellos incluso en las microexpresiones que compartían. Me parecía imposible que la misma persona que hacía unos minutos me había amenazado estuviera rehuyendo ahora la mirada de un emo. Joder, hasta daba la sensación de que Levi no odiaba el mundo.

—No esperaba que vinieras —confesó As—. ¿Y Amon y Mam?

—Son buenos amigos, aunque no soy tonto: me pongo del lado que más me conviene. Reconozco que eres un hijo de puta inteligente cuando quieres.

—No me halagues. —Lo empujó juguetonamente—. ¿Quieres beber algo? Puedo conseguirte lo que quieras.

«Oh, claro, festejen. No estoy aquí atada, no pasa nada».

—Dijiste que temías por él —le reproché a Levi—. ¡Me hiciste sentir pena por este animal, manipulador!

—Así soy yo —respondió despreocupado.

—Lo confirmo: así es él —agregó As.

Nunca me había sentido tan estúpidamente usada. Encima se burlaban de mí en mi cara. Se me secó la boca. Decidí aprovechar la oportunidad que me habían concedido de participar en su conversación para tratar de aliviar mis pensamientos culpables.

—¿Qué va a pasar con Mam?

—Quién sabe. —As chasqueó la lengua—. Es más divertido si es una sorpresa. Además, no tengas miedo: los ángeles como yo no hacemos maldades.

—Ángeles —repitió Levi con tono de burla—. Ningún ser celestial ha pisado ni pisará la Tierra jamás.

—¿Nunca? —indagué.

—Ningún humano está preparado para un ángel real. A veces ni siquiera lo están para un demonio. Eso es todo lo que voy a contarte. Mi consejo es que, si alguna vez oyes que hay uno cerca, corras y te saques los ojos antes de que aparezca.

«Vale, no quería una respuesta tan sádica».

—Mi consejo es que te folles a uno, la vida es corta —contribuyó As—. Son raros, sí. No obstante, Mam también lo es, y no veo que te quejes.

Había sido irrespetuoso, pero en el fondo agradecí que hubiera eliminado de mi mente esa otra escena sangrienta que me estaba imaginando por culpa de las palabras de Levi.

Este se puso serio de pronto y, antes de beber un sorbo de la copa de vino que le había servido As, masculló:

—Compórtate.

—Sí. —Asmodeo dio un respingo y se acomodó en su silla, tensándose al instante—. Lo siento.

—Los chistes no son lo tuyo.

—¿Y qué quieres que sea lo mío?

—Dejémonos de tonterías; queda trabajo por hacer —le recordó Levi.

—Claro —suspiró As—. Voy a sacrificarla. —Me señaló.

¡¿Qué?!

—Me voy a preparar la escena. —Levi le dio dos palmaditas en el hombro—. Suerte.

—No tardes.

—¿Salimos después de terminar esto? Hay discotecas geniales a unos pocos kilómetros.

—¿Salir contigo? Yo… —Asmodeo se mordió el labio inferior—. Allí estaré.

Levi desapareció entre las mismas sombras de las que había emergido. Entendí lo que había querido decir con «preparar la escena». Pronto me darían el teléfono y tendría que llamar a Mam y Amon. No quería hacerlo, ellos no se lo merecían.

«Si As ha traído la corona consigo, quizá Mam pueda extraer su poder y alcanzar su máximo potencial. Es fuerte, podrá con esto». Me quería convencer de que todo saldría bien; Amon era un guerrero nato, y Mam era bastante poderoso. Incluso con todas las facilidades del mundo, sería complicado hacerlos caer en un enfrentamiento.

—Te comento. —As cortó la cuerda y me obligó a salir de mi ensimismamiento—. Los vas a llamar, y ellos vendrán sin vacilar. Querrán pelear en el exterior para no arruinar este edificio, pero la tormenta no se detendrá y las cosas se complicarán. Y, en algún momento, uno de los dos caerá.

No era el caballero que aparentaba ser ni tenía ningún tipo de delicadeza: me trataba como un saco de papas.

—En ese instante tendrán que elegir entre su raza, su equipo o tú. ¿Qué crees que escogerán?

Mi silencio fue respuesta suficiente.

—Exacto, fueron educados para protegerse a sí mismos antes que nada —carraspeó—. No importa lo que haya pasado entre Mam y tú, él no va a escogerte. ¿Sabes por qué? Porque lo traicionaste en cada oportunidad que tuviste.

—Yo…

—¿Te arrepientes?

—Me hiciste creer que…

—Mentí, Val —me soltó sin más—. Así que solo por hacerlo todo más dramático: sí, no es el monstruo que te pinté.

—Detente, por favor —supliqué—. Tú sí que eres un auténtico monstruo.

—¿Y tú no? Podrían haber llegado a través de cualquier otro portal, pero fuiste tú quien abrió ese y los dejó pasar e instalarse aquí. Se lo ocultaste a tu amiga y a tu familia, que ahora están pagando las consecuencias sin saber por qué.

—Ahora entiendo por qué Avaricia te odia.

—Tiene que bajarse de su nube de ego si él con dos de sus mejores hombres no han podido pararme. Hice lo que quise con este tablero de juego.

—¡¿Te parece un juego esto?!

—A veces —dijo con sencillez mientras abría la puerta—. Aunque, no te preocupes, voy a dejar en paz a tus seres queridos. —Me entregó mi teléfono—. Sé buena chica.

—Eres detestable.

Busqué el contacto de Mam mientras mi mente solo podía pensar en lo mucho que odiaba al demonio que tenía frente a mí.

Me quedé con el dedo elevado sobre el icono de llamada; no quería hacerlo. Estaban heridos y frustrados, y aun así vendrían a por mí. Me percaté de que en los momentos de más tensión era cuando se te caía la venda: si estaban dispuestos a hacer aquello por una «simple chica», quizá era porque yo era algo más que eso para ellos. Y, si para mí solo hubieran sido demonios de los que me quisiera deshacer, no estaría al borde del llanto en estos instantes.

Finalmente, los llamé. Fue Amon quien me respondió:

—¿Sí? ¿Val?

—No… —sollocé—. No estoy bien.

—¡¿Val?! ¿Qué te ocurre?

—Ya saben dónde estoy. —Miré al suelo—. Lo siento.

—¿«Lo siento»? ¿Por? Si no continúas, voy a preocuparm…

Corté. Le arrojé el móvil a Asmodeo y salí corriendo en dirección al patio, pero esa nueva libertad resultó ser totalmente ficticia.

En cuanto llegué al exterior, el agua cayó sobre mi rostro y corrió mi maquillaje; no tenía escapatoria. Mi corazón iba más rápido que nunca, los truenos eran tan estridentes que no oía nada. Un rayo bajó directo hacia el bosque e hizo caer un árbol, y, de ese punto exacto, surgieron tres siluetas conocidas.

Primero me vieron a mí en medio del jardín y, a mi alrededor, las estatuas rotas tiradas en el suelo por culpa del viento y una tormenta que se negaba a amainar. Mam me observó confundido, hasta que su vista fue más allá; por el cambio en su expresión, supe que debía prepararme.

Levi iba al lado de Amon, protegiendo su flanco izquierdo.

Me disponía a salir corriendo hacia un lado cuando Mam se abalanzó sobre mí en un abrir y cerrar de ojos, más rápido que un parpadeo. Dejé de respirar. Al levantar la cabeza, me encontré con sus ojos analizándome, con unas alas doradas que nos rodeaban y con el comienzo de unos cuernos que brotaban de su frente. Estábamos tan pegados que su aliento acarició mis labios.

—¿Estás bien? Vine tan rápido como pude.

Tomó mi rostro suavemente con una mano y señaló en la dirección por la que había llegado: en la distancia, una gran bola de fuego terminaba de apagarse gracias a la lluvia. Me ayudó a levantarme y, cuando volví a observar a As, sus ojos habían perdido todo rastro de humanidad. Necesitábamos ayuda, pero no teníamos a quién pedírsela. En esa guerra no habría ganadores, dado que nos enfrentábamos a un loco al que no le importaba perder con tal de hacer todo el daño posible.

La herida en la mejilla de Mam no había sanado. Ojalá pudiera haberlo dejado fuera de todo esto. Aunque era yo quien lo había arrastrado hasta aquí en primer lugar. Él observó a Asmodeo con el ceño fruncido, y entonces este hizo que su rostro se convirtiera en el de Agus.

Mam abrió mucho los ojos y su atención volvió a mí.

—¿Nos vendiste? —me preguntó.

—No fue mi intención.

—¿Por eso no me hablabas cuando regresé del infierno? ¿Por él? —vociferó.

—¡No! Yo no sabía que eran la misma persona, me amenazó —traté de excusarme—. Solo acepté llamaros, no hice nada.

—Ese es el tema: no hiciste nada —resopló—. Bajé al infierno, dejé que hirieran a mi familia por ti, para acabar con el peligro que te acechaba, y tú… —me soltó.

—Mam…

—No puedo creer que haya sido tan payaso de confiar en alguien que me estuvo traicionando todo el tiempo, ya fuera con Agus, As o como quiera llamarse. Nunca nos tuviste en la misma consideración que nosotros a ti, no… —Se detuvo cuando escuchamos un grito—. Muchas gracias, Valentine.

—¡Todo este asunto alteró mi vida entera! ¡Mi mejor amiga está en peligro también! ¡Y nosotras no somos inmortales!

—¡Lo sé! ¡Lo entiendo! Pero ¿nunca tuviste en cuenta que esto no es un paraíso para nosotros tampoco? Ante el primer inconveniente, nos tiraste a los leones —siseó—. Y no, yo jamás habría hecho nada que te pudiera hacer daño. —Su voz estuvo a punto de quebrarse—. No lo haré ni siquiera ahora que somos enemigos.

33

No te quiero tanto

As se acercó tanto a Amon que este tuvo que retroceder hacia el bosque, pero Mam los dejó solos a Leviatán y a él para alejarme del terreno peligroso. Luego regresó con sus compañeros.

Desde la distancia, contemplé la batalla y me pregunté cómo no notaban que ninguno de los golpes de su enemigo alcanzaba a Levi.

De las palmas de las manos de As brotaba una especie de fuego blanco que, a pesar del agua, no se apagaba; su llama luchaba contra todo como si fuera indestructible. Dibujó un círculo alrededor de los tres chicos.

Amon sacó sus garras y lo atravesó sin temor a quemarse. Los ataques que As le arrojó le golpearon en diferentes partes del cuerpo, pero él no parecía afectado. Sin duda, pelear era lo suyo. Mientras tanto, Levi trataba de destruir la barrera de llamas que Asmodeo había levantado, aunque quizá solo fuera una distracción.

Mam extendió sus alas doradas y se elevó en el aire entre la oscuridad de la noche, convirtiéndose en la única fuente de luz. Me resultó curioso que se pareciera tanto a la imagen mental que yo me había hecho de los ángeles, dado que era literalmente lo opuesto a ellos. Avanzó rápido y paró el puño de As con una mano justo cuando este lanzaba un ataque. Al verse en desventaja, Asmodeo usó su mano izquierda, pero Mam lo detuvo de nuevo. Avaricia no estaba jugando: parecía saberse los movimientos de su enemigo de memoria.

Lo arrojó unos metros hacia atrás, pero no buscó herirlo de gravedad. Se giró en dirección a Amon para comprobar que estuviera bien, y este le hizo una señal para indicarle que no se preocupara, que prosiguiera.

En ese instante, me di el lujo de albergar la esperanza de que la cosa no fuera a mayores. Observé cómo el pelirrojo aprovechaba para cubrir con la tela desgarrada de su ropa un par de cortes en su brazo.

Mientras tanto, Mam se aproximó a Asmodeo, que seguía tirado en el suelo. Antes de que todo explotara por los aires, As tuvo la desfachatez de volver el rostro para mirarme. Me guiñó un ojo y luego le devolvió toda su atención al demonio que tenía frente a sí.

—¿Tienes algo que argumentar? —se burló Mam—. Qué poco duraste, As; me sorprende.

—Oh, ¿te gustan las sorpresas?

Me pareció que transcurría una eternidad hasta que Mam se percataba de que debía mirar a Amon y comprendía que Levi estaba sosteniendo un cuchillo contra el cuello de su amigo. Vi desde lejos el cambio en su expresión al darse cuenta de quién era su nuevo rival.

En cuanto procesó la información, sus ojos se apagaron por completo. Otras veces se habían tornado blancos o brillantes, pero nunca los había visto así de oscuros. Retrocedió un solo paso, y eso bastó para que el filo de la espada de As quedase pegado a su espalda. Lo había perdido de vista por un tiempo precioso, y el desquiciado de Asmodeo lo había aprovechado al máximo.

—¿Y bien? ¿Mi sorpresa está al nivel de tu ego? —cuestionó en voz alta As. Sabía cómo sacar de quicio a cualquiera.

—Leviatán, no habrás sido capaz —refunfuñó Mam.

—Al principio no, lo odiaba —respondió Levi—. Pero odio más a los perdedores, lo siento.

Comencé a procesar por qué Levi había sido amigo de Asmodeo en el pasado; las señales habían estado ante nuestros ojos durante todo este tiempo.

Leviatán, que había tratado a Amon como si fuera su hermano pequeño, le hundió el metal en el cuello sin titubear. Fueron solo unos milímetros, pero el arma que sostenía no era un cuchillo cualquiera; lo comprendí cuando empezó a oler a quemado.

Entre la desesperación, el caos y la guerra, Levi y As compartieron miradas, se observaron el uno al otro con un afecto que me hizo cuestionar todo lo que creía que sabía. Esos eran los demonios que me habían aterrorizado en el pasado, los seres despiadados de las leyendas, los que podían robarte el alma con un susurro; auténticos monstruos.

Amon no se movió; estaba aterrado.

—Tengo un juego sorpresa, Avaricia, se llama «Escoge uno». —Caminó alrededor de Mam—. La historia es que mi mejor amigo y yo nos aburrimos cuando estamos solos, incluso siendo buena compañía, así que debemos llevarnos a alguien con nosotros.

—Ya tienes lo que anhelabas —siseó Mam—. Querías de vuelta a Levi, ¿no? Llévate tu puta basura, pero a Amon déjalo, no está preparado. Sabes que lo trajimos aquí antes de que pudiera aprender a controlar sus poderes.

—Me da igual, no me interrumpas —lo regañó As—. Tenemos dos piezas: una adorable jovencita —ladeó la cabeza hacia mí— o Amon; no puedes tenerlos a ambos. Y no tienes más que tres minutos para decidir.

—¿Qué quieres? —Mam habló entre dientes—. No hagas esto, no me importan las joyas, no me importa mi magia, solo déjalos. El problema lo tienes conmigo, ¿no?

—No quiero nada. Ya lo tengo todo. —Asmodeo se encogió de hombros—. Tus joyas, tu poder… —una fuerza invisible me arrastró hasta él—, a tu gente y tu desesperación.

—Eres una rata.

—Es una estupidez subestimar a esos animales, teniendo en cuenta que provocaron una de las peores pandemias de la historia. —Bostezó—. Pero si a lo que te refieres es a que soy capaz de causar una oleada masiva de muertes, sí. Así es.

—As…

—Se te acaba el tiempo, y a tu amiguito igual.

Con el rabillo del ojo, noté que Amon había dejado de defenderse contra Leviatán. Aquello era una mala señal.

—Amon no se mueve —susurré—. No lo pienses.

Me di cuenta de que, sin saberlo, yo misma le había contado a Agus (a As) todo lo que había ido descubriendo sobre Mam: cómo se defendía, sus posibles debilidades…

La indecisión y el terror patentes en su rostro y la desolación que emanaba de él me quitaron el aire. Me daba igual lo que me pasara; Asmodeo tenía razón al afirmar que no había pensado en ellos. Aunque me doliera, era cierto que los había traicionado a cada estúpida oportunidad que había tenido. Y ahora Amon estaba pagando por ello.

Eligiera lo que eligiese Mam, iba a costarle caro.

Y entonces un pitido ensordecedor retumbó en mis oídos y todo se volvió negro.

Desperté con el cuerpo dolorido, sentada en la dura madera de una de las sillas del convento. Unas gruesas cuerdas sujetaban mis extremidades de nuevo. Tenía el cabello en la cara, me rugía el estómago de hambre y sudaba tanto que la ropa se me había pegado a la piel.

Estábamos en mi antigua habitación, y la puerta tenía un inmenso candado encima. Entendí que Mam había elegido a su amigo, como esperaba que hiciera. Sin embargo, ¿por qué estaba yo allí? Si no pintaba nada en el tablero de juego, como As había insinuado días antes, ¿por qué no me dejaba ir?

Ya me había arrebatado la confianza, la tranquilidad, la calma y la amistad de los demonios. Me había hecho creer que solo debía hacer una última cosa, esa maldita llamada, para que me dejara en paz. Pero, claro, supuse que nadie normal terminaba conviviendo con los mismísimos príncipes del infierno. Debía de ser valiosa para él de algún modo.

Esperé que mi familia estuviese bien, que Dania estuviera a salvo, que Amon no se encontrara malherido y que Mam... La última vez que lo había visto, tenía un aspecto terrible. A saber qué habría sido de él. Ni siquiera sabía quién me había traído hasta este cuarto ni cuánto tiempo llevaba aquí.

—Despertaste, ya era hora. ¿Ya te puedo felicitar por facilitarle el trabajo a As de esa forma? —Una columna de humo salió de la nada y de pronto vi a Levi recostado sobre mi antigua cama, fumando—. Qué mala amiga.

—Eres el menos indicado para decir eso.

—Por favor, sabes que no nos llevábamos genial tampoco. —Apagó su cigarrillo—. Mam no entiende lo que son los sentimientos ni la amistad.

—Lo entiende más que tú.

—No me toques el nervio, niñita —me amenazó—. Es diferente: no es lo mismo conocer a alguien desde hace meses que conocerlo desde hace siglos. As es la única persona que me ha acompañado en mi existencia, y debía salvarlo. ¿Cuál es tu excusa?

Me mordí la lengua para no gritarle y él continuó:

—Es curioso cómo confías en cualquiera menos en quienes realmente hablan con la verdad.

Asmodeo entró con paso enérgico y saludó a Levi, pero el cariño en sus ojos se transformó en asco al verme. Se acercó y llevó su mano a mi cuello; me percaté de que habían vuelto a ponerme el collar, aunque todas las gemas habían sido sustraídas. Sin embargo, en el medio, donde se suponía que debía estar la de Mam, empezaba a formarse una masa brillante.

—Eres un sol —sonrió—. Siempre supe que ibas a servirme, desde pequeña metiéndote en lo que no debías.

—¿De qué hablas? —Fruncí el ceño.

—¿No recuerdas haber visto tus fotos en la feria cuando eras niña? ¿No crees que es una locura que hicieras una invocación de esta magnitud y no... murieras?

El recuerdo de esas fotografías atravesó mi mente y rememoré vagamente esos instantes en la feria con mi padre.

—No lo sé —respondí sin más.

—Como sea. Estoy tan agradecido de que le sonsacaras tanta información a Avaricia… —Examinó la masa brillante del collar, que empezaba a adoptar una tonalidad dorada—. Era justo lo que necesitábamos. Y, en mi defensa, «Agus» sí que te ayudó a controlarlos.

—No puedo creer que te besara, quiero arrancarme los labios —espeté furiosa.

Mam me lo había advertido: me había indicado que ninguno de los dos, ni Agus ni As, eran de fiar. Incluso antes de saber que eran la misma persona. Era evidente que poseía una intuición increíble, y aun así no había visto venir que yo iba a venderlos. Me sentía superculpable.

—Tampoco fue agradable para mí —dijo Asmodeo con una mueca—. Tuve que fingir que era lo que tú deseabas que fuese. Además, besas fatal. —Fingió una arcada.

—Odio a todos los demonios —murmuré.

—Pues no lo parece —intervino Leviatán—. Te has besado con todos los que te han dado la oportunidad de hacerlo.

Las comisuras de los labios de As se curvaron hacia arriba, pero reprimió su sonrisa.

Justo entonces, la masa del collar se solidificó. Lo noté por el peso; era idéntica a la piedra que había estado incrustada en el collar en un principio. Se había reconstruido. Me quedé anonadada mientras la admiraba: era incluso más hermosa de lo que la recordaba. Una lástima que estuviera en manos de ese monstruo.

—Quién lo diría: el amor sí sirve de algo —declaró Asmodeo mientras la extraía y la guardaba en su bolsillo—. Listo. ¿Nos vamos?

—¿La vamos a dejar aquí? —inquirió Levi, arqueando una ceja.

—Le podemos comprar un juguete y darle una comida al día si quieres —se burló As—. No te preocupes, no aguantará mucho con vida. Pero, de todos modos, la veremos en un rato.

—¿Y los demás?

—Como te dije esta madrugada, ya no hay nada que nos pueda detener, humano o infernal —carraspeó—. ¿Cuáles son las probabilidades de que quieran seguir adelante? Es el momento de rendirse.

Asintió y salió de la habitación primero, aunque no sin antes mirarme con sus brillantes ojos rojos. Yo me encontraba bastante mal, pero me negaba a darle el gusto de verme así, de modo que alcé la barbilla con dignidad.

—Adiós, mascotita.

—Espero que no logres lo que quieres.

—Ilusa —bufó—. Ya lo hice.

Era difícil tener una noción del tiempo cuando no se contaba con la luz del sol. Aun así, en esos momentos no me importaba qué hora fuera. Mientras escuchaba sus voces a lo lejos, preferí fingir que estaba dormida antes que enfrentarme a ellos.

Sentía que el calor me asfixiaba, pero me esforcé en no moverme mucho para que se les olvidase mi presencia.

Pero, siendo sincera, no hacía ninguna falta: estaban tan metidos el uno en el otro que, aunque hubiera gritado, no se habrían enterado.

—A veces me asombra tu mente —admitió Leviatán—. Los altos cargos pudieron llegar a dudar de tu inteligencia o pensar que eras un flojo, pero siempre logras lo que te propones.

—Solo necesitaba a alguien a quien utilizar —se jactó As—. ¿Y quién mejor que una chica que no cree en nada de esto? Además, el detalle de que viviera en la iglesia... Sabes que me encanta la comedia.

Mis demás pensamientos se borraron por completo, ya solo tenía oídos para su conversación.

—Cuando quieres algo, te dedicas a ello por completo —dijo Levi a modo de cumplido.

—Lo hago —afirmó él—. Aunque debo decir que Mam contribuyó mucho al establecer ese vínculo con ella; no sabía que los humanos le caían tan bien.

—No le caen bien. De hecho, nadie le cae bien. Es un ermitaño. ¿No recuerdas cómo quemaba a sus fieles porque odia el contacto físico?

—Ay, sí, qué carácter de mierda —comentó As en tono de burla.

Aquello era tan irónico que quise gritar, pero me contuve. Eran unos hipócritas, unas serpientes de mucho cuidado.

—En fin, eso le pasa por bajar la guardia —teorizó Levi—. Y ya ves cómo le fue, pobre diablo.

—Veamos si eso es suficiente como para que deje de jugar a ser el héroe, yo tengo lo que quiero.

Aún sin abrir los ojos, podía intuir la sonrisa de Asmodeo solo por su tono.

—Por cierto, respecto a lo que dijo Mam esa noche, eso de que ya tenías lo que anhelabas… ¿A qué se refería? —inquirió Leviatán.

—Hum… —As se aclaró la garganta y, a juzgar por el chirrido del colchón, se levantó para alejarse de él—. Lo de siempre: respeto, poder, ah…, estatus. ¿Qué sé yo?

No quedaba ni rastro del imponente monstruo que había demostrado ser en tantas ocasiones. Por supuesto que As querría todo aquello; era vanidoso, superficial y caprichoso, y tenía un toque de egolatría incuestionable, pero yo recordaba haberle escuchado decir que no entenderíamos sus motivos. Empezaba a sospechar que simplemente no se atrevía a decirlos en voz alta.

—Después de esto, planeo huir. Quizá lejos del infierno —le confesó a Levi—. ¿Quieres venir conmigo?

O tal vez esa era su forma de decir lo que realmente tenía en la cabeza.

—No te hagas ilusiones, As, no somos mejores amigos de nuevo. Y que me parezca sorprendente lo que lograste no hace que quiera irme contigo —lo dijo con tanta frialdad que me quedé helada.

—Pensé que querrías.

—Piensas muchas cosas que no son, no te quiero tanto. Solo sabía que la pelea entre ustedes era inminente, y quería estar del lado del ganador.

Sin embargo, yo aún recordaba la imagen de Levi en la bañera de mi casa, y habría apostado mi vida a que ese día no había falsedad en sus palabras. ¿Y si era cierto que lo que había entre ellos era algo que no podríamos entender jamás? A fin de cuentas, nunca compartiríamos lo que ellos habían vivido juntos.

Aunque, claro, sus motivos no los hacían menos culpables. Y tampoco me hacían menos prisionera a mí.

Pensar que las mentiras de los demonios podían haber contenido algo de verdad fue un trago amargo. Había desconfiado de Mam desde siempre, aunque él me hubiera jurado que no mentía. Sí, me había dicho que no confiara en él, pero no porque no fuera sincero, sino porque sabía que podía fallar en algún momento y creía que no merecía mi confianza. Había sido un sol conmigo, lo había dado todo para iluminar la oscuridad que acechaba mi vida, y yo le había correspondido con la peor versión de mí misma.

Ojalá pudiera arreglar lo que había hecho.

—Puedes hablar de vez en cuando —me instó Levi. Al parecer no había disimulado tan bien como creía: sabían que estaba despierta—. No iba en serio lo de sacrificarte, al menos mientras no me toques los cojones.

—Gracias, qué considerado. ¿Dónde le pongo el altar por tanta amabilidad?

—Puedes comenzar con una pequeña mesa: le colocas un pentagrama de protección y cuatro elementos —aconsejó sin perder la sonrisa—. Luego te dedicas a rezar diciendo lo magnánimo que soy.

—Yo le quiero dejar una ofrenda —agregó As.

—Espero que Mam os saque el veneno que tenéis dentro a golpes —refunfuñé.

—Más allá de fantasear con que me aniquilen, ¿en serio crees que va a perdonarte? —La risa de Levi fue estridente—. Aún no sabe toda la información que diste de él, no sabe que te quisiste aprovechar de vuestra afinidad para manipularlo; y, claro, está el pequeño detalle de que vendiste a los suyos.

Inhalé y mi respiración se entrecortó. Tenía razón.

—Qué curioso. Hasta Amon la soportaba —comentó As—. Debe de ser cierto que la chica tiene cierto encanto. Es una lástima que yo no se lo vea.

—Yo tampoco.

—Soy una mierda, lo capto. —Rechiné los dientes—. ¿Podrían desatarme? Es absurdo tenerme así, no soy una amenaza.

—Eso es cierto. —Leviatán se encogió de hombros—. Dejémosla suelta, a ver qué hace.

—Es usted diabólico, señor Leviatán —repuso Asmodeo con tono juguetón mientras se acercaba para desatarme.

Parecían tan felices que se me revolvía el estómago solo con oírlos. Al parecer, había pasado más de un día desde que se había desatado el caos, y yo seguía encerrada allí sin tener ni idea de qué les habría podido pasar a Dania, a Mam, a Amon…

Fue todo un alivio que al fin me dejaran salir a pasear un poco, aunque me amenazaran y me aseguraran que no tenía sentido que intentase huir. Y tenían razón: pese a que me conocía de memoria el templo, no encontré ninguna salida.

—Pensé que los demonios no se acercaban a las iglesias —susurré para mí—. Esta situación es tan estúpida que me hace preguntarme qué hice para llegar aquí.

«Como ya habrás deducido, casi todo lo que te enseñan en la Tierra son mentiras». La voz de Asmodeo sonaba lejana. «Las cosas no funcionan como crees; por ejemplo, no somos enemigos de los ángeles. Simplemente no son nuestro tipo de entidad preferida».

—Deja de seguirme —espeté.

«No te estoy siguiendo».

—Entonces deja de escuchar mi mente —continué en voz alta, pese a que sabía que él no estaba allí.

«Vale, ya me voy, es que tenía mucha curiosidad».

—¿Por qué?

«Por saber si incluyes a Mam y a Amon en tus oraciones, porque lo necesitarán».

34

Quienes te aprecian no te dejan solo

Mam

Una lágrima rodó por la mejilla de Amon. Pese a ser el más joven de nosotros, era también extremadamente duro y estaba más que preparado para la batalla. Así que no, no lloraba por el dolor físico.

—¿Qué le pasó? —gritó—. No puedo creer que lo defendiera tanto para que resultara ser lo que todos decían: un idiota.

—Cálmate —murmuré, agotado—. Es muy pronto, no te alteres.

—Estoy hecho polvo.

—No pasa nada, lo arreglaré, te lo prometo.

—No tienes por qué cargar siempre con la responsabilidad de todas las situaciones, Mam. Nosotros sí somos un equipo.

—Gracias, Amon.

—Supongo que en algún momento de nuestra formación nos enseñan qué hacer en situaciones como esta, ¿no? ¿Cómo tenemos que proceder? ¿Qué piensas? —Resopló—. ¿Se lo diremos a los guías? Los mandamases del infierno nos van a enterrar si esto sale a la luz. ¿Tienes idea de cómo esta Val?

Quizá por la agitación del momento, Amon no se dio cuenta de lo rápido que salieron sus preguntas, lo complejas que me resultaron sus dudas y la forma en que se clavaron y perforaron la endeble estructura sobre la que me sostenía en esos momentos.

Mudo, me quedé mirando al horizonte, asimilando los problemas en los que nos habíamos metido. Entendí que Valentine hubiera escogido en dos ocasiones a alguien por encima de nosotros, que hubiera seguido las instrucciones de Asmodeo por cuidar a sus seres queridos.

Lo de Leviatán era lo que había terminado de desestabilizarme, pues, aunque peleáramos todo el tiempo, yo había llegado a considerarlo un auténtico amigo. Y tanto Amon como él sabían que podían contar conmigo. De hecho, todo este lío se había iniciado por culpa de Levi, en realidad: él no había sido capaz de controlar a Asmodeo, y yo había tenido que ayudarlo.

Sin embargo, estaba aprendiendo poco a poco que esperar reciprocidad de los príncipes del infierno era esperar demasiado.

—¿Puedes levantarte? —indagué.

—En absoluto, no quiero levantarme. —Amon se frotó el cuello—. No estoy listo.

—Deja de dudar de ti —lo regañé.

—No te preocupes, por lo mucho que estoy sufriendo, tengo claro que esto es un entrenamiento —se burló, aunque sin molestarse en ocultar la pena en su voz.

—Qué bueno. —Me obligué a esbozar una sonrisa—. Si llamas «entrenar» a cometer errores, el camino va a resultarte fácil.

—¿Eso crees?

—De ganar o perder siempre se saca una enseñanza.

—¿Y qué se aprende al caer así de bajo? —inquirió riendo.

Amon jamás perdería su sentido del humor ni su pasión por burlarse del sentimentalismo.

—Que siempre te puedes volver a levantar.

—¿Cómo puedes tener tanta fortaleza incluso con esas cicatrices aún abiertas? —Se reacomodó y sus ojos examinaron mis heridas—. A mí me decepcionó un conocido y ya estoy a punto de buscar una manera de desaparecer.

«Porque lo estoy fingiendo hasta creérmelo, porque te apoyas en mí y no sé qué haremos si no logro equilibrar esta balanza. Tal vez porque me niego a dejar a esa chica entre esos dragones de la muerte, porque quiero devolverle su vida y a ti quiero devolverte la paz, porque no deseo causar estragos en el infierno. Necesito volver con las joyas y que las cosas no se escapen más de mis manos, aunque las cuerdas con las que la sujete me dejen marcas».

Cuando no respondí, él continuó hablando, aunque parecía que más bien estuviera pensando en alto:

—Val era consciente de que no íbamos a salir bien parados si acudíamos al convento —razonó—. Y, aun así, lo hizo. Nos llamó.

—Actuó bajo presión —suspiré—. Ella escogió mirando por sus intereses. Como hice yo.

—¡¿La estás defendiendo?! —exclamó.

No me pareció apropiado señalar que hacía escasos minutos me había preguntado por ella, claramente preocupado. Probablemente ni siquiera había pensado antes de hablar.

—No la defiendo. —Cerré los ojos por el cansancio—. Pero, para los humanos, su casa, su familia y sus amigos son todo lo que tienen. Nuestra llegada cambió su relación con esos tres elementos, y se vio obligada a tomar una decisión; como yo. As sabe explotar las debilidades de la gente.

—Estás empatizando con ella.

—Lo hago —aseguré—. Pero eso no me hace ser menos objetivo, sino que me da más perspectiva para tomar buenas decisiones.

—Eres demasiado calmado. Yo quiero ser así.

«Sí, yo también quisiera ser así en realidad».

—¿Qué podemos hacer? Solo respóndeme a eso —pidió.

—Asmodeo no va a quedarse a ver qué se nos ocurre, le gusta esconderse. Si no vamos de frente esta noche, no podremos hacerlo jamás. —Busqué entre mis recuerdos algo útil—. Y ya sé que es precipitado, pero…

—Por lo poco que sé, creo que estamos pensando lo mismo: si no actuamos ahora, va a hacer mierda todo lo que esté a su alcance, incluidas la humana y las joyas.

Abrí los ojos; rendirme o quedarme ahí lamentándome no eran opciones que pudiera escoger. Aunque fuera difícil asimilarlo, sabía que, en la mayoría de las situaciones de vida o muerte, nadie venía a darte una solución mágica. Tenías que hacerte cargo tú y solo tú.

El miedo desaparecía, el arrepentimiento no.

Me levanté.

—Debemos salir de este bosque, ve buscar algún refugio.

—Mam, estás herido —advirtió Amon.

—No estoy derrotado.

—Nadie está esperando a que lo rescates hoy. Vas a forzarte de más, quédate. No merece la pena.

A lo lejos, capté un pequeño punto de luz amarilla que se encendía en ese mismo instante: velas. Había alguien dentro del templo, alguien que no parecía haber perdido la fe; la fuerza de voluntad de los humanos y sus ganas de sobrevivir me resultaban admirables. Supuse que todos seríamos más audaces si supiéramos que solo teníamos una oportunidad.

Tomé unos restos de tela de mi camiseta y los coloqué alrededor de los cortes de mi cuerpo. Me sentía capaz de sobrevivir con ellos en mi piel.

El cuchillo que Levi y As habían traído del infierno (a sabiendas de que uno humano no habría causado el mismo daño) reposaba al lado de Amon. Lo recogí. Junto con esa arma, tenía otra cosa a mi favor: la certeza de que Levi y As no tardarían en chocar. Estaba seguro de que, a estas alturas, debían de estar a punto de pelear, si es que no lo habían hecho ya: sabía que, más allá de lo que Leviatán pudiera darle, la realidad era muy distinta a la fantasía que Asmodeo había estado persiguiendo.

Las últimas monjas se retiraron hacia sus cuartos a mitad de la noche y yo las seguí con sigilo hasta que entraron; luego cerré las puertas con cadenas por si intentaban volver a salir.

Destrocé la ventana a través de la cual había atisbado un destello de luz. Mis suposiciones habían sido acertadas, estaban refugiados ahí. Y yo tenía un objetivo claro: Asmodeo.

Empuñé el cuchillo y todas las luces se apagaron de golpe, con la excepción de un par de faroles. La hoja metálica rozó la cabeza de As antes de que él pudiera hablar.

—Uy, tenemos visita —exclamó justo después—. ¿Viniste a salvar a tu princesa?

La adrenalina se apoderó de mí, y apenas fui consciente de las palabras que intercambiábamos antes de que la guerra se desatara. As no tardó en cambiar de forma, en aumentar de tamaño. Como si eso fuera a asustarme…, nada iba a hacerme retroceder. Nada iba a interponerse entre ella y yo.

En un momento de distracción en el que dejó de mirarme, mi puño colisionó contra su mejilla, y él perdió el equilibrio y cayó al suelo. Era muy insensato por su parte haberse separado de su compañero.

Pero… ¿dónde estaba Leviatán?

En medio del forcejeo, no dejaba de repetir para mis adentros varios mantras: «Los pasillos llevan a sitios cerrados, no se puede salir. Mira bien a dónde apuntas, Val está a unos diez metros. Leviatán sigue sin aparecer».

A Asmodeo se le daban bien los planes, usar las debilidades de otros y jugar sucio; no obstante, nunca había tenido la preparación necesaria para salir adelante sin sus jugarretas.

Intenté no darle oportunidad de tocarme. Golpeaba lento y, aunque sus garras eran afiladas, no las empleaba con el ímpetu necesario. Mi codo chocó contra su pecho lo suficientemente fuerte como para apartarlo, y en su segunda caída pude echar un vistazo al panorama que había a mi alrededor.

Leviatán debía de estar en camino o escapando de allí sin ayudar a su compañero; ninguna de esas opciones suponía una amenaza para nosotros. No mientras Amon siguiera estando de mi lado.

Esa variable era la más importante, era el único aspecto en el que Asmodeo jamás podría sacarme ventaja: quienes te apreciaban no te dejarían solo en la batalla. Y, si lo hacían, nunca habían sido tus amigos.

35

Mucha suerte, Val

El estado de mi mente se deterioraba con cada hora que pasaba, dejé de entender lo que era real y lo que no. Ese sitio era el infierno, literalmente: la temperatura subió tanto que las flores de los altares se secaron y la cera de las velas se deshizo como si las hubieran metido en agua hirviendo. Estaba sentada al final de los largos bancos de madera, con la cabeza entre las manos, respirando el poco aire que me quedaba y tratando de convencerme de que en algún momento me despertaría de esa pesadilla.

Al final, lo que me despertó fue el sonido del cristal al romperse…; una de las vidrieras había estallado.

—¡Val, si estás aquí, escóndete! —ordenó Amon.

No lo vi entrar, tampoco a Mam. Los segundos transcurridos entre el estruendo y la orden no habían sido suficientes para que me diera tiempo a levantar la cabeza. Aun así, seguí sus indicaciones al instante; me arrastré por el suelo hasta un rincón cerca del confesionario y me oculté.

—Uy, ¡tenemos visita! —exclamó Asmodeo—. ¿Viniste a salvar a tu princesa? —preguntó en tono jocoso.

—Si así fuera, ¿qué? ¿Cuál es el problema? ¿No sabes que hay quienes sí pueden luchar por las personas a las que quieren? —Se oyó cómo caía uno de los altares—. ¿O es que tu querido te ha dicho que lo suyo es más admiración que amistad y ahora te ha roto los esquemas?

Al principio me confundió que Mam se tomara el tiempo de hablar. Sin embargo, cuando no recibió respuesta de Asmodeo y no se escuchó ningún otro golpe, me di cuenta de lo que estaba haciendo: era más fácil vencer a As si este no se sentía seguro de continuar.

Había dos tipos de gente en un enfrentamiento: los que atacaban a los puntos débiles, a las partes más rotas de las personas, y los que iban de frente. Mam hacía las dos cosas.

El príncipe de la avaricia parecía querer abarcar todo entre sus manos, y a menudo lo lograba. Los otros demonios demostraban no ser competencia para él.

Pronto se hizo evidente que As no destacaba en el cuerpo a cuerpo; se notaba por cómo se estrellaba contra el piso de piedra del templo. Bullía de rabia, y sus rasgos fueron cambiando poco a poco: el color rosáceo de su piel se perdió bajo el brillo de sus ojos rojos, bajo el dorado de su cabellera y sus cuernos, mientras que sus alas se desplegaron y arrasaron con todos los objetos que lo rodeaban.

Una de las veces que cayó, aún desde el suelo, Asmodeo sacó el collar de donde fuera que lo tuviera escondido y lo sostuvo entre sus manos. Las gemas empezaron a brillar y él pareció ganar fuerza; pudo levantarse con más energía que antes.

Desde mi escondite, vi que Levi aparecía justo en ese momento. Sin embargo, siendo la serpiente astuta que era, solo se entrometería si creía que podía sacar algún tipo de beneficio de ello. Mientras tanto, no me cabía duda de que se mantendría esquivo y cuidaría sus movimientos.

En medio de la refriega, busqué una manera de alejarme sin que ninguno lo notara. No iba a huir, aunque tampoco creía que fuera una opción; en realidad, tenía otro objetivo en mente. Retrocedí sin obstáculos hasta que de pronto pisé un vidrio roto. El sonido alertó a Levi y él empezó a seguirme. Corrí al salón de invocación tan rápido que casi fue como si me hubiera teletransportado; estaba aterrada.

—Ten cuidado con lo que haces —amenazó Levi—. Creo que estás cambiando demasiado tu vida, aceptando lazos eternos y cayendo al abismo. Yo dejaría de ayudarlos. Si te vas ahora, puedes salir impune. En un par de años, esto se habrá borrado de tu memoria.

—No voy a dejar a Mam solo.

—Ah, claro... Por ese vínculo especial que tienen ustedes. —Rodeó la mesa que nos separaba—. Mucha suerte, Val, meterse en medio de una amistad es peligroso.

—¿A qué te refieres?

—Para que esas piedras preciosas funcionen, sus propietarios deben tener sentimientos por ti.

Intenté abrir el cajón en el que As guardaba la corona; le había visto hacerlo hacía apenas un rato. Leviatán no se inmutó, se limitó a seguir hablando:

—Alguien se ha metido en problemas —canturreó—. Presta más atención a cómo te tratan, a cómo cambia el trato a lo largo de los meses.

—Cállate —dije sin dejar de tratar de romper la cerradura—. Ahora me odian. Y es lógico.

—Hum, no te confundas. —Rio—. Nadie se preocupa por sus mascotas si no las quiere.

—¡No soy su mascota! —grité—. ¿No tienes que ir a defender a tu amigo?

—Yo no tengo amigos. —Se encogió de hombros—. Solo conozco a personas poderosas con las que me interesa estar. —Miró hacia atrás, hacia la pelea—. Pero no me quedaré si eso me va a perjudicar.

Me sentía sin aire. Levi era genuinamente cruel, un traidor con todas las letras.

—Estás bromeando.

—Estoy siendo sincero. ¿Acaso no has visto la oscuridad de mi mirada? Si estabas intentando adivinar quién era el peor de todos... —Se sacó una tarjeta de visita de un bolsillo—. Me presento.

De pronto, vi a Leviatán como lo había visto al principio, nada más conocerlo: como un ser extraño, oscuro, con un toque cruel y solitario. Aunque estuviera rodeado de personas, nunca parecía cómodo, cercano ni fiable.

Finalmente, el cajón se abrió y pude ver la corona. Sus picos estaban claramente afilados, era dorada con algunos detalles plateados y un poco pesada para mis manos. Solo tenía que entregársela a Mam.

Sentía que estaba muy cerca y al mismo tiempo muy lejos de romper esta maldición, pues Levi no me dejaría salir de ahí fácilmente.

—Espero que no seas bienvenido en el infierno.

—Mientras me mantenga en mi territorio, estaré como siempre. No hables de lo que no sabes. —Chasqueó la lengua—. Es más, no hables. Quédate en silencio mientras sueltas esa corona.

—No te importa nada —dije sorprendida, procesándolo todo por fin—. Utilizar a tus compañeros no fue un problema para ti, y ahora que tienes la confianza de As vas a abandonarlo.

—Ojo por ojo… —respondió aburrido—. Vamos, suelta eso.

Me aferré a la corona; no estaba dispuesta a que me la quitase sin luchar. Él se aproximó enfadado y me persiguió por el salón mientras yo me alejaba sin dejar que me tocara. Pero sabía que aquello no podía durar mucho; en algún momento me atraparía si no lograba salir de ahí. Sin embargo, la oportunidad no se presentó.

Sus garras alcanzaron el aro de la corona y yo no pude alejarla a tiempo; mi fuerza no era suficiente para luchar contra un monstruo, una serpiente marina en su más perfecta forma humana.

—Me estás empezando a joder. —Tironeó de la corona, provocando que yo chocara contra un mueble. Solté un grito de dolor—. Es una falta de respeto que siquiera lo intentes.

Me la quitó.

«No, me niego. ¡No!».

La levantó para colocársela en la cabeza, pero una flecha golpeó sus dedos en ese instante y se la arrebató; la corona quedó ensartada en la pared con un golpe seco. Levi se volvió hacia el pasillo y se encontró con Amon. Suspiré aliviada.

Los pasos del pelirrojo eran lentos, su mirada amenazante, aunque sus ojos transmitían tristeza cuando se posaron en Levi; le rogaban a gritos que dijese algo, que justificase sus acciones.

—¿Por qué? —Se le quebró la voz al terminar la pregunta—. Dime que es una broma, que es una prueba del infierno y todos están actuando. Por favor.

—Ya sabes cómo soy —dijo Leviatán sin más.

Sus palabras no eran reconfortantes, cierto, pero me percaté de que tampoco tenían la intención de hacer daño. Simplemente, era la verdad. Así era él.

—Yo te creí. —Amon sonrió con tristeza—. Como un tonto, yo te creí.

—Amon.

—Yo te defendí, con Mam, con mi guía. ¡Con quien carajos hiciera falta! ¡Puse la mano en el fuego por ti!

—Te equivocaste al hacerlo.

Me impactaba cómo podían soportar tantas traiciones, tanto dolor y caos sin desfallecer.

—Lo sé —admitió Amon.

—Es parte de madurar, así alimentas tu ira.

—Que rompan tu confianza no es parte de madurar. —Lo apartó de su camino—. Madurar es no destriparte ahora mismo. Porque yo no estaba fingiendo; yo sí te consideraba un amigo, un hermano.

Incluso Leviatán, que jamás mostraba un solo indicio de consideración, se quedó helado unos segundos al escuchar aquello. En lugar de seguir peleando, ocultó parte de la pena en su mirada y salió del salón. Asumí que había ido en busca de As y Mam; no nos quedaba mucho tiempo.

Amon recogió la corona de la pared y me la arrojó.

—¿Estás herida? ¿Quieres que te saque de este lugar? —Su tono se ablandó.

—Estoy entera, quiero darle esto a Mam.

Echó un vistazo al lugar por donde había venido; no se mostró muy seguro.

—Cuídate, y grita si necesitas ayuda.

—No hace falta, olviden su preocupación por mí.

—Que tú nos hayas fallado no significa que nosotros vayamos a devolverte el favor —respondió calmado—. Mis valores, aunque parezca que no tengo, van más allá de mis sentimientos.

No supe bien qué decir, así que me limité a dar media vuelta y me dirigí al salón principal. Mam y As estaban al fondo del altar central; no había ni rastro de Levi. El aire se atascaba en mi pecho mientras intentaba llegar hasta ellos; tenía que encontrar una forma de darle la corona a Mam.

Era irónico que le hubiera repetido a mi madre tantas veces que nunca me verían caminando hacia un hombre en el altar. Aunque, claro, en parte no había mentido: no estaba caminando hacia un hombre, sino hacia dos. Habría disfrutado más de la experiencia si no hubiera sentido que el alma se me escapa del cuerpo con cada paso que daba en su dirección.

Arrojé la corona sin tener la seguridad de que sería Mam quien la atraparía y sin saber si era posible que se rompiera en caso de caer al suelo.

El mareo no me dejó apreciar la escena en su totalidad, pero pude ver cómo el aro se movía hacia él como si tuviera vida propia. En cuanto Mam se lo puso, un brillo tan claro como su mirada brotó de su cuerpo y me cegó. Su atlética silueta se recortó sobre las sombras y él sonrió. O, mejor dicho: me sonrió en agradecimiento.

A partir de ahí, todo se volvió demasiado borroso; creí sentir unas manos envolviendo mi cintura, pero podrían haber sido alucinaciones mías.

En mi estado de semiinconsciencia, vi cómo Mam se enfrentaba a As, quien, acorralado, no tuvo más opción que escucharlo.

—Dame la gema de Leviatán —ordenó el demonio rubio sin rodeos—. Ya no me queda paciencia.

—Estás demente si crees que voy a…

—Los dejaré —ofreció Mam, sorprendiéndome incluso a mí—. Dejaré que escapen, que hagan lo que quieran o que se asesinen entre ustedes si así lo desean. —Avanzó hasta que Asmodeo se vio obligado a poner las manos en alto—. Pero nosotros necesitamos esa piedra, y la tendremos por las buenas o por las malas; tú decides.

—¿Por qué harías eso?

—Porque hay cosas más importantes que tu miserable muerte, aunque no te lo creas.

—Me desagradas —le escupió As—. Tu discursito de valores y altruismo barato no te hace superior. Tú nunca fuiste mejor que los otros pecados capitales, mejor que yo.

—Lo soy —afirmó Mam—. Porque no he perdido la cabeza, ninguna amistad ni nada importante por este encuentro. Tú puedes perderlo todo, y no lo voy a repetir: ¿dónde demonios está la gema?

—¿Hay algo que realmente te importe más allá de ti, Avaricia?

La mirada de Mam bajó hasta su propio cuerpo magullado y él no se inmutó. Sin embargo, justo después sus ojos se toparon conmigo y, al verme escondida en un rincón de ese salón, se llenaron de algo más que oscuridad.

La temperatura subió tanto que una parte de mi vestido se encendió con una ligera llama que apagué al instante. Mam levantó a As del cuello y lo estampó contra la pared; este luchó por liberarse mientras su pecho subía y bajaba a toda velocidad.

—Val, tienes que prometerme algo —me pidió Mam.

Apenas logré escucharlo entre tanto caos, pero asentí varias veces incluso antes de que él hubiera terminado de hablar. Se me nublaron los ojos.

—Vas a acompañarnos al infierno a deshacernos de él —concluyó, sin soltar a Asmodeo.

Que yo asintiera otra vez pareció devolverle la fortaleza.

36

Hierba mala

Apenas un segundo después de que Mam anunciara que lo llevaríamos al infierno, Asmodeo sacó una daga de entre sus vestiduras.

Por alguna razón, me recordó al día en que Levi había aparecido con un cuchillo en mi cuarto del convento. El mismo cuchillo que luego había puesto sobre el cuello de Amon, su amigo, sin ningún tipo de pudor. Me pregunté si había decidido aliarse con Agus…, con As, hacía mucho, si había fingido su desprecio por él y si ese día en el baño de mi casa, cuando me había confesado sus miedos, no había sido más que un plan para apelar a mi empatía.

Fuera como fuese, daba igual. Lo importante era que ahora As tenía un arma en su mano, y que la arrojó directa a uno de los costados de Amon. Comprendí que este había aparecido a mi lado hacía rato, aunque yo no lo hubiera visto debido a mi mareo; habían sido sus brazos los que me habían sostenido cuando estuve a punto de desmayarme.

La daga se clavó entre las costillas del pelirrojo al mismo tiempo que unas cadenas doradas aparecían en torno a las muñecas de Asmodeo; parecían abrasarle la piel. Amon se lanzó a por él al instante para inmovilizarlo y, pese a lo mucho que debía de estar sufriendo por la herida de su costado, no se quejó.

—No te aprecio tanto como para acabar contigo aquí mismo —le dijo a As con un jadeo—. Pero ojalá que lo pases horrible cada segundo de tu inmortalidad.

—¿Qué van a hacer con él? —cuestioné con timidez, acercándome a ellos.

—Es decisión de Mam —respondió Amon.

Mam miró a Asmodeo fijamente, como si estuviera valorando las distintas posibilidades. Era una gran responsabilidad.

—Hay que entregarlo —concluyó—. Tenemos suficientes pruebas en su contra; que el tribunal haga lo que quiera con esta escoria. Podremos demostrar sin problemas que fue él quien robó las joyas y quien nos inculpó, y por fin limpiaremos nuestros nombres. Por desgracia, nos es más útil vivo.

En su mirada podía verse con claridad que As era, probablemente, uno de los seres que más odiaba en el universo, seguido muy de cerca por Levi. Las puñaladas que te asestaba un aliado eran mucho más difíciles de suturar que las que recibías de un enemigo.

—¿Y si nuestro guía nos ve? —preguntó Amon.

—No nos verá, porque no lo haremos nosotros. —Mam me miró—. Muy pocos humanos acceden al infierno y no se quedan para el resto de la eternidad. ¿Lo sabías, pecadora?

—Me niego a que declines la oferta. —Incluso herido de gravedad como estaba, Amon no parecía dispuesto a darme un respiro—. Te vamos a llevar amarrada si hace falta. No tienes escapatoria.

—¿Con qué me encontraré allá abajo? —Fruncí las cejas—. Tengo que pensarlo.

—Si crees que hay un abajo es que no has aprendido nada. —Me tomó del brazo—. Además, el contrato que firmamos se acaba cuando nosotros nos vayamos. Cosa que no ha sucedido aún. —Amon esbozó una sonrisa maliciosa—. En cierto modo, eres legalmente nuestra esclava, si te pones a pensarlo bien.

—Mam, dile algo.

—Tiene razón, deberías hacer lo que te digamos al pie de la letra si quieres cumplir la ley. Me apetece seguir las reglas.

—Mira lo que has hecho, Amon. —Puse los ojos en blanco—. Le contagiaste la tontería.

—¿Quieres saber qué pasa si las rompes y no nos gusta? —me susurró Mam al oído.

Estaba completamente malherido y seguía ingeniándoselas para fastidiarme. ¿Cómo podía ser alguien tan insistente?

—Iré.

—Ni que tuvieras otra opción —se burló Mam.

—¿Desde cuándo estás del lado de Amon?

—Su lado es mi lado, lo compartimos todo —se jactó el pelirrojo.

Sus risas no me dejaron distinguir si era broma o no. Pero debía admitir que, tras las insinuaciones que había hecho Levi, empezaba a percatarme de ciertas señales por parte de ambos chicos, y no sabía qué demonios hacer con ellas.

—Venga, te vienes con nosotros —concluyó Amon. Con su dedo anular, trazó una puerta en el aire—. Sin quejas.

Me había equivocado al pensar que ya no me quedaban emociones nuevas que experimentar, porque, en ese instante, una puerta mágica se abrió y mostró un largo pasillo rojo pavimentado con brasas calientes de fuego.

—Andando. —Arrastraron a As detrás de ellos.

—¿No deberíamos preocuparnos por si Levi en algún momento trata de…? —susurré, pero Mam me calló.

—Créeme, lo último que haría Leviatán es demostrar que le importa.

Asentí distraída. Habían pasado muchas cosas en pocos segundos y yo estaba ligeramente descolocada. Sobre todo porque de repente tenía frente a mí, a escasos metros, un mundo que hasta hacía poco había creído irreal.

Estuve a punto de tener un paro cardiaco cuando Amon me empujó y yo trastabillé hasta caer al suelo.

Miré hacia abajo y comprobé que mi vestido había cambiado de blanco a gris, igual que todos los objetos blancos que llevábamos con nosotros. Las apariencias de los chicos pasaron a ser las que tenían en el infierno, con cuernos, alas y garras que en ese momento prefirieron guardar.

Avaricia me ofreció su mano para levantarme y yo la acepté; tenía curiosidad por saber lo que sentiría al tocarlo. Aunque hubieran cambiado, seguía reconociéndolos. Supuse que tenía que ver con esa conexión extraña que compartíamos; casi siempre era capaz de percibirlos, incluso cuando eran invisibles.

Miré a mi alrededor. Los pasillos parecían laberintos: angostos y largos. Me preocupé cuando vi que caminábamos y caminábamos y no llegábamos a ningún sitio. Empezaba a preguntarme si estaríamos andando en círculos cuando nos encontramos en un rincón sin fuego ni lava alrededor; estaba marcado con una estrella de cinco puntas que sostenían dos gárgolas de piedra.

Di media vuelta y me topé con dos figuras oscuras nuevas. Retrocedí varios metros de un salto.

—Somos nosotros, tonta —dijo Amon—. Es que no pueden reconocernos.

—¿Por qué, exactamente?

—Necesitamos volver con, al menos, la mitad de los malentendidos aclarados. Después de entregar a Asmodeo, claro. Y por la puerta grande, no escondidos en estos laberintos.

—Cabe la posibilidad de que nos reconozcan por nuestras voces. —Mam clavó su mirada en mí, sus pupilas desaparecieron—. Para eso tenemos el factor sorpresa.

—¿Qué van a hacer conmigo?

Dejó que su amigo sostuviera a Asmodeo y él me colocó en medio de la estrella. Sus manos recorrieron mi cuerpo hasta llegar a mis labios, y sentí un ligero soplido acompañado de un plus de energía. Las estatuas pasaron de estar hechas de piedra a estar recubiertas de espejos, de manera que podía verme reflejada en ellas.

Procesé despacio lo que estaba viendo: gran parte de mi cuerpo perdió toda su coloración y, sin embargo, empezó a brillar en algunas zonas, como por ejemplo en mis ojos luminosos, ahora similares a los de Mam, o en el platino de mi cabello, bajo el cual podían apreciarse dos pequeñas protuberancias semejantes a cuernos.

—Vas a hacerte pasar por una de las personas que me ayudan a gobernar. No tienes que aprender nada, Ira puede controlar lo que dices.

La pared de nuestra izquierda se derrumbó y me permitió ver a un grupo de guardias con fustas, espadas y candados en sus manos al otro lado. Uno de ellos nos vio y se acercó.

—Pero tengo miedo —farfullé.

—Entonces hazlo con miedo.

37

Cumplí mi promesa

Quién me habría dicho que iría al infierno antes que a mi graduación.

Todavía impactada con mi nuevo aspecto y con Mam y Amon ejerciendo de guardaespaldas, contuve el aire antes de hablar. Cuando abrí la boca, no me sentí dueña de mi cuerpo, y fue como si otra persona se apoderara de mí y hablara y pensara en mi lugar. Y, siendo sincera, lo prefería: no habría podido manejarlo todo yo sola.

Me resultó curioso ver a esos horrendos seres tan sorprendidos, aunque, por supuesto, debía de ser raro que una extraña se presentara allí con el príncipe de la lujuria encadenado.

El guardia que nos había divisado, con otro par al lado, quiso saber cómo lo habíamos atrapado. Tras una acalorada conversación en la que ofrecí todas las explicaciones posibles, por fin me dejaron descansar.

—¿Me da su palabra de honor? —Arqueó una ceja—. ¿Qué dice el príncipe?

—Que espera verlo en tribunales y, de no ser el caso, espera ver a sus pies la cabeza de todos los que han participado en este turno de vigilancia —respondió Mam.

—Entendido —dijo con asombro el guardia—. Lo anotaré, aunque me temo que, por ser él, solo puedo tenerlo unos años encerrado. Tiene que haber un juicio; debe pasar por las manos de nuestro rey.

—No hay problema —intervino Amon—. Es un gusto hacer que las órdenes de la realeza sean cumplidas.

—Ah, una cosa —interrumpió otro ser desde un poco más lejos; no parecía uno de los guardias—, vi que la tinta para contratos se había agotado. No obstante, hace siglos que los contratos ya no son necesarios aquí. ¿Tiene información sobre si los príncipes tienen algo que ver en ello?

—De tenerla, no se lo diría —respondí.

—Claro, disculpe.

Entre varios, lograron meter a Asmodeo en una especie de calabozo; una vez que las rejas se cerraron, desapareció por completo de nuestra vista. Por un tiempo, ya no tendríamos que preocuparnos por nada relacionado con él. Los delitos de los cuales se le acusaba eran graves, más aún si se cometían contra los príncipes, personas de tanto poder allá abajo.

O arriba, no tenía idea de dónde quedaba el infierno, pero, una vez dentro de él, debía admitir que no era tan horrible. Con cientos de años y un poco de preparación psicológica, podría hasta parecerme un hogar agradable. Uno por el que no quería pasar jamás, ni al que tenía intención de volver.

—¿Cómo te sientes? —indagó Mam.

—Bien, aunque algo impactada, la verdad.

—¿Porque te has dado cuenta de que en el infierno no somos tan malos?

—Una pregunta difícil de contestar, pero supongo que sí. ¿Todas las personas malas vienen aquí? ¿Qué tienen que hacer para quedarse atrapadas en este lugar por toda la eternidad?

—La verdad es que ni siquiera una mínima parte de la población humana se queda por mucho tiempo. —Chasqueó la lengua—. Es más bien pasajero, y para tener acceso debes ser una persona de una moralidad extremadamente cuestionable. De igual modo que acceder al cielo es prácticamente imposible.

—¿A qué te refieres? ¿Estás diciendo que no se puede ir al cielo? De ser así, ¿a dónde iríamos?

—El concepto de ir y venir está errado en su totalidad —me explicó mientras desandábamos el camino que habíamos seguido para llegar hasta allí—. Una vez que tu conciencia sale de tu cuerpo, si no tienes deudas que pagar, eliges qué hacer: si volver a reencarnarte, ser un guía o un acompañante...

—Oye, ve más lento, cerebrito —me quejé—. Solo tengo dos neuronas y una no me funciona muy bien.

—Te lo explicaremos cuando salgamos, ahora deja de hacer preguntas, vas a llamar la atención.

—¿Es mi culpa que tengan que esconderse en su propia casa?

—Diosa, qué carácter.

—Gracias; es la suma de años de entrenamiento, un par de invocaciones y ser hija de mi padre.

—Amon, hazla callar —ordenó Mam sonriente.

Su amigo me tomó de la cintura y me colocó sobre su hombro derecho.

—Hey, bájenme, estúpidos.

La puerta que habían abierto antes seguía ahí y, cuando volvieron a depositarme en el suelo, solo tuve que empujarla un poco para que se abriera, como si yo misma fuera la llave.

Antes de abandonar el convento, tuvimos mucho cuidado de eliminar cualquier prueba incriminatoria y devolvimos todo a su estado original; algunos objetos quedaron incluso mejor. Para cuando salimos al exterior, el cielo nocturno estaba cubierto por cientos de estrellas que acompañaban a la luna e iluminaban el paisaje.

No pude evitar recordar las advertencias que mis padres llevaban haciéndome toda la vida acerca de andar fuera a esas horas de la noche. Era algo absurdo, en realidad: la ciudad no era insegura y, además, yo llevaba conviviendo con tres demonios desde hacía meses, pero aun así eran sus normas. Si me pillaban, ¿qué me iba a inventar para justificar mi regreso de madrugada esta vez? Tras todas aquellas aventuras, terminaría convirtiéndome en una auténtica diosa del engaño. Había decidido aceptar la oferta de Mam de reconstruir mi antigua casa y borrar todo lo relacionado con el incendio de la memoria colectiva. A fin de cuentas, ¿por qué tenían que pagar mis padres por los errores que yo había cometido? Por lo que a ellos respectaba, el día de la subasta en casa de Dani no había sucedido nada. Esa noche habíamos regresado todos a nuestro hogar como un día cualquiera.

—Hágannos aparecer en casa, por favor —les dije a los chicos. Estaba agotada.

—Lo pide con amabilidad —resaltó Amon—. Qué mujer de bien.

—Lo sé, soy un ángel, la Diosa me quiere en su ejército.

—Ven aquí, pecadora —me llamó Mam mientras dibujaba una de sus figuras en el aire para teletransportarnos.

Los tomé de las manos a ambos; ya estaba acostumbrada a que el humo nos rodease, a ver ese tipo de dibujos trazados en el aire y a que el tiempo y el espacio se deformaran para que nosotros pudiéramos movernos del punto A al B a nuestro antojo. En momentos como aquellos, tener demonios personales era un jodido paraíso.

Una vez en mi cuarto, me metí entre mis sábanas tan silenciosamente como pude. No tenía palabras para describir mi cansancio. Mi cama nunca me había parecido tan suave, como si las plumas y las nubes se hubieran combinado para brindarme descanso.

Lo último que percibí antes de quedarme dormida fue el movimiento del colchón, que se hundió cuando otras dos presencias se acostaron junto a mí.

No le di importancia, al menos esa noche, y mi mente cayó en un profundo trance en el que toda la pesadez y todas las preocupaciones parecieron desaparecer.

Soñé con el pergamino aquel que había firmado con ellos.

Estábamos en el bosque, los rayos del sol acariciaban mi piel. A nuestro lado, una hoguera comenzó a arder en todo su esplendor, con unas llamas tan altas como yo. Sostuve el largo papel con cuidado de no romperlo. Las letras estaban borrosas, solo alcanzaba a leer el título.

Alguien me puso una mano en la espalda. No supe de quién se trataba, pero la persona en cuestión guio mis brazos hasta que solté el papel para que se quemara. Tardó en hacerlo, pero verlo destruido me satisfizo. Fue como soltar una cadena que me había atado al infierno durante un año interminable.

En mi mente, una voz me advirtió que no debería haberlo quemado, pero los chicos me dijeron que me calmara, que así era como tenía que ser.

—Para que funcione, debes tener los cuatro elementos juntos —me explicó Mam. Su paciencia al enseñarme era alentadora—. Y luego lo proteges con los símbolos que te señalé.

Habíamos comprado velas y ellos me habían regalado una serie de objetos para instruirme en los básicos de la magia. Aseguraban que así evitaríamos desastres como el de mi primera invocación.

—¿Qué pasa si no lo protejo?

—Que algún ente malo puede entrar.

—Como un demonio, un fantasma, un espíritu chocarrero… Qué sé yo —agregó Amon.

Moví los objetos; estuve tentada de echarme a la boca un poco de esa sal gruesa que rodeaba el platillo, pero, la primera vez que lo había sugerido, me habían dejado claro que era preferible morir a robar algo del altar, y mucho menos comérselo.

—Esto es para que puedas estar… normal en tu día a día, digamos, pero también puedes limpiar tus energías, hacer hechizos pequeños…, aunque para eso necesitarás medios.

—¿Qué tipo de medios?

—No se lo digas —agregó Amon—. Es mejor que solo pueda hacer esa clase de cosas aquí, con supervisión. No me fío de ella.

—Dejen de decir que no se fían de mí. —Me crucé de brazos—. Tomo muy buenas decisiones, las mejores.

—Dime una decisión buena que hayas tomado en el último año, a ver.

—Bueno, los invoqué.

—No es tu momento más brillante, he de admitir. Pero nos conociste, así que es válido.

Nos reímos. Pasar los días con ellos era cada vez más agradable, en especial porque las cosas estaban tranquilas, si no teníamos en cuenta la tensión entre nosotros, que, a decir verdad, no era para tanto.

—Me preocupa que existas —dijo Amon—. Eres un peligro.

—Val, ¿cuándo te entregan las calificaciones? —gritó Mam desde el otro lado de la habitación.

—En unos días.

—Como no apruebes, Mam te echa de la casa antes que tu padre —comentó Amon.

Todos volvimos a reír.

Las tardes pasaron, las flores crecieron y los nuevos aromas llenaron los lugares por los que nos movíamos.

Al fin llegó el día de la fiesta de graduación; llevábamos esperándolo semanas.

Mam y Amon hacían sus cosas y charlaban sobre temas de su mundo mientras yo me maquillaba por videollamada con Dania.

La fiesta empezaría a las ocho, y mi vestido aguardaba extendido sobre mi cama desde esa misma mañana.

—¿Cómo están? ¿Van a ir? —me preguntó mi amiga.

—Son demonios, no creo que les interese —dije pintando mi párpado superior.

Había decidido contarle la verdad a Dani; no estaba dispuesta a seguirme distanciando de ella por culpa de las mentiras. Y, en esta ocasión, había insistido hasta que ella me había creído. Tal vez habían sido necesarios un par de trucos por parte de los chicos…

—Lo siento por no tener figura paterna —se quejó Amon.

—Sí la tenemos —interrumpió Mam—, pero no va a venir. Y el resto de nuestra familia, por llamarlos de algún modo, o nos odia o nos ha traicionado.

—Pero tú los has cuidado como si fueran hermanos —acotó Dani—. Ellos son tu familia ahora.

«Uno no se besa con su familia, Dania».

—Claro —suspiré. Luego me volví hacia los demonios—. ¿Quieren venir a mi graduación? —pregunté con sarcasmo.

—Nos encantaría —respondieron al unísono.

—Entonces, perfecto, allí los esperamos —declaró Dani

Corté la llamada y fui al baño para cambiarme. Me miré al espejo sonriente.

—Es un día especial, no lo arruines —me dije—. No digas ni hagas nada estúpido. Tus padres estarán allí.

Sin tacones, el vestido rozaba un poco el suelo; puesto se veía distinto, me hacía sentir como una princesa con su brillo. Además, era de mi color favorito.

Me calcé los zapatos sentada sobre el inodoro. Mi corazón latía a toda velocidad y me sudaban las manos, por no mencionar lo sentimental que me puse de repente.

—Eres una reina empoderada, nada de llorar. —Me señalé en el espejo—. Te ves bien, por cierto.

—Lo confirmo —dijo la voz de Amon.

—¡¿Qué?! No me digas que estabas viéndome.

—Estoy fuera, quiero hacer pis.

Abrí la puerta, y tanto Mam como Amon se esfumaron cuando mi padre apareció por las escaleras. Se le aguaron los ojos al verme. Su sonrisa era tan cálida que fue como si abrazara mi alma. Caminó despacio hacia mí hasta abrazarme de verdad.

—Te ves preciosa.

—¡Nuestra niña! —gritó mi madre, que venía detrás—. Mírala, se peinó.

—¡Ma!

«Opino lo mismo que ellos», susurró Mam en mi mente. «Eres fascinante, y no tenía ni idea de que era posible encandilar con tu brillo a alguien que ha pasado la eternidad rodeado de oro».

38

Muéstrame el paraíso

Las sonrisas de mis padres fueron genuinas hasta que sus ojos bajaron a mi cuello. En mis clavículas quedaban huellas de batalla. En esos momentos en los que el calor se había vuelto asfixiante en el convento, las cadenas del collar habían quemado un poco mi piel, al igual que las gemas.

Vi que mi madre sentía el impulso de preguntar, pero se abstuvo de hacerlo por no arruinar un día tan especial. Ya habría tiempo.

Y yo seguiría teniendo esas marcas por siempre, por más de que quisiera fingir que los momentos malos no habían sucedido. Jamás podría cambiar mi piel ni mi cuerpo; seguiría siendo yo, con mis errores y mis cicatrices.

Dirigí mi atención al traje de mi padre. Hacía años que no lo veía tan elegante.

Faltaban un par de horas para la fiesta, pero, aun así, todos estábamos arreglados ya, rematando los últimos detalles de nuestros respectivos atuendos antes de salir.

Me resguardé en mi habitación unos minutos para hablar con los chicos, pues pasaríamos un rato sin hablar debido al evento. Amon se había puesto un extravagante traje rojo con lentejuelas tan llamativo que ni siquiera los muertos podrían ignorarlo.

Mientras, frente al espejo, Mam acababa de abotonarse su camisa negra.

Soltó una exhalación al darse la vuelta. Se mordió el labio inferior y me sonrió. Fue como si una brisa de aire fresco me acariciara la cara. Bajo esa falsa inocencia, Mam era plenamente consciente de lo que hacía. Logró provocarme mariposas en el estómago.

—Debería empezar a cobrarte por mirarme.

—No te estaba mirando —mentí—. Y no pienso pagar nada.

—El precio es un beso. —Sus ojos recorrieron mi cuerpo—. Pero podríamos negociarlo.

—¡Eh! ¡Que estoy aquí! —exclamó Amon—. Tengan un poco de respeto, no coman frente a los hambrientos.

Justo entonces, mi padre gritó desde el auto para que saliera.

Me despedí de Mam, que nos esperaría en el lugar del evento. El «vecino», sin embargo, vendría con nosotros. Nos habíamos ofrecido a llevarlo porque a mi padre le caía bien. El viaje consistió en responder mensajes, tener cuidado de no ensuciar el vestido y pelear con él de manera silenciosa.

Los alumnos corrían de aquí para allá cuando llegamos. Entre la multitud, intenté encontrar a Dania al mismo tiempo que Amon les relataba a mis progenitores lo buen alumno que era y cómo había sido tan amable de ayudarme con las clases.

Habían montado un escenario en el patio con cientos de sillas para los invitados. Mi madre insistió en que debíamos ir a buscar sitio cuanto antes, pero yo tenía que encontrar a mi mejor amiga. Le escribí un mensaje y quedamos en vernos en el gimnasio, donde ella estaría ayudando con la decoración.

En medio de las flores y los postres, Dani se movía con un vestido gigante teniendo cuidado de no romper nada. Ladeé la cabeza al verla. Era el tipo de persona que quería para siempre en mi vida. Ella soltó sus materiales al verme y, antes de saludarme, le echó un vistazo rápido a la hora en su teléfono.

Una vez juntas, nos dirigimos de vuelta al patio.

Como nuestros apellidos estaban al final de la lista, durante la ceremonia tuvimos un rato para ponernos al día. Me contó que seguía con la idea de estudiar Psicología y yo le aseguré que sería su primera paciente. Al final, me llamaron a través de los megáfonos y, nerviosa, subí con precaución las escaleras. Una larga mesa de profesores me esperaba para estrecharme la mano, felicitarme y entregarme el diploma.

Al bajar, vi a mis padres sonriendo orgullosos y Dania me chocó los cinco por el camino. Por último, mezclados entre los invitados, ambos demonios asintieron al verme.

Qué ganas tenía de ir corriendo a abrazarlos, pero eso habría sido raro, porque se suponía que no eran más que mis primos y, además, si mi padre se hubiera percatado, habría enterrado a Mam.

Terminó el acto y los aplausos inundaron el patio. Me disponía a ir a la fiesta cuando cierto rubio apareció frente a mí. Casi me atraganté al ver la reacción de mi padre.

—Buenas noches.

—¿Qué tienen de buenas, rubio barato?

—¡Diosa! —se carcajeó Amon por lo bajini. Se había acercado por mi espalda sin que me percatara, ansioso por presenciar el intercambio—. Acaba de llamar «barato» a la riqueza, qué audacia.

—También es un placer verlo, señor Stamon. —Mam hizo una reverencia—. Vine a pedir la mano de su hija para llevarla al baile.

—¡¿La mano de mi hija?!

—Es solo un baile, papá… —intervine.

Mi padre me miró. Y tal vez fuera porque aquel era un día especial, o quizá vio algo en mis ojos, pero asintió y dijo:

—Está bien. Solo por hoy.

Las telas lo cubrían todo de un modo tan perfecto que me sentí en otra dimensión al entrar al gimnasio. Una gran bola de espejos iluminaba la pista, y músicas de diferentes estilos nos acompañaron durante toda la velada.

Empecé a bailar la primera canción sola, vigilando que nadie me mirara con lástima, hasta que por fin Dania se unió a mí. Le eché un vistazo a la minibarra, donde Mam se estaba terminando su ponche, y, cuando nuestras miradas se encontraron, me guiñó un ojo. Amon quiso venir a bailar con nosotras, y me dio la sensación de que coqueteaba con Dania mientras yo terminaba de subir mis mejores recuerdos de la noche a las redes. En realidad, el pelirrojo ligaba con casi todas; parecía que no era consciente de ello, y a mí me resultaba muy gracioso.

¿Era esto el paraíso?

En un momento dado, me di la vuelta y fui a chocar contra el pecho de Mam. Estábamos tan cerca que tuve que echar la cabeza hacia atrás. Lo miré divertida y él sonrió mostrando sus hoyuelos.

—Me han concedido tu mano.

—Mam —exhalé—, a veces me sorprendes, ¿lo sabes?

—Todo es más divertido de esa forma. —Me tomó de la cintura—. Me gusta tu energía.

—¿Solo mi energía?

—Sí.

—Claro —reí—. A mí también me agrada tu energía, es intensa.

—¿Intensa nivel «quiero bailar contigo y con nuestros amigos», o intensa nivel «tírame contra la pared del baño»?

Anunciaron algo en el centro de la pista y todos los presentes salieron corriendo menos él y yo. Ambos parecíamos estatuas vivientes esperando que el otro diera el primer paso.

Me puse de puntillas para acercarme a él. Algo confusa y mareada, me incliné sobre su rostro y sentí su aliento rozando mis labios. Nuestras pupilas se cruzaron, nuestras bocas estaban a centímetros de distancia... Tensó el brazo con el que me rodeaba la cintura y me atrajo hacia sí. Permanecí expectante, esperando que tomara la iniciativa. Cuando vi que no lo hacía, decidí tomarla yo.

Sin embargo, al acercarme, él retrocedió. Las comisuras de sus labios se curvaron solo un poco hacia arriba, como si estuviera reprimiendo su sonrisa; tenía un aspecto mágico esa noche, un brillo cautivador en la mirada. Estaba lleno de sorpresas.

Fruncí el ceño, y entonces él me soltó y me susurró al oído:

—Te gustaría besarme, ¿no es así?

Nunca me había sentido más humillada, maravillada y avergonzada en mi corta vida.

Sin darme ningún margen a responder nada, dio media vuelta y fue con nuestro grupito a la pista de baile. Parpadeé varias veces para asimilar lo que acababa de ocurrir, un poco enfadada (está bien, bastante enfadada; quizá una parte de mí ansiaba sus besos).

Yo también fui a juntarme con los demás. La música estaba a un volumen tan atronador que era imposible escuchar lo que nadie decía, y me propuse bailar con otros compañeros para tratar de olvidar la pena que acababa de pasar, pero no dio resultado. Estuve a punto de ir a buscar a mis padres por el aburrimiento.

No quería ni mirar a Mam a la cara. Obviamente, alguien como el príncipe de la avaricia no estaría dispuesto a ser el segundo plato de nadie; ni querría meterse en esa clase de juegos.

Las horas pasaron volando, las bebidas dejaron de tener sabor después de la sexta copa; ya solo me proporcionaban una nueva soltura. Caminé entre los pasillos buscando el baño a ciegas, aturdida por la cantidad de gente y por el mareo que empezaba a sentir. Me miré en el espejo: nada se había ensuciado; la noche estaba acabando y había sido hermosa, sin retos ni malas noticias. Por primera vez, me rodeaba un ambiente tan feliz que me sentí en el cielo, si es que este era tal como yo me lo imaginaba.

Revisé las historias de los demás para ver fotos de la fiesta, tratando de pensar en cualquier cosa que no fuera lo sucedido con Mam.

Sin embargo, todos mis esfuerzos resultaron haber sido en vano, porque, antes de que tuviera ocasión de encontrar a mis amigos de nuevo, él apareció frente a mí. Sin mediar palabra, me agarró del cuello con una mano y me arrastró hasta su boca. Luego me empujó contra una de las esquinas oscuras de la pista de baile.

—¿Qué intentaste hacer hace rato?

—Quitarme una duda —respondí sin titubear.

—Espero que se te aclare con esto.

Mordisqueó mis labios, y yo sentí que se me cortaba la respiración. Me invadió el calor y sus dedos tentativos parecieron cantarle a mi alma, cada vez con mayor intensidad. Su lengua tenía un sabor dulce, todo en él lo tenía. Hacía que dudase de mis movimientos, que lo dejase tomar el control por completo, cosa que no era habitual en mí. Sus besos eran intensos, profundos, adictivos como una droga.

—No tenías por qué dudar tanto. Si quieres besarme, hazlo, porque yo siempre quiero besarte.

—¿En serio? —Arqueé una ceja.

—Val, he ido al infierno y he regresado solo por verte sonreír. Por supuesto que quiero besarte, quiero todo de ti.

Que estuviéramos en público le impidió hacer nada más. Aun así, había conexiones que no se podían ignorar, como aquella que sentí cuando mis manos se posaron en su piel y él no pudo apartar sus ojos de mí.

—Puedo mostrarte el paraíso si me dejas, pero solo debes concederme ese permiso a mí. —Su tono era una combinación de burla y coqueteo—. Porque ya sabes que los rumores son ciertos, y soy el malhumorado príncipe que quiere todo para sí.

Cerré los ojos; saber que cualquiera podría vernos hacía que me sudaran las manos. Levanté una de mis piernas para rodear su cadera y ahogué un gemido al sentir el frío tacto de sus anillos sobre mi mejilla.

—¿Te ha comido la lengua el gato, o he sido yo?

Fue un verdadero reto tratar de recomponerme al ver que los adultos estaban entrando al gimnasio. Bajé la tela de mi vestido y él me retiró los mechones de cabello de la cara. Aún me temblaban las piernas un poco, pero, por fortuna, podía atribuirle eso a los tacones.

Cuando el reloj marcó las 03.33 de la mañana, mis padres me llamaron al fin. Subimos al auto, incluido Mam. Supuse que mi padre estaba demasiado orgulloso y feliz como para caer en la cuenta.

—¿Qué te pareció la noche, hija? —dijo mi madre.

—Mmm… —Mam, sentado a mi lado, abrió un poco las piernas; él iba en el asiento de en medio, así que el gesto me obligó a pegarme a la puerta—. Bien.

—¿Solo bien?

Lo fulminé con la mirada en silencio.

—Divertida, pero podría haber sido menos intensa —comenté entre dientes.

—Yo creía que te había gustado la intensidad —agregó Mam.

—Espera, ¡¿el Mayoneso está en mi auto?! —Mi padre frenó en seco.

—Puedo explicarlo —me defendí.

—Señor, creo que nos viene a robar —intervino Amon, encantado de poder sembrar la semilla de la discordia.

Sí, definitivamente aquel no era un día hecho para descansar, ni siquiera de madrugada.

39

Ese que llamas infierno

—Déjenme terminar de arreglar esto, ¿sí? —rogué—. Tengo mucho miedo de probar lo que ha hecho Amon.

—¿Crees que voy a matarte?

—Desconfío bastante.

Corrí de vuelta al interior de la casa. Justo había terminado de limpiar la terraza cuando el olor a fresas me había llegado desde la cocina.

No sabía cómo explicarles a mis padres que, de pronto, los chicos se pasaban todo el día en mi casa, así que nos inventamos que Amon y Mam eran muy amigos. Tal vez el pelirrojo nos haría la vida más fácil, incluso, teniendo en cuenta lo mucho que lo adoraba mi padre.

Me senté a comer. Eran unos amores cuando no se les iba la cabeza; en especial Amon, que se sentía en paz conmigo y actuaba como si nos conociéramos de toda la vida. Noté que a menudo buscaba a Levi de forma inconsciente. O empezaba a contarnos anécdotas que habían vivido juntos y se quedaba callado a la mitad. Y eso parecía afectarlo bastante. Me daba pena.

Era triste verlo de esa manera. Mam y yo habíamos hecho todo lo posible para alegrarlo mientras ignorábamos la tensión entre nosotros. Una tensión que enfrentábamos cuando nadie nos veía, en rincones oscuros de la casa y con el corazón a tope.

Sin embargo, aunque quisiera negarlo, sabía que aquello no iba a durar. Ya no había ningún impedimento para que se marcharan. Quisieran o no, debían hacerlo.

Pasamos un par de días descansando, pero ya no podíamos retrasarlo más: teníamos que hacer el altar, y por fin había llegado el día en que habría luna llena; por alguna razón, afirmaban que era más propicio hacerlo entonces.

Nos fugamos en medio de la noche hasta el bosque detrás del templo, donde nadie podría vernos o interrumpirnos. Un tronco cortado a la mitad nos sirvió como mesa para hacer un pentagrama de sal.

Me explicaron que, en realidad, podrían abrir una puerta cualquiera y marcharse con facilidad, pero para volver por la puerta grande, como ellos pretendían, había que recurrir a otros métodos.

Hablamos un poco mientras acomodaban los utensilios. Estaba tan nerviosa que me temblaban las manos, en parte porque nunca había presenciado este tipo de rituales y ahora me veía obligada a participar en uno, y en parte porque no asimilaba la situación.

—Por cierto, Val —dijo Amon con una sonrisa—, en tu próxima vida, hagamos un trato de nuevo. Soy buena gente, lo prometo.

—¿Mi próxima vida?

—¿Recuerdas cuando preguntaste a dónde ibas si no te daban acceso al cielo o al infierno? —Chasqueó la lengua—. Bueno, ya te explicamos que podías volver aquí si te apetece. No tienes por qué ir a ninguno de los dos.

—¿Estás diciendo que no tengo posibilidad de ir al cielo?

—Estoy diciendo que no nos podemos fiar de ti. Seguro que te mueres joven, y yo te recomiendo volver a darle otra oportunidad al asunto.

—Estúpido. —Le mostré el dedo corazón—. Espero que te pateen el trasero en tu mundo.

—¿Comenzamos? —inquirió Mam.

No estaba lista, me obligué a permanecer sentada frente a ellos mientras observaba cómo danzaban las llamas del fuego.

Respiré hondo cuando noté que el aire a nuestro alrededor cambiaba y sus apariencias fluctuaron. El humo de los inciensos formaba figuras extrañas y simétricas que ascendían en dirección al cielo; las estrellas nunca me habían parecido tan claras ni brillantes, y la luna parecía alumbrarnos solo a nosotros.

El collar se calentó rápido en mi cuello. Yo no llevaba más que mi camisón blanco, dado que me había escapado de casa y había tenido que fingir que me iba a la cama frente a mis padres; la fina tela no me protegía ni un poco de la brisa nocturna.

De un instante a otro, las velas se apagaron toda al mismo tiempo. Los chicos, que hasta ese momento habían permanecido tan callados, alzaron la vista hacia mí. Las piedras preciosas del collar brillaron intensamente, y supe que era yo la causante; era como si las estuviera cargando. Dejé de concentrarme en si el collar me quemaba o no e intenté no pensar en nada más, porque era consciente de que aquello podía no funcionar y no quería decepcionarlos.

Numerosas sensaciones diferentes recorrieron mi piel. Me mordí el labio inferior para tener algo en lo que centrarme mientras las ignoraba. En los ojos ya sin iris de mis demonios, notaba cierta admiración, una aprobación acompañada de pequeñas sonrisas. Estaban esperando un momento específico, pero ¿cuál?, ¿para qué?

Mam suspiró, desvió la mirada hacia Amon, que forzó una risa nerviosa y negó con la cabeza.

—Te juro que no puedo… —admitió el pelirrojo—. Mmm, Val, voy a extrañarte un poco, ¿sabes?

«No, no hagan esto. Me estaba esforzando mucho por no caer en sentimentalismos, me estaba obligando a que no me afectase».

—Yo no, siempre fuiste detestable —respondí embobada por el repentino tono sonrosado de sus mejillas.

—Tenemos que… —La voz de Mam se cortó—. El protocolo dice que es peligroso.

—¿Qué es peligroso?

—Que lo recuerdes, que sepas que existimos. Puede crearse un desequilibrio en la Tierra si difundes el rumor.

—Lo entiendo, no te preocupes.

—Se supone que no podemos dejarlo así. —Amon se pasó una mano por el cabello y los mechones se reacomodaron en torno a sus cuernos—. Esto es incómodo, ¿no? ¿Solo está siendo incómodo para mí? Me incomoda que me duela el pecho.

—Si es lo que tienen que hacer, estará bien —los tranquilicé—. No pasa nada, tiene que haber una razón. —Miré al suelo—. Además, si los recuerdo... tal vez añore su presencia.

—Val...

—Han sido realmente encantadores. —Tragué con fuerza—. Lo cierto es que, aunque tratara de difundir el rumor, nadie me creería cuando explicase lo humanos que son.

Quisimos decir algo más, pero el cambio en las sombras nos advirtió que la noche no era nuestra, que debíamos sacarle partido antes de que se acabara.

Una grieta dividió el tronco del árbol que teníamos a nuestro lado. Los mechones de mi cabello y el bajo de mi camisón se elevaron y flotaron en el aire. Por fin, un inmenso círculo multicolor se abrió sobre nosotros. Arrastró hacia su interior varios de los objetos que nos rodeaban, y lo mismo habría ocurrido con nosotros si hubiésemos pesado menos o si no nos hubiéramos aferrado los unos a los otros.

Solo quedaba una vela por encender, la violeta, y yo era quien tenía el cerillo correcto para prenderla. Lo saqué de mi bolsillo con la intención de seguir con el ritual, pero las manos de Mam me detuvieron.

—Ten cuidado.

—Me tratas como si no supiera encender un simple fósforo.

—Te trato como si cualquier daño que te hicieras pudiera matarme a mí, porque te aprecio.

—Todos los amigos se aprecian.

—No. —Levantó mi mentón y me obligó a mirarlo a los ojos—. Yo te aprecio como nunca he apreciado a nadie, como nunca he apreciado ni mi corona ni mis años.

«¿Era eso una declaración o una despedida?».

—Yo también te quiero, Mam. —Ladeé la cabeza—. Los dos han sido geniales.

Me dio un empujoncito juguetón y yo empecé a flotar, así que tuvo que arrojarse encima de mí y rodearme con los brazos para devolverme a la tierra. Con nuestros torsos pegados, noté que sus latidos estaban tan acelerados como los míos; tal vez incluso más.

Ambos demonios eran importantes para mí de diferentes maneras. La conexión que tenía con Amon era tan hermosa que no podía evitar sentirme como en casa cuando estaba con él; era mi principal fuente de risas.

Por otro lado, Mam era la razón de mis suspiros, y siempre estaba dispuesto a levantarme. Como en ese preciso momento, cuando se puso en pie y, mientras me observaba desde arriba, tiró de mí para que pudiéramos regresar a nuestros sitios. El portal estaba casi listo para ser utilizado.

Al notar que el collar había recuperado una temperatura normal, me acorde de que debía quitármelo. Abrí con cuidado el seguro y se desprendió de mi cuello con facilidad. Me di un instante para admirar las gemas mientras lo depositaba con cuidado en la palma de mi mano. Aquella joya me transmitía unas vibraciones poderosas; con tan solo tocarla, cualquier mal que me rodeara desaparecía.

Cada piedra representaba a un demonio: la de Leviatán estaba en perfecto estado, aunque ya no tuviera ninguna conexión conmigo; la roja también estaba intacta, y la de Mam parpadeaba de forma constante, como si intentara repararse. Las cadenas ya no parecían eslabones que me unían a un destino que no quería.

Extendí el brazo para dárselo a Avaricia. Él respondió retrocediendo varios pasos sin atreverse a mirarme a la cara.

—Mierda. —Se mordió la yema del dedo índice—. Nadie me advirtió de que sería tan difícil quitarte lo que te pertenece.

—Propongo que renunciemos a nuestros puestos y nos quedemos a vivir con el señor Stamon —interfirió Amon.

—Jamás en la vida —respondí al instante—. Vamos, tómalo. Es tuyo.

—Puede que lo sea, puede que en teoría nos pertenezca, pero mira qué bien se adapta a tu palma. —Puso su mano sobre la mía y cerró mis dedos en torno al collar—. Mira la manera en la que encaja en tu cuello y la fortaleza con que lo portas. —Me guiñó un ojo—. Además, resalta tu belleza.

—Esa no es una razón para dejarlo aquí conmigo. La belleza se desgasta.

—Pero los sentimientos no, y algo sabré yo de sentimientos, dado que tengo más años que todos los árboles que nos rodean juntos. —Me echó un vistazo—. Me está jodiendo mucho hacer esto, mucho más de lo que había planeado.

—No puedes planear las despedidas.

—¡Ay, basta! Me van a hacer llorar a mí —protestó Amon, que se había tirado sobre el césped como si ese fuera el final de sus días.

Intercambiaron miradas y parecieron mantener una conversación silenciosa; luego ambos asintieron y recobraron parte de su vitalidad. El portal ya casi abarcaba un cuarto del bosque.

Mam tiró de mi brazo para que le prestara atención y se sentó en el suelo, con una expresión seria pintada en el rostro. Me pidió el collar y se lo tendí enseguida. Él lo palpó y lo revisó mientras yo lo observaba. Nos habíamos sumido en un silencio que nadie se atrevía a romper.

—Te proponemos otro trato —comenzó a decir Amon; sus mechones rojos volaban aquí y allá, y algunos se le metían en los ojos—. Sé que te dijimos que no aceptases más tratos con demonios porque es peligroso. Y no te lo niego.

—Sin embargo, no tenemos suficiente coraje para arrebatarte el collar; a fin de cuentas, fue casi un regalo —completó Mam—. No es un trueque, no te pediremos que hagas nada a cambio. Solo... que aceptes quedártelo, pero con una alteración.

Con un movimiento rápido, rompió el collar en dos y la piedra que había en su centro saltó por el aire. Era la gema oscura, la de Levi.

Amon la sostuvo en alto.

—Esto no podemos dártelo, dado que no nos pertenece a nosotros. Es propiedad de ciertos entes que no son buenos para ti.

—Pero el resto... —Mam tomó las dos mitades del collar y las unió; toda la pieza vibró con un repentino resplandor y se recompuso. Esta vez solo con las gemas roja y dorada—. Queremos que se quede contigo.

—¡¿Qué?! Pero, ya se lo dije..., es demasiado valioso.

—No puedes negarte, ya lo hemos decidido —sentenció Amon.

—Además, no es más valioso que tú —agregó Mam.

Me lo volvió a entregar, y mis ganas de llorar se descontrolaron en cuanto el metal tocó mi piel.

—Me vendré abajo si me lo pongo —advertí.

Debieron de interpretarlo como una invitación para que me lo pusieran ellos, porque, en cuestión de segundos, ambos estaban detrás de mí, uniendo ambas mitades del cierre. Pude sentir el momento exacto en que estas encajaban.

—Es una reliquia —rogué una vez más, por sentido común.

—Ya nos conoces lo suficiente como para saber lo testarudos que somos. —Amon acarició mi hombro—. No nos convencerás.

—Van a hacer que llore.

—Si tú lloras, nosotros también nos desmoronaremos —amenazó Mam entre risas—. Y nadie puede ver a dos príncipes tan prestigiosos como nosotros en ese estado; perderíamos credibilidad.

—Tienen que irse —les recordé.

—Lo sabemos. —dijo Amon—. Al menos ten la decencia de no echarnos.

«Si por mi fuera, los habría tenido durante toda mi existencia».

Lo alargamos todo lo que pudimos, alternando las palabras con silencios nostálgicos. No me cabía duda de que habían detenido el tiempo durante unos minutos para poder disfrutar de nuestra última madrugada juntos.

Pero llegó la hora: el portal estaba completamente formado y la luna casi se ocultaba entre las nubes negras. Nos tomamos de las manos.

Ambos chasquearon los dedos y sendas llamas aparecieron sobre sus palmas. Flotaron hasta mí y se colocaron a la altura de mis ojos; estuvieron a punto de tocar mi frente. Aguardé expectante, intrigada por lo que sentiría una vez que no los recordase, preguntándome cómo me explicaría a mí misma mi presencia en el bosque y si alguna vez mis emociones volverían a ser tan intensas.

Esperé a que el olvido llegara, pero no lo hizo. En cambio, ambos se inclinaron hacia mí y cada uno me besó en una mejilla.

—¿Qué demonios hacen?

—Te deseo la mejor de las suertes —susurró Amon. Me sacó la lengua burlón, pero eso solo me hizo sonreír—. Si después de todo este lío te olvidas, vendré a las tres de la mañana y no te permitiré descansar.

Con ese toque de comedia tan suyo, desapareció a través del portal dejándome una sensación dulce, como la que sentías al saber que tus amigos se marchaban para encontrar un futuro mejor.

Ya solo quedaba Mam. Al estar a solas con él, no pude evitar lanzarme a abrazarlo.

—Buen viaje —suspiré.

—Te estaré cuidando desde donde esté, recuérdalo. No estarás sola, vamos a estar contigo, aunque no nos veas.

—Los sentiré conmigo —afirmé.

—No lo dudes.

Se agachó a recoger algo del suelo: una pequeña flor que colocó detrás de mi oreja con suavidad y lentitud. Me derretí por dentro.

—¿Te he dicho que te quedan hermosas?

—Vete ya. —Un par de lágrimas cayeron hasta mis labios—. Porque, si te quedas un segundo más, voy a encadenarme a ti.

—Te quiero —murmuró Mam.

—Ya lo sabía.

—Te lo recuerdo.

La oscuridad de la noche estaba a punto de dar paso al amanecer. Me soltó.

—Te veo en mis sueños, pecadora.

—Ha sido un placer. —Me sequé las lágrimas—. ¿Nos volveremos a ver?

—Es casi imposible. —Frunció los labios—. Aunque todavía te queda un deseo, ¿recuerdas? De ese contrato en el que rompimos todas las cláusulas. Pero, si cumplimos esa, quizá pueda mantener mi reputación.

—No te puedo pedir que te quedes ni irme contigo.

—No. Al menos no aún; tienes una larga vida por delante. Lo harás bien, tú siempre puedes con todo.

—Lo sé —suspiré—. Aunque supongo que las fiestas de Halloween con todos los niños disfrazados de demonios serán celebraciones tristes a partir de ahora —bromeé.

Mam me lanzó una mirada llena de cariño.

—¿Sabes qué? Creo que no hay nada ni nadie lo suficientemente poderoso como para impedirme visitarte. ¿Aún crees en mí? Al menos para una última promesa.

Extendí mi meñique y él me imitó; los entrelazamos.

—Búscame —pidió—. Estaré en cada fiesta, en cada momento que pueda. Sabrás que soy yo. No dejaré que te olvides de mí tan fácilmente.

—Te esperaré.

—Yo también lo haré, Val.

—¿Toda mi vida?

—Y toda tu muerte. En eso somos distintos; yo te esperaré toda la eternidad.

—Solo te pido que no me dejes plantada.

—No faltaré.

El collar destelló y, en un microsegundo, Mam desapareció. Cerrando el portal. Cortando los lazos.

El amanecer me encontró aún en medio del bosque; debía apresurarme a ir a casa.

Las gemas recuperaron su brillo mientras regresaba, y tuve la sensación de que, por el resto de mi vida, no se volverían a apagar jamás.

Al llegar me encontré con mi padre; ya tenía una taza de chocolate caliente lista. Vi que estaba a punto de preguntarme qué había pasado, pero, al reparar en mis ojos vidriosos, se limitó a quedarse conmigo hasta que me apeteciera hablar.

—¿Estás bien, hija?

—Creo que nunca… —me llevé la mano al pecho para tocar el collar— he estado mejor.

Epílogo

Un mensaje divino

Mam

—Avaricia, Ira, ¿dónde diablos estuvieron? —inquirió nuestro guía—. Pasé mucho tiempo buscándolos, pero no los encontré por ningún lado.

—Estábamos jugando al escondite —se inventó Amon.

—Contigo, de hecho. Te lo dijimos —agregué—, aunque nunca viniste a buscarnos.

—¡Por la Diosa! —Se llevó las manos a la boca—. Debí de olvidarlo, mis disculpas. —Negó con la cabeza y sonrió—. Ya saben que no tengo memoria.

Amon y yo nos miramos aliviados. Habíamos decidido no compartir nuestra historia por el momento.

Desde que habíamos vuelto, yo me dedicaba a ayudar a mi amigo con su formación para que lograra obtener su propia corona; aún le quedaban varias tareas y temas que abordar, pero pronto podría sentarse con nosotros en la gran mesa.

Levi, por su parte, permanecía en paradero desconocido, y Asmodeo seguía en el calabozo, pero yo los conocía bien. No dejarían de lado sus planes por mucho tiempo.

Al menos tenía la certeza de que Belfegor no los ayudaría ni se haría cargo de ellos.

Podía decirse que, en general y por ahora, la situación estaba bajo control.

En nuestros ratos libres, Amon y yo nos sentábamos a hablar, y a menudo discutíamos lo ocurrido en la Tierra.

Una de esas veces, me entraron ganas de comunicarme con ella. ¿Y qué mejor medio que una carta? Desgraciadamente, no existía un WhatsApp interdimensional que conectara ambos mundos.

Querida Valentine:

Hay cierta magia en recordar los momentos felices que vives con alguien; al poder recrearlos en tu cabeza sin parar, es como si duraran para siempre, como si fueran inmortales.

Tú estás inmortalizada en mi memoria, en los cuadros que he pintado en el infierno y en mi forma de pensar sobre la Tierra.

Creo que lo mejor que alguien puede brindarte es una nueva perspectiva sobre aquello que ya creías conocer a la perfección, y tú me diste una nueva perspectiva de mí.

Espero haber conseguido que la idea de arder en el infierno no te pareciera tan mala si es en mi compañía.

Sé lo complicado que es crecer y los problemas que eso conlleva. ¿Cómo te ha ido? ¿Has empezado la universidad? Es un tanto triste no poder escuchar todas esas historias de tus labios en este momento.

Esto ya debes de saberlo, pero siempre ten en mente que te admiramos. Eres tan fuerte, valiente y audaz como cualquiera de nosotros.

Confieso que es muy divertido imaginar cuáles son tus pensamientos cuando pasas por una iglesia o por un templo, o cuando algún desconocido se pone a hablar de demonios… o simplemente de ocultismo, dado que ni las brujas ni los ángeles ni mucho menos los seres infernales existen, como tú bien sabes.

Eres fácil de querer, y hacerte parte de mi inmortalidad ha sido lo más real que he experimentado nunca. Porque lo que hizo ese templo tan místico fuiste tú, tú eres el encanto y la magia que te rodean.

Espero que te sientas a salvo. No debes preocuparte por nuestros enemigos: están muy lejos y jamás volverán a molestarte, en especial esos dos.

Y por si te lo preguntabas: no, Amon no ha dejado de sentir apego por Levi, pero está trabajando en ello. Lo estamos intentando.

No estés triste, jamás te dejaría esperar toda una vida. Nos reencontraremos, Valentine. La verdad es que estaría yendo en contra de mi naturaleza si dejara ir a alguien tan valioso como tú. Espérame cuando las hojas se vuelvan doradas y las calabazas estén fuera de las casas, cada día de brujas donde aún pueda ocultar lo mucho que te quiero con una máscara.

Atte. Avaricia